To：博库网读者

平安喜乐！

云笆

2015.5.20

明德大学是一所传说中的大学，建立的时
间早已不可考，据说从春秋战国时期就已
有雏形。叶浅浅都不知道自己怎么会进入
这样一所传说中的学府。

朔望月，是指一个月相的轮回，他们本就
是天生一对。
可惜，朔月和望月，却不可能出现在同一
片夜空中，他们永远处在对立的两端，永
远无法真正地融合在一起。

这是个大拇指指甲盖大小的球形吊坠，因为通体是黑银材质，球形的其中一半上面坑坑洼洼，一看就知道是仿造月亮上面的环形山制成，而另一半却刻满了繁复和看不懂的纹章，所以叶浅浅就给这个吊坠取名为暗月吊坠。

典藏版

玄色 作品

XUANSE WORKS

湖南文艺出版社 HUNAN LITERATURE AND ART PUBLISHING HOUSE
博集天卷 CS-BOOKY

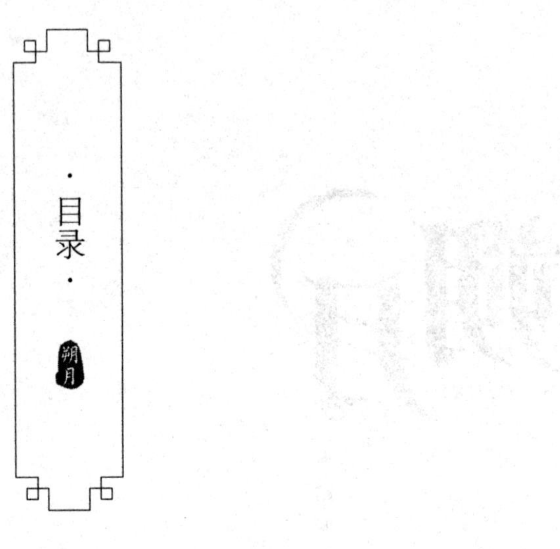
·目录·
朔月

初一 · 朔月之夜

朔月

叶浅浅睁大双目，看着一张俊帅无双的脸容在她的视线中慢慢放大，那双深邃的眼眸简直要把她的灵魂都吸走。

叶浅浅屏住呼吸，眼睛一时还无法适应骤然黑下来的环境，睁大双目等待了片刻，才看清楚他们是在哪里。

这是教学楼里一条很长的走廊，窗户的玻璃上蒙着一层厚厚的灰尘，甚至连外面路灯的光线都无法穿透，更显得这条走廊阴森恐怖。身后传来同学们的窃窃私语，大家有些不确定是否要继续走下去。

一道灯光亮起，叶浅浅顺着灯光看去，在黑暗中只能看到那个男生线条白皙的下颌，还有他持着手机的右手修长优美，连指甲都修剪得一丝不苟。

经过这个男生的提醒，大家都反应过来，纷纷掏出手机照向四周。一时间已经适应了黑暗的眼睛都眯了起来，那些墙角的蜘蛛网和地上随处可见的垃圾，都让人心里极其不舒服。

“这地方会不会有老鼠啊？”有个声音听起来就极其甜美的女生略带迟疑地问道，话语中带着显而易见的嫌弃。

已经有人捂住了嘴，觉得在这里呼吸都会有传染病菌的危险。走在前面的几人有手机照亮道路，便加快了脚步，想要快点从这里出去。走廊很长，他们走的速度也挺快，没过多久，就见灯柱的光线一变，他们拐向了右边。

叶浅浅也想快点离开这地方，晚餐吃得有点多，胃很撑，裙子有点勒得她喘不过气来。她只想早点回宿舍换上舒适的睡衣，上上网、刷刷微博。

可就在她刚要跟着那些人加快脚步往前走的时候，身旁的孟宇衡却拉住了她，谨慎地低声道："先别忙。"

他的话音刚落，前方就传来了骇人的尖叫声，而且这尖叫声在飙到最高的时候竟然戛然而止，之后便是令人窒息般的寂静。

走廊里的所有人都噤若寒蝉，足足有好几秒钟都没人敢出声。有两个胆大的，拿着手机快步跑过去想看个究竟，却也是转过拐角后，就再也没有了动静，就连脚步声也再未听见。

有人摸索到墙上的开关，却无论怎么按都没法将电灯按亮。

"怎么办？"叶浅浅拽了拽孟宇衡的袖子，她还是很信任自己这个青梅竹马的。

"眼见为实，凭空猜测只会徒增我们的恐慌，还是过去看看吧。"孟宇衡推了推眼镜，不疾不徐地向前走着。

叶浅浅总不能站在原地等待，也只得跟上。她能听到身后同样有脚步声传来，只是分辨不出到底跟上来几个人。快走到拐角的时候，叶浅浅终于忍不住抓住了孟宇衡的胳膊。

"这世界没有什么妖魔鬼怪的，不要害怕。"孟宇衡的声音依旧那么冷静。

可这并没有缓解叶浅浅一丝一毫的恐慌，因为她忽然发现，跟在他们身后的，只有两个男生。她记得同时进来的足有近二十个人，可现在只剩下他们四个了。

叶浅浅惊悚地往他们刚刚走过来的走廊看去，那里现在黑黢黢一片，就像是一只择肥而噬的怪兽。

正想到这里，那幽深的黑暗中居然传来清晰的咀嚼和吞咽声，那声响仿佛就在耳畔回荡，令人不寒而栗。

“假的，这世上没有妖魔鬼怪。”孟宇衡还是重复着那句话。他此时已经带着叶浅浅拐过了转角，叶浅浅下意识地转过头，就看到地上有一大摊鲜血，而之前被那几个男生拿在手里当手电筒照路的一部手机正孤零零地躺在那血泊之中。正好在他们转过来的时候，灯光“唰”的一下暗了下去。

叶浅浅吓得差点尖叫，而孟宇衡却平静地判断道：“只是锁屏时间到了而已。”他蹲下身，用手抹了点地上的鲜血，用食指和拇指搓了一下，“是新鲜的血，温度在三十度左右，黏稠度和气味都和真正的血没有差别，但还不能确定就是人血。”孟宇衡一边说，一边还不忘从口袋里掏出手绢，仔仔细细把手上的血迹擦拭干净。

“都是装神弄鬼的，有什么好怕的。”一个嚣张的声音从他们身后传来，那是跟在他们身后的两个男生中的一个。那人的头发挑染了前面两撮，显得特别时尚。身材修长，但从头到脚都是走的嘻哈风，整个人显得吊儿郎当的，若是走在路上，说不定还会被认为是混黑道的小流氓。即使五官帅气，也遮掩不住他浑身上下透出来的痞子味。

“这鬼屋弄得挺逼真啊！我说，跟我们一起进来的那些人，不会也是即兴表演吧？”

叶浅浅一时不知道该怎么回答他，只能虚弱地朝他笑了笑。她的胃好撑，而且走廊里有很大一股血腥味，让她浑身都不舒服。

“我们继续往前走吧，争取早点出去，我还想看一会儿的球赛呢！啊，这里居然连信号都没有，不会这么偏吧？”那嘻哈男生转了转头上的鸭舌帽，不爽地嘟囔道。

而另一个男生，就是第一个拿手机出来照亮路的男生，此时已经迈过血泊，笔直地往前走了。叶浅浅等人也连忙跟上。

“话说，我叫冯广天，二水冯，广阔天地的意思。你们呢？”那个嘻哈男生已经自来熟地开始自我介绍，倒是让这压抑、恐怖的气氛稍稍缓和了一些，至少叶浅浅是这么认为的。

“我叫叶浅浅，叶子的叶，浅色的浅。”叶浅浅定了定神，指着自己身边的孟宇衡道，“他叫孟宇衡，孟子的孟，宇宙平衡的宇衡。”

孟宇衡并没有插话，他的注意力全在观察周围的情况上。他每路过一间屋子，都要打开来看一看。叶浅浅不敢跟过去，站在原地跟新认识的冯广天一起把目光都投到最后一个男生身上。

“张槐序。”那名男生冷冷地开口，声音宛如冰珠子一般，透着一股子“生人勿近”的感觉。因为灯光昏暗，叶浅浅隐约能看到对方是一个长得不错的男生，不管从什么角度看，都完全符合所有少女偶像剧中的酷帅男神的形象。

“哼，拽什么拽啊。”冯广天抹了下鼻子，一点都没有刻意压低吐槽的声音，完全不在乎对方是否能听见。或者说，他其实就是想要让对方听见。

也许是错觉吧，叶浅浅顿时感觉周围的温度又下降了几度。

“这里这么邪门，不会真有什么鬼魂吧？正好我前几天下载了一个灵魂搜索器的APP，让我打开来看看哈！”冯广天掏出手机，立刻开启了那个应用程序，一时间“嘀嘀”声不断传来。叶浅浅好奇地凑过去一看，不由得遍体生寒。因为这个软件显示，此时他们周围就飘着至少四到五个鬼魂！

“这种APP都是骗人的。”这时孟宇衡走了回来，看到冯广天和叶浅浅靠得有些近，让他有些不爽。

“什么骗人的？你难道不知道之前有人用收音机收到过已经过世的人的声音吗？”冯广天感觉自己被挑战了权威，立刻反驳道。

“你说的是特斯拉鬼魂收音机，据说有马来西亚的巫师把电波调频到37至38特斯拉时，就能听到异次元的声音。”孟宇衡见完全吸引了叶浅浅的注意力，这才微微勾起嘴角道，“实际上都是鬼扯。特斯拉鬼魂收音机之所以用特斯拉来命名，是因为发现这种现象的人是尼古拉·特斯拉，没错，应该就是那个伟大的科学超人。他继爱迪生发明直流电后，发明了交流电，还有无线遥控技术、收音机、雷达、传真机、真空管、飞弹导航、星球防御系统……是的，你没听错，就是这么一个牛人，所以这个鬼魂收音机是真的还是传言也没人真的在意了。但那个马来西亚的巫师所声称的就是鬼扯了，特斯拉是个磁感应强度单位，怎么可能是电波调频的单位呢？”

“况且，”孟宇衡看了一眼冯广天的手机，耸了耸肩道，“一个专业的磁通量传感器可比苹果手机的价钱要贵多了，你现在还觉得这个APP靠谱吗？”

叶浅浅看着自家竹马进入了学霸模式，就算是有些地方听不太懂，也不妨碍她露出久违的星星眼。

冯广天撇了撇嘴，冷哼一声道：“你刚刚去的那间屋子里有什么？”他一边说，一边悄悄把手机的APP删掉。

孟宇衡也不介意他生硬地转移话题，冷静地陈述道：“这里是一座荒废的化学实验楼，从实验台上残留的试液活性分析，这里应该只有两三个月没有人使用过。”

“啊？这你都能判断出来？不对吧？你看这里的灰尘、这里的蜘蛛网，怎么也不可能像是只荒废了两三个月啊！”冯广天各种不相信，这里看起来跟五六年都无人踏足的废楼一般，怎么可能只有两三个月没人使用过？

“是根据试管里残留的试剂分析的，甲醛水溶液还可以使用，因为这种试剂非密封保存的保质期是三个月，所以我判断在三个月内这里还是有人使用的。”孟宇衡推了推眼镜，语速毫无起伏地说道。

“甲醛水溶液？”冯广天表示自己只听说过甲醛，“甲醛？那不是什么家具超标的气体吗？”

“是指百分之三十五到百分之四十的甲醛水溶液，它还有一个名字你应该听说过，叫福尔马林。”孟宇衡露出一副“学习差的人真的无药可救”的表情。

“泡尸体的防腐剂吗……”叶浅浅觉得孟宇衡不解释还好，一解释她反倒觉得更恐怖了。到底是什么样的化学实验需要用到福尔马林啊！

“你怎么知道那就是福尔马林啊？而且防腐剂居然还有保质期，你骗鬼啊！”冯广天很不服气，虽然让他判断他也判断不出来，但气势上不能输。

孟宇衡懒得跟他再说，而是继续拿着手机往前探查。叶浅浅毫不犹豫地跟上，对于自己这个青梅竹马，她可是无条件地信任的。毕竟学霸这个头衔可不是轻易就能炼成的。

冯广天还是头一次被人如此忽略，刚想反驳两句，就见那个只报了个名字的冷峻男生气定神闲地越过他，跟着前面那两人继续往前走。冯广天本想虚张声势地说两句话的，但身后走廊里越来越近的咀嚼声让他头皮发麻，忙头也不敢回地向前跑去：“喂！等等我啊！”

黑暗中，一对血红色的眼瞳若隐若现。

一个小时之前。

叶浅浅目不暇接地看着眼前的香车美人，有许多她连牌子都认不出来的名车，在明德大学的会所外停成一排。从这些名车里走下来一个个身材窈窕、装扮华贵的美女，各有特色，媚而不俗，简直可以媲美某个名牌的发布会现场。

低头看了看自己身上朴素的白色连衣裙，叶浅浅局促地抚平了裙摆上的褶皱，硬着头皮踩着高跟鞋踏上台阶。刚进入富丽堂皇的会场，叶浅浅就闻到了一股混杂着各种名贵香水的气味，让她不适地吸了吸鼻子。

这是明德大学的迎新晚会，耳畔回响着DJ播放的摇滚音乐，透过落地玻璃窗，可以看到院外露天泳池边也聚集了很多人。有人直接脱掉身上的晚礼服和西装，穿着比基尼和泳裤，欢呼着跳进泳池，激起的水花又引起池边人的一阵惊呼。

叶浅浅只看了一会儿就收回了目光，她在会场中央扫视一圈，看到有人游刃有余地在和一群女生高谈阔论，还有人贴着墙壁而立，一副“请勿打扰”的冷漠表情，也有人坐在角落里拿着iPad头也没抬。

走到自助餐供应的位置，一看到那琳琅满目的吃食，叶浅浅决定抛开一切顾虑，尽最大可能地拿了满满两盘东西，也不顾他人异样的目光，径直走到一直埋头看着iPad的孟宇衡身边。一探头，果然这个学霸还在抓紧一切时间做题。

面对着推到他面前的糕点，孟宇衡摇了摇头道：“我不吃了，我今晚的蛋白摄入量已经达到要求，而且这时候已经是晚上八点，早过了日程表规定的晚饭时间。”

叶浅浅的眉抽搐了一下：“孟同学，你的强迫症过了六年好像又严重了不少啊！”

她和孟宇衡两人是在同一所小学念书、玩得特别好的青梅竹马，虽然初中、高中读的都是不同的学校，但一直也都有联络。现在能一起进明德大学念书，叶浅浅还是很开心的，不过从小就严格要求自己作息时间的孟宇衡同学好像病得依旧不轻啊。

孟宇衡还是和小时候一样，戴着黑框眼镜，把自己打理得一丝不苟，连发型都修剪得一板一眼。衣领更是平平整整，随时拎出去就可以当成模范学生的榜样。叶浅浅看着他，不禁怀念起过去，也没想到自己居然能和他一起进入这所传说中的明德大学。

明德大学是一所传说中的大学，建立的时间早已不可考，据说从春秋战国时期就已有雏形。明德大学之中的“明德”二字，就取自《大学》中的“大学之道，在明明德”。而千百年来，从明德大学走出的名人不计其数，而这所大学却并未被世人所熟知，直到网络信息时代的到来。

在现代信息社会，几乎没有任何秘密。而明德大学在被曝光的那一刻，便成为众多学子趋之若鹜的存在。

现在的明德大学，学制只有两年，一届只有二十人，其中有些学生是由各大高校推荐的优秀高中毕业生，经过层层笔试、面试才选拔出来的高才生。能有资格参加考试的人本就少之又少，更别提可以脱颖而出的最终录取者了。当然，明德大学也有一些才学特殊的学生，比如历届毕业生的后代，或是各大校董联名举荐，又或是捐赠者的亲属等等。

曾经有一届明德大学的校长毫不避讳地说过：才、财两者，皆是明德大学所需，何必避讳，只谈才而不谈财?

明德大学只有两年制，学习的课程以国学为主，例如书法、国画、古琴、茶道、香道、插花等等。其他课程也包括诸子、兵书、数术、方技、诗赋等等，通过这些知识来分析现代的社会学、企业经管、成王败寇历史成因等等，以古为镜，学习中华文明的各种知识。所有课程都是按照学分制，其中校园活动也都按照古礼，例如女子的及笄礼、男子的及冠礼、中秋拜月礼等等。

准确地说，明德大学其实是属于大学的预科班，给学生们熏陶古典国学，增加气质。从明德大学毕业的学生都会转到国内外知名的大学去继续学习，而且在各行业都能成为佼佼者。只要是明德大学校友会的成员，几乎就等于拥有了在上流社会交际的一张钻石卡通行证。所以除了真正天才的推荐生以外，其他有门路的富豪子弟都为了那有限的名额抢破头想要进来，可惜据说捐的钱够多也没用，赞助生也需要经过面试。明德大学虽然不拒绝有财的学生，但也有选择的权利。

学院所有授课老师都是请的有名的教授或者学者，再加上梦幻般的校园环境和金字招牌，可以说这所大学是全国乃至全世界的青少年都梦想进入的。连叶浅浅也不知道自己怎么会进入这样一所传说中的学府，她只不过是按照青梅竹马的吩咐，参加了一次次笔试和面试，就轻轻松松收到了明德大学的录取通知书。

当她在学校收到那卷由秦篆书写的竹简录取书时，整个人简直惊呆了。

像她这样无父无母的孤儿，从未想过还能进入这样牛掰的地方。叶浅浅一边胃口大开地吃着糕点，一边看着衣香鬓影的晚会，总觉得好像在看一场奢华的电影，一切都是那么不切实际，她真的能适应这里吗？

身旁的孟宇衡压根儿没有注意到自家青梅敏感纤细的少女心，在他看来，这种迎新晚宴，根本就是浪费时间。若不是发到他iPad上的通知上写明新生必须到场，他才不会来呢。

两人正各怀心思时，灯光倏地一暗，音乐也忽然停止，在吸引了所有人的注意后，舞台上一束灯光自上而下“啪”的一声亮起，正好打在一个身穿银灰色西装的俊帅男子身上。他梳着时尚的日式发型，修身的西裤包裹着那双笔直的大长腿，笑起来的时候简直电光十足，浑身上下散发着肆意张狂的气息，叶浅浅已经听到了许多女生无法克制的抽气声。

“Hello everyone. Welcome to MingDe University.”这人一开口就是一串流利的美式英语，声音清朗悦耳，“我是明德大学的学生会会长，林萧。长话短说，我知道有些人已经迫不及待了！”他意味深长地笑了笑，台下又是一阵雀跃的欢呼声。

随着密集激昂的鼓点，两个身穿华贵晚礼服的女生拉开一扇大门，学生会会长带有煽动性的话语也随之响起：“明德大学欢迎新生的传统，鬼屋探险！率先到达终点的同学将获得开学大礼包一份！内含三张逃课免责卡、两张值日推脱卡和一张记过赦免卡，祝新生们好运了！”

新生们哪里听过还有这么稀奇古怪的奖励，但偏偏就是觉得非常实用，饶是叶浅浅也不禁动了心。她死拉硬拽着一脸不情愿的孟宇衡，跟着兴致勃勃的新生们一起进入了黑黢黢的大门里。

“哐当！”沉重的铁门在他们身后合上，把光怪陆离的灯光全部隔绝开来，甚至把那边的喧嚣也都挡得严严实实，只剩下黑暗和死一般的寂静。

目送着满脸天真和单纯的新生们簇拥着消失在门后，留在会场的学长学姐们都笑得十分诡异。林萧吹了吹垂在眼前的碎发，打了个响指，在场的所有人便都行动迅速地各自去忙了。

悠然地把手中的红酒一饮而尽，林萧踱步到了会场隔壁的休息室。推开休息室里的门边，里面是一间很大的监控室，一整面墙上有着二三十个监控屏幕，都在播放着鬼屋中的情况。还有四五个人在控制着鬼屋中的智能设备，随时应付突发状况。

林萧走到监控室最中央的那张红色沙发上坐下，很快就有人递上一杯刚刚醒好的拉菲红酒，林萧带上耳麦，敲了敲嘴边的话筒，开始下达命令。

“C号位可以放送强力冷风，F号位的骷髅全息影像可以放出来了。”

“E房间可以加些劈砍尖叫的音效，M号位的鲜血可以洒了，注意不要滑倒。好吧，我说晚了，滑倒的效果好像也不错。”

“G房间有一个昏迷者，有哪个女生在附近，去把她拖出来。”很快，G房间的监控屏幕上就出现了一个白衣长发女鬼，动作飘忽地把那名不幸昏迷的女生从房间里拖了出来。路上还遇到了两名拿着手机探险的男生。长发女鬼露出半边沾满鲜血的面容，手中还拖着一个疑是尸体的女生，把本就已经魂不附体的两人吓得嗷嗷大叫，慌不择路地分开逃走了。

“嗯，刚刚那两个人的表情都很不错，把视频截取下来，放到集锦里。”林萧摸了摸线条优美的下颔，笑得一脸诡异。

整个监控室里的学生们都笑成一团，吓唬人也是非常有成就感的，更何况此时的新生们有多惨，他们去年的这个时候都曾亲身体验过，当时有多惊恐，现在就有多兴奋。这种翻身做主人的感觉，没经历过的人是无法理解的。所以明德大学传统的鬼屋探险，那是一年比一年恐怖，被吓晕、吓哭什么的每年都有那么几个人。而且从鬼屋探险的活动中，也可以让新生们迅速互相认识，可以让老生们选出能担任学生会成员的候选人。例如现任的学生会会长林萧，在去年的鬼屋探险中就是第一个走出来的。

当然，最大的乐趣就是制作鬼屋集锦了，明德大学每年的鬼屋集锦都会在校友会中秘密流传，可谓每年最值得期待的盛宴。在集锦中出过大丑的，也都对自己的黑历史咬牙切齿，摩拳擦掌地想要让学弟学妹们华丽入镜。而鬼屋的策划和气氛设置，也一年比一年恐怖。说不定以后这其中就会出多少个富豪、多少个科学家、多少个艺术家，把他们的黑历史保存下来也是一项富有使命感的任务啊！

林萧满意地喝了口红酒，品尝着舌尖上掠过的单宁纯熟柔顺的芳醇，享受地微眯起了双眼。今年的鬼屋他可是费了很大的心力设计的，从A栋的一楼不能直接通到B栋楼，必须要从楼梯上到四楼，再从其中一个房间走一段暗藏的梯子才能下到三楼，还需要走过数个关卡，才能重新回到一楼，再从后门走出去。保守计算，这趟鬼屋之旅至少可以让这帮新生们玩一个小时以上。

“会长，有一支小队走的居然是正确的路线，而且已经行进到一半了！”有人忽然汇报道。

“好快！”林萧一惊之下坐直了身体，现在才刚过去十分钟不到。

相应的监控屏幕放大，可以看到这支小队一共有四个人，三男一女，已经通过楼梯上到了四楼。右边屏幕调出他们曾经走过的路线，在发现一楼的走廊被封死过不去后，竟然上了楼梯越过二楼和三楼，直接到了四楼。

“应该只是巧合吧。”林萧皱了皱眉，其他屏幕都无暇去注意，凝神开始观察这一支小队的情况。

“哇……好帅！”有女生低声惊呼，此时屏幕上正好有学生扮演的尸鬼闪过，被那名表情冷峻的男生劈手一个过肩摔，尸鬼反而哀号起来。

“以后全部上全息影像。”林萧立刻吩咐，但知道大概全息影像的效果也不会太好，因为他们应该已经知道这一切都是假的了。鬼屋的弱点就在这里，若是意志力极其坚定强悍的人，就不会被外物所迷惑。林萧自己就是如此，所以也知道这四人大概就是夺得最后胜利的小队了。不过他们四个人分战利品时大概会分得不均匀吧，也许会在临近出口的时候上演内部争斗，毕竟除了那对看起来熟稔的男女外，其他两人都是刚刚才认识的。

“要不要让他们在最后自相残杀呢？”林萧晃了晃手中晶莹剔透的水晶杯，透过血红的酒液看着面前的监视器，笑得极为阴险，“哎呀呀，我还真是坏人啊。算了，就不要残忍地对待天真的学弟学妹们了，那个戴眼镜的人才是领头的，找个机会把他和其他三人分开。”

“Yes，my Lord.”

正在鬼屋中摸索前进的四个人，完全不知道他们已经成为学长学姐们的重点照顾对象。

“喂，我说我们是不是走错路了啊？压根儿不需要上四楼的好吗？二楼同样也有通往B栋的天桥啊！”他们所在的四楼就是这座实验楼的顶楼了，冯广天正在抱怨不应该走这么远。

而孟宇衡连半个字都懒得解释，若对方真的有意见，干脆就不要和他们一起走啊。但冯广天的嘴虽然从未闭上，却还是跟得牢牢的，生怕自己被甩下。

四楼的情况和楼下稍微有点不同，玻璃上的灰尘没有那么厚，也没有茂盛的树叶遮挡，窗外路灯柔和的亮光透过窗子照射在地板上，给人一种平静柔和的错觉。

叶浅浅朝窗外看了一眼，夜空中没有找到月亮的踪影。

“今天是朔月之夜，每个月农历初一的时候，月亮绕行到太阳和地球之间，月亮的黑暗半球对着地球，所以我们看不到月亮。”孟宇衡看出来叶浅浅在找什么，推了推眼镜，解释道。

“硕月？硕大的硕？”冯广天凑过来故意搞怪地问道，其实他倒知道是哪个字，只是觉得眼镜君一板一眼的好无趣。

孟宇衡瞥了他一眼，一脸“愚蠢的人类”的表情，干脆懒得理他。叶浅浅抿唇笑了一声，继续跟着孟宇衡往前走。

在之前那个扮演尸鬼的学长突然袭击反被过肩摔后，叶浅浅的恐惧感就迅速烟消云散了，她甚至还有种学长们都很可怜的感觉。只是不知道是不是她多心了，她总觉得那个叫张槐序的冷峻男生并没有放松，反而越来越谨慎。他一路上都不断地低头看着手腕上的手表，锐利的眼神也不断扫视着四周，像是在警惕着什么潜在的威胁。

四人在四楼转了许久，即使通过了连接B栋的天桥，也没有找到B栋可以下楼的楼梯。四人开始四处探查，走进了一间废弃的办公室。这间办公室是个套间，低调奢华，布置也是十分的中式复古，灰尘并没有太多，桌子上甚至还放着几沓资料，都是近期的。

“看来我的猜测没错，A栋的鬼屋探险过后，只要是到达B栋，开启的就是密室逃脱模式。”孟宇衡推了推鼻梁上的眼镜，思维缜密地推理道。

叶浅浅松了口气，虽然知道那些鬼影都是假的，但黑乎乎地跳出来个东西，还是很吓人的。她摸了摸胃部，惊吓的感觉过后，又开始觉得胃撑得有些不舒服了。

也许是她多心了，每次到朔月之夜的时候，她总会觉得身体不太舒服，甚至她还曾经去挂号看过老中医。对方摸了摸她的脉，望闻问切了好半晌，下了结论说是女生的荷尔蒙问题。她也只好见怪不怪了。

“密室逃脱？真的假的啊？说得那么玄乎。”冯广天不相信。

“只要我走过一次，楼道的平面图就会在我脑海中显现，我确定。”孟宇衡淡淡地道。他也没管冯广天相不相信，随后抬手看了看手表，简单地总结道，“争取在八点四十三分之前出去。”

冯广天闻言一愣：“啊？还精确到分钟？为什么一定要四十三分前出去啊？有什么机关吗？”

孟宇衡瞥了他一眼，斟酌了片刻，才不情不愿地解释道：“从这里离开走到宿舍需要五分钟，再加上洗澡洗漱的时间，正好来得及让我九点准时躺在床上。”

冯广天的表情简直就跟见到了真正的鬼一样，叶浅浅捂脸，觉得冯广天刚刚没被学长扮的鬼吓到，反而被自家竹马给吓到了，真是太对不起学长学姐的辛苦准备了。叶浅浅只好出声替孟宇衡解释：“他每天都要九点准时上床睡觉的……”

“魔鬼……”冯广天只能吐出这两个字。这都什么年代了，居然还有年轻人每天九点就上床睡觉的？夜生活才刚刚开始好吗！

对于三人的大眼瞪小眼，张槐序根本没有分半点心神。在刚刚走入这间鬼屋的时候，他也没太在意这种小伎俩，但手腕上伪装成手表的定妖罗盘却在一上到四楼的时候，便开始疯狂地转个不停，很明显是离得很近的地方有一只妖魔！

张槐序开始扫视四周，可视线可及范围内一切都正常，至少，看起来非常正常。

又或者，他的想法一开始方向就错了？

张槐序把视线转向正在聊天的两男一女。

也许，他所要寻找的目标，就在……他们之间？

张槐序往窗外看去，透过有着些许尘埃的玻璃，外面暗沉的天空透着一股说不出来的诡秘之感。

今晚是朔月之夜。

许多妖魔鬼怪都是滋生于黑夜之中，太阳至阳至刚，所以修为弱一点的妖魔都无法在白日行走。而月亮自身无法发光，月光实质上也就是反射的太阳光，虽然糅合了阳光的罡气，但对于妖魔来说还是可以承受的。

因此每个月农历初一的朔月之夜，才是妖魔最盛行的夜晚，也是张槐序经常要出门收妖的时间。本以为今晚因着迎新晚会可以休息一夜的，可没想到在明德大学居然也可以碰到异常的情况。

张槐序知道无缘无故怀疑其他人是不礼貌的行为，但身为天师家族的成员，降妖除魔乃是从小就植入骨髓的本能，他开始迅速分析三人之间到底谁比较可疑。

因为之前都是陌生人，所以也就无从比较他们的言行是否和以前不一样。但孟宇衡和叶浅浅两人因为之前互相认识，所以他们彼此之间应该更为熟悉，到这时都没发现什么异状的话，那么说起来冯广天要更可疑一些，可是也不能排除这是妖魔幻化人形、魅惑人心的手段。

冯广天完全没感觉到有人在旁边警戒地观察着他，从鬼屋探险跳跃到密室逃脱的阶段，心情暂时放松下来，一刻都闲不住的他便掏出手机想要刷微博。结果他在房间里晃悠了半天，焦躁得想要摔了手机："这里怎么都没有信号啊？不可能吧？这都什么年代了？还有地方没有被手机信号覆盖的？"

叶浅浅见状连忙掏出手机，果然看到屏幕显示“无服务”的字样。

“应该是采用了干扰设备，屏蔽了手机信号。”孟宇衡倒是一开始就发现了这个问题，他正在房间里找寻着可能存在的线索，本也懒得理冯广天的，但看到叶浅浅也疑惑地看了过来，这才及时回答。

“估计是学长们设立的难题，这样我们之间不能用手机互相联系，而且当遇到什么谜题时，就不能用网络搜索答案了。”叶浅浅一想就明白了学长们的险恶用心，不爽地鼓起了腮帮子。

冯广天就在她旁边，觉得这个穿着朴素的女生格外可爱，手贱地用手指头戳了她的脸蛋一下，得到的回应是像拍蚊子一样被拍了一巴掌。冯广天翻了个白眼，心想：期望得到小爷垂青的妹子都能绕着西湖排一圈了，要不是看在这妹子刚刚那样子和他养的豚鼠很像，他才不会动手碰她呢！

不过想归想，接收到一旁学霸透过眼镜镜片投射过来的锐利的视线，冯广天还是乖乖地举起双手倒退了几步，示意自己不会再做什么。而他这么一走开，就注意到了旁边百宝阁上放着的一尊青花瓷梅瓶，立刻眼睛都直了，连忙打开了手机的手电筒功能。

“哎哟我勒个去！这品相、这色泽、这线条、这纹理……”冯广天小心翼翼地把梅瓶翻了过来，瓶底有“大明成化年制”六个字，“果然是成化青花！”

叶浅浅被他的一惊一乍吸引了过来，将信将疑地问道：“你是说，这瓶子是古董？不能吧？成化青花能随便放在这里？岂不是太随意了？万一被打碎了可怎么办？学生可赔不起啊！”

“成化青花也不是特别贵，我家就有好多呢。”冯广天倒是不以为意地撇撇嘴，“不过这东西是真的，有句话叫‘明看成化，清看雍正’，意思就是成化青花在明朝各代中是拔尖的，看这颜色，蓝中微泛灰青，没有宣德青花的那种结晶斑；看这色泽，柔和淡雅。这成化青花被推为明代八大时期之冠可不是虚有其名！而且看这瓶底的款识，是由专人书写，比较规范，字体基本一致。六字双行楷书款，外围为双线方栏……啊……这瓶子怎么越看越眼熟呢？”

叶浅浅听得简直头晕，这种大段大段的知识性语言她非常熟悉，孟宇衡就喜欢这么说话。但问题是这穿得跟个嬉皮士一样的冯广天说出来的话竟像个老学究一样有内涵，就让叶浅浅各种不适应了。

而另一边的孟宇衡则对着墙上的密码锁喃喃自语：“百宝阁上只有一个青花瓷瓶，那么就应该是线索。成化……成化帝在位23年，输入23。密码不正确。他去世的时候41岁，输入2341，还是不正确……”

冯广天听到的时候整个人都惊呆了，这人怎么连这种细节都能记得清清楚楚？简直恐怖好吗！

“眼镜他只是对数字比较敏感而已，还有……过目不忘。”叶浅浅说最后四个字的时候也不禁有些咬牙切齿。学霸什么的，真是一种让人羡慕嫉妒恨的存在啊！

“眼镜”是叶浅浅给孟宇衡起的外号，孟宇衡已经很久没听到有人这样叫他了，不禁推了推鼻梁上的眼镜，一时竟忘了刚刚的思路。直到张槐序尝试打开窗户弄出的声响传来，他才回过神，掩饰性地推了推眼镜，转身往另外一个房间走去。

“我去里面看看有没有线索，密码至少也是四位数组成，说明至少还要有一个线索。”

结果就在孟宇衡刚走进内间的时候，异变突现，本来打开的门无风自动，“砰”的一声迅速关上了。

剩下的三人呆愣了一下，张槐序第一个反应过来，迅速跑到门边，想用力把门拉开。但任凭张槐序怎样用力，门把手都无法扭动。

叶浅浅着急地拍着门，高声唤着孟宇衡的名字，但内间却一点声音也没有传来。叶浅浅有些慌：“这……这不会出什么事了吧？”

“应该是隔音效果太好的缘故。”冯广天把青花梅瓶放好，溜达过来，没什么同情心地笑道。在他看来，让那学霸一个人待着，显然是报应。在这种环境下，三个人显然要比一个人可靠多啦！只是还没等冯广天勾起嘴角，就看到叶浅浅一脸完蛋的表情，不禁抬起手臂做了个亮肌肉的姿势，拍了拍胸脯道，“没关系，不用怕，有小爷在，保证不会有事！”

“问题是，我们三个人，谁还像眼镜那样能准确地说出成化帝在位多少年，又是什么年龄驾崩的呢？”叶浅浅瞥了他一眼，才不担心什么安全问题呢，既然孟宇衡都说了接下来就是密室逃脱，那就肯定是密室逃脱。她担心的是他们现在少了孟宇衡，有可能会被关在这里直到明天早上啊！

冯广天被说得无言以对。

叶浅浅又拿手机按了按，最后仍只能放弃：“果然还是没信号，根本就联系不上眼镜。”

张槐序检查了一下四周，又看了看手腕上的手表，简单地说道：“看来他走的是正确的路，我们只能原路返回了。”突发事件对他来说，在某种程度上还算是好事，因为这等于帮他排除了一个嫌疑人。定妖罗盘此时还在转动，那孟宇衡就不可能是妖魔，也就说明那妖魔不是还在隐身，就是剩下的这两人有问题。

“原……原路返回？”冯广天的脚有点软，虽然知道那些鬼影子不是高科技的全息影像就是学长学姐们假扮的，但不得不说，那气氛、声效、光影做得真叫一个赞……

“嗯，说不定从二楼的天桥还能通过。”叶浅浅觉得还是有机会的，虽然留孟宇衡一个人在这里不太好，但她觉得其实需要担心的应该是他们三个才对。说不定孟宇衡甩掉了他们三个包袱，会更轻松一些……

二比一，冯广天虽然并不想往回走，但他更不想被丢在这里对着成化青花发呆，所以只好不情不愿地跟着他们原路返回。三人依次出了门，叶浅浅甚至还怕孟宇衡从里面的房间出来后找不到他们，找来纸和笔留了张字条给他。

三人在楼里走了五分钟之后，冯广天忽然停下脚步，迟疑地问道："喂，那个姓张的，你会不会带路啊？怎么走了这么久还没到天桥？"

叶浅浅也颤抖着声音发问："是啊……墙壁上的这幅猫咪的油画我已经看到三次了……总不可能这里的墙上挂着的油画都一模一样吧？"不知道什么时候连外面的路灯都看不到了，走廊里漆黑一片，即使知道应该没什么危险，但这种气氛也实在是让人有些窒息。

她下意识地握住胸前的暗月吊坠，这是她六神无主时的反应。

这是个大拇指指甲盖大小的球形吊坠，因为通体是黑银材质，球形的其中一半上面坑坑洼洼，一看就知道是仿造月亮上面的环形山制成，而另一半却刻满了繁复和看不懂的纹章，所以叶浅浅就给这个吊坠取名为暗月吊坠。她还记得小时候和孟宇衡吐槽过，为什么这个吊坠不全都仿造月球表面，而眼镜君给出的答案是，这才是正确的。因为不管在地球上的任何一个地方，月球的另一面永远也看不到。也因为月亮上的景色从来都不会变，在愚昧的古代，才会对月亮产生无数种猜测。

叶浅浅还记得孟宇衡的这个说法，让她当时对月亮产生了极大的兴趣，查了许多天文资料。

这个暗月吊坠是叶浅浅自小被抛弃在孤儿院的时候，就挂在她脖子上的。因为是亲生父母留给她的唯一的东西，更因为造型极其独特，叶浅浅才时时刻刻都带在身上。不过她也知道这枚暗月吊坠有些古怪，因为她小的时候，也经常丢三落四，但每次都能在手边找到这个吊坠。次数多了之后她就暗暗感觉不太对劲，所以也极少跟人提起这个暗月吊坠。这是她的父母留给她的东西，她觉得这个吊坠可能是在默默地守护着她。

走在最前面的张槐序依旧一言不发。事实上在他第二次看到那幅油画的时候，就已经发现不对劲了，他们这是遇到了鬼打墙。

鬼打墙是一种绕圈子无法走出去的怪现象，虽然科学上貌似有了论证，但张槐序却知道这种现象根本就无法用科学来解释。他已经悄悄地从衣兜里翻出一张黄色的符箓夹在中指和食指之间，默念着口诀，双目一眨不眨地盯着周围的情况，不错过任何风吹草动。

当然，他现在最想做的，就是把冯广天那张话痨的嘴给封上。然后，他也真的就这样做了。

当额头上被拍了一张黄纸的时候，冯广天整个人都呆住了，随后暴跳如雷："你做什么？这是什么？丫的！你把小爷我当什么了？！"

"太吵了。"张槐序眯了眯双目，看来这小子没有嫌疑。那么就只剩下……

叶浅浅并不觉得这一幕滑稽，当她看到那张符箓上纹路复杂的朱砂线条时，下意识地后退了一步。见张槐序看过来，她只能再退一步，勉强笑了笑，道："那个，这鬼打墙到底是怎么回事？"

张槐序的眸光幽深了几分，随手把那张符箓从聒噪的冯广天额头上揭了下来，随后以迅雷不及掩耳之势朝叶浅浅拍来。

叶浅浅下意识地闭上眼睛，可额头上却没有意料之中的疼痛感传来。她仿佛听到一声凄惨的哀号，当她睁开眼睛，才发现张槐序正挡在她的头顶上，刚刚她身后巨大的油画突然掉落下来，是张槐序替她挡住了那幅油画。尖锐的画框边缘划破了张槐序的手臂，有鲜红的血滴了下来，洒了叶浅浅一身。

"你……你受伤了！"叶浅浅的心狂跳不止，赶紧帮忙把那幅油画从张槐序的身上掀开。冯广天也吓了一跳，立马跑过来帮忙。

张槐序的目光定在了叶浅浅的身上，只见这少女身上素白的衣裙已经被他的鲜血染红，就像是白雪上开满了一朵朵红梅似的，有一滴血还滴在了叶浅浅胸前的暗月吊坠上。在三人都没有注意的时候，那个暗月吊坠闪烁了一下，那滴血被暗月吊坠慢慢吸收殆尽。

叶浅浅掏出纸巾来给张槐序止血，后者接过来随意地抹了抹，蘸着自己的血涂在指间的符箓上，画了一个简单的符咒，再毫不停留地拍在了那幅油画的背面，随即把油画给翻了过来。

符箓上的朱砂符文正在三人看不到的地方以肉眼可见的速度消弭，只剩下一张空白的黄纸，之后在空中无火自燃，最后化为飞灰消散在空气中。张槐序则看着油画上那空荡荡的树丛，之前躲在其中的那只黑色猫咪果然消失不见了。

张槐序转过头，看向叶浅浅。他刚刚看得很清楚，那只猫妖本来是要咬那个女生的脖颈的，在他把符箓拍上去之后就想要逃跑，可是却在他翻过油画的那一瞬间被这女生胸前的那个球形吊坠给吸了进去。

这个球形吊坠看起来极不起眼，像是黑银质地的，表面坑坑洼洼，而且色泽暗淡无光。

奇怪……张槐序为了想要看得更清楚一点，盯着一脸不知所措的叶浅浅，缓缓地低下了头。

越靠近，张槐序就越能闻到有一种蛊惑人心的味道从叶浅浅的身上传来。他也说不清楚这到底是一种什么味道，但闻过之后心跳会急剧加速，于是目光也从那个暗月吊坠上移到了她光洁白皙的颈部。

那线条优美的脖颈，脆弱得几乎可以一只手就折断，而且还可以看得到皮肤下面淡青色的血管。那种让人怦然心动的味道，就是从这里传来的。张槐序默默地吞了口口水，他心里也知道自己有点不对劲，这个女生绝对不是普通人。

可这个在他的步步逼近下，手足无措、紧张得面红耳赤的小女生，怎么看也不像是什么妖物啊。况且之前那只猫妖的目标，其实并不是他，而是这个女生。

这其实是很古怪的一种现象，对于妖物来说，天师就是它们的天敌，他还是头一次遇到漠视他存在的妖物。

张槐序就这样少见地在脑海里开始胡思乱想，但身体却像是有自主意识一般，慢慢地低头朝叶浅浅靠近。

叶浅浅睁大双目，看着一张俊秀无双的脸庞在她的视线中慢慢放大，那双幽深的眸子简直要把她的灵魂都给吸走，一时间心跳如擂鼓般轰鸣。

“哎呀呀！这么直接不太好吧？啊？小爷我还在旁边呢！是把我当透明人吗？”在一旁觉得气氛诡异的冯广天二话不说就推开了张槐序。刚刚因为符箓贴在油画的背面，他和叶浅浅都没有看到符箓燃烧的情况，只以为是张槐序在发神经罢了。

张槐序被推得一个踉跄，也从迷茫的状态中回过神来。他也没有在意冯广天的态度，拿下捂住伤口的纸巾，发现血已经止住了，随即抬头看向已经重新出现的天桥通道，扬了扬下颌，示意他们跟上：“走了。”

叶浅浅捂着胸口的暗月吊坠，平缓着心跳。肯定是她想得太多了，才刚认识的同学，怎么可能呢！不过……怎么感觉手里的暗月吊坠比平常要热了许多？难道是她刚刚太激动，体温升高了吗？

冯广天也因为她的动作而注意到她胸前的那个暗月吊坠：“咦？这个月亮吊坠好特别啊，好像在哪里看过的样子……喂！不要走，等等我啊！”

叶浅浅离开的时候，回头看了一眼那幅立在墙边的油画，隐约感觉好像有点不对劲，但她只是歪了歪头，下意识地抚摸着胸前的暗月吊坠，扭过头跟着张槐序离开了。

最终，叶浅浅他们还是按原路返回了，因为他们并没有再找到通往B栋的路。

一个小时以后，整栋实验楼的灯光全部开启，广播里也响起学生会会长林萧那招人恨的轻佻的声音："各位可爱的学弟学妹们，鬼屋探险结束啦！所有关卡都已经打开，请尽快离开，最后出来的五个人可是会受到惩罚的哦！要负责整栋实验楼恢复原样的清扫工作，可别怪我没提醒你们哦！"

"我勒个去！真够狠的！"冯广天朝天花板墙角的监视器比了个中指，因为之前灯都没开自然也就看不见，现在看到那些监视器，他一想也知道是怎么回事了。他们绝对沦为被人围观的节奏了。

好在他们离出口也比较近，三人出去的时候，发现出来的同学还不是很多，冯广天这才松了口气。他可不想被留下收拾烂摊子，看这弄出来的架势，一晚上都收拾不完啊！

叶浅浅披散着长发，穿着白裙子还一身血的造型其实细看还是挺吓人的。但众同学在鬼屋已经看过学姐学长们更吓人的装扮了，倒也并不觉得叶浅浅身上有血渍奇怪。

叶浅浅四处张望了一下，一眼就看到在路灯下站得笔直的孟宇衡，欣喜地跑了过去："眼镜！你没事！太好了！"

孟宇衡也没有说什么，只推了推眼镜，把手中的一个信封塞给叶浅浅，再上下扫视了她一遍，确定她身上的血迹并不是她自己的之后，便头也不回地大步离去了。

"我说，这人也太没礼貌了吧？好歹也算是一起共过患难，怎么连声招呼也不打就走了啊？"冯广天本来还打算幸灾乐祸地问问他们分开之后的情况，见状笑道，"这就走了？不会是自己一个人吓得不行了，不好意思跟我们说吧？哎，这信封里是什么？快打开看看！"

"眼镜他应该只是要回去睡觉了吧，这都快十点了，已经打破他的惯例了……"叶浅浅的声音忽然消失，因为她看到躺在信封里的是六张卡片，就是之前学生会会长林萧说的那什么开学大礼包——三张逃课免责卡、两张值日推脱卡和一张记过赦免卡。

冯广天吹了一声口哨，有点后悔没有跟紧学霸，否则他也可以分一杯羹了。

叶浅浅温柔地笑了笑，不客气地把信封收好。她也知道这东西不用还给孟宇衡，因为对于学霸来说，这些卡片根本就没有用武之地。

“好啦！应该不会再出什么幺蛾子了吧？我也先回宿舍了！”

冯广天扫了一眼她胸前的暗月吊坠和手中的信封，立刻请命道：“这么晚，让女士一个人回宿舍多不好啊，让我送你吧！”

“其实很近的好吗……”

“哎呀，其实我也是顺路嘛！”

“再怎么献殷勤，我也不会把奖品分你的哦！”

“哎呀，不要把我想得那么功利嘛！”

“而且，我记得男生宿舍好像不在这边啊？”

“我又不住宿舍。”

“嗯？”

“秘密！”

“……”

不远处，张槐序静静地站在那里，目光却紧紧追随着叶浅浅的身影，直至她和冯广天的身影消失在黑夜之中。

冯广天在把叶浅浅送回宿舍后，便脚跟一转，沿着有着昏黄路灯的林荫小道继续往校园深处走去。在走了几分钟之后，一栋三层的古典小楼就出现在树荫背后。

熟练地输入密码打开铁门后，冯广天跟前来迎接的管家大叔打了声招呼，问清楚自家父亲所在的位置，便上了二楼的书房。

小楼里的装潢趋于中式古典，若是外人能够有幸参观，肯定会惊叹这里低调的奢华。所有古董摆设都设计得非常用心，丝毫没有堆砌的痕迹，而是让人产生这样东西就应该放在这里的感觉。冯广天在走过百宝阁的时候，忽然停了下来，往回倒退了几步，盯着百宝阁上的某个空处，摸着下巴想了一会儿，然后加快脚步往父亲的书房冲去，还二话不说推开了门。

“又不敲门，你的礼节都被狗吃了吗？”坐在书案后的冯父摘下老花镜，不怒而威地皱了皱眉。

冯广天却丝毫不在乎，吊儿郎当地一屁股坐在那张书案上：“老爹啊！走廊的架子上是不是少了一个成化青花的梅瓶？”

“亏你小子居然还能看得出来，还行，没给我们老冯家的摸金校尉丢脸。”冯父的表情柔和了几分，冯家祖上就是曹操旗下的摸金校尉，其实说白了就是靠盗墓起家。但传到他这一代，早就已经不做那种活计了。祖上积累下来的财富足以让他们过上富足的生活，但辨识古董的手艺却是不能丢的。冯父一边想着，一边跟自家儿子解释：“昨天林萧那小子亲自过来了一趟，挑走了几样古董，说是明天再送回来。”

冯广天一听就不干了，立刻打滚撒泼道：“我勒个去，老爹啊！你既然知道今天晚上的迎新晚宴有鬼，怎么也不提醒你儿子我一下啊？身为校长的儿子，难道连这点福利都没有吗？”

“正因为我身为校长，才更应该什么都不说啊。”冯父一向严肃的表情崩裂了少许，嘴角露出一抹期待的笑容，“明天集锦应该就能做好了。”

冯广天捶胸顿足，自家老爹这种喜欢捉弄儿子、看儿子出丑的性格还真是让人无法直视啊！不过笑闹一番之后，冯广天便掏出了手机，递到冯父面前。

冯父隐约看到了一个女孩的照片，他一边戴上老花镜，一边收起笑容道：“怎么？是看上哪家姑娘了，给老爹我掌掌眼？哎哟嗬，怎么弄得这一身血啊？”

“姑娘什么啊！”冯广天翻了个白眼，低头把照片又放大了一些，“注意看这姑娘胸前的吊坠。”是的，他趁叶浅浅不注意时，偷拍了一张她的照片。

冯父细看之下，立刻坐直了身体，很长一段时间都没有说话。直到屏幕的自动锁屏时间到了，画面暗了下去。

“广天，有机会的话，问问这姑娘，这吊坠是怎么来的。”冯父沉声吩咐道，“一会儿把照片发到我手机上。”

“儿臣遵旨……”冯广天没什么诚意地摊了摊手，也没怎么放在心上，拿回手机，手指点了几下，照片就发了过去，“那儿臣这就跪安了啊！”

冯父一边拿起自己的手机，一边起身在书架上开始寻找资料，顿时觉得自家儿子无比烦人，像是赶苍蝇似的挥了挥手。

冯广天也不以为意，吹着口哨转身离开。不过他看着手机上的叶浅浅，不由得用手指头戳了戳她的脸，心想这妹子倒还有趣，可以让他打发打发时间。

暗无月光的天幕之下，一个身穿白衣的少年正在一座凉亭内凭栏而立，他身上的白袍把他的身形勾勒得越发单薄。

他正逗弄着落在他手臂上的乌鸦，脚下却一时间光芒大作。

那乌鸦吓了一跳，扑扇着翅膀飞起，惊疑不定地“嘎嘎”叫唤着。

白衣少年捂着嘴咳嗽了几声，本就苍白的脸越发惨白如纸。他艰难地从怀里掏出一个瓷瓶，倒出一粒丹药服下，气息这才重新平稳下来。

他深吸一口气，抚摸着重新落在他肩头的乌鸦的背脊，低头看了看脚下泛着光芒旋转变幻的符阵。

“嘻嘻，有趣，修罗啊，传说中的朔月之血现世了……”

初二·坐隐手谈

朔月

天边露出的一抹残月之光落在了屋中，正好照在叶浅浅扔在梳妆台上的暗月吊坠之上，那吊坠像是被开启了某种开关一般，发出了一阵光芒。

叶浅浅睁开双眼，看着面前波澜壮阔的云海，一时间有些茫然失措。

她身穿几乎无法用言语来形容的古典华美的衣衫，踏着丝履的双脚凌空踩在洁白的云朵之上，只需微微意动，便可以像仙女一样往前飞行。

或者，她现在就是仙女。

叶浅浅很快就学会了如何在云海之间穿梭，罡风在她的耳畔吹过，卷起了她如云的秀发，令她的心情都随之飞扬了起来。

她并不知道自己究竟会飞向何方，也不知道自己是否会这样一直飞到世界的尽头，她只知道自己还想飞得更快，越快越好。

眼前除了云海和夕阳映照的晚霞，叶浅浅竟忽然看到一只庞大的黑鸟从自己的斜前方展翅而来。直到离得近了，她才注意到这只黑鸟竟是一只体形可以媲美鹰隼的乌鸦！

那只乌鸦的速度奇快，几乎是转瞬即至。它的双目透出犀利的绿光，锋锐的爪子更是毫不留情地朝她的头脸抓来。

叶浅浅惊慌失措之下，却并未手忙脚乱，身体像是有自我意识一样，行云流水般轻松地避过了那只乌鸦的攻击，甚至还游刃有余地甩开水袖上的丝带，像鞭子一样狠狠地抽向那只乌鸦的左翼。

“嘎！”伴随着一声凄厉的悲鸣，黑色的鸦羽四散而落。

叶浅浅看着那只巨大的乌鸦无力地跌落云海，刚松了口气想要收回目光继续向前飞行，却见那只乌鸦被一层柔和的绿光所笼罩，裂开的伤口迅速愈合，被抽掉的鸦羽也飞快地重新生长。眨眼间，那只黑乌鸦便重新扑棱着翅膀，飞了起来。

只是这次那只乌鸦却并不敢贸贸然地朝她进攻，而是在她的周围盘旋，还不时地发出“嘎嘎”的声音。

叶浅浅居然还在那鸣叫声中听出了怨念和委屈，一时不由得怔然。

这破鸟不是先攻击她的吗？怎么反倒恶人先告状了？

正疑惑间，却听见一个低沉且带着冷意的男声，在她的背后霍然响起。

“妖女，看你往哪里逃！”

妖女？是叫她吗？这声音，怎么感觉在哪里听过呢……

叶浅浅的身形一滞，低头看着那透过胸膛的利刃，震惊地睁大双眼。

她想要努力转过头看清楚那人的相貌，可眼前的景象却已经开始不争气地模糊起来……

刺耳的闹铃声响起，叶浅浅猛地从床上坐起，惊魂失魄地捂着胸口，仿佛梦中那股锥心的痛还残留在心头。

入目所及的木胎黑漆嵌螺钿雕花大床、花梨木云龙纹梳妆台、深浮雕紫檀木圆角衣柜，也让她恍惚了好一阵，几乎怀疑自己穿越到了古代。

直到她低头看着自己身上的T恤短裤，才重新找回理智，想起她昨天已经到明德大学报到了。而且那场奢华的迎新晚会以及刺激惊险的鬼屋探险，还有……叶浅浅的脑海里闪过张槐序那张冷峻的面容，连忙拍了拍自己的脸，让自己不要再多想。

胸前的暗月吊坠闪过一丝亮光，她在低头的一瞬间看到了，但以为只是被阳光照射到了反光，倒是没有太注意。

床头柜上的闹钟已经不响了，叶浅浅抓了抓自己乱成鸟窝的长发，又恢复了睡眼惺忪，站在镜子前刷牙都差点睡着了。昨晚回宿舍就已经很晚了，她又因为兴奋而睡不着觉，甚至还没来得及看校园和宿舍的环境，只记得宿舍里的电源开关都极为隐蔽，她最后干脆放弃开灯，直接倒在床上就睡了。

宿舍是两个人一个套间，每人都有单独的盥洗室，客厅公用，甚至还有装潢古意的厨房和茶水间。叶浅浅洗漱过后，便在自己的宿舍里逛了逛，拉开刺绣窗帘，推开古式窗格，放眼就能看到景色怡人的园林景观。

“你好，我叫纪菲，纪念的纪，芳菲的菲。”一个极其甜美的女声从叶浅浅身后传来，叶浅浅回头便看到一个穿着民国旗袍的女生，正优雅地向她点头致意。

“你好，我叫叶浅浅，叶子的叶，深浅的浅。”叶浅浅知道这位应该就是她的室友了，昨晚的迎新晚会之后她因为没有及时回来，所以两人也就没有见到面。纪菲长得非常好看，一双大大的杏目，头发微卷，皮肤白皙，身材窈窕，让人一见就忍不住心生亲近之意。

纪菲仿佛知道叶浅浅在想什么，吐了吐舌头解释道：“昨晚我被吓晕了，回来也很晚了，所以我们才没碰到面。啊，先不说了，我早上约了人，等回来再聊啊！”

叶浅浅看着纪菲朝她温柔一笑后，便踩着高跟鞋离去，脑子里晕乎乎地想着美人果然做什么动作都好看，完全没有看出来对方眼底深处潜藏的轻蔑与藐视。

直到关门声响起，叶浅浅在镜子里看到一团糟的自己，才想起今天是第一天上课，忙打开自己的箱子。她忽然又想到纪菲身上穿的是民国旗袍，再想起入学手册里写过，在明德大学里，是需要穿校服的。

明德大学虽然教导国学，但并不拒绝科技，例如发到叶浅浅手中的入学手册，看起来像是古书的封套，打开却是一个iPad，里面有个APP程序便是明德大学的入学手册。叶浅浅按照上面的指示，打开了她房间的紫檀木圆角衣柜，立刻就被一排排色彩缤纷的衣服给惊呆了。

明德大学的校服分场合有很多种，叶浅浅自从被录取，就需要给明德大学寄一张体检单，上面便有她的身体数据。明德大学的杂务处于是为她准备了一衣柜的校服，从夏天的轻薄款汉服，到秋冬的厚重锦袍，从运动时所需要的修身款，到参加典礼的华丽款……甚至连鞋子都给她准备了十数双，各种颜色和款式，有轻便的丝履，也有帅气的皮靴，就连汉晋隋唐时代就流行的木屐都有两双，更别提旁边的柜子里还有林林总总简直让人眼花缭乱的各种颜色的腰带、头冠、发饰、配件……

叶浅浅索性把所有衣柜全都打开，每件衣服都拿出来在身上比，对着落地的铜制水银镜照来照去，恨不得把所有东西都往身上套。

直到她的手机铃声响起，她青梅竹马的学霸孟宇衡提醒她快要迟到了，她才忙找出一件看起来她会穿、和纪菲那件很像、类似民国服装的校服，顺便挑了个还算搭配的书包，再翻开iPad，按照上面的路线指示图找到了食堂。此时那里面早已没有学生了，叶浅浅还来不及欣赏这古朴的建筑，就发现因为自己迟到，食堂的早餐早就被收光了，只好一跺脚，不甘心地冲向教室。

两个小时以前。

在这天清晨，当第一缕阳光照进宿舍的时候，张槐序就已经自动自发地睁开了眼睛。

他穿着白色的中衣中裤，在晨光中更显身形匀称，四肢修长。他先是动作优雅地洗漱更衣，换上一套宽松的群青色练功服，走到操场上打了一轮五禽戏，微微出汗了之后，再回到宿舍里，净了手后走到红酸枝书桌前，打开砚台磨墨，提笔抄写了一段《洞玄灵宝五感文》，又描了两张符箓，这才满意地去冲澡换衣服。

镜子里出现的是一张湿漉漉的隽秀的面庞，张槐序有些不满地皱了皱眉，对于自己这张从小就招周围人侧目的俊帅的面容非常厌烦。不断有女生告白、男生挑衅，他之前的学生生涯简直惨不忍睹，搞得他都不想再去上学了。

幸好这回他进的是明德大学，学生少，应该能少些麻烦。

张槐序生于夏天，因为槐树夏季开花，故称夏为槐序。明朝杨慎在《艺林伐山·槐序》中写道："槐序，指夏日也。"他便由此得名。

他出生于赫赫有名的张氏家族，并不是以财富或者权势而闻名的张家，而是拥有天师之名的张家。

天师，是黄帝时官名，相传为帝王之师。天师，黄帝对岐伯的尊称。从汉代张道陵开始，为传承道教的需要，将天师的称号，人为地垄断给了龙虎山张氏子孙。从宋朝开始，张氏子孙开始总领江南道教，并在宋朝中后期，将各种符箓道派都集合在周围，形成正一道。到了当今，天师这个称号，已经传到了第六十五代。

张槐序是张家旁支的私生子，从小便在张家受到各种冷遇。虽然依旧受到了张家的启蒙教育，可与嫡系堂兄弟之间的待遇差距很大，而他此生最大的梦想，就是成为这一代天师称号的继承人。

难道他的法力最高，悟性最强，却只能当一个平凡人？难道窥视过光明的人，还能甘于平淡，回到黑暗中当一个目不能视的盲人？

张槐序的表情趋于危险，随着他的情绪失控，镜子的表面也呈现出放射状的裂痕。

“咚咚！”窗外传来一阵有节奏的击打声。

张槐序深深地吸了口气，不禁闭了闭眼。

有裂痕的镜子重新恢复了平整，完全看不出曾经有过碎裂的情况。

等张槐序擦干脸上的水，再次睁开双目时，又恢复到众人眼中那高不可攀的冷峻男神的模样。

不过话说昨晚在鬼屋的时候，那个叫叶浅浅的女生情况很特殊，以后可要留意观察。张槐序默默地在心里记上一笔。

窗户“吱呀”一声从外面被打开，一个小小的黑色身影挤了进来，扑棱着飞到了桌子上，踩着上面的陶罐开始吃起给它准备好的玉米粒来。

张槐序像是根本没有注意到这位闯进来的不速之客，打开衣柜扫了一眼，选定一件剪裁得体的中山装，黑色的衣料上配着稳重的宝蓝色，衬得他整个人都玉树临风，英姿飒爽。

伸手关好衣柜门，张槐序轻呼出一口气，再对着镜子整理了一下衣领，最后对着正在大快朵颐的小乌鸦淡淡地说道：“夜叉，记得走的时候关窗户。”

回答他的，是一声粗哑的鸣叫。

张槐序推开门，从宿舍的回廊往食堂走的途中，眼角的余光正好瞥见一间宿舍的窗户被推开，一个女生大呼小叫的惊叹声隐约传来，他不禁停下脚步，皱了皱眉。

看起来，这明德大学招收的，也并不都是素质很高的学生啊……

张槐序按了按眉心，压制住想要叹气的冲动，加快脚步离去。

“清晨六点，起床。”

在闹钟的时针快要走到六的时候，孟宇衡就睁开了眼睛，伸手按掉刚刚要响的闹钟。

抓起床头柜上的黑框眼镜戴好，孟宇衡如机器人一般，掐秒表似的整理床铺、洗漱好，十五分钟之后，准时换上了运动服，戴上耳机听法语朗读，做好了出门慢跑的准备。他发现和他同住一间宿舍的张槐序已经出门锻炼了。两人的生活习惯都很好，孟宇衡表示很满意，以后不会因为时差问题而产生矛盾。

因为是新环境，孟宇衡开了手表上的GPS导航，迅速拟定好一条足以让他一小时之内跑完全程的路线后，便欣然启程了。

明德大学的校园以秀美著称，除了离宿舍区较远的马场比较开阔以外，教学区和宿舍区都是以江南园林为主的建筑。在清晨的日光照射下，入目所及的都是园圃繁花似锦，草木郁郁葱葱，假山层层叠叠，池水涟漪阵阵。可孟宇衡对这些景色都不屑一顾，而是一边练习法语，一边分心对照着导航上的信息，迅速熟悉自己即将住上两年的地方。

“将离苑，浅浅应该住在这里。”孟宇衡停在一处开满了芍药花的宿舍门口，摘下耳机，听里面没有任何声音，知道里面的人肯定还没起床。

他原地踏步了一会儿后，还是决定先行离开。又跑了一会儿后，看到操场上的张槐序着一身白衣，竟是在打拳，而且那种姿势很奇怪，并不是常见的太极拳或是军旅拳。

孟宇衡忍不住观察了几分钟，轻声自言自语道：“有百分之八十五的可能是五禽戏，可有些姿势又对不上，现在居然还有人在打这种拳，看来明德大学的学生果然深藏不露啊。”他看了看手表，发现自己已经耽误不少时间，这才加快脚步继续前行。他并没有发现旁边的树枝上，有只黑色的乌鸦正歪着头盯着他跑远。

大汗淋漓地跑回宿舍，孟宇衡满意地发现自己的计算能力非常之强，对时间的误差控制在五分钟之内。迅速洗过澡后，他打开了衣柜。

依稀记得叶浅浅曾经说她很喜欢军装，于是孟宇衡的手便停在了一件深蓝色的军服上。

这件军服属于改良的军礼服，并没有太过隆重，也不会妨碍日常动作，然后再蹬上皮靴，戴上军帽，最后再拿起一副白手套。孟宇衡看着镜子里的自己，推了推脸上的眼镜，觉得怎么看怎么别扭。

虽然衣服是按照他的尺寸量身定做的，不能再合身，但没有军人的气质，果然怎么穿都很奇怪。

孟宇衡只好又花了几分钟换上一身民国书生长袍，配上他的眼镜，倒是别有一番儒雅气质。

“比预计多花了十分钟。”孟宇衡拿起书包，走到食堂，想了想，要了两份早餐。一份自己吃了，还有一份是方便外带的卷饼，当然是给叶浅浅准备的。吃过早饭，他顺便还给叶浅浅打了个电话，提醒她不要迟到。

推门进入教室，孟宇衡注意到这里并不是像普通教室那样有桌椅，而是一人一个垫子，面前有一个案几，上面还摆了一套笔墨纸砚。

孟宇衡抿了抿唇，觉得他以不想与叶浅浅分开的心情硬是拉着她一起进了明德大学，恐怕是自己做错了。这样古板规矩的学校，叶浅浅真能待得住吗？

他挑了角落里的一个案几坐下，由于整个人散发着低沉阴郁的气质，即使有人想要在他身边坐下，都不敢上前询问。新生陆陆续续都已经到了，各自都穿着自己喜欢的服装，但大部分都是改良版的民国服饰，即使女生也大多如此。想来应该是汉服即使会穿，也并不会弄相匹配的发型，尤其是在时间比较紧张的清晨。

新生互相之间都是不熟悉的，但有性格外向的已经开始互通姓名，低声说笑起来。

孟宇衡翻看着手中的iPad，读着里面下载的资料，在教室忽然安静下来的那一刻，若有所感地抬起了头。

一个穿着中山装的冷峻男生走了进来，那相貌就算是自认帅哥的孟宇衡都甘拜下风。尤其对方身上缭绕着一股清冽的气息，就像是一朵幽静的莲花，有着只可远观的生人勿近的气质。孟宇衡没想到张槐序的容貌竟是如此出众，昨晚的光线也确实太差了点。

只不过看对方高冷的气质，倒真不像那种一板一眼打五禽戏的人。

张槐序也找了一个角落盘膝坐下，背脊挺得笔直，真正一个站如松坐如钟。孟宇衡不禁想，这人若是换上一身军装，恐怕定会穿出那股英姿飒爽的风范。

教室里几乎大部分人的视线都落在他的身上，但对方应该早就习惯了这样被人注视，面色如常地合上双眼，静静地闭目养神起来。

窃窃私语声又再次响起，只是这回大家都有默契地降低了音量。

孟宇衡撇了撇嘴，这世上的有些人，生来就和普通人不一样。

时间又默默地过了半晌，一阵慌乱的跑步声由远及近，孟宇衡扫了一眼几乎已经坐满的教室，无奈地用手指推了推眼镜。

满身大汗的叶浅浅出了现在教室门口，她一出场立刻把所有人都镇住了。她身上穿的是唐朝的襦裙，脚下蹬着的却是清朝的花盆底鞋，头发还梳着马尾辫，整个人身上的混搭风简直让人无法直视。

孟宇衡立刻就听到几声无法控制的轻笑声，倒没有太多的嘲讽意味。明德大学的新生都知道自己周围的人不是有财，就是有才，所以得罪人的事情，他们这些聪明人是都不会轻易做的。只是私下的讨论声也渐渐大了起来。

“这位妹妹穿的衣服，倒是很有个性呢。”

“也是，这种混搭风现在好像很流行，等哪天我们也可以试试。”

孟宇衡见叶浅浅浑然没有听出这种明褒暗贬的话中暗含的意味，还一脸阳光灿烂地跟那几位女同学打招呼，就有种恨铁不成钢的感觉。

“眼镜，早安！”叶浅浅看到孟宇衡后，双目一亮，不等他打招呼，就脱了花盆底，自动自发地在他身边的那个空位上坐了下来。

“看来真的是无法让一只丑小鸭变成天鹅啊。”看着叶浅浅毫无淑女风范地瘫坐在坐垫上，孟宇衡忍不住开口嘲讽。恨铁不成钢啊！他和叶浅浅是从小一起长大的，虽然初高中并不在一起，但自小感情深厚，也是唯一一个能忍受得了他古怪性格、牙尖嘴利的朋友。

叶浅浅闻言，哈哈大笑起来，狡黠地道：“哦？那眼镜你倒是说说，丑小鸭究竟是怎么变成天鹅的啊？”

孟宇衡一皱眉，像是抓住了对方言语中深藏的含义，却并没有立刻说话。

叶浅浅却并未在意，而是自问自答地接着说下去：“丑小鸭能变成天鹅，是因为它本身就拥有天鹅的血统。而一只真正的丑小鸭，就算有再绚丽的魔法，也无法变成一只真正的天鹅。”

孟宇衡抿紧了唇，一时间无话可说，对口无遮拦的自己懊悔万分。

叶浅浅是个孤儿，根本不知道亲生父母是谁，他这句话实在是有往对方伤口上撒盐的嫌疑。

叶浅浅歪着头看着孟宇衡纠结的眉心，不由得大笑着拍后者的肩。她这个竹马，总是想太多。人生在世，何必思考得那么多那么累，随心所欲便好。其他人再如何看自己，也没有自己过得快活来得重要。

感觉到身后的视线，叶浅浅下意识地回过头，正巧看到坐在她另一边的张槐序正定定地看着她，眼神中充满了危险的意味。

哎……难道是听到她说的话了？但她说的好像也没有什么不

对吧？

叶浅浅心虚于昨晚的那幅画面，强迫自己理直气壮地瞪回去。对方反而率先移开了目光，一副云淡风轻的模样。

哎……也不知道他的伤有没有好……叶浅浅有些担心地想。

其实叶浅浅刚刚说的话，并未刻意控制音量，教室里只要稍微留意他们的人都听到了。叶浅浅说的理论，他们也都为之认同，不由得对这个看起来大大咧咧的女生起了刮目相看的念头。当然，即使有不赞同的，也不得不承认童话中也有残酷的内涵存在。

在这个看似平等的社会中，虽然标榜的是人人平等，但若真的能够做到这一点的话，那还用得着处处宣扬吗？

就如同这世间万物一般，每个人一生下来，就注定了与其他人的不同。而差异带来的，就是各种意义上的不平等。

其实明德大学的存在，也是不平等的。他们坐在这里，或因为学习成绩优异，或因为家世显赫，本身就注定了他们即将开始不平凡的一生。所以许多人听到叶浅浅的一番话后，倒都对她多少有了改观，至少是对这个闯入天鹅族群的丑小鸭稍稍减少了些许偏见。

但这句话在张槐序听来，就透着各种指桑骂槐的味道。

天师的修行，最重要的其实就是血统。张家嫡系向来都与其他天师家族联姻，以保持血统的灵力纯洁强大。所以就越发看不起他这个私生子，无论他付出多大的努力，无论他做得再好也都一样。

而且什么叫血统？不都一样是张家的后代，只不过他堂弟是满月之夜出生，年纪轻轻就继承了天师的称号。而既是私生子又不是满月之夜出生的他，便是张家外门子弟。

所以究其原因，就是他虽然长得像美丽的天鹅，可骨子里还是丑小鸭吗？

张槐序面前的案几颤抖着裂开了几道缝，而后又被他伸手默默抚过，裂缝瞬间消失。

叶浅浅丝毫没注意到她随口的一句话正刺中了别人的隐痛，也丝毫没有感受到芒刺在背。她此时注意到iPad上飘过来一个通知，好奇地点进去，一阵下载缓冲后，便弹出了一个视频框。

此起彼伏的尖叫声响彻整间教室，随后便是各种搞怪的伴奏音乐。

原来每个人都接到了这个被命名为“乙未年新生欢迎仪式集锦”的视频。

欢迎仪式你妹啊！这分明都是鬼屋探险时偷拍的啊！

每个有出镜特写的人都默默地收起想要把手中的iPad摔碎的纠结心情，发誓下一届新生到来的时候，一定要变本加厉！

【我勒个去啊！哥的镜头还挺帅的！】叶浅浅发现屏幕上飘过来一句对话。明显应该是有人把他们所用的iPad都加入了一个聊天群，就像是B站弹幕一样在屏幕上飘过。这熟悉的口头禅，让叶浅浅把目光落到刚进教室的冯广天身上。

【帅P！那个给学长来个过肩摔的帅哥才是真的帅！】

【没错！太牛掰了！不过据说昨晚的第一名不是他哎。】

很快，冯广天的话语就遭到了大家的逆袭，一时间屏幕上飞快跳跃的弹幕几乎都要遮住镜头。

叶浅浅看得一阵眼花缭乱，忍不住抬起头来揉揉眼睛，同时也注意到身边的孟宇衡皱起了眉头。顺着他的视线看去，叶浅浅正好看到iPad屏幕上，张槐序要低头靠近自己的那一幕。从天花板的监视器角度看过去，月光洒落，浑身上下自带柔光效果，搞得他们两人的气氛不知道有多暧昧。而这时视频的背景音乐也恰好一变，变得各种缠绵悱恻。

【啊啊啊啊！！这是什么？鬼屋探险的时候，居然还可以谈情说爱？！简直就是犯规啊！！】

【我勒个去！没看到本大爷的矫健身影吗？我还在旁边呢！】

孟宇衡紧锁眉头，眼睛一眨不眨地盯着iPad屏幕，心中后悔莫及。他为什么要和叶浅浅分开呢？这些应该都是他被关进密室之后发生的事情。实在是太大意了，除了他之外，还有人能看到她的好……

叶浅浅俏脸通红，她没想到那个画面居然会被拍下来。好在监视器的像素并不是很高，又没有拉近镜头，剪辑得也比较梦幻，根本没有人能认出那其中的女主角就是她。

视频集锦发出一会儿后，随后所有人便通过iPad接收到了课表。

叶浅浅看了一下，发现上午都是比较正常的基础课，下午就都是属于明德大学的特色课程了。例如围棋、马术、茶道、射箭、古典舞等等。今天下午就是围棋，叶浅浅对着屏幕陷入了沉默之中。

“怎么了？”孟宇衡还因为刚刚看到的画面，整个人散发着阴郁的气息，但不代表他没有注意到叶浅浅的情绪。

叶浅浅指着那一串课程，颇没有自信地低语道：“今天下午就是围棋呢！一上来就这么高大上真的没问题吗？”

“没什么问题，你觉得这些少爷小姐们能HOLD住吗？又不是要把我们培养成国手，只是走走过场罢了。”孟宇衡想得很实际。

“哦，也对哦。”叶浅浅被他这样一安慰，立刻就不纠结了。不过她比较关心今天第一天上课会教些什么。

“按道理来说，应该是军训，但明德大学和其他大学不一样，看这架势，我分析只有百分之十的可能性会是军训。”孟宇衡推了推眼镜。

“求千万不要是军训啊……”叶浅浅至今还记得她上初、高中的时候，最开始的那一个月军训，简直就是折磨人啊！

正说笑时，一名双鬓微白、相貌堂堂的中年男子走了进来。他穿着一身赭色云纹唐装，一副学者风范。他手中并未拿任何教案，走到教室前，便弯下了腰，正襟危坐。

“大家好，我姓严，你们可以叫我严老师。”

【哎呀，这个严老师是那个谁嘛！】

【对哦对哦，就是某大学的著名教授，之前还上过电视台的什么××讲坛。】

叶浅浅仔细一看，果然觉得这位严教授有点眼熟。

拥有一双鹰眼的严教授，只要他一睁开双眼，就有一股不怒自威的气势。他扫了一眼教室里大家七零八落的坐姿，一拍桌子冷哼道：“今天第一课，就由我来教大家，什么叫正坐。”

“正坐？”叶浅浅无语，怎么坐还用教吗？

孟宇衡的脸色已经有些不好看了，因为学霸如他，也已经知道了这第一节课有多么不好熬。他碎碎念地喃喃道：“正坐？糟糕了，与其正坐，我宁可参加军训。”

“哈？”叶浅浅不解，坐有什么难熬的？再低头看iPad上一条条类似于B站弹幕的刷屏消息，每个人都默默地在屏幕上哀号。

【艾玛！居然是正坐！还能不能行了？！】

【今天的腿是不能要了……%>_<%……】

【希望我晚上还能走回宿舍……】

当叶浅浅也想试着发一条时，严教授已经开始授课了。

“致福曰礼，成义曰仪。礼仪，乃是为人处世最基本的原则。”

“正坐是我国古代人的居坐方式，就是席地而坐，臀部放于脚踝，上身挺直，双手规矩地放于膝上，身体气质端庄，目不斜视。对，大家都要像这样正坐。嗯，坐在坎字位的那位同学的姿势不错。”

【我勒个去，坎字位，这年头谁还用八卦方位啊！】

【救命，谁知道坎字位说的是哪位仁兄啊？】

【其实都不用辨认哪里是坎字位，看谁坐得最好就知道了。】

【那明显是穿中山装的那位啊。】

【帅哥啊！\（^o^）/~好赞！】

叶浅浅也悄悄地四处张望了一下，果然发现是张槐序坐得最标准。

严教授一边拿戒尺纠正着学生的姿势，一边继续唠叨。

“其实现在坐在凳子上，双脚垂直下来的坐法，实际上是从南北朝以后才传入的，是从当时西域国家传来的，因此也叫‘胡坐’。虽然人们在唐代正规礼仪仍然以‘正坐’、‘趺坐’，就是盘腿而坐为主，但社会上已经开始风行起了‘胡坐’，直到宋朝，正座便正式被胡坐所取代。

“古人凡事讲究个‘正’字。故始有礼仪之正，方可有心气之正也。当你正坐着，也是对自身内在礼仪的一种修炼。

“无论跟你谈话的那个人身份差距有多大，正坐都是一种恭谨虔诚的方式。在更早的古代，君臣之间，上下级之间也要讲究礼仪，不是像后世那样上级只有居高临下的份。君视臣以礼，臣事君以忠，不是在表现一种奴颜婢膝，而是一种各司其政，达到一种和谐互不侵犯的关系。正坐比较端庄严肃，虽然很辛苦，却表现了中华民族的处世严谨。

“正坐虽然早已被历史所取代，然其所蕴涵的文化内涵以及独特的气质仍然是有一定意义的。正坐讲究的是心性内涵以及通过坐姿达到一种修身养性、修炼自身气质、内外调合、和气护身，从而达到形神兼备的目的。寻求的是一种内心与身体的和谐统一，更是一种哲理的升华。”

【就算严教授说出个花来，我也觉得正坐特别痛苦……】

【我的腿已经麻了！】

【救命啊！！我宁可军训啊！！】

“在椅子出现前，人们在正式场合必须坐，这种坐姿现在看来是很难受的，恐怕现代人很难有能坚持这种坐姿半个小时的。所以古时的人们必须从小经过刻苦训练，才能适应。孩子们上学堂的第一项礼仪就是坐，其意义与新兵入伍要站军姿相似。坐的训练，除了能磨炼意志，更重要的是修身养性。因为再怎么训练，坐久了都会不舒服，内心就会焦躁不安，所以，坐训练更是对自身心性修养的修炼，从而使内心与坐姿和谐统一，这样才能达到完美的坐。因此，经过坐训练的人都有挺拔、干练的气质，都有严谨、坚韧的性格。”

【哦……说白了就是自虐！】

【教授！你讲的都是百度百科啊！别以为我们没看到你在时不时地偷看手里的手机！这样的水平究竟是怎么混进来的啊！】

叶浅浅表情扭曲地动了动身体，一开始坐着的时候还不觉得难受，但几分钟之后，就压根感觉不到自己的腿了。

好在严教授也说，正坐初学之时不宜久坐，才不致坐伤筋骨。每次练习十或十五分钟即可，待习惯后再逐渐延长时间。这一节课，大家就在严教授各种文艺的熏陶洗脑中度过了。

等严教授一走，教室内一片哀鸿遍野。

“哎哟我去！以后上课难不成都要正坐吗？这种罪谁能受得了啊？现在申请退学不知道还来不来得及啊……”

“那位坎字位的帅哥，你好像一直都一动不动，都下课了，还装什么啊？是不是腿麻了？不能动了吧？用兄弟我帮你一把不？”一个梳着小平头的男生笑嘻嘻地爬到张槐序身边，伸手想要去推后者的肩膀。

张槐序准确地在对方的手要碰到自己肩膀的时候，握住了他的手腕。冷冰冰地看了对方一眼，之后利落地起身，离开。

直到张槐序离开教室之前，都没有人敢说一句话。

叶浅浅摸了摸手臂，觉得自己应该是产生了错觉，教室里的温度忽然下降了好几度。

好在正坐的折磨并没有持续太久，严教授在下一节课的时候，就没有要求必须保持正坐了。除去不苟言笑，他讲《四书》《五经》的时候还是很引人入胜的，时不时引经据典，一点也不枯燥。一上午很快便过去了，只是叶浅浅一直都没找到机会在课堂上偷吃孟宇衡给她带的早餐。到中午的时候，她简直要饿成纸片人了。

所以下课铃一响，她便穿上花盆底，以令人难以置信的百米冲刺的速度跑了出去。孟宇衡认命地把她的东西都收拾好，等他来到食堂的时候，就看到叶浅浅已经选好了一桌子吃的，一手拿着鸡腿，一手在向他挥手。

“艾玛，没看出来啊！你居然这么能吃！”冯广天却先孟宇衡一步，坐在了叶浅浅的身边。他显然也没吃早饭，懒得去窗口排队了，就直接伸手去拿盘子里的鸡腿，“反正你也吃不完，让我来帮你解决吧！”

叶浅浅瞥了他一眼，也没好下逐客令。反正明德大学食堂里的东西都是免费供应的，他们好歹昨晚也算共过患难，她也就不跟他一般计较了。

孟宇衡对冯广天破坏了他与叶浅浅的二人世界有些不爽，但隐忍的他什么也没说，只是扶了扶镜框，在叶浅浅的对面坐了下来。

冯广天是闲不住的，更何况他本就是有目的地接近叶浅浅，刚安静地吃了几口鸡腿，便按捺不住地凑过去问：“我说浅浅啊，问你件事呗？”

叶浅浅被那声肉麻的“浅浅”惊得一片恶寒，抖了两下：“我们很熟吗？都熟得可以直接叫昵称了？”

“那是，我们俩谁跟谁啊？话说，浅浅你的那个吊坠能不能借我看看？”冯广天的目光紧盯着那个吊坠，光看是不够的，他还要拿在手里确定手感和材质。父亲大人交代的任务，是必须快速准确完成的。

叶浅浅一怔，与身边的孟宇衡对视一眼，都觉得很奇怪。

这个暗月吊坠是叶浅浅自小被抛弃在孤儿院的时候，就挂在她脖子上了。因为是亲生父母留给她唯一的东西，叶浅浅才时时刻刻都带在身上。这个吊坠虽然造型特别一些，但也不至于引起一个男生的兴趣啊。

孟宇衡想的更多，这冯广天居然一下子就对这个吊坠产生了好奇，难不成他认得这个吊坠？难道可以通过他找到叶浅浅的父母？

叶浅浅从与孟宇衡的对视中想到了这一点，不禁连眼神都变了。她做梦都想找到自己的亲生父母，问问他们为什么要把她丢弃，也许他们有难处……也许他们也在找她……但她也知道这些都是她的痴心妄想，她的档案一直都在她当初被丢弃的孤儿院里，若是真有心要找她，早就来找了。

只是，没有人会放弃寻找自己的父母的。叶浅浅咬着下唇，也没有多说什么，把暗月吊坠珍而重之地取了下来，放到了冯广天的手里。

冯广天被她的态度弄得一愣，不禁也沉下心来，仔细端详这个暗月吊坠。

叶浅浅紧张地看着他，企图从他的微表情中看出什么端倪来。可冯广天就只是对着这个吊坠发呆，还拿出手机对着吊坠的各个角度都拍了照片。

“看出什么来了吗？”想起昨晚这人一眼就能说出成化青花的来历，叶浅浅怎么看都觉得他像是在鉴定古董。难不成她戴的这个不起眼的吊坠，还是古董不成？

“应该是我看错了，听我父亲说过，我家里原来也有这么一个吊坠，但已经不见许多年了。”冯广天随口这么一说，打着哈哈想要糊弄过去。

叶浅浅和孟宇衡却同时一惊，顿时都想歪了。难道……冯广天的父亲就是……

冯广天见两人的表情都变得非常古怪，顿时感觉自己肯定是哪里说错话了。但他还是硬着头皮打着哈哈把暗月吊坠还给了叶浅浅，顺便找了个借口溜之大吉。

孟宇衡这时已经掏出了iPad，开始对冯广天的父亲进行人肉搜索。很快，对方的资料就出现在了屏幕上。在一串闪闪发亮的头衔之中，叶浅浅立刻就找到了最关键的两个。

“冯啸威，明德集团董事长，明德大学校长……真看不出来，冯广天的父亲居然还是这样的身份。”孟宇衡一向对人没什么偏见，但冯广天这样明显一看就是走后门进来的，倒也符合常理。

叶浅浅却被后面的描述吸引了全部注意力。

“风传冯啸威三十岁时，正妻去世，膝下无子，至此风流多情，留下孽债无数。据说现在只有一个儿子，其余都是女儿，颇有天龙八部中段王爷的风采……”

算算年纪，冯广天也大不了她多少，难道说……她也是冯父当年的风流债之一？

脑洞一开，就再也收不回去了，就连孟宇衡也推了推眼镜，无法说出反驳之语。半晌之后，才科学地提醒道：“可你和冯广天长得一点也不像。”要说和冯广天长得像的……还真有那么一个人。孟宇衡把目光转向不远处走进餐厅的林萧，总觉得他的眉目之间与冯广天有几分相似。不过这世上长得像的人很多，总不可能因为长得像就说有血缘关系吧。

“这不能构成证据。”叶浅浅狠狠地咬了一口鸡腿，对于家人，她有着别人无法想象的执着。

因为冯广天有可能是她同父异母兄长的这个猜测，叶浅浅连午休都没有休息好，整个人都混混沌沌的。好在孟宇衡也体贴她，万事都帮她弄好，等到了要去上围棋课的时候，就拽着她的袖子领着她过去。

所以等叶浅浅回过神来的时候，已经端坐在围棋室里。这间可以同时容纳二十人对弈的围棋室，古香古色，最前面有一面竖起来的大型围棋盘，上面都是磁石做成的黑白棋。地面是上好的枫木地板，细密的木纹上铺着一个个云锦坐垫，每两个人面前就放着一个方形花梨木棋案，上面打开的两盒围棋都是上好的云子围棋，晶莹剔透，色泽玉润。

“回神了？时间刚刚好。”坐在叶浅浅对面的，自然就是孟宇衡了。他虽然不会围棋，但身为学霸，午休的两个小时已经足够他通过网络了解许多围棋知识了。

叶浅浅下意识地在围棋室中寻找冯广天的身影，正好看到对方睡眼蒙眬地走了进来，显然是中午不知道跑去哪里补眠了。

冯广天环视了一圈围棋室，发现棋案都是按人头摆放的，他来得晚，只有张槐序面前尚有一个空位。他显然别无选择，只能一脸嫌弃地盘膝坐在张槐序面前。冯广天撇了撇嘴道：“兄弟，你人缘真差，也就我好心拯救你了。”

张槐序正闭目养神，冯广天的这话也没办法让他有丝毫动容，只是微微张开双目，幽深的双眸中透出一股不屑与之一般见识的轻蔑。

冯广天的额上冒出了一个井字，当时就拍案而起，走到孟宇衡和叶浅浅这一桌，毫不客气地拽起孟宇衡：“眼镜，我们换个位置呗？那边的大少爷我实在是伺候不起。”

孟宇衡自是不愿放弃与叶浅浅面对面度过一下午的机会，但看到叶浅浅期待拜托的目光，也只好压下不爽，整了整被冯广天弄乱的衣服，走到张槐序面前坐下。他们好歹还是同一间寝室，张槐序倒也没有什么意见。

事实上，方才张槐序也只是普通地睁开眼睛罢了，只是冯广天自己太会脑补而已。

叶浅浅的心情非常激动，她面前坐着的男生，很有可能是她的哥哥。光是想着这种可能，就已经让她坐立不安了。

冯广天却误会了她的紧张，露齿一笑道："不用紧张，小爷我这么帅，喜欢我也是很正常的。"

叶浅浅直接翻了个白眼，连吐槽都懒得吐。

冯广天正想问问她关于暗月吊坠的事情，但此时来讲课的老师已经推开了门，居然还是上午见过面的严教授。

【还能不能行了？围棋也是他来教？不会明德大学为了省经费，就请了这一位老师吧？】

【没见识了吧？据说这严教授可是围棋五段，教我们倒也够了。】

【求换个青春靓丽的女老师来啊……】

【青春靓丽的女老师有会下围棋的吗？醒醒吧！】

iPad上弹幕"唰唰"的，叶浅浅都怀疑大家哪里有机会打字，简直手速惊人啊。

也许是下午比较困的缘故，严教授看起来要比上午的时候温和太多了。他大概也知道要求大家全部跪坐是不科学的，便通情达理地说盘腿坐也完全可以。这句话说完后，围棋室内响起了一片呼气声，显然大家都对上午的正坐印象深刻。

"咯，在学习围棋之前，我们先来介绍一下五子棋。"严教授非常严肃地说道，但效果显然完全相反，底下的学生闻言都哗然。他也似早有预料地抬起双手做出往下按压的动作，示意大家安静，"就知道你们会是这样的反应，是不是都被那些什么穿越小说误导了啊？居然写什么主角穿越回去跟古人下五子棋，还说这是自己发明的，简直就是胡闹！"

【我实在是无法分清其中的槽点究竟是围棋课上先讲五子棋，还是严教授居然看穿越小说了……】

【楼上+1】

【+1】

【+10086】

“五子棋是一种两人对弈的纯策略型汉族棋类益智游戏，棋具与围棋通用，起源于中国上古时代的传统黑白棋种之一。源于围棋，是围棋发展的一个分支。五子棋为‘连五子’或‘连珠’，也许是源于史书中‘日月如合璧，五星如连珠’。

“围棋呢，在东晋的时候被称为坐隐或者手谈。指弈者正襟危坐运神凝思时喜怒不行于色的那副神态，比作是僧人参禅入定而曰坐隐。而下棋则如同在棋局中以手语交谈一般，因此又称为手谈。”

【又来了……百度百科！严教授！】

【楼上的不要闹。】

【要严肃！】

叶浅浅胸前的暗月吊坠闪过一丝光亮，冯广天用眼角余光看到了，却在抬头之后又发现没有丝毫异状。他也没太在意，觉得一定是自己眼花了，重新低头看着手中的iPad刷屏。

叶浅浅却因为中午没有午睡，早上又起得晚，在严教授开始唠叨的时候，就立刻开始昏昏欲睡。尤其对方拉长的声音，更像是在耳边奏响的催眠曲，没多久就开始小鸡啄米了。

迷迷糊糊间，她仿佛隐约看到了眼前的棋盘化为一个石台，一个身穿葛袍长带的人，随手正用脆弱易折的树枝就像是切开豆腐的刀一般，在坚硬的石台上划着横线与竖线，交织成一个古老的棋盘。

那横平竖直之间，仿佛孕育着宇宙间难以言喻的力量，让叶浅浅看得失神不已。

严教授正想找个人抓典型，一眼看过去，所有人都低头在努力听讲的样子，只有叶浅浅一起一伏的脑袋特别明显。严教授走到她身边，拍了拍她的头，用异常和蔼的声音问道：“这位同学，是不是对我刚刚说的话非常赞同啊？看你不停地在点头。”

叶浅浅一个激灵醒过来，眼前的幻境破碎，重新回到现实中的围棋室。她对面的冯广天一直在暗示她点头，但叶浅浅忽然间迷茫了一下，开口反驳道："老师，您说得不对。五子棋比围棋发明的时间还要早，是轩辕黄帝那家伙无意之中画下的十七条横线十条竖线，造就出来的五子棋。而围棋，是尧当皇帝时，尧认为自己的儿子丹朱愚昧懒散，为了把儿子管束好，给他找点事情干，才在五子棋的棋盘基础上发明了围棋。"

这话一出口，围棋室瞬间就安静了，然后iPad上又疯狂跳出各种弹幕。

【我勒个去！浅浅真有种，居然敢顶撞严教授！】

【虽然不知道真假，但听上去好像很带感的样子。】

【居然敢说轩辕黄帝那家伙，黄帝不是我们中华民族炎黄子孙的祖先吗……这样不敬的语气OK吗？】

严教授也能感受到围棋室内气氛的骚动，微微尴尬地咳嗽了一声："这位同学的说法也是其中一种推测，只是除了'尧造围棋'这一段外，没有其他的文献证据。"

【咦咦咦？！居然被承认了！】

【其实那么久远的传说年代，怎么着都没文献证据吧……】

严教授也没有纠结于这个问题，话题一转就开始介绍围棋的各种规则，倒是再也不管叶浅浅还睡不睡了。

叶浅浅却托手下巴，思考着自己为什么会突然说出那么一段话来，但无论她怎么回忆，都想不起来自己究竟是在哪本书里看到过，仿佛意识里认为事实就是如此一样。

就这样浑浑噩噩地度过了下午的课程，叶浅浅甚至忘了跟冯广天套话，询问他有关于冯父的事情。直到回过神后，才看到孟宇衡一脸平静地坐在她面前，其他人都已经走光了，围棋室内只剩下他们两个人。夕阳照入室内，映得一片温暖的橙红色，让人的心情不由自主地也变得柔软起来。

听到棋子“吧嗒”的轻响声，叶浅浅才注意到孟宇衡正按着棋谱打谱，黑白两色的棋子在横平竖直交错的棋盘上纠缠不休。已经到了中盘，结束了互相刺探，终于亮起獠牙刺刀互相厮杀的地步。

孟宇衡没有注意到叶浅浅已经回过了神，他体谅她对于找家人的患得患失，所以也就耐心地陪着她，即使这已经再次打乱了他的计划表。

离他规定的吃晚饭时间，已经过去了二十二分钟。

如果是原来的他，估计差个一分钟都会焦躁不安，难以忍受。

可他现在却在心平气和地继续打着棋谱，慢慢地心神都沉浸在了其中。他只是随便在墙边的书架上抽出了一本棋谱，又随便翻了一页，但围棋的魅力就在于此，只有黑白两色，却能构建出一局局或气势磅礴或惊险奇巧的棋局，窥视出对局两人或锋芒毕露或谨慎周全的心思。而此时白棋虽然小心经营，却敌不过黑棋的步步紧逼，很快就被黑棋分而化之，眼看就要溃不成军，中盘怕就是要投子认负了。

孟宇衡正想再翻一页，挑另外一盘棋打谱，就看到一只优美白皙的手，用食指和中指夹着一枚白棋，“吧嗒”一声下在了棋盘某处。孟宇衡一怔，虽然他对围棋接触不多，但身为学霸，对于围棋这样需要大量计算的棋类，其实很容易上手。脑海里飞快地计算着黑棋所有的反应，终于丢掉了手中的棋谱，拈起黑棋，接着下了起来。

一时之间，围棋室内响起了一下接一下的“吧嗒”声，孟宇衡虽然是没有什么棋力，但黑棋至少已占据了大半江山，竟这样被白棋一点点蚕食。等孟宇衡察觉到大势已去时，才发现白棋竟是把之前那些丝毫不起眼的先手都一一利用起来，当真是心思巧妙至极。过了不久，在被提走了一块地盘的黑子后，孟宇衡终于推盘认输。

孟宇衡忍不住重新翻起那页棋谱，发现原本是白棋中盘告负，不禁又是钦佩又是不服地推了推镜框，轻笑道：“没想到叶子你居然会下围棋，还很厉害呢！”他一边合上棋谱，一边抬起头，却发现叶浅浅本人反而要比他还要惊讶，正不敢置信地看着她手中的棋子。刚刚被提走的几枚黑子在她的掌心，映得她的肌肤越发玉白晶莹，孟宇衡一时不禁看痴了。

叶浅浅却在惊讶自己什么时候有了这么厉害的棋艺，她虽然不太懂围棋，但也能看得出来白棋在她执子之前，已经被杀得七零八落，结果只被她简单地下了十数步，局势就彻底扭转了过来。

难不成自己还是潜藏的棋艺天才不成?

叶浅浅自然不会轻易地自我陶醉，她的内心总有种莫名其妙的忐忑不安，而且还无法宣之于口。

“怎么了？”孟宇衡终于注意到了叶浅浅的失常。

叶浅浅张了张嘴，发觉这件事根本无从开口，只好笑了笑道：“没什么，我们收拾收拾去吃饭吧，又打乱你的计划表了吧？真不好意思哈。”

“没事，我们之间不用这么客气。”孟宇衡不喜叶浅浅生疏的态度，语气生硬地推了推鼻梁上的眼镜。

“好，好，眼镜兄，你说了算。”叶浅浅勾唇一笑，心中的郁结消散不少。

两人相视一笑，便低头分别收拾一个颜色的棋子，手指在棋盘上面难免会有碰触。在两人指尖相触的那一刻，叶浅浅一无所觉，但孟宇衡的手却明显一滞，片刻后才重新拾起黑棋，低下头，装作若无其事地把棋子一粒粒地放进棋盒。

晚上，叶浅浅在宿舍内的电脑上查了许多有关于“突然会下围棋”或者“脑中多了许多知识”的解释，但查来查去都没有个靠谱的解释，只好摔鼠标放弃。洗漱的时候，叶浅浅才发现另外一间房的纪菲还没有回来，都已经半夜十点了。

不过她们也没有什么交情，甚至她连对方的手机号码都没有，所以叶浅浅也只是想了想，便去乖乖洗漱了。早上起得太早，她现在困得不行了。

迷迷糊糊刷好牙，叶浅浅用双手整理头发，可牙刷却自己在动。

一开始叶浅浅也没有发现奇怪的地方，等到她忽然发觉的时候，自己都被吓了一跳。等她眨了眨眼睛，再想看清楚时，牙刷已经“吧嗒”一声掉在地上了。

“应该……是我看错了吧……”

叶浅浅疑惑地最后看了一眼牙刷，弯腰把它捡起来，丢进了垃圾桶。

上床，关灯，睡觉。

黑暗中，从没关紧的窗子吹进来一阵夜风，吹得窗帘呼呼作响。天边露出的一抹残月之光落在了屋里，正好照在叶浅浅放在梳妆台上的暗月吊坠之上。那吊坠就像是被打开了某种个开关一般，发出一阵光芒。

屋子里所有的东西都无声无息地飘浮了起来，甚至连睡着的叶浅浅自己也是，她身下的雕花大床也冉冉而起，而她本人则无知无觉地飘浮在床的上方，长长的秀发如海藻般在空气中四散飞舞。

暗月吊坠里面像是有个什么东西在不停地跳着，终于“砰”的一声吐出了两个东西，其中一个掉落在地，而另外一个却顺着窗户朝夜空投射而去。

屋内飘浮的物体都重新落回原地，一片狼藉。叶浅浅摔回柔软的床上，嘟囔了两声，重新翻了个身继续沉沉睡去。

璀璨星光的夜空下，在实验楼的天台上冥想的张槐序，身旁栏杆上落着的乌鸦忽然张开双翼，冲天而起。

慢慢地睁开双目，张槐序看到手腕上的定妖罗盘指针微微动了一下。

张槐序皱了皱眉，看向远处灯火通明的明德校园，缓缓沉吟道：“有妖气……”

初三·凤凰白玉

灰姑娘只是一个梦，即使再漂亮的衣服，过了十二点，不属于自己的，也终将不会属于自己。

叶浅浅发觉自己又在做梦了，这回却并不是在云端飞翔，而是站在一座小桥上，脚下的流水潺潺而过，周围的庭院静谧得几乎让人沉醉。

当然，如果能忽略跪在她脚边的那名古装女子，就更好了。

那名古装女子非常胖，胖得臃肿，虽然五官也能够看得出来清秀可人，但也仅仅如此而已。

叶浅浅下意识地抬起手，发现自己的手还是一样的柔美修长，不禁松了口气。即使是做梦，她也不想自己变成胖子。

不过，她还是不太习惯被人跪着，便想要弯腰把对方扶起来。

没想到她这样一动作，对方反而越发激动，神情悲切地哀求道："神仙，我愿付出任何代价，以求我可以像我妹妹那般，有窈窕细腰的身材！"

叶浅浅闻言震惊，这句话里蕴含的信息量太大了，根本HOLD不住好吗？什么神仙，什么任何代价？

她忍不住扭过头，打算透过水面看一下自己的面容。

最先在水面倒影出的是层层叠叠的云鬓，只用了一支华美的凤凰白玉簪固定，美轮美奂。

叶浅浅不由得看得一呆，待她正想再探出头，看清楚自己的面容时，刺耳的闹钟声却忽然响起。

水波倒影倏然飞散，叶浅浅睡眼惺忪地坐起身，回想起梦中的情景，不由得跳起来跑到宿舍内复古的落地镜面前，捏了捏自己身上的肉，自嘲地笑道："女人嘛，为了自己的身材，什么做不出来？可以不吃甜食、吃了就吐、跑步到脚软这么虐待自己，当然什么代价都可以付……喏，最近好像又胖了，果然是日有所思夜有所梦啊……"

她一边唠叨一边拿起炼妖壶戴上，却不小心踩到了地上的簪子。她疑惑地捡起来，这难道是学校配备的首饰？什么时候掉地上了？

而且居然是凤凰的造型，和她在梦中见到的那一支一模一样。

想起梦中那精致漂亮的发髻云鬓，叶浅浅拢着自己的长发，努力想要用簪子梳起来。结果不管她怎么弄，都是一团糟。

"天哪，古代的女生们都是怎么搞定自己的头发的？算了，先不管了，上课又快迟到了。"叶浅浅又是一阵鸡飞狗跳地折腾洗漱穿衣，她昨天吃的是孟宇衡带的卷饼，虽然冷了，但也很好吃。所以今天特意调早了闹钟，就是想要在食堂吃早餐。

时间刚刚好，叶浅浅在出门的时候，正好也碰到了严格遵守时间安排的孟宇衡，两人说笑着结伴往食堂而去。

在他们身后不远处的张槐序，摸着手腕上伪装成手表的定妖罗盘，跟着他们走进食堂，脸上的表情高深莫测。

"夜叉，在这些人之中，有妖存在，究竟会是谁呢？"

在他身后不远的树枝上，一只小乌鸦在树枝蹦跳了几下，几片树叶飘落而下，在空气中悄然消失。而与此同时，食堂的几处隐蔽的地方也都出现了一片树叶，树叶之上的符咒纹路一闪而灭，看起来就和普通的树叶没什么两样。

叶浅浅在食堂选了几样早餐，一边吃着，一边从书包里掏出凤凰白玉簪跟孟宇衡炫耀："你看，这簪子好看不？"

孟宇衡瞥了一眼，就没什么兴趣地收回目光。"好看你也戴不上，这么华丽，应该不是学校准备的首饰，你还不是乱花钱？"他记得叶浅浅的生活费都是一个好心人资助的，叶浅浅也极为自立，假期都会去打工。他拽着叶浅浅来考明德大学，不光是为了想要与她一起念书，也是因为这里学费全免的缘故。

叶浅浅本就没指望着孟宇衡说什么好话，她着迷于手中的簪子。在明亮的地方看起来，这细腻的玉质更加漂亮了。

只要是女人，就无法不被瑰丽精致的首饰所吸引。很快就有人发现了叶浅浅手上的簪子，立刻也就自来熟地聚到了她身边。互相交流首饰很快就让她们熟悉起来。

"话说梳妆盒里每人都有一支簪子，浅浅你的这支比我的那支还漂亮呢！"

"呃，我这支不是学校准备的那支……"叶浅浅抓了抓头，她一开始也以为是学校送的那支，但她出来前打开梳妆盒看了一眼，里面还好好地躺着一支玉簪呢。

"学校准备的都是素净的玉簪或者木簪，哪有这样华丽的款式啊？"

"其实看起来倒不像明清时候那种过分的奢华，虽然什么都没有镶嵌，但雕刻的刀法却有股汉唐的大气。"

孟宇衡夹杂在一群女生之中，一边默默地在心里翻着白眼，一边吃着饭，完全不理解这有什么好研究的。

她们说着说着，便忍不住把簪子往头发上比画，但没有一个能顺利绾起头发的，就连自己是短发的妹子，也都拿着簪子往别人头发上比画。

这时有个一直都没说过话的胖妹子，怯怯地举起手道：“那个，我会盘头发。”叶浅浅记得她叫田菁，身体圆滚滚的，导致她穿衣服也很可笑，性格有些自卑胆小。

凤凰白玉簪很快就到了她的手里，她坐下来，背对着众人，很快就用簪子盘起了一个精致漂亮的发髻，众人为之惊叹。

正想让她重新来一遍好好学习学习，孟宇衡收拾好桌上的碗筷，站起身淡淡道：“时间到了，快要上课了。”

众妹子惊呼，慌忙散去各自吃饭。田菁摸了摸头上的发簪，不好意思地对叶浅浅说道：“浅浅，这发簪能不能借我戴一上午？”

叶浅浅也垂涎地看着田菁头上的发髻，不忍心就这样破坏了。而且她就算要回发簪，自己也不会盘，便点头应允了。

田菁笑着摸了摸头上的发簪，发簪闪过一抹红光，谁都没有注意到。

刚要走出食堂的张槐序却停下了脚步，因为他发现食堂门口他特意放着的一片树叶，竟变成了灰烬。

另一边，刚走进食堂的冯广天弯腰捡起了地上的树叶，这一片树叶烧了一半，而另一半却隐隐透着金色的纹路，让他疑惑地皱了皱眉。

进了教室，叶浅浅还是坐在昨天的位置上，今天上课的还是严教授，在必须保持正坐的同时，还要学习四书五经。

叶浅浅被折磨得直打哈欠，一上午就那么痛苦地熬过去了。午休的时候，孟宇衡一边收拾书本，一边奇怪地低语道：“田菁一上午都没来上课。”

“田菁？”叶浅浅疑惑了一下，才想起来是那个蛮胖的妹子。她扫了教室一眼，确实没发现对方的身影，不禁羡慕地咂了咂嘴道，“原来逃课都不会有老师注意的吗？真好……”

“叶子，你的关注点完全不对吧？”孟宇衡的眉梢抽搐了两下。

他们都没把这个当回事，还是在食堂吃饭，叶浅浅远远地看到了冯广天，便和孟宇衡两人私下八卦。

“你是觉得，冯广天的父亲就是你的父亲？只因为一个吊坠，这也太轻率了吧？”孟宇衡手托着下巴说，“我真不是给你泼冷水，但实事求是地说，你和冯广天真没哪个地方长得像的。”

“只是有这种可能，你总不能否认这种可能吧？用逻辑学来判断，只有一个否定因素，是没有办法论证的。”叶浅浅盯着不远处的冯广天，一瞬都不想放开目光。

“叶子，我知道你很渴望有自己的家庭……可是……有时候，有些亲人还不如没有的好。”孟宇衡推了推眼镜，冷静地分析着，“都能冷血地抛弃你，那么这样的亲人，不认也罢。”

叶浅浅抿了抿唇，倔强地没有说话。她当然知道孟宇衡说的是事实，可是她却完全没办法接受。

越是没有拥有过的东西，就越会憧憬向往，所有人都一样。

孟宇衡知道叶浅浅这人虽然看起来没心没肺，但认定的事情倒也很少能真的劝得动。不过看着叶浅浅那么专注地盯着冯广天，他还是忍不住嘀咕道：“叶子，你这样直勾勾地看着一个男人，会让对方误会的哦。”看那冯广天几分钟就朝这边看一眼，孟宇衡表示他非常之不爽。

“误会什么？”叶浅浅压根儿就没仔细听孟宇衡说什么，因为她的视线立刻就被另一个人所吸引了。

从食堂门口走进来一名身穿旗袍的女子，那窈窕婀娜的身姿，妩媚的五官，那复古的云鬓，简直就是绝世美女！就算是同为女生的叶浅浅，也无法轻易移开目光。

“我们班有这么漂亮的女生吗？”叶浅浅疑惑，不应该啊，若是昨天看到了，她肯定会有印象的啊。而且，那美女的发型和发簪都很眼熟，是田菁帮她弄的造型吗？还把簪子借给她了？

孟宇衡扫了一眼门口，淡淡道："那不就是田菁吗？早上你们才说过话的。"对于孟宇衡来说，相貌不同只是为了区分人与人之间的不同，长得好不好看根本不在他关心的范围内。所以即使好看如田菁，也不足以让他的视线多停留半秒钟。

"什么？她是田菁？！"叶浅浅直接震惊了，要开玩笑也不能这样吧？田菁今天早上明明还有两百斤呢！怎么可能在这么短的时间内就脱胎换骨？但叶浅浅知道孟宇衡从来不开玩笑，尤其这么无聊的玩笑他更不会开了。

她直接拽住路过的一个同学，指着那位美女问道："同学，那位大美女叫什么名字啊？"

"是我们班的田菁啊。"那人回答道，"是不是很漂亮？唉，我昨天第一次见到她的时候也惊呆了。原来这世上真的有沉鱼落雁闭月羞花……"

叶浅浅瞪着一双眼睛，完全不能接受这个答案，接连问了几个人，每个人相同的回答都让她更加迷糊。

孟宇衡察觉到叶浅浅的不对劲，连忙问道："叶子，你这是怎么了？"

叶浅浅恍惚着说道："眼镜，我怎么记得，田菁是个胖姑娘啊？而且我早上见她的时候也不是她现在这个模样啊……"

"你记错了吧？我们班没有胖子啊。"孟宇衡推了推眼镜，很认真地说道。

正巧冯广天见他们两人说话似争吵的样子，好奇地凑了过来，一双桃花眼在叶浅浅胸前的吊坠上停留了几秒钟，这才问道："怎么了？你们在说什么？"

叶浅浅也注意到了他的那个小动作，表情一滞，下意识地伸手握住了胸前的暗月吊坠，愣了片刻才回答道："我们是在说田菁，她原来不是个胖姑娘吗？怎么一上午的工夫，就变成现在这样了？”

“什么啊？田家和我家也有过生意来往，田菁我从小就认识，她本来就长这么漂亮啊！”冯广天莫名其妙地看着她。

叶浅浅这下彻底不知道该说什么了，她确定以及确信自己并没有做梦，而且上午刚发生的事情，她怎么也不可能这么快就记错吧？

孟宇衡推了推眼镜，以实事求是的口吻说道：“叶子，一个人是绝对不可能几个小时内就瘦下来一百斤的，而且也不可能这么多人的记忆全部出错。”

“所以，你觉得肯定是我的记忆出现了错误？”叶浅浅已经习惯了孟宇衡同学的发现问题、分析问题、解决问题的三段论回答。但今次却完全不能接受他的结论。

叶浅浅觉得很荒谬，她直接起身朝那名漂亮女生走过去，对着她大大方方地道：“听说你是田菁？”

那名漂亮女子怯怯地点了点头，一副我见犹怜的娇弱形象。

即便是满腹疑惑的叶浅浅，也不由得放柔了声音道：“你头上的发簪是我的，应该还给我了吧？”说罢便伸出手去讨要。这发簪是她的，这总不会记错吧？

可是那美貌女子却睁大了一双楚楚可怜的杏目，委委屈屈地后退了一步，颦起秀眉，懦懦道：“这发簪是我的，是我娘亲留给我的。”

叶浅浅不敢置信地瞪大双眼，难不成还真是她自己记错了？

她这样理直气壮地索要东西，而田菁各种弱势，在旁人看起来简直就是叶浅浅在欺负人。立刻就有人看不惯跳出来指责她。

叶浅浅被弄得怔然，孟宇衡连忙拽着她回到角落里，这才免去一场争执。

围观群众纷纷开始用iPad弹幕刷屏。

【我勒个去，这是怎么回事？刚开学第二天就有两大美女争风吃醋吗？】

【燕瘦环肥春兰秋菊，究竟选哪个女神支持好呢？】

【就叶浅浅那样子，还能称得上女神？】

【已经不错啦！这样泼辣的妹子正是我的菜！】

【我倒是觉得田菁妹妹比较赞呢，天上掉下了个田妹妹……】

【我叉！我都已经唱起来了，快闭嘴吧你！】

“叶子，你这是怎么了？今天起得太早，睡迷糊了吗？”孟宇衡再了解叶浅浅不过，知道她不可能做出这样强抢别人东西的事情。

叶浅浅抿紧了唇，觉得一定是哪里不对了。而且更令她伤心的是，孟宇衡一点都不相信她。

“算了，我回去午休，多睡会儿好了。”叶浅浅气鼓鼓地挥开他的手，转头就往食堂外走。

也许真的是她记错了？好奇怪……

就在叶浅浅即将走出食堂的时候，与站在食堂门口的张槐序迎面相遇。后者却在她即将错身而过的那一刻，淡淡地开口道：“我相信你。”

叶浅浅的脚步一滞，却在下一刻反手扣住张槐序的手腕，拉着他往外走。

在他们的身后，注意到他们这边动静的人全都沸腾了。

这是什么情况？！

孟宇衡推了推鼻梁上的眼镜，目光锐利。

两人到了僻静之处，叶浅浅才严肃地问他：“你相信我什么？”

“相信你所说的，田菁今天早上出现在大家面前的时候，并不是现在这副模样。”张槐序冷冷地说道。他能看出来田菁的问题，这并不出奇，但面前这个女生为什么同样也能看出来呢？难道是因为她是簪子原来的主人吗？张槐序的眼中闪过深思。

“那为什么会变成现在这样？”叶浅浅终于找到了同盟，就像有了发泄渠道一般，各种烦躁，并不停地在周围来回踱步。

“据我判断，应该是她头上的那支簪子的问题。”张槐序双手环胸，随意地靠在了树干上，目光却紧盯着叶浅浅，一丝一毫的表情变化都不肯放过。

“簪子？喂！你那什么眼神啊？我也不知道那簪子哪里来的，我从来没用过啊！本姑娘的身材本来就这么好！完全没用什么簪子作过弊！”叶浅浅羞恼地跺着脚。

“哦？”

“哦你个头啊哦！快想办法怎么办啦！不对，这本身就不科学啊！一支簪子怎么可能会改变一个人的体形，而且还篡改所有人的记忆呢？”叶浅浅来来回回踱着步，越分析越觉得古怪，甚至觉得张槐序浑身上下都透着古怪。她停下脚步，用审视的目光看着张槐序，“而且……为什么偏偏你和我没有受到影响呢？”

张槐序清淡的面容上终于勾勒出一抹别有深意的笑容：“哦？我也很奇怪呢，为什么你能够保持清醒。”

看到这个笑容，叶浅浅感觉自己就像是被猛兽盯住的猎物，无端端地感觉到背脊有股寒意蹿起，期期艾艾地回答道：“也许……簪子是我捡到的缘故吧……”叶浅浅把下半句关于对方为什么也没受到影响的问句吞了回去，直觉告诉她最好还是不要多问的好。

张槐序上上下下打量着叶浅浅，觉得这女生除了穿着奇怪点外，也没有什么太不对劲的地方。

但，还是不能大意。

他忘不掉在鬼屋时，那股蛊惑人心的味道。

张槐序盯着背对着他的叶浅浅，目光落在了她诱人的脖颈处，极力克制自己想要伸手把她拽进怀里，仔细再闻一下确认味道的冲动。

叶浅浅摸了摸后颈，总感觉背后有些发凉。她疑惑地仰头看了一下天空，明明正午的阳光非常炽热的说。

张槐序轻咳了一声，大步离开。

叶浅浅怕被他扔下，急急忙忙跟了上去。她见张槐序寻找到一块空地，开始蹲下身掏出一根支铁笔在地上凭空写写画画，便好奇地问道："张同学，你这是在做什么？"

"布阵，收妖。"张槐序言简意赅地回答道。

"啊？"叶浅浅的嘴角抽搐了两下，深刻觉得这张槐序简直就是空有一身好皮囊，脑袋却有毛病。她想了想，决定顺着他的意思继续说，"照你这么分析，田菁没有问题，而是簪子有问题，那为什么一定要收回来呢？虽然平白让别人得了好相貌也有点不甘心，但也没必要一定要从田菁手中夺走吧？不过只是修改了自己的外表，女孩子想要自己变得漂亮一点，又有什么错呢？"

"天上有免费的馅饼掉吗？"张槐序用看白痴的目光看着叶浅浅。

"啊？你是说，田菁其实是会付出某种代价的？"叶浅浅忽然间怔神了，因为她突然想到了自己今天早上被打断的梦境。

"即使不论这一点，太过美丽的女子也会是一种灾难，不光是对她还是对其他人。"张槐序想到那些同学对田菁痴迷的目光，淡淡道。

"红颜祸水吗？没想到你居然会赞同这个观点。"叶浅浅撇了撇嘴。

"历史上这种事情还少吗？妲己、褒姒、赵飞燕、杨贵妃、陈圆圆……"张槐序一边布阵一边漫不经心地细数着。

"那都是男人们的托词！真是不明白，男人总喜欢把错误归到女人身上，来掩饰自己的拙劣。难道没有陈圆圆，吴三桂就是个好人了？唐玄宗抢了自己的儿媳妇，最后没守住还推出去让她受死，还被人说是长情之人，真是胡扯！"叶浅浅也不知道哪里升起的怒火，噼里啪啦说了一大通，结果辩得口干舌燥，最终觉得自己跟世界观不同的人完全没法沟通，见张槐序快要布好阵了，便转换了话题道，“这是什么阵法啊？”

“天罡阵，只要是有妖力的邪祟，都会被这阵法所伤。”张槐序淡淡道，并不再继续说话，因为布阵已到了关键时刻。

叶浅浅好奇地用手偷偷地碰触了一下阵法，却被灼了手背。她吓了一跳，这阵法难道真的有用？不是随便画的？可不是说只有妖才会被这阵法所伤吗？简直就是虚假产品好么！她都受伤了！

发现张槐序凌厉的目光朝她看过来，叶浅浅立刻反射性地把被灼伤的手藏在了身后，下意识地想要遮掩，色厉内荏地瞪着他问道：“你看我做什么？”

张槐序其实在想，在鬼屋时所遇到的猫妖，目标就是叶浅浅。而那支不知道从哪里冒出来的簪子，也选择出现在叶浅浅身边。也许是这女生身上有股吸引奇怪事情发生的体质，当下不由得直截了当地问道：“你有没有遇到过什么稀奇古怪的事情？从小到大。”

见并不是发现了她手被灼伤，叶浅浅也松了口气，不爽地抱怨道：“稀奇古怪？也就在鬼屋的时候够稀奇古怪。本小姐有梦游症，这算不算稀奇古怪？”

梦游症？张槐序皱眉，在入睡之后会毫无知觉地行动吗？引起这样的原因有很多种，除去病理原因，那么最有可能的就是被妖魔附体……若这女生确实是吸引妖魔的体质，那还真不好说，更尤其是最容易滋生妖魔的夜里。

“不会吧你，梦游症有什么稀奇古怪的啊！”叶浅浅见张槐序还真严肃思考上了，不由得尴尬地摆手道，“而且也不知道是真假，也许是我以前同寝室的室友说着玩的。”

张槐序还想问详细一些，就听到冯广天咋咋呼呼的声音从不远处响起。

“喂喂！你们两人交头接耳地说什么呢？男女授受不亲啊！”

叶浅浅得救似的抬起头，发现来的人不止冯广天，连孟宇衡也跟在他身后一起找过来了。她刚想说点什么，下一秒却面容一怔，微微变色。

因为这两人已经肆无忌惮踏入了张槐序布的阵法之中，并且走来走去，毫无异常反应。

她……这是与普通人……不一样吗？

叶浅浅内心生出无限惶恐，却知道这件事完全不能问也不能说。

至少，现在是不能说的。

张槐序也把梦游症的事情暂时压下，他再次检查了一下布好的阵法，之后自然是需要有人去把田菁引过来的。张槐序和冯、孟两人解释了一下，可目光又落到了叶浅浅身上。

“我是没办法出面的，刚刚才得罪了人家妹子，人家肯跟我单独出来才怪。”叶浅浅连忙举手第一个把自己摘出去。事实上她害怕极了，若是要引着田菁过来，她势必要走进这个阵法，到时候岂不是……叶浅浅悄悄地握紧自己的手背，把灼伤的地方藏在了袖筒里。

“我不能去，因为我要在这里确保阵法顺利启动。”张槐序第二个表态。

剩下孟宇衡和冯广天，两人将信将疑，但还是愿意陪他们折腾一下，反正闲着也是闲着，两人便猜拳来决定。

最后输的是后者，冯广天吹着口哨去邀请美女，而叶浅浅则对孟宇衡无奈地一笑道：“又作弊，不太好哦。”

“不是作弊，而是科学。”孟宇衡推了推眼镜，一本正经地说道，“第一局先出布，或者剪刀。新手喜欢以石头开局，因此出布的人很容易拿下开门红。然而如果你与老手过招，并且他们觉得你是菜鸟，那么他们就会先出布；要是他们觉得你的级别高于菜鸟，就会出剪刀。这样你的最佳选择就是出剪刀，结果是要么平局，要么获胜。当你有所迟疑时，就出布吧。人们最经常出石头，最少出剪刀。根据对手上局的手势出拳，让对手的上局拳法击败你将要亮出的拳法。没有计划时，人们乐于击败自己上局的手势。例如某人上一局出了布，下一局就会出剪刀，所以你该出石头了……”

叶浅浅听得晕头转向，连忙用手制止他继续往下说：“好了好了，我小时候就没赢过你，原来你早就这么牛掰了……”

三人躲在草丛里，看着冯广天和田菁并肩走过来，后者看向冯广天的目光里，蕴含着浓浓的情意。而冯广天则明显因为田菁过人的美貌频频注目，话也比往日多了许多。

想起今天上午冯广天对田菁视而不见的情况，叶浅浅一怔，忽然觉得有些残忍。

灰姑娘只是一个梦，即使再漂亮的衣服，过了十二点，不属于自己的，也终将不会属于自己。

而她，就是亲手赋予对方这个美梦、又要亲手将她的美梦打碎的那个人。

叶浅浅见张槐序抬手要启动阵法，便忍不住伸手按住他的手腕。

对着张槐序疑惑的目光，叶浅浅低声哀求道：“能不能……再多给她一些时间？即使是灰姑娘，也是有个时间界限的……”

“不管多少时间，都是虚假的。”张槐序淡淡地看了她一眼，毫不留情地挥手启动阵法。

阵法光芒大作。

一阵眩晕过后，冯广天看到面前的田菁，有些茫然。他有些想不起来为什么会约她在这里聊天了。

田菁目睹了冯广天眼神的变化，从灼热到毫无兴趣，顿时惊慌失措。

明德小学录取通知书

同学：

兹录取你入我校学习，请凭此通知书来校报到。

明德小学

二〇一五年七月十日

小学之道
在明明德

她低头看着自己恢复臃肿的身材，和几乎要撑爆的衣服，立刻绝望地掉下泪来。

如果说有什么比得不到还痛苦的——那就是让人曾经拥有之后，再无情地夺去。

她的头发已经披散了下来，她疯狂地在草丛中找寻着掉落的发簪，却一无所获。

“其实若是因为容貌而喜欢上的，也不会长久吧？”旁观了这一切的叶浅浅忽然感慨道。

“你以为以貌取人就只是一个简单的成语吗？太天真了，少女。”冯广天走过来的时候，正好听到这句，冷嘲热讽道，“这个世界很现实的，否则又怎么可能那么有多人去整容。你以为很多人像本少爷这样天生丽质这么帅吗？”

孟宇衡实在是无言以对，他觉得自己都不屑于与这样的人说话。

“想要变得漂亮点还有许多种方法啊，为什么一定要伤害自己。”叶浅浅也叹气。她见张槐序也在草丛中找着什么，便问道：“簪子你没收走吗？”

张槐序锁紧了眉，怎么会承认自己的功力不够，才没有顺利把簪子收回。

“反正也不是什么好东西，不见就不见了吧。况且，最多也就是让胖女孩变瘦而已。”叶浅浅如此说道。她胸前的暗月吊坠闪了一下，而在她的身后看不见的地方，一支簪子悄悄地飞进了她的外衣口袋。

张槐序眯起了眼睛，阴沉了脸。这支簪子不仅能把人变漂亮，最重要的其实是修改了众人的记忆，实际上还是强大的幻术法宝。不过法宝一般都有灵性，也许是自己躲起来了吧……

深夜，天空悬挂着的，是恬淡幽静的蛾眉月，月光柔和地洒在宿舍里。

睡得迷迷糊糊的叶浅浅忽然起身，她走到镜子前坐下，先是拂过自己受过伤的手背，再拿开的时候，灼伤的皮肤已经赫然痊愈。

她从口袋里拿出那支凤凰白玉簪，很熟练地把自己的头发绾成了极其复杂的古典发式，对着镜子冷艳高贵地一笑。

初四·素圈金戒

若说他认识的叶浅浅像是一朵清丽的百合花，而面前这个女子虽然长着和叶浅浅同样一张面容，可是眼神和表情却完全不一样。

“浅浅，这吊坠，可千万要收好……”

迷雾之中，一个中年男子的声音在耳畔回响，叶浅浅努力想要看清楚对方长什么样子，但无论她怎么睁大眼睛，都只能看到一个隐约的人影。

刺耳的闹铃声响起，叶浅浅连眼睛都还没睁开，下意识地一摸胸口摸了个空，惊得她立刻就清醒了。随后看到安静地躺在梳妆台上的暗月吊坠，连忙把它挂在脖子上，这才安心地松了口气。

“到底是谁？”叶浅浅低头端详着这暗月吊坠，回忆起梦境中那名男子珍而重之的语气，也没有察觉出来这吊坠到底哪里特别珍贵。难道说，那名看不清面目的男子，就是冯广天的父亲冯啸威吗？

要不然，她直接去找冯校长？据说冯校长就住在明德大学里……

叶浅浅鼓了半天的勇气，终于还是觉得那样太冒失。还是找机会再跟冯广天旁敲侧击一下吧。

揉了揉睡眼惺忪的双目，叶浅浅怔了一下，看着完好无损的手背，发现上面没有任何受伤的痕迹，有些奇怪地歪了歪头。

应该是和梦境弄混了吧，其实她并没有受伤。

洗漱后，叶浅浅看了下时间，今天倒还充足，于是她挑了件黑色的袄裙，喇叭袖的天蓝色上衣，斜襟上还有两颗深蓝色的盘扣。为了配合这身衣服，叶浅浅还顺便把自己的头发编了两条麻花辫垂在胸前，结果照了镜子之后发现一股浓浓的乡村气息迎面扑来。

“糟糕了，已经来不及了……”叶浅浅还想再换身打扮，但这时候孟宇衡打来电话，催促她出来一起吃早饭。

“穿好衣服了吗？再给你一分钟时间，你宿舍门口见。早饭必须要吃，否则对身体不好。”孟宇衡在电话接通后，平静地一口气说完，然后不等叶浅浅拒绝，就果断挂了电话。当他没注意昨天上午她一直都捂着胃吗？不吃早饭迟早会饿出胃病的。

叶浅浅知道孟宇衡的时间观念极其严格，几乎是挂断电话的同时，便立刻收拾了一下拎包出门了。在走过客厅的时候，叶浅浅还朝纪非那边的房间张望了一下，发现毫无动静，应该是早就出了门。

“真的是够早出晚归的。”叶浅浅嘟囔了一句，便穿上配套的软布鞋，蹦跳着冲了出去。

还未走到院门口，叶浅浅就已经看到了在宿舍外等候的孟宇衡。他今天穿的是一身黑色的中山装，倒是与那天张槐序穿出来的凌厉气质不同，孟宇衡穿起中山装来更有书生韵味。

叶浅浅看到孟宇衡朝她转过视线，随即在他的目光之中看到了讶异的神色，不禁恼羞成怒地停下脚步道：“是不是很难看？我还是回去换身衣服吧。”

“不是。”孟宇衡局促地用食指和中指推了推眼镜框，他很少夸赞人，只能干巴巴地说道，“很好看。”

叶浅浅闻言翻了个白眼：“好吧好吧，就知道你是在安慰我。算了，反正怎么穿也不可能比昨天那样还差。我们去吃饭吧！”

孟宇衡真不知道该如何说，因为一向习惯素面朝天的叶浅浅，真的格外适合这套衣服和发型。再加上刚刚她迎着太阳跑了过来，阳光打在她的脸上，就像整个人都在发光一样。孟宇衡深呼吸了几下，这才恢复了平时冷静的心绪，大步朝前面的叶浅浅追去。

晨光下，微风吹来少男少女们渐行渐远的说话声。

“喏，对了，今天的茶道课因为要配合老师的行程，改成上午了啊。话说，不就是泡茶吗？我更期待射箭或者马术课啦！”

“早晚会让你上射箭和马术课的。”

“哎呀，好期待啊！不过，一大早就去喝一肚子茶这样好吗……”

茶道室。

杨君山正在耐心地分拣茶叶，他是明德大学聘请来教授茶道的老师，他一边检查着茶叶罐中密封的茶饼和茶叶，一边喃喃自语地抱怨道：“六安瓜片、岳西翠兰、信阳毛尖……这都是多名贵的茶啊！居然就给那帮不识货的兔崽子们糟蹋，真是太土豪了！幸好合同上说剩余的茶叶我都可以带走，否则来这里教课简直就是折磨啊！喏，对了，要去准备上午上课的茶具，要挑几套不贵的，记得去年那套越窑青瓷的茶盏居然被摔碎了，虽然是仿的，也让人很心疼啊……”

杨君山是国内最年轻的国家资格一级茶艺师，在业内也享有不小的声誉。当然，他英俊淡雅的相貌，也是他受欢迎的原因之一。杨君山一想到上午上课的时候又会被新的一批妹子骚扰，就忍不住叹气，一双浓眉耷拉下来成了一对八字眉，一脸囧相地破坏了他在人前塑造出来的少爷形象。

拍了拍手上的茶叶碎渣，杨君山起身去茶道室隔壁的准备室。因为准备室没有窗户，所以在他推开准备室的门时，里面一片漆黑。杨君山伸手摸索着墙壁上的电灯开关，却隐约听到准备室之中有什么东西在移动的声音。

黑暗中，一双血红色的眸子缓缓睁开。

“是谁躲在那里？”杨君山没太在意，因为这种偷偷躲起来、就是为了问他要电话微信QQ号码的妹子，他实在是见过太多次了。

他一边说着，一边已经摸到了电灯开关，“吧嗒”一声地按了下去。

叶浅浅吃过早饭，没有吃得太饱，主要她一般都是睡得太晚，起来太晚，早饭都是早午饭的节奏。等真早起了，反而没什么胃口。

她扫了眼食堂，发现田菁还是那胖乎乎的模样，其他人也没觉得有什么不对，想来应该是没有昨天那段诡异的记忆。她歪着头想了想，也就不放在心上了。

不过她也发现，今天不光孟宇衡穿了中山装，大部分男生也都穿的一样，显然是发现中山装更帅气。只是即使穿着都一样，也还是能一眼在一群人之中看到气质鹤立鸡群的张槐序。

不过还有个人也挺惹人注意的。扫视完一圈，叶浅浅把目光转回非要和他们挤在一桌吃饭的冯广天，对方一身牛仔裤和T恤衫，坐在他们之间不知道有多不搭调。叶浅浅实在没忍住，对冯广天压低了声音问道：“喂，你这样随便穿衣服，真的可以吗？你怎么不穿校服啊？”

冯广天把碗里的粥喝光，这才抬起头，拿起桌上的鸭舌帽，反着戴在头上，一时痞气更胜。他嘿嘿一笑道：“你是要听假话还是实话？”

叶浅浅真想一掌拍死对方：“假话是什么？实话又是什么？”

“假话就是，小爷不爱穿的玩意，没人能逼我穿。”冯广天向后靠在椅子上，摊开四肢，更显得他双腿修长，一副大爷的模样，要多嚣张就有多嚣张。

叶浅浅的嘴角抽了抽，被他装逼的范儿雷得浑身一颤，一时间都想不起来有什么可以吐槽的词语。

孟宇衡则推了推眼镜，接着问道："那真话呢？"

"真话就是……"冯广天坐起身，不好意思地摸了摸鼻子，压低声音道，"因为我是老头子走后门，最后时间硬塞进来的，教导处还没来得及按照我的尺寸做校服。"

叶浅浅和孟宇衡两人齐齐无语，但黑线过后，却觉得冯广天这人实在有趣。三人对看了片刻，都忍不住"扑哧"一笑，之前那股若有似无的隔阂瞬间被打破，气氛立刻融洽了不少。

他们三人在角落里的交流，自然看在一直关注叶浅浅的张槐序眼里，目光也随之暗沉了少许。

因为自身性格阴沉冷峻，再加上长相出众，所以张槐序从小到大竟没有交过朋友，甚至连点头之交都没有。他身边的人不是被他自带的冷气冻走的，就是都约定好只远观不接近的仰慕者，所以他根本无从体会这种与人相视一笑的默契。

他的目光落在叶浅浅胸前的吊坠上，自从鬼屋探险发现异状后，他一直都有留意那个暗月吊坠。但他扫了一眼手腕上纹丝不动的定妖罗盘，除了昨晚他冥想时的那点异动外，至今悄无声息。

难道说，这定妖罗盘所指向的妖气，和叶浅浅毫无关系？是另有妖物存在？而且昨天的那枚凤凰白玉簪也莫名其妙不知所终……

张槐序虽然整个人都散发着生人勿近的气息，但并不妨碍许多人抑制不住地在远处默默地关注他，一言一行都在多少双眼睛的注视下，自然都发现了他经常会盯着叶浅浅看的细节。所有人脑补出来一连串的爱恨情仇，看叶浅浅的眼神都变了。

【不可能吧……男神怎么会关注那只丑小鸭？】iPad上的刷屏又开始悄悄盛行，因为这种刷屏设置的是刷过后没有任何聊天记录，所以一看八卦的中心压根没在看iPad，大家便都放心大胆地吐槽。丑小鸭就是因为叶浅浅开学时的那段言论，被同学们一致同意用来当外号的。

【可能男神是觉得奇葩，才多看了两眼的吧？】

【昨天丑小鸭还主动拽着男神出门呢！后来发生了什么！】

【而且这两眼也看得太久了点吧？】

【好恨！！】

【怨念！！】

“我怎么忽然觉得这么冷啊……”叶浅浅打了个喷嚏，抱着胳膊哆嗦了几下。

“估计是食堂空调开太足了吧。时间差不多了，我们去茶道室吧。”孟宇衡立刻站起身，低头看着手表。事实上，在一分钟之前就已经到了他规定要离开食堂的时间，但他尽量让自己不那么刻板。不过这也就是和叶浅浅在一起，否则他才不会打破自己的惯例。

看着三人把餐盘拿到回收处放好，有说有笑地离开了食堂，张槐序才把目光收回，低头优雅地继续吃完自己面前的早餐。

茶道室所在的地方，和围棋室的地点差不多，建筑风格仿造唐朝时期，歇山顶大气张扬。唯一不同的是，那天的围棋室外面是一片修剪齐整的庭院，而今天茶道室的外面，是一片碧波荡漾的池水。初升的太阳映照在水面上，形成粼粼的波光，映得整个茶道室都璀璨耀眼。

叶浅浅三人是最早到达茶道室的学生，他们脱了鞋进到茶道室的时候，还以为他们是最早来的，却意外地发现有一个身穿唐装的年轻男子，已经端坐在茶道室内，正聚精会神地分装着茶叶。

这名男子看上去只有二十余岁，五官俊美如画，气质淡然，目光纯净。他身上的黑色唐装看起来平凡无奇，但仔细看去，会察觉到那布料竟随着室外波光的反射，而显出些许银色纹路，应是用银丝做暗纹刺绣而成，价值不菲。

他的双手骨节分明，在素净的龙泉窑青瓷的映衬下，更显得如瓷器般精致。他的身周就像是拥有一股无形的气场，一举手一投足就让人感到安定的气息，让人看到他，就不自觉地把呼吸放轻，生怕惊扰到对方。

孟宇衡却把注意力放到了对方右手中指的那枚戒指上。那戒指只是一个金质的素圈，没有任何装饰，却显得极为突兀。因为茶道必须先净手，讲究些的都需要事先沐浴更衣。别说戒指，就是身上也最好不要佩戴多余的配饰。

不过，也许只是一堂普通的茶道课，对方也没那么讲究吧。

孟宇衡也只是习惯性地纠结一下，便再不去想了。因为他有强迫症，总不可能要求所有人都跟他一样有强迫症吧？

这时冯广天已经用iPad查到了这位老师的基本资料，传给叶浅浅看。那资料上面的照片更加俊帅逼人，叶浅浅直接冒出了星星眼。孟宇衡不爽地撇了撇嘴。

茶道室内除了杨君山面前的那个茶几外，一共摆了五组茶几，他们一个班共二十人，应该是让每四个人一起使用的意思。孟宇衡挑了一个可以面朝水池景色的茶几坐下，叶浅浅和冯广天也欣然就坐。

这时杨君山正好抬起头来，对着他们亲切地笑道："你们来得早，谁有兴趣帮我分一下茶？过来一个人就可以了。"

"我来！"叶浅浅不由分说地第一个站起来，冯广天向来不做这些琐事，自然没兴趣，而孟宇衡却没叶浅浅速度快，刚坐直身体，叶浅浅就已经冲过去了，他只好扶了扶眼镜，憋闷地重新坐了回去。

叶浅浅按照杨君山的指挥，先拿一旁的湿帕子仔仔细细地擦干净了手，这才拿起一旁的茶匙和茶荷，按照杨君山的指挥，开始从茶砖上敲下茶叶，之后开始分装。因为学生分了五组，所以茶叶也需要分成五组，这些茶叶都是密封的，打开密封罐，剥开锡纸，就能闻到一股沁人心扉的茶香。

即使是对茶道毫无涉猎，叶浅浅也能闻得出来这是好茶，而且是平常人轻易喝不到的级别。这样一想，就更是谨慎，动作小心翼翼，生怕掉出去一丁点茶叶浪费了。

她的这种态度，反而让杨君山非常满意，也不嫌弃她弄得慢，拿起一本书随意地看着。

不多时，外面便传来嬉笑的声音，来上课的同学们也都陆陆续续到了，感受到茶道室里的气氛，也都非常自觉地静了下来，迅速分帮结伙地坐了下来。

张槐序是踩着上课的点进入茶道室的，其他茶几后面都已经坐满了四个人，他环视了一圈，也不管冯广天怒视他的目光，自顾自地走了过去，在他旁边坐了下来。

“真是晦气。”冯广天轻哼了一声。昨天在围棋室还能找孟宇衡换个位置，现在是四个人一组，他找谁换去？再说跟三个完全不认识的陌生人一组，还是和叶浅浅还有孟宇衡一组，当然是后一个选择更舒服些。所以对于身边的张槐序，他还是捏着鼻子认了。

杨君山在张槐序进门的那一刻，便抬起了头，合上手中的书。

叶浅浅刚弄好的四罐杨君山已经让各组派人领走了，她正打算分装最后一个茶叶罐，杨君山在旁边就伸手接过她手中的茶匙和茶荷，动作如行云流水般地迅速分装好了那罐茶叶，盖好后递给她。

看呆了眼的叶浅浅片刻后才回过神，捧着那罐茶叶恍恍惚惚地往回走，结果一回过神才发现自己本来的位置上居然已经有人坐了，而且还是曾经对自己做出暧昧举动的张槐序。叶浅浅一怔之下，不禁停下了脚步。

张槐序却抬起了头，很自然地朝她伸出了手。

叶浅浅看着那只修长的手掌朝上向她摊开的时候，下意识地就把手中的茶叶罐递了过去。

“啪！”也不知道是谁没有接好，茶叶罐于两人之间掉落在地上。还好这尊莲花纹龙泉窑青瓷的茶叶罐并没有摔碎，但盖子却掉了，里面的茶叶散落一地。

杨君山的眸子暗了暗。

叶浅浅惊呼一声，一脸心疼地打算把这些茶叶重新拢好，旁边的冯广天一把抓住她的手腕，毫不在意地说道：“都掉在地上脏了，还要干吗？女人，你不会让小爷喝掉在地上的茶叶吧？”

“当然不是，这不还有没掉出茶叶罐的茶叶吗？”叶浅浅刚说了一句，就被冯广天拽了起来，一旁的张槐序伸手便把茶叶罐里的茶叶全都倒在了地上，拿着空空的茶叶罐起身朝杨君山那边走去，看样子就是要去重新分装茶叶。而孟宇衡则已经从墙角的柜子里拿出簸箕，把地上的茶叶全都清扫干净。

三人一连串的动作配合自如，态度自然，简直没把这点小事放在眼里。但叶浅浅看着孟宇衡扫走扔进垃圾桶里的那一堆茶叶，心都在滴血。

好浪费啊有木有！！

杨君山见张槐序走了过来，伸手打算接过那个空茶叶罐，但后者却率先弯下腰，自顾自地动手，而且那一举手一投足，丝毫不逊于刚刚杨君山露的那一手。

【男神果然很帅气！】

【对丑小鸭羡慕嫉妒恨！啊！好想咬手绢！QAQ！！】

【话说其他两个男生也好帅，为什么丑小鸭的男人缘这么好？不科学啊！】

【一定是有内♂幕！！！】

【有内♂幕+1！】

杨君山定在半空中的手显得颇为尴尬，他勾了勾嘴角，拇指转了一下中指上的素圈金戒，这才把手收了回来。

等张槐序重新分了一小罐茶叶回来后，三人都空前一致地有默契，不许叶浅浅再碰任何茶具，弄得后者各种不爽。

“喂，我只是一时不小心而已，又不是笨手笨脚，不用这样吧？”

“没事，一会儿还是会让你上手的，但先是要烧开水，怕你烫到。”冯广天像是看到了自己养的那只波斯猫奓毛的样子，心情颇好地拍了拍叶浅浅的头，顺便又手欠地拽了拽她的辫子。

孟宇衡推了推眼镜，不断地深呼吸，抑制住自己想要把冯广天扔到外面水池里的冲动。

此时杨君山已经清了清嗓子，示意开始上课了。他先是接了一小壶水放到电磁炉上烧着，然后才微笑道：“大家好，我叫杨君山，今天由我来给大家上茶道课。茶文化起源于我国，古人认为，茶乃是南方之嘉木，是大自然恩赐的珍木灵芽，所以喝茶要用珍视的态度来对待，久而久之就形成了茶道……”

他一边说着，一边给大家介绍茶几上的各种繁复的茶具：“每个朝代都有不同的茶道，从唐宋的点茶斗茶，再到明清的功夫茶，都因为茶文化的发展而有着不同的方式。我们今天都分别体会一下。”

说罢，便从小茶罐中挑出一个茶饼，用茶臼很耐心地捣成粉末状，见碎得很均匀了，就放入茶盘待用，静待桌旁的水烧开。“我先给大家演示一下点茶。”

过不多时，水已经微沸，杨君山拿起茶壶冲点入碗，先是炙茶、碾茶、罗茶、候汤、烫盏……他的动作优雅好看，简直美得像是一幅画。旁边早已有人拿起手机在偷偷拍照和录像，而在注水后，碾碎的茶末被开水一烫，立刻散发出蒸腾的热气和香气，一下子就溢满了整间茶室。随后便是调膏、注汤、击拂……

只见杨君山拿起茶筅力道均匀地开始打茶，手中的动作并不见多费力，但是不一会儿，茶盏中的茶水便水乳交融，泛起沫饽，潘潘然如堆云积雪。

【咦？这种点茶法，和日本的茶道好像哦！】

【呸！什么叫和日本的茶道好像，日本的茶道本来就是从我们国家传过去的，而且形似而神不似，简直就是绿钱浮水而已。】

【是啊是啊！日本粉自重哦！茶道明明就是中国的，日本很多东西都是从中国传过去的，例如那木屐，是中国春秋战国时期就有的了，在魏晋时期最流行了！啊！峨冠博带……魏晋风流……】

【花痴自重……】

【歪楼了，话说，我好想喝那碗茶啊！看起来好像好好喝的样子。】

不多时，杨君山便点完茶，把茶盏轻轻地放在了那乌金石的茶盘上。那天青色的茶盏之中，沫饽洁白，水脚晚露而不散，正是点茶的最高境界。杨君山很满意自己的手艺，一边用旁边的毛巾擦了擦手，浅笑着道："只有一碗，我就选个幸运的同学来喝吧。"

茶室立刻内骚动了一下，虽然他们之中不乏家世不凡的，但这顶级的茶艺，可不是花钱就能喝得到的。就连冯广天也坐直了身体，脸上写满了求点名。

杨君山微笑着在茶道室内环视了一圈，随后对着一脸冰霜的张槐序笑道："那位很酷的帅哥，来尝一下我的手艺吧。"

【我叉！这是什么节奏？！老师没选妹子选了男神啊！】

【这样的CP好像也很带感啊！我立刻脑补了好吗！】

【嗯？CP是什么意思？】

【嘻，不懂就不要乱入了！】

张槐序沉默了片刻，淡淡地说道："我不喜欢喝茶。"

杨君山却并不在意，亲自端了那碗茶盏，走到张槐序面前，放在他这一组的茶几上，随后非常自然地拍了拍手道："好了，下面我来教大家如何点茶，大家先挑选一个自己喜欢的茶碗哦。"

茶道室内的气氛一下子热络了起来，自己能动手点茶，自然也就没有多少人再关注张槐序到底有没有喝那碗了。反正看上去好像挺简单的，自己估计也能弄得出来。

但事实上，却并没有那么简单。

杨君山在茶道室内来回走动，时不时指导大家如何动手，但他始终分出一丝心神，留意着张槐序那边，发现他放在那里的那碗茶，一直都没有被碰过。

眸色深了几分，杨君山下意识地摩挲着中指的素圈金戒，眯了眯双目。

茶道课很快就过去了，叶浅浅最终也没能点出像杨君山那样厉害的茶沫，所以在最后收拾的时候，发现那碗茶盏还放在那里，即使早凉了茶沫都没有散，不禁就起了想要尝一下的念头。

反正张槐序他也不喝，那么她喝掉也不算浪费是吧……

张槐序正全神贯注地注意着杨君山的动静，完全没留意到面前的茶盏被人拿走了。等到他回神的时候，才发现那茶盏已经空空如也。

见张槐序征询的目光投过来，叶浅浅不好意思地抹了抹嘴，举手笑道："那个，我看你不喝，所以我就喝了，其实还挺好喝的……"

张槐序的表情立时变得十分复杂，藏在茶几下的双手握紧了拳头，旋即又慢慢松开。

茶道课下课之后，学生都说笑着离开了，杨君山端坐在案几之后，目光叵测地看着不远处那个被喝得干干净净的茶盏。

此时，在他背后，有人轻轻推开了门。

"张同学，你还有什么事吗？"杨君山就像背后长了眼睛，没有回头，也知道进来的是谁。

张槐序没有回答，而是迈进了茶室，一手悄悄从口袋里抽出一道符箓，一手默默地把门从身后关上。

碧波荡漾的池水，因为将近正午的太阳，而变得越发璀璨夺目。

但茶室之内，却因为太阳攀升至了天空正中，少了阳光照射，即使有水波的反射，也显得诡秘阴森起来。

杨君山低头喝着碗中的茶水，淡眉微扬，轻笑道："哦？怪不得不肯喝我递过去的东西，你是什么时候发现的？"

"一开始。"张槐序冷冷道。

"难怪那茶叶罐掉在了地上，原来也是故意的。"杨君山脸上的笑意又深了几分。

张槐序的视线扫到墙角的垃圾桶，那里面被孟宇衡倒进去的茶叶，已经化为一堆白灰，一看就不是什么好东西。他锁紧了眉，沉声追问道："你究竟在里面下了什么东西？"

"噗，担心那个女娃子吗？"杨君山的笑容已经称得上诡异，"谁让你自己不喝，连累别人了吧？"

张槐序的呼吸一紧，他辨认不出来蔓延至胸口的陌生情绪是什么，但他确信一件事，就是面前的这个家伙他绝对不会放过。

"你是那天晚上的猫妖。"张槐序笃定地说道，认为那天晚上躲藏在油画里的猫妖，藏在了叶浅浅的暗月吊坠上，来借此脱身。

"啧啧啧，我也不知道为什么，她喝下那碗茶居然一点事都没有。"杨君山，不，应该称其为猫妖的家伙，此时正留恋地摩挲着手中的茶盏，"哎呀呀，多美好的东西啊，真舍不得把它弄碎。"他虽然脸上露出可惜的表情，却在话音刚落下，便把那茶盏毫不留情地甩手往张槐序的方向摔去。

"啪啦！"

已经走到庭院回廊中的叶浅浅停下了脚步，孟宇衡和冯广天同时回过头来，不解地看向她。

"你们……有没有听到什么声音？类似于瓷器摔碎的声音？"

叶浅浅眨了眨眼睛问道。

孟、冯两人同时摇头。

叶浅浅仔细地歪着头听了听，仿佛又听到了一些打斗和喝骂的声音，就是从之前的茶室里传来的。可是看面前两个人毫无反应的表情，就知道只有自己听得见。

好奇怪啊……叶浅浅这样想着，却觉得自己有必要回去看一下。她笑着对他们说："我想起来有东西忘记拿了，你们先去食堂吃，我一会儿就过去。"说罢也不等他们反应，便反身往茶室跑去。

冯广天一向是懒得等人的，当下便一边打着哈欠一边往食堂走。而孟宇衡看着叶浅浅离开的身影，又扫了一眼远处的茶室。离这么远，怎么可能听得到什么瓷器破碎的声音，应该是他多想了吧？

"走啦！我们先去给浅浅占座，轻乳酪蛋糕每天中午限量的，晚了就吃不到了。"冯广大嚷嚷了一嗓子，打消了孟宇衡要跟着回去的念头。

也是，只是在校园里，还能发生什么事吗？

叶浅浅一路小跑回茶室，自己一边跑也一边在奇怪，她当时离茶室至少有五六百米远，怎么就那么清晰地听到有瓷器摔碎的声音呢？不过此时茶室内不断传来的喝骂声和蹦跳的声音，让叶浅浅越发疑惑。

只是当她气喘吁吁地推开茶室的门时，却意外地发现只有张槐序一人站在茶室中央，脸色阴沉地盯着外面的池水。

顺着张槐序的目光看去，叶浅浅只看到了水面上一圈圈荡开的涟漪，就像是有什么东西掉进了池水之中，再也没有浮上来。喏，她刚刚推门的时候好像真的有听到"扑通"一声。而茶室内看起来和他们下课时没有什么区别，只有一个茶盏摔在了地上，碎成了几瓣。

"怎么了？"就在叶浅浅想要询问的时候，张槐序反而抢先开了口。

“呃……我本来想找杨老师问点事情的。”叶浅浅总不能拿刚刚忽悠孟宇衡和冯广天的借口搪塞对方，她也不能在茶室中变出来个东西装成是自己忘记拿走的，只能转移话题道，“咦？杨老师已经走了吗？”

“嗯。”张槐序的回答十分生硬，他盯着茶室外已经渐渐恢复平静的池水，眼神像刀锋一样锐利。他想起之前叶浅浅喝的那碗茶，迟疑了一下，开口道，“你的身体……”

“嗯？我的身体怎么了？”叶浅浅无辜地睁着双眼，眨巴了两下。

张槐序握拳，看也知道，完全没事嘛！虽然不知道是为什么，但没事总比有事的好，希望不要有什么棘手的后遗症。

叶浅浅还是不解地在茶室内东张西望，好奇怪啊……她明明听到不止一个人说话……不过，叶浅浅看了看地上的那摊碎茶盏，终于还是走过去，拿簸箕清扫干净。

“真是可惜，这瓷器一定得不少钱吧……”在把碎瓷片倒进垃圾桶里的时候，叶浅浅也注意到里面古怪的白灰，“奇怪，我记得眼镜倒在里面的是茶叶啊……”

“我会登记赔偿的。”张槐序冷冷地丢下一句，就要转身离去。

可就在他经过叶浅浅身边的时候，却被后者一把拉住了袖口。

张槐序略带讶异地回过头，正好对上缓缓抬起头的叶浅浅，一看之下就不禁愣住了。

若说他认识的叶浅浅像是一朵清丽的百合花，而面前这个女子虽然长着和叶浅浅同样一张的面容，可眼神和表情却完全不一样。

就像是一朵绽放的罂粟花，美丽而致命。

难道说，刚刚那个猫妖脱身了之后，立刻幻化成叶浅浅的模样了吗？

张槐序这样想着，反手扣住了叶浅浅的手腕，冷冷问道：“你是谁？”

叶浅浅的眼瞳中光彩流转，只是怔怔地仰着头看着张槐序，一言不发。

张槐序心中的警戒更胜，背在身后的手开始从腰间摸出一把锋利的符刀，只待对方有何异样的举动，就二话不说地上前制伏她。

只是接触到那眼瞳中盛满的深情，让张槐序愣怔了片刻，握着刀的手都不禁一松。

不过这也只不过是转瞬之间的事情，张槐序从小训练的坚定意志就让他重新恢复了神志。

他忍不住在心底暗叹一声妖怪厉害，也浑身戒备地看着叶浅浅，却没料到后者用另外一只手钩住了他的脖颈，然后踮起了脚。

一个带着香气的柔软贴上了他的唇。

“哐当！”

这是张槐序的符刀掉落在地的声音，他却一时无暇理会。

那一瞬间，苦修了十八年的理智全都在这一吻中不翼而飞，他只能控制自己不去揽住怀中的娇躯，可是却忍不住倾身加深了这个吻。

不怪他意志不坚定，实在是敌人太彪悍！

色诱什么的，张槐序表示他经历得实在太少，而且对方的吻中，传达过来的凄苦和眷恋，让他为之动容，不禁就想要极力安抚过去。本来克制垂在身侧的手，最终也揽上了对方的纤腰。

在唇齿间，两人的气息交融，一股他曾经闻到过的诱人气味也随之慢慢浓郁起来。

张槐序更是越发血脉贲张，本能地渴求着这股蛊惑人心的气息，扣着对方腰身的手加重了力道，更是引得怀中的人喘息阵阵。

只是这缱绻缠绵的吻并没有持续太长时间，沉迷其中的张槐序很快就发现了怀中本来酥软的娇躯忽然间僵硬了起来，随后便是拼命的挣扎，力气大得竟然把张槐序推出去至少一米多远。

张槐序的理智也因为这样的动静迅速回归，他警惕地看着叶浅浅，而后者却一脸震惊，双眸中再也没有丝毫方才令他怦然心动的深情。

两人遥遥相对，静默不语，完全看不出这两人方才竟纠缠在一起让人面红耳赤的热吻。

这是怎么回事?

张槐序眯了眯双目，感觉到叶浅浅像是被谁附了身，可是绝对不是刚才逃走的那个猫妖干的。

那股诱人的味道，绝不是一个低等猫妖能散发出来的。

难道说是那盏茶的后遗症？可是没道理那猫妖会给他下什么催情药?

张槐序脑洞一开就忍不住黑线万分。

叶浅浅一脸抓狂的模样，她只是感觉到眼前一阵模糊，等好不容易回过神，就发现自己被男神抱在怀里肆意亲吻。

这究竟是要闹哪样啊!

叶浅浅连质问的勇气都没有，因为她还有印象，刚才回神的那一刹那，抱着男神脖颈不松手的好像也是她来着……

怎么也想不起来刚刚发生了什么，叶浅浅捂着胸口的暗月吊坠心跳如雷，不知道该说些什么。

茶道室内落针可闻，直到叶浅浅感到对面张槐序的杀气越来越重，终于忍不住……可耻地溜了……

张槐序盯着她跑到阳光下的背影，神色晦暗不明地摸了摸还很湿润的唇。

到底在茶道室发生了什么啊！怎么一回过神她就和张槐序抱在一起互啃了啊!

叶浅浅简直要疯了，而且这种事她压根儿没法跟人说，只能憋在心里各种郁闷。因为这件事，叶浅浅的午饭吃得也是心不在焉，等她回宿舍午休，纪菲过来跟她聊天的时候，也是各种不在状态。

“哎，浅浅，你到底有没有听我在跟你说话啊？”纪菲的声音故意装得很嗲，麻得叶浅浅立刻就回过了神。

“啊？呵呵，不好意思，我刚刚走神了。菲菲你刚刚说什么了？”叶浅浅不好意思地笑了笑，实际上却是很想去回屋睡觉，但室友的情绪也要照顾到，否则住在同一屋檐下把关系搞得那么僵也不好。

“喏，是不是走神在想我们班的男神啊？”纪菲笑得暧昧极了。

“男神？谁啊？”叶浅浅脸上的笑容僵了一下，不会是她想到的那一个吧？

“哎呀，当然是张槐序啦！浅浅你真是会装傻。”纪菲捶了一下她的肩膀，“男神明显是对你有意思啊！不要这样得了便宜卖乖嘛！”

“啊？”叶浅浅吃痛地揉着肩膀，纪菲这么用力干吗？而且她说的每个字她都认识，但怎么组合在一起她就完全听不懂了呢？什么叫对她有意思？张槐序？叶浅浅的脑海中闪过张槐序那张面无表情的脸，顿时觉得整个世界观都碎了。

对她那种态度也叫对她有意思？纪菲的眼睛究竟是怎么长的啊？

不过脑海中又闪过茶道室内的那个吻，叶浅浅只觉得整个人都不好了。

难道真的像对方说的那样，张槐序对她……

也不好待在那里，叶浅浅勉强苦笑道：“你想多了吧，张槐序会对我有意思？我怎么没感觉到啊？”

“得了吧，我可都注意到了，他的目光经常追随着你，一个男生那么在意一个女生，难道还有其他解释？”纪菲轻哼了两声，眼中闪过一丝隐晦的嫉恨，“话说，大家都猜他应该家世斐然，姓张，也许是首富张家的儿子？还是政界张家？还是军界的那家姓张的？浅浅你知不知道什么？”

叶浅浅见纪菲的一双美目几乎都快放出光来，连忙摇头道：“我怎么知道，我和他又不熟……”确实不熟！并没有熟到可以KISS的地步！

“切，不想说就算了。”纪菲撇了撇嘴，“不过说什么不熟啊？都有人看到上午茶道课的时候，你们故意留到最后才从茶室出来。还是一前一后走出来的，故意避嫌吗？”

叶浅浅的嘴角抽了抽，应该庆幸并没有人看到他们接吻，否则这真是跳进黄河都洗不清了。不过现在应该也差不多，她感觉无论说什么纪菲都不会相信，索性把嘴闭得牢牢的，什么都不肯说了。

纪菲见状，更加气愤，摸了摸中指的素圈金戒，跺了跺脚负气而走。

因为纪菲的一段话，叶浅浅午休时翻来覆去都没有睡好，下午上课的时候，也各种不自在。

她很想确认纪菲说的是不是真的，却又觉得偷偷去看张槐序感觉特别奇怪，只能忍着不要回头。

一下午就在各种坐立不安中度过，在食堂吃晚饭的时候，叶浅浅忽然感觉到，怎么食堂里的人少了许多？

“吃饭的时候不要东张西望，要专注。”孟宇衡推了推眼镜，义正词严地说道。

“眼镜，你没觉得人少了好多吗？今天又不是周末，大家不可能出去或者回家吃饭啊。”叶浅浅感觉非常奇怪，总觉得哪里出了问题，她没有留意到。

“高年级的学长学姐们据说是去修学旅行了，所以显得人少了吧。”孟宇衡不甚感兴趣地说道，几口把晚饭吃完，也不等叶浅浅，直接起身把餐盘端回了回收处，径自离开了。

叶浅浅怔然，眼镜这是生气了？好少见啊！

孟宇衡走出食堂，看着西边天空中挂着的血红的夕阳，抬手转动了一下中指上的素圈金戒。

吃过晚饭，叶浅浅去图书馆借了几本书，等她出来的时候，就发现图书馆内已经没有人了，连在柜台值日的学生都不见了踪影。

没办法借书，叶浅浅只好又把书放回了原处。天色还没有完全暗下来，叶浅浅就惊奇地发现整个校园里空空荡荡的，图书馆、食堂、篮球场、教室、走廊、宿舍……她所走过的地方全都没有人。

就算是叶浅浅再大胆，也难免觉得遍体生寒。

不会又是学长学姐们的恶作剧吧？就像迎新晚会时候的鬼屋探险……也许摄像头就藏在哪里偷拍她呢……

虽然这么想，但是站在没有一个人的校园里，叶浅浅还是浑身发抖。

她想了想，掏出手机，找到孟宇衡的号码拨打过去，却许久没有人接听。

天色已暗，月牙静静地悬挂在天际，张槐序正在天台上冥想。站在栏杆上发呆的乌鸦正混混沌沌地要睡过去时，就听到手机铃声响起。

“嘎！”夜叉被惊得从栏杆上摔了下去，片刻后又扑扇着翅膀重新飞了上来。

张槐序没管那只总出状况的乌鸦，把手机拿过来一看，发现竟然是叶浅浅给他的消息。

【你现在在哪里？能出来一下吗？】

张槐序想了想，回道：【可以，十五分钟后，篮球场见。】

张槐序慢慢踱步到了篮球场，只见在皎洁的月光下，叶浅浅穿着一袭白色的连衣裙，正低着头局促不安地看着手机。

仿佛听到了脚步声，她抬起了头，朝正走过来的张槐序嫣然一笑。

叶浅浅的五官并不是那种出众的漂亮，但笑容却是一等一的清爽，让人看了就不由自主地想要跟她一起微笑。

但张槐序却依旧面无表情，加快了脚步，一手夹着符箓就拍了上去。

“我靠！你竟然连喜欢的女生都能下狠手！”

“叶浅浅”怒吼，朝张槐序不雅地竖起了中指。而在她的中指上，竟也带着一枚素圈金戒。

张槐序冷哼一声，俊脸肃穆，根本懒得解释。

如此道行，还想假装别人引他入瓮，还真不知道究竟上当的是谁呢！

而且比起在茶道室的那个叶浅浅，这笑容也太假了点……张槐序拒绝再多想，他一手飞出四张符箓，分别贴在了篮球场四角，地面上迅速浮现出带着光芒的繁复符阵，并且在转瞬间就变成了一条条锁链，像是有自主意识般，全部朝那猫妖捆去。

“叶浅浅”猝不及防，本想伺机逃窜，但最终慢了一步，有一条锁链缠住了她的脚，把她狠狠地从空中拽了下来。其他锁链都迅速跟上，牢牢地把她捆在符阵之中。

张槐序的脸上终于露出了些许细微的笑容。

原来猫妖一直用的都是声东击西的办法，猫妖的目标并不是叶浅浅，而是他。自古以来，天师和妖势不两立，也不仅仅是因为天师除妖。对于妖来说，天师是上佳美食，普通人类都是如蝼蚁一般的存在，就算碾死也会觉得浪费力气。所以他早就算到了猫妖迟早会变成他熟悉的人来接近他，只是不知道对方为什么会做出那样的结论。

他喜欢叶浅浅?

别说笑了。

只是……看着那猫妖顶着叶浅浅的面容，露出痛苦的表情，多少还是觉得有些不爽。

伸手敲了敲腕上的定妖罗盘，符阵锁链光芒又盛了几分，那猫妖终于禁不住阵法的禁锢，变回了原形，是一只可爱无比的碧眼黑猫。

“叮当！”一枚素圈金戒掉落在地，张槐序弯腰把它捡了起来。

“你本是一只普通的黑猫，要不是碰巧捡到这枚素圈金戒，也不可能有如此修为。以后，还是好好做一只猫吧。”张槐序淡淡说道，把那枚素圈金戒放到了一个刺绣锦囊中。

因为黑猫的体形缩小，符阵也随之消失，黑猫却没有立刻跑走，而是蹭到了张槐序脚边，“喵喵”地叫着。

张槐序理都没理它，抬脚便离开了，符箓也没有收回。反正最多五分钟，那上面的朱砂就会褪去，符箓就会自动燃烧成灰，一点痕迹都不会留下。

黑猫在原地转了一圈，用小爪子烦躁地磨了磨地，终于还是迈开步子，跳入了草丛之中。

“喂，女人，你脸红什么啊？”冯广天推了推呆愣的叶浅浅，奇怪地问道。

“啊？没……没什么……”叶浅浅回过神，看着远处篮球场的目光也变得躲躲闪闪起来。

她联系不上孟宇衡，最后只能给冯广天打电话。别人她也不认识，后者好歹还是她期待中的兄长。

果然，冯广天一接电话，便立刻过来寻她。两人在校园里一搜索，确实发现不对劲起来，整个校园之中的人就像是凭空蒸发了一样，不管是学生老师还是工作人员，一个人都看不到。正琢磨着是否要打电话报警的时候，他们路过了篮球场，叶浅浅远远地就看到张槐序和一个人在那里说话。冯广天也觉得好不容易终于看到人了，立刻就要走过去。可就在这时，叶浅浅发现自己比往日要灵敏得多的听力，好像让她听到了一句很不得了的话。

"我靠！你竟然连喜欢的女生都能下狠手！"

喜欢的女生？叶浅浅一怔，仔细看去，居然发现那个和张槐序说话的女生，分明就是她自己的脸！

这是怎么回事？

张槐序喜欢她？

那茶道室的那个吻……

但那个跟她长得一样的女生到底是谁啊？

"咦？还过不过去啊？张槐序都走了，刚刚还两个人呢，怎么就剩他一个了？"冯广天疑惑。

"嗯？你刚刚没看见吗？"叶浅浅被冯广天一打岔，不由得吃了一惊。他难道没看到刚刚篮球场上浮现了一个巨大的阵法吗？就像是动画片一样。而且那个和她长得一样的女生，在阵法的捆绑下变成了一只黑猫！这些冯广天都没看到吗？

"看到什么？"冯广天搓了搓手臂，"女人，你不要吓我哦，这大半夜的，本来就很吓人了，我们还自己吓唬自己。"

叶浅浅一头雾水地被冯广天拉着到了篮球场，可手却在碰到篮球场铁网的时候，掌心立刻就被灼伤了一大片。

"嘶……"叶浅浅立刻收回了手，倒吸了一口凉气。

怎么回事？这已经不是第一次发生了！

"嗯？怎么了？"已经进到篮球场、想要走近路穿过去找张槐序的冯广天回头问道。

叶浅浅看着毫无异状的冯广天，再想到之前的一幕幕。

会自己动的牙刷、变得灵敏的听力、能看到的符阵……

难道……她也不是普通人……

叶浅浅勉强笑道：“因为我忽然想到，有一个地方，我们还没去找。”

“嗯？哪里？”

叶浅浅推开了茶室的门，果然看到地上七横八竖地躺着许多人。

而且因为猫妖的妖力被剥夺，已经开始有人陆续醒来。

准备室的门被推开，一脸惺忪的杨君山走了出来，看到满屋子的人吓了一跳。

“哎，开始上茶道课了吗？不对啊……天怎么都黑了啊？”

叶浅浅捂着自己被灼伤的右手，脸色变得异常难看。

初五·翡翠扳指

朔月

叶浅浅坐立不安，很难得的有两人独处的时间，可“你到底喜不喜欢我”这种问题，由女孩子问出口真的可以吗？

“妹妹，你别被那男人骗了。”迷雾之中，一个悦耳的女声带着怒气响起，身上带着的环佩随着她的来回走动而叮咚作响。

妹妹？男人？

叶浅浅知道自己应该又是在做梦，她想要看清楚面前的人是谁，却发觉对方一直背对着她，盘得漂亮华丽的发髻上，插着一支雕琢精美的凤凰白玉簪。

很眼熟的凤凰白玉簪。

刺耳的闹铃声响起，叶浅浅疲惫地睁开双眼，迷糊了半晌，才不得不认清楚自己要爬起来上学的残酷事实。

她刚刚梦到了什么？妹妹？她在孤儿院是年纪最大的，向来都是别人管她叫姐姐。那支凤凰白玉簪是不是之前梦境还出现过的啊？那支让田菁变成美女的凤凰白玉簪？

而且被男人骗了又是什么剧情啊？好夸张啊，不愧是梦境。

不过，昨天发生的事情，比梦境更离谱。

没有人能解释到底为什么大家都在茶室昏睡，这大概会成为明德大学七大未解之谜之一什么的吧。

但发生在自己身上的那些古怪，叶浅浅毫无头绪，甚至连可以商量的人都没有。跟冯广天说，肯定会被骂是傻瓜；跟孟宇衡说，对方多半会跟她解释各种科学原理来证明这一切不可能；跟张槐序……叶浅浅打了个寒战，对方用符箓、阵法，明显就是除妖用的，那阵法居然灼伤了她的手掌，而冯广天却没事。而且这件事不是第一次发生了，那照这么说，她难道真的不是普通人？而是什么精怪？

拥有这样的怀疑，她又怎么敢去找张槐序询问呢？自投罗网吗？

不过……这难道就是，当年她被抛弃在孤儿院的原因吗？

叶浅浅这样一想，就忍不住黯然了一下。但也只是一下下，她并不是悲春伤秋的性子，很快就振作了起来，打算拍两下脸颊让自己更清醒一点。结果在掌心还没拍到脸的时候，就整个人怔住了。

昨晚自己偷偷上过药的伤口，不知道什么时候已经痊愈，只留下一层淡黄色的碘酒痕迹，完全看不出来任何受过伤的样子。

这样的事情发生也不止一次了，掌心当时的灼痛，她现在还记得非常清楚。

呆呆地怔神了片刻，叶浅浅低头苦笑了一声。

不管真相是什么，都不适合现在去纠结。叶浅浅强迫自己迅速地穿衣洗漱，随手就把纸巾团成了团往不远处的垃圾桶一扔，也不管有没有扔进去就扭回了头。

听着身后“咚”的一声响，叶浅浅的心情也变得好了起来。实际上她并没有看到，刚刚那纸团在空中忽然改变了方向，直直地朝垃圾桶坠去。

叶浅浅拿着书包走出宿舍的时候，正好碰到了纪菲。后者朝她露出一个友善的笑容，漂亮的面容如花般绽放，让叶浅浅也不由自主地回以一个笑容。

奇怪，昨天她们不是不欢而散吗？现在却根本没有昨天生过气的迹象。叶浅浅正胡乱猜测的时候，纪非走了过来，看样子像是要和她一起出门的样子。

“浅浅，听说昨晚是你和冯广天找到在茶室昏睡的我们哦！真是太谢谢你们了。”纪非一脸真诚，倒没有说半句假话。若是让她和一帮子人睡一晚上，可真是糟糕透顶了，想想都让她难以接受。

“啊？到底是怎么回事？校方那边有解释了吗？”叶浅浅闻言倒是想起来询问一声，因为昨晚一下子接受的信息量太大，她一直浑浑噩噩的，倒是没留意事态最后的发展。

“校方给出的解释，是陈年茶饼之中含有古怪的发酵酶，大家喝过之后都睡着了。虽然有人提出异议，却也没有更靠谱的解释了，只好暂时捏着鼻子认了下来。”纪非皱着秀眉道，“因为很奇怪啊，我明明记得自己有走出过茶室，可是之后的记忆就完全没有了，连昨天中午吃的什么都没有印象。所以……也许只有茶饼有问题这个原因了吧。”

“呃？中午以后的记忆都没有了？”叶浅浅倒是吃了一惊。

“是啊。所以今天上午校方还要给大家检查一下身体，浅浅你没收到iPad上的通知吗？早饭不能吃，要去抽血。”纪非一脸的不情愿，但身体更重要。校方也是慎重起见，毕竟在这所大学念书的大部分学生都非富即贵，万一出了点什么事，不管是谁校方都承担不起。

“啊？抽血？”叶浅浅摩挲了一下手掌心，虽然从小到大的体检都没有什么问题，但她也是最近才频出状况的，万一检查出来什么问题，她就连平常的生活都会没有了。所以叶浅浅尽量装成无事的样子，笑了笑道，“我觉得应该还好，就不去挨那一针了，虽然不是很痛，但抽血的感觉真是……”

纪非立刻感同身受地皱了皱俏脸，两人说说笑笑，一直走到食堂门口才分开。

叶浅浅看着她的背影，觉得对方果然是个好姑娘，昨天那个猫妖既然能够假扮她，当然也能假扮纪菲，甚至假扮孟宇衡……叶浅浅想起昨天一直出现的人手上都戴着素圈金戒，顿时就悟了。她赶紧掏出手机想给孟宇衡打电话，但想了想，还是发条慰问短信吧。对方现在万一要是在抽血，恐怕不方便接电话。

几乎所有人都去体检了，高年级的学长学姐们还在短期的修学旅行，叶浅浅去吃早餐的时候，一眼就看到偌大的食堂里，只坐着张槐序一人。他今天穿着一身白色的军装，英姿飒爽，叶浅浅费了好大的意志力，才克制自己不要把视线黏在对方身上不收回来。

昨晚偷听到的话语，立刻在脑海中重播了一遍。

“你竟然连喜欢的女生都能下狠手！”

应该不是她想的那个意思吧。叶浅浅咬了咬唇，从认识张槐序的第一天开始，鬼屋的突然亲近，再到茶道室的不明亲吻，种种迹象，实在是不能怪她多想。

两人隔着好几张餐桌，默默地吃完早餐，然后在空荡荡的教室里坐着看书。正常上课之后，他们的教室就和普通的高中教室没什么区别，毕竟谁也受不了每天都跪坐上课。

叶浅浅坐立不安，很难得有两人独处的时间，可“你到底喜不喜欢我”这种问题，由女孩子问出口真的可以吗?

正心烦意乱时，冯广天吊儿郎当地踏进教室，一边走还一边揉着眼睛。没办法，对于喜欢熬夜的人来说，早起上学简直就是折磨。他也知道了昨晚事情的结果，所以对空荡荡的教室没感到任何意外，直接走到叶浅浅身边，一屁股就坐在了本来应该是孟宇衡的位置上。

“臭老头，上午明明没课，还要赶我起来上学。”冯广天趴在书桌上，各种犯懒。

叶浅浅听到他虽然在抱怨，可是那其中浓浓的父子亲情，却让她无比羡慕。她总想旁敲侧击些关于冯啸威的事情，但一时又找不到合适的话题，她看到冯广天手上多出来的一枚翠绿色的翡翠扳指，不禁问道："咦？这是扳指吗？"

冯广天闻言立刻来了精神，坐直身体翘起大拇指，用各种炫耀的口气说道："这确实是扳指，不过扳指在古代名'韘'，射决也，在商代便已经出现，是射手用来扣住弓弦射杀猎物的工具。今天这不是有射箭课嘛，所以我就带来用一下。嘿嘿，这是清朝的古董知道不？据说很有来历，还是个名人戴过的呢！"

"啊？今天下午是射箭课？"叶浅浅调出课表看了一下，果然是，"难道射箭课需要自带扳指吗？没有怎么办？"

"没有也一样可以射箭，韘不过是辅助工具，又不是没有弓或者没有箭。再说，在清朝的时候，扳指已经沦为了玩物，只有那些纨绔子弟的王爷贝勒们才喜欢戴。尤其，是喜欢蓄男宠的。"孟宇衡的声音从教室门口传来，平静的声音中听不出喜怒，但最后一句话加重了语气，言语还是一如既往的毒舌。刚刚检查完身体，回来就看到冯广天，孟宇衡不爽地推了推眼镜道："这是我的位置。"

"好好，让给你。"冯广天耸了耸肩，不以为意地站起身，但也不知道是不是因为还没睡醒的缘故，他站起来的时候不知道绊到了哪里，竟然就那样往后栽了下去。

叶浅浅惊了一下，因为冯广天若是就这样摔倒的话，正好后脑就会磕到椅背上，简直危险至极。可是事情发展得太快，叶浅浅连伸手去扶的机会都没有。

画面在她眼里忽然变得缓慢起来，她的视野闪烁了一下，等她再回过神时，发现冯广天直接跌坐在了地上，而那把比较危险的椅子根本就不在原来的位置，竟是往后凭空挪了半米的距离。就这不起眼的半米，让冯广天免于脑部受创。

可是，刚刚椅子明明在这里的……

叶浅浅眨了眨眼睛，觉得自己应该是眼花了。

一直低头看书的张槐序却抬起了头，看着那把椅子眯了眯双目。

冯广天今天感觉自己特别倒霉。

一大早起来喝豆浆的时候就差点被豆浆呛死，咳嗽了好久才缓过劲来。出门的时候差点被楼上掉下来的花盆砸到，在教室里又摔了一跤，幸亏没几个人看到，不算太丢脸。

这些事放在平时，偶尔发生一两件也不是什么奇怪的事情，但他才起床不到两小时，就这么惊险，科学吗？

冯广天握着叶浅浅伸过来的手站了起来，一边拍着裤子上的灰尘一边思考着，是不是哪句话没说好，得罪了天上的神佛。

“没摔着吧？”

叶浅浅眼中的担忧让冯广天的心情好转了不少，他在原地蹦跶了两下，嘿嘿笑道：“没事没事，我没睡醒而已。”

“小心点，百分之一十四点五的人是死于自己的愚蠢。”孟宇衡只是习惯性地毒舌，没有发现冯广天的脸色因为他的话语僵硬了一下。

陆续又有同学体检完回来了，其实上午停课大家都可以自由活动的，但几乎所有人都到教室里来了，讨论着昨晚到底是怎么一回事。

茶饼里有问题是肯定的，可是有些人明明记得自己下课走出茶室了，不可能昏迷还特意回到茶室吧？而且学校的监控录像昨天也出现了问题，许多画面都是模糊一片，根本看不清。

在一片讨论声和iPad刷屏中，只有四个人是置身事外的。叶浅浅心不在焉地拿着iPad看电视剧，孟宇衡专注地演算着试题，张槐序认真地看着书，冯广天玩着手机发着呆。

一上午就混混沌沌地过去了，下午在上射箭课的时候，很多人都还没从昨天的事情里缓过劲，再加上下午的太阳光火辣辣地在头顶晒着，一整班的人都没什么精神。

射箭课是在学校的靶场上，这个靶场很大，一边竖着二十个靶子，一边放着二十多张各种型号的弓，特别有气势。

冯广天随意地拿起一把弓端详了一下，吹了个口哨道："居然是MONSTER SAFARI，马修斯的怪兽远征！天啊噜！太高大上了！"

"嗯，马修斯家产的复合弓还是很不错的，最喜欢他家的刺客系列，不过停产之后代替刺客的碳骑士就不怎么样了。"一个粗犷的声音传来，冯广天一回头，立刻就吓得往后退了一步，心想这是哪个动物园放出来的大猩猩?

这人身高至少有一米九，皮肤被太阳晒得黝黑，还戴着一副巨大的墨镜。他留着络腮胡子，虽然看起来不修边幅，却透着一股说不出来的颓废魅力。他身上只穿了背心和短裤，结实的肌肉块都看得清清楚楚，引来一旁同学们的一阵赞叹。

"哈哈，大家好，我叫许耀辉，来教大家射箭课哈！"许耀辉爽朗一笑，立刻就让笼罩在大家头上密布的阴云全部散开。有些人天生就有这样的气场。

"哎呀，我想起来了，许耀辉，他不就是之前世界锦标赛的射箭比赛冠军吗？"因为是室外课，也就没人带iPad出来，改成了直接交头接耳。

"是啊！好帅！当年我就很喜欢他了！射箭时微眯着双目，那股带着杀气的眼神！啊啊啊！！"立刻就有女生花痴起来。其实严格来说，许耀辉并不是长相出众，但像他这样的阳光肌肉男，现在也是很少见了。

"首先，我先简单介绍一下弓箭哈。文言文什么的我也记不住，据说最早黄帝战蚩尤于涿鹿，纯用弓矢以制胜，此为有弓矢之最早者。至于后羿射日什么的就更不用说啦！"许耀辉开始唠叨了几句，下面就有人忍不住了。

“许老师，历史什么的就不用给我们普及了，还是早点让我们练练吧！”

“好，好，哈哈，那我就不费力气回忆什么弓的历史了，大家直接开始吧！”许耀辉在众人的欢呼声中挥了挥手。

叶浅浅倒是觉得在他刚刚提到黄帝战蚩尤的时候，胸口炙热了一下，但在她摸过去的时候，只能感觉到暗月吊坠的热度稍微过了一下，其他没有什么异状。

应该是午后的太阳太晒了吧。叶浅浅也没当一回事。

君子六艺包括礼、乐、射、御、书、数，其中射就是射箭。但现代社会，也没必要学那些白矢、参连、剡注、襄尺、井仪那种古代射技，只单纯的射箭技术，就已经足以让人心生向往了。

每人都可以领到一张弓，叶浅浅站在弓架前犹豫了一下，孟宇衡便在旁边建议道：“挑选反曲弓吧，就是简单点的这种。反曲弓弓片较长，弓片相对变形很小，拉力变化比较规律，拉力是均匀变化的，而复合弓的拉力则因滑轮的作用导致拉力变化很剧烈，一般没受过训练的不好掌控。而且反曲弓的磅数较低，发射比较柔和，适合女生使用。”

“哟！没想到还有一个人懂行啊！”许耀辉听到这番话，不由得出声赞叹。不得不承认明德大学之内果然卧虎藏龙。冯广天那种懂不过就是认牌子而已，这个戴眼镜的男生懂的却是机械原理，简直不可小觑。

“切，四眼啊，估计也就是理论知识强悍些吧，让他动手肯定各种完蛋。”冯广天一点也不客气地吐槽道，用鄙视的目光上下扫了一眼书呆子孟宇衡瘦削的身材。

而这时，已经有女生欢呼了起来，几人转头一看，发现张槐序已经拿起一张最古老的紫衫木长弓，姿态标准地拉弓准备射箭了。

他站在起射线上，双脚开立，左肩对目标靶位，左手持弓，右手拿箭。整个人光站在那里，就有股冲天而起的气势，立时吸引了所有人的注意。

“我勒个去，冰山这回要玩脱啊。这张紫衫木长弓，若是没有经过训练，根本拉不开啊！”冯广天幸灾乐祸地闷笑着，甚至还掏出手机时刻准备拍下对方吃瘪的状况。

“嗯？会拉不开吗？”叶浅浅怔然，连目光都舍不得移开。俊美无匹的张槐序此时正侧脸朝箭靶看去，那如鹰隼般的眼神，配上他优美的面部线条，和那身白色军装和黑色军靴，简直帅到惊天动地。

“看这些复合弓和反曲弓，虽然型号都略有不同，但都是由弓片组成的，复合弓甚至还有滑轮和副弦，都是为了分摊拉开弓弦的力道。那柄最古老的紫衫木长弓，弓背是由一整块木材所制，可见有多坚韧。古代的长弓都按照弓弦的磅数分几石，看小说里经常有写拉不开弓，那都不是杜撰的，是真的拉不开。”孟宇衡推了推眼镜，对于张槐序的选择也有些不解。

“那张长弓是放在那里做演示用的，这小子还真敢选啊。”许耀辉也觉得有趣，而这时张槐序已经搭箭、扣弦，姿势标准到无可挑剔，让许耀辉忍不住摘下了鼻梁上的墨镜，就为了能看得再仔细一些，“喏，他居然用的是蒙古式射法。”

“蒙古式射法？”叶浅浅继续充当不耻下问的小能手，只不过明显这回冯广天也不明白了，于是她直接问自家竹马。

果然，孟宇衡没有辜负她的期望，很快就回答道：“现代射箭一般都用地中海射法，这种射法的箭头是搭在持弓手的外侧，而蒙古式射法的箭头却搭在持弓手的内侧。而且地中海射法是用三指拉弦，而蒙古式射法主要是靠大拇指的第一个关节。所以说，只有蒙古式射法才最需要扳指，地中海射法一般不需要。当然，只射一两箭的话，是不需要扳指保护的。”

“最主要的是，什么射法适合什么弓，现代弓都有加箭台，碳素箭杆有弦卡，传统长弓传统箭则没有这么多附加，所以射法也必须用传统的蒙古式射法。”许耀辉摸了摸下巴上的络腮胡，笑得意味深长，“这位小哥看起来明显练过啊。”

张槐序在众人的解说声中，姿态优雅地预拉，双臂用力，就那么轻轻松松地开弓，把一张紫衫木长弓拉成了满月状。

“卧槽！”冯广天手机差点都要掉了，其实射不射中他都没考虑，他满心以为张槐序连弓都拉不开呢！谁想对方竟然如此随意地就开弓了。

“嗡！”脱弦的利箭并不是平直地射出去，而是在空中呈现了一个优美犀利的抛物线，随后狠狠地钉在了箭靶正中的黄色内环上！

十环！

“卧槽……”这一声是许耀辉说的，他朝箭靶看去，见那箭头都快入木三分了。这很正常，长弓很难拉开，但只要拉开了，相应的箭射出来的力道也极其惊人。若是换在古代的战场上，这一箭妥妥地可以射穿敌人的盔甲。

围观的所有人都震惊了，反而沉寂了半晌，显然都没料到张槐序一箭就能射中靶心。

张槐序反而动了动右手的拇指，有点不太适应的样子。许耀辉回过神，知道对方肯定是手指没有做保护，而感到有些酸麻了，连忙从旁边的器材箱子里拿出射箭手套递了过去，顺便询问对方有没有考虑加入射箭队。

而这时才有人惊呼出声，尖叫声和鼓掌声简直要把靶场都给淹没了。女生们个个头晕目眩，男生们则都不服气地挑好了弓箭，站在靶位上开始拉弓射箭。也不管姿势正不正确，一时之间靶场乱箭齐飞，别说十环了，都没几支能真正射中箭靶的。

唯一像点样子的，也就是孟宇衡了。他一次射不准，便停下来用心算距离、风向、力度、射箭角度，等他第二次放箭的时候，就已经是一个七环了，随后每射出一箭，都会更靠近靶心一点，简直是进步神速。

冯广天则并不急着射箭，他拿着手中的那把马修斯怪兽远征的复合弓，先是很专业地检查弓片、弓缆、弓弦和弓把看是否完好无损，随后确定这是一把没有人使用过的新弓，便满意地开始用工具箱找到的开弓器精调这把弓。绑窥孔、调拉力，搭箭点……一个人在靶场边忙得不亦乐乎。

许耀辉从张槐序身边碰了一鼻子灰回来，就看到冯广天忙得热火朝天，不由得凑过去笑道："冯少爷，你应该知道这弓是已经调好的了吧？"就算许耀辉一开始不知道冯广天的身份，现在也知道了。看样子这把怪兽远征的复合弓，本就是冯校长假公济私给自家儿子配备的。

冯广天轻哼一声，撇嘴道："那是你按照你的习惯调的，本少爷用，自然要按照本少爷的习惯。"

许耀辉顿时觉得难伺候，这少爷八成是对组装弓箭要比射箭来得起劲。他还是离远点吧，便识相地去指导其他学生的射箭姿势了。

他们站的起射点是按照国际比赛要求，离箭靶有七十米的距离。而箭靶就那么一点点大，若是能射到才是真不容易呢，所以只要是一上手试箭的，就都明白了张槐序一箭就射了十环是多么的不可思议，更别提他拿的还是最难拉开的紫衫木长弓。而且对方还接着又射了四五箭，次次都射中靶心，简直不是人！

叶浅浅就站在张槐序身边的靶位，她拿着反曲弓，尝试着射了几箭，连靶子的边都没擦到，都飞到靶场后面的墙上去了，甚至有一箭直接插到张槐序的箭靶上，成了他箭靶上唯一一支低于十环的箭。这一箭也成功地引来了张槐序的一眼，叶浅浅发誓她能从对方眼中看出至少五种以上的嘲笑短句。

好在他们两人用的箭尾翎羽的颜色不一样，别人一眼就看得出来，倒不会给男神抹黑。

虽然其他人的水平也都和她差不多半斤八两，但叶浅浅就是觉得无比丢脸，在搭箭开弓瞄准了许久后，想起一些漫画里的台词，用心瞄准什么的，最终忍不住闭上眼睛放开了弦。

箭矢在空中划出了一个弧度，却忽然变了方向，直直地射中了靶心。

“耶！”叶浅浅睁开双目，不敢置信地看着靶子，确认了好一阵，才高兴地跳了起来。

目睹了一切的张槐序却慢慢收回了拉满的弓弦，目光复杂地看向正在跟孟宇衡炫耀的叶浅浅。

冯广天泄气地蹲在那里，在他面前的是弓弦断掉的怪兽远征复合弓。

他怎么也不能理解，为什么会变成这样，他明明是按照所有的规范动作来调整弓弦的，怎么可能绷紧的弓弦会突然断掉？还好他反应比较灵敏，避开了骤然弹出来的弓弦，否则他右眼现在肯定已经瞎了。

今天出门的时候一定没看黄历，肯定是写着诸事不宜。

就在冯广天懊恼的时候，眼角的余光看到张槐序正在向他走来。一开始冯广天以为对方是来弓架这里换弓的，毕竟那张紫衫木长弓以普通人的臂力拉几次就已经是极限了，所以便识趣地让开位置。但张槐序却并没有过去，而是在他面前停了下来，看了看他手中断了弦的怪兽远征复合弓。

虽然张槐序什么都没说，但那眼神特别奇怪。冯广天自己会脑补，以为对方在嘲笑他，立刻就爹毛了：“看什么看？没见过弓弦自己断的吗？”

张槐序实际上看的却是对方手中的扳指。

普通人也许没感觉到，但张槐序在上午冯广天一出现时，就察觉到了依附在这扳指上面淡淡的怨气。只是初时这怨气并不明显，张槐序也就没有当回事。因为但凡古董，年代越久远的，就越容易聚集灵气或者怨气，以玉器为首。张槐序年幼时学会这项辨认眼力后，还曾经去古玩街逛过两个月，一边是锻炼自己的眼力，一边是顺手捡漏发点小财。

有灵气的饰品会给佩戴的人带来好运和滋养身体，有灵气的摆设若是在家中放对了方位，也会助涨运势，而怨气就是相反的作用。

张槐序初时也不以为意，有怨气的古董很多，但一般都只是让佩戴者走些霉运罢了，伤不到根本。可这一天下来，扳指的怨气越聚越多，冯广天所遇到的意外也越来越夸张，这样下去，说不定会危及生命。

不，说不定已经开始危及生命了。

尽管各种看不惯冯广天，张槐序也不可能眼睁睁地看着他出事。再者，降妖除魔也是天师的工作。

“能把你手中的扳指借我一下吗？”张槐序知道若是说实话，对方肯定会嗤之以鼻，还不如直接借走后，自己再消除扳指的怨气来得快。

换了其他人，肯定也就借了，但可惜，对方是冯广天。

冯广天看了看张槐序手中的紫衫木长弓，又看了看自己手中断了弦的复合弓，冷笑了一声道：“你觉得我的弓弦断了，就再也不需要扳指了吗？我难道就不能再换一张弓吗？”说罢便要走向不远处的弓架，那里还留有几张备用的弓。

张槐序没料到对方会拒绝，下意识地跟着他向前走了一步，随后却忽然警兆忽现，立刻转过了身。

一支箭矢带着犀利的尖啸声，正破空朝他们的方向射来。

这扳指的怨气，已经大到如此地步了吗？

张槐序本想用符箓改变那支箭矢的运动轨迹，却在发现了叶浅浅正朝他们看来的时候，瞬间改变了想法，抬起的手又重新放下了。

正好让他看看，这姓叶的女生，到底有什么能力。

冯广天正气愤地想要去换弓箭，却觉得背后被人狠狠一撞，差点就把他给撞倒在地，气得他想要跳脚骂人。可却在他转过身来的那一瞬间，全身立刻就僵硬起来。

张槐序正挡在他身后，而胸口却直直地插着一支利箭，鲜血立刻染红了那身白色军装。

射箭也是个体力活，最开始的兴奋劲过去之后，普通人拉弓拉个七八回手臂就已经开始酸痛了。

叶浅浅也不例外。所以不知道怎么射中一次靶心之后，她便和身边的孟宇衡交流了一下射箭的心得，显然学霸总结得更精辟。

当张槐序离开靶位走向冯广天的时候，叶浅浅自然也是看在眼里的，下意识地就分给了对方一些注意力。毕竟张槐序主动去找冯广天，本身就很有问题，反过来还差不多。

所以在听到他们吵起来的时候，叶浅浅也没觉得多奇怪，只是觉得这样不太好，便跟孟宇衡打了个招呼，想过去调解一下。结果才刚没走两步，就感到背后一凉，一道箭矢从她身侧划过，呼啸般地射向张槐序和冯广天的方向。

仿佛是预见了极其恐怖的画面，叶浅浅的心顷刻间就被绝望所笼罩，她睁大了双眼，眼前的画面就像是电影的慢动作一般，一帧一帧缓慢地在她眼前跳动着。

她看到张槐序转过了头，看到了他瞬间凝重的表情，和投向她那抹古怪的眼神。

但叶浅浅已经来不及细想那眼神之中到底哪里古怪，她看到张槐序又扫了一眼冯广天的位置，朝他的方向迈了一步，像是想要推开对方，却没有来得及，箭矢已经狠狠地钉在了他的胸口。那股冲力甚至带着他向后退了好几步，直到撞在了冯广天的后背上才停止。

尖叫声四起，显然有人已经发现出事了。

叶浅浅呆怔地站在原地，只觉得浑身的力气都被抽空了。周围所有喧杂吵闹尖叫的声音全都听不到了，但她灵敏的听力却几乎可以听得到箭矢射入对方血肉之中时的声音，简直宛如凌迟。

张槐序胸口很快就被血染红了，殷红的血迹在叶浅浅眼中不断地扩大着，她仿佛在记忆中隐约看到过这样的画面，也曾经经历过这样痛苦的感受。究竟是什么时候呢……

是战火纷飞的沙场，还是刀光剑影的皇宫，也曾经有这么个人，奄奄一息地躺在她的怀里。

痛苦的回忆像是瞬间涌入了她的脑海，同时还有一股令她难以自持的味道弥散在鼻尖。

她像是被诱惑了一般，瞬间就出现在张槐序身前，她的手捂住了张槐序胸前的伤口，指尖在沾到对方的鲜血时，都忍不住有些颤抖。

“望月之血……”

胸口的箭矢插中了张槐序的肺部，剧痛让他难以呼吸，涌上的鲜血溢出了他的唇，但意识迷离之际，他依旧听到了从叶浅浅口中说出的这四个字。

望月之血？什么？为什么说他是望月之血？

张槐序努力想要问清楚，可他只要一张口就涌出大口大口的鲜血，而在下一秒，他就发现叶浅浅咬破了自己的红唇，竟是衔着她胸前的暗月吊坠，不顾周围人的惊呼，就这样低头朝他吻了下来。

唇齿之间全都是铁锈的味道，张槐序努力没有闭上眼睛，发现近在咫尺的叶浅浅双瞳都变得漆黑。

在他们都看不到的角度，两人接触的血液变成了暗金色，而两人唇间的暗月吊坠瞬间光芒大盛，把两人同时笼罩，那亮光几乎胜过了天上那轮炽热的红日。

张槐序染血的嘴角勾起一抹复杂的笑容。

光芒朝外扩散开来，围绕在他身边的同学都像是被点了穴，拿着电话吼的许耀辉没了声音像是变成了哑巴，按着他胸口不知所措的冯广天也僵硬了起来，随后慢慢倒退着收回了自己的手。

所有发生过的事情，都倒退了回去。他就像在看一部按了倒退键的电影，围着他们的同学们也都纷纷站起身，倒退着跑回到他们原来的位置上。而他和她的唇也因此分开，看着她回到原来的位置，他也重新站了起来，低头饶有兴趣地看着流出去的鲜血倒退回他的胸膛中，在那支箭从他的胸口离开的时候，他甚至都没有感觉到应该有的疼痛，反而是那锥心之痛在随着箭的离开而离开。

他顺着箭矢射出去的方向，看到了那名不甚失手的同学，应该是搭箭的时候旁边有人在唤他，他下意识地转了个身，而手中的箭也随之转了个方向。

确实是意外。

张槐序眯了眯双目，视线落在了嘴角依旧残留着些许血渍的叶浅浅身上，她的下唇被自己咬破，被血沾染得越发鲜红，反而让她整个人透着一股说不出的美艳。

真是……他完全没有预料到的结果啊。

逆转时间，对方的妖力居然可以逆转时间。他以为顶多也就是改变箭矢轨迹而已。

在利箭射入胸口的时候，张槐序也知道自己这次是玩大的，但也没太担心，因为他还有保命的法术，一旦真的危及他的生命，他可以用替身偶人转移伤害的。只是这种珍贵的替身桐木偶人他也只有一个，用掉了下次就再也不能用了。再说刚刚目击的人又如此之多，伤势忽然就痊愈了也没法解释，所以也没有第一时间就使用替身偶人。

只是，他完全没料到，这个叶浅浅居然这么厉害。

究竟是附身在她身上的那个妖物厉害，还是她本身就如此……

还是……刚刚那个充满血腥味的吻，所产生的化学产物？

张槐序不会自恋到对方爱他爱到临死前还要无意义地KISS一下，而且这个吻和茶道室的那一个还完全不同，就像是……就像是必须要把他们两个人的血融合在一起一样。

回想起意识迷茫时，叶浅浅曾经说过的那四个字，张槐序不禁眯了眯双目。

为什么说他是望月之血？

望月，是指月亮和太阳的黄经差达到180度时的瞬间，是满月的极致，比满月之血不知道拥有灵力纯粹多少倍。当然，因为拥有望月之血的苛刻，所以这种血统也属于传说中的存在。明明他早就被张家判定为废柴血脉，可分明他学习道术符箓都要比同族的子弟快上三分，难道……

张槐序摸了摸唇，眼中闪过深思。

无声的世界在弹指间消失，时间迅速回溯到了十五秒钟之前，张槐序抛去脑海中的杂念，眨了眨双眼适应了一下，第一反应就是摸了摸毫发无损的胸口，第二反应就是反身大步追上冯广天，不顾他的怒骂，拽着他离开那支箭矢即将射来的区域。

“卧槽！你做什么？不要动手动脚！我……”冯广天的声音被从他身边呼啸而过的箭矢消了音，随即又像被踩了尾巴的猫一样，甩开张槐序的手朝对面大叫道：“浑蛋！究竟是谁这么不小心？差点小爷的命就要交代在这里了知道不！”

那边立刻传来了道歉声和许耀辉的呵斥声，后者也反应过来他忘记教导这群少爷小姐们注意事项了，连忙暂停所有练习，集中重新训话。私下许耀辉也偷偷地抹了把冷汗，也亏得张槐序手疾眼快，否则这事肯定让他吃不了兜着走。没办法，他也是第一次教导普通人，一般运动员谁不知道手里的这东西是能杀人的利器啊？

叶浅浅还迷茫地站在原地，有些回不过神。

她完全没意识到发生了什么事，她的记忆仅仅停留在张槐序中箭倒地、满身是血的那一幕。她盯着张槐序光洁如新的白色军装，开始怀疑自己是不是脑补了一个幻境，但……未免也太逼真了吧？

喏，唇间还有点痛，她这是把自己给咬破皮了？

她如此反常，不过也没人把注意力放到她身上，许多人都在听许耀辉在一旁咆哮。

张槐序却指着冯广天手中的扳指，冷漠地说道："这扳指有浓重的怨气，应该是刚出土的冥器，赶紧摘下来，否则下次神仙也难救你。"说到最后一句，张槐序也觉得有些荒谬。

神仙难救……但妖物能救吗？

事实上，也是多亏妖物相救，才让事态没有像刚才那样悲惨地发展下去。这让张槐序不禁有些怔忪。毕竟在他的认知中，妖物向来都是危害人类的存在，虽不至于赶尽杀绝，但也必须像之前的素圈金戒一样，剥夺他们的妖力，以防万一。

冯广天却被张槐序说得一呆，他今天一整天的倒霉好像都有了解释。玩古董的都是宁可信其有不可信其无，再说对方说得极准，这扳指是前阵子冯父刚收来的，上面还有因为长期入土产生的血沁呢！冯广天立刻就摘下了扳指，心有余悸地追问道："那这扳指可怎么办？不管是销毁还是放在哪里都有问题啊！"

张槐序哪还有心情去管这事，能多嘴关照一句，已经是让他破例了。再说他胸口虽然已经没有伤口了，但曾经体会到的痛楚，还在神经之中隐隐作痛呢。这一箭又是白挨的，真是太不爽了。他面无表情地把手中的紫衫木长弓放在弓架上，转身一步步走到叶浅浅面前停下。

视线里出现了一张隽帅无匹的俊容，叶浅浅也从思绪中抽离，怔怔地仰头看着他，不知道该说什么。

悄悄围观的同学也都骚动了起来，纪菲咬着手指甲，眼中充满了毫不掩饰的嫉恨。

“今晚有空吗，我有话对你说。”张槐序瞥了一眼周围耳朵伸得特别长的同学们，淡淡道，“时间地点我会用手机通知你，请务必过来一趟。”说完也不等叶浅浅回复，一副笃定她一定会答应的架势，目不斜视地离开了。

叶浅浅吞了吞口水，觉得咽下去的津液有股令她痴迷的味道，可是她却没有太在意，脑袋里嗡嗡作响。张槐序……是什么意思？

孟宇衡推了推眼镜，镜片后的目光复杂莫测。

冯广天则跑到叶浅浅面前，双手扶着她的肩摇晃着，怒道：“女人，你不能答应，听到了吗？他就算跟你告白，你也不能答应！姓张的绝对没安好心！而且那样的男人根本不适合当男朋友！”

“告……告白？”叶浅浅的脸颊一片嫣红，火烧似的烫，“应该……应该不是那个意思吧……”

“哼！大晚上的叫女生出去，难道还会有别的意思？”冯广天火冒三丈，即使张槐序刚刚救了他，也绝对不足以扭转他的印象。更何况他自我感觉叶浅浅是喜欢他冯广天的，虽然有别的男人追求更能说明他魅力更高，但也绝对不能允许别人撬他墙角！就算叶浅浅还不是他的女朋友也一样。

叶浅浅的脸红得像苹果一样，周围的同学更是哗然。

冯广天还想说下去，却忽然想到自己手里还拿着那枚惹祸的扳指，当务之急应该是把这扳指送回家丢给他老爹折腾去。于是指着叶浅浅吩咐道：“听着，晚上不许去赴约，本大爷不允许！”他说完就握着扳指跑了，浑然没觉得他说的这番话比张槐序的更引人遐想。

【这丑小鸭，还挺抢手的？】

【说不定是冯广天喜欢张槐序，丑小鸭才是插足！】

【天，这也许说得通！】

【原来真♂相是这样的！】

众人纷纷热议。

孟宇衡低声喃喃自语道：“有百分之三十四的可能是告白，百分之五十六的可能是其他事情，还有百分之一是不可控因素……”

“但……还是有百分之三十四的可能……”

孟宇衡悄悄地握紧了双拳。

冯广天几乎是连跑带颠地回到别墅，正好看到自家父亲西装革履地回来。对上冯父灼灼的目光，冯广天不禁畏缩了一下。

冯父冷哼了一声，抬了抬下巴示意他跟上，两人一前一后地上了楼，走进书房。

冯广天赶紧掏出兜里的翡翠扳指，战战兢兢地放在书案上的绒布之上。

冯父扫了一眼他的态度，便冷嘲热讽道：“让你随便碰我的东西，不懂就不要乱动，受到教训了吧？”

冯广天连不迭地点头，他之前也并不怎么相信，总觉得都是人下意识的想法，但今天的遭遇实在是太奇怪了，冯广天捂着胸口惊魂未定：“老爹，这扳指究竟是谁的东西啊？怎么怨气这么大？差点害你儿子被箭射死好吗！”

冯父也没料到事情会变成这样，他发现扳指被冯广天拿走后，也没太在意，心想着让他吃吃苦头就好，结果居然还会危及生命？正好此时他的手机响了起来，是教导处那边打来的，转述了许耀辉的事件报告。

许耀辉在课上见冯广天离开，也没敢拦阻这位少爷，以为他是回家告状去了，连忙打电话到教导处坦白从宽，期待宽大处理。

冯父了解了事情的来龙去脉，并没有大发雷霆，但这样的沉默，反而让对方认为是暴风雨来之前的平静，更加忐忑不安。冯父不动声色地挂断电话，看着桌上的扳指，叹了口气道："是我的失误，忘记你今天下午要上射箭课了。"

"嗯？这又有什么关系？老爹，这扳指究竟是谁的啊？"冯广天好奇心大起。

"纳兰容若听说过吧？那个十七岁入国子监，二十二岁就中了进士，之后入宫当了康熙身边的一等侍卫，文武双全却英年早逝的纳兰性德。"冯父拿了个烟斗自己点上，是不能指望自家儿子伺候了。

"啊！那个纳兰容若！我就记得他词写得还挺好的。一生一代一双人，争教两处销魂？艾玛，都是小女生喜欢的。"冯广天习惯性地吐槽了一句，随后反应过来，赶紧对着扳指作了个揖，嬉皮笑脸地赔礼道歉道，"英雄恕罪，在下也是很喜欢英雄的词的。"

冯父无语地看着自家儿子耍宝，抽了两口烟后，徐徐道："这纳兰容若可算是满清入关之后第一个能拿得出手的文人，是武英殿大学士纳兰明珠的长子，家世一流，更难得的还是文武双全，康熙简直把他当全民偶像一样培养。"

"我靠！这不就是真正的人生赢家吗？怎么还有这么大的怨气？！"冯广天一听就怒了，这简直是起点流的男主啊！

"可能是英年早逝的缘故吧，年纪轻轻的，前途又那么好，换了谁都接受不了。又或者里面有什么猫腻，也没人说得清了，毕竟他深爱的妻子也早逝，他的父亲纳兰明珠又被康熙夺了权。"冯父轻描淡写地一句带过，"纳兰容若的墓就建在北京海淀区上庄乡上庄村北皂甲屯西的一处台地上，清朝的时候保存完好，之后多次被盗，直到七十年代的时候彻底被毁。这扳指就是他的东西，只不过一直相传经手的人都会厄运连连，没人敢收，这才辗转到了我手上。"

"我去……老爹，这么邪门的东西你也敢收……不怕烫手吗？！”冯广天各种惊悚，他今天可是差点把小命都玩死了。

“其实也没什么，气运好的人才不怕被妨主。只是这扳指本就是射箭用的器物，可能你们今天上的射箭课激发了扳指的怨气，达到峰值了。”冯父见惯了大场面，倒也不觉得有什么，“我收了这扳指，自是有方法消除上面的怨气，到底是谁不经过我允许擅自动我的东西的？”

冯广天顿时瘫在沙发上，整个人都蔫了。

“刚刚是有人拽了你一把，才侥幸无事的？”冯父刚刚得到的汇报十分详细，包括了所有细节。

“哦，是的。”

“那个人……叫什么？”

“张槐序。”

“嗯？姓张吗？”冯父要往嘴里送的烟斗停滞了一下。

冯广天这才想到张槐序今晚还约了叶浅浅告白，各种不爽地站起身就要走。这一码事归一码事，张槐序救了他他很感激，但也不能随便就泡妹子吧？

不行！他一定要阻止！

“今晚哪里都不许去，没看你都怨气缠身了吗？大半夜的还敢乱走？至少要做一晚的法事除净怨气。”

“什么！”

此时正是盛夏的夜晚，璀璨的星空下，樱花树上绿叶葱葱，一派生机盎然之景。

一身帅气戎装的张槐序，在树下低头画完符阵的最后一笔。

那叶浅浅居然能拥有逆转时间的能力，可见其妖力不可小觑。

张槐序最后检查了一下符阵，然后拍了拍手站起身，掏出了手机，按下了几个键。

在他的身周，数层精心布置好的阵法，像蛛网一样层层叠叠，在闪过亮光之后，暂时沉寂了下去。

他就像是一只蜘蛛，耐心地等待着猎物踏进自己的蛛网。

不久之后，有人踏着月色而来，白衣飘飘，清丽无双，却并不是叶浅浅。

“想要欺负我妹妹？少年，你还是太嫩了。”那女子的红唇弯出一个美丽的弧度。

一轮明月渐渐爬上树梢，叶浅浅已经特意穿上了自己最喜欢的那条浅粉色连衣裙，头发也用吹风机吹直，脸上还淡淡地化了一个妆。

手机的短信声响起，她深呼吸了几次，终于拿着包出了宿舍。

经过客厅的时候，她没有注意到纪菲正站在阴影处目光锐利地看着她。

经过庭院的时候，她没有注意到孟宇衡正站在回廊中默默地看着她。

经过草坪的时候，她没有注意到，随着自己的脚步，草坪上盛开出一片片美丽的花朵。

在到达樱花树下的时候，她也没有注意到，头顶上的樱花违背季节常理地朵朵绽放。盛开在月色下的夜樱，美得几乎让人屏息。

可是，叶浅浅仰头看着月亮，站了一整夜，也没有等来应该到的张槐序。

初六·深深浅浅

朔月

好像是天上的星空忽然都坠落到了她的身边，让她整个人都身处在星空之中，身周全部都是围绕着她旋转的星星，而且间或还有一闪而过的流星。

在叽叽喳喳的鸟鸣声中，叶浅浅抱着膝盖醒了过来。发现天色已亮，她竟在不知不觉之中靠着树干睡着了，等了张槐序整整一夜。

而最终，对方也没有来赴约。

叶浅浅看着枯萎凋零满地的樱花花瓣，诧异了一下。现在并不是樱花开放的季节，不过她也没有太过在意。事实上，她现在也没有太多的心力去思考其他事情。

拖着疲惫的身体回到宿舍，叶浅浅在镜子里看到自己脸上已经晕开的淡妆，更觉得可笑至极。

那么优秀的男生，又怎么会喜欢她这样的丑小鸭呢？果然是在戏弄她吧。

洗了脸换了身衣服，叶浅浅并没有趁时间还早补眠，因为她知道这时候睡下去，等会儿再爬起来只会更痛苦。她离开的时候，纪菲还没醒，但等她走到庭院的时候，却发现孟宇衡站在那里默默地等着她。

“眼镜，你怎么起得这么早？”叶浅浅尽量让自己装成若无其事，但她知道自己脸上的笑容一定非常勉强。

“我每天都起得很早。”孟宇衡平静地说着，把手中温热的咖啡递了过去。

“咦？给我的？眼镜你不喝吗？”叶浅浅一晚上没睡好，倒还真需要一罐咖啡提神。

“我已经喝了。”孟宇衡轻描淡写地说道。

“哦？眼镜你这么讲究饮食平衡的人也喝咖啡啊？”叶浅浅没深思孟宇衡言语中的漏洞，接过还滚热的咖啡，拉开易拉罐拉环便大口大口喝了起来。香浓的咖啡滑过喉咙，很快就驱走了心头的睡意，更让整个身体都暖和起来。

孟宇衡没有再说什么。他没有说自己喝了咖啡是因为昨晚也没有睡，没有睡的原因是他到底放心不下叶浅浅，后者在树下站了多久，他就在附近默默陪了她多久，完全忘记了自己每晚九点就准时上床睡觉的习惯。

昨晚他没有上前去劝叶浅浅回宿舍，因为他知道叶浅浅固执的性格，若是他出现，她肯定会更加执拗。

谁知道，她看似大大咧咧的性格下，是不撞南墙不回头的性子。

他只有静静地陪着她，看着她撞南墙，撞得泪流满面，却什么都不能说。

因为他知道，她需要的并不是安慰或者同情。

这样也挺好的。

孟宇衡推了推眼镜，这下，她就再也不会对张槐序假以辞色了。

叶浅浅喝着咖啡，也不知道该说什么。幸好孟宇衡也没有问她昨晚的事情，否则，她真不知道该如何回答了。

只可惜，知情识趣的只有孟宇衡一个，刚走到食堂门口，叶浅浅就看到冯广天像旋风一样朝她狂奔而来。

“女人！昨晚到底怎样！”冯广天昨晚也一夜没睡，不光是因为一直在做法事去怨气，也因为担心叶浅浅这边的事情。而更郁闷的是，整场法事之中根本就不能碰电子设备，怕破坏磁场什么的，这可把他憋坏了。

叶浅浅看着冯广天带着血丝的眼瞳，不由得心中熨帖，虽然还不知道自己和冯广天是不是有兄妹缘分，但这样的关心，也让她极为受用。只是……昨晚的事情……还真是很难说出口啊……

冯广天见叶浅浅的眼神闪躲，立刻就脑补了一连串的事情，怒不可遏地掏出手机开始拨张槐序的电话，但无论怎么拨，对方都是“不在服务区内”。

叶浅浅昨晚不知道打了多少电话，对方就一直不在服务区内，她也曾想不会是自己的号码被对方拉黑了吧？但好像拉黑之后的语音提示并不是这样的来着。

想不通的事情就不去再想了，昨晚的教训，也让叶浅浅再不奢望自己得不到的东西，心情不好的时候，唯有吃能解忧！

冯广天看着叶浅浅风卷残云般地扫荡吃的，也不禁觉得饿了起来。昨晚他因为各种原因吃不下饭，现在一摸肚子也才觉得饿，便立刻也操起筷子加入拼抢中。孟宇衡则一丝不苟地细嚼慢咽，用目光鄙视对面两人的餐桌礼仪。

过了没多久，食堂里的人开始多了起来，不光是一年级生，外出修学旅行的二年级生们今天也都回来上课了。叶浅浅吃过饭后，看离上课的时间还早，孟宇衡还在慢吞吞地喝汤，便拿出iPad，发现有很多人在刷屏，便津津有味地看了起来。

【话说，今天下午的古典舞课是一个很有名的学姐来教，就是二年级生哦！】

【这么牛掰？在读的学生也能当老师？我们见过没？是哪个？】

【我打听过了，据说那位学姐之前一直在国外做巡回演出，今天才回来，之前没露过面。】

【哇！那么有知名度？一定是美女！】

【必须的，那学姐可是明德大学公认的现任女神！而且传说家世一流，气质超赞！】

【期待下午的课！反正舞蹈课嘛！男生也不需要跳，果断围观！】

叶浅浅被说得也不禁期待了起来，正看大家八卦得热火朝天的时候，不知道谁说了句【正主来了！】，iPad上立刻就再也没人刷弹幕了。叶浅浅疑惑地抬起了头，正好看到一名女生微笑着踏进食堂，原本嘈杂的食堂立时安静了下来。

进来的这名女生身材高挑，穿一袭长及脚踝的白色连衣裙，勾勒出她窈窕婀娜的身姿。清晨的阳光在她的身后形成一圈金色的光晕，一时看不清她的脸。但她每走一步，都像是带有独特的韵律，带给人无以伦比的美感，有种摇曳生姿的意境，一出现就立刻成为全场的焦点，就像是站在聚光灯下，强烈吸引着每个人的视线。

在她走进食堂后，叶浅浅也看清了对方的面容。眉目如画，五官精致，一双杏目如含秋水，一头黑长直的秀发，浑身透着一股说不出的古典美。整个人往那里一站，就像是古画中走从出来的仕女，一举手一投足都无比优雅。

就算是同为女生，叶浅浅也不得不承认女神这个词就是为这位学姐而准备的。而且这位女神一点都不高高在上，温柔地跟食堂里的同学打招呼，笑起来的样子更好看了，叶浅浅都看到有人忍不住掏出手机来偷拍了。

就在对方经过她身边的时候，叶浅浅忽然间就愣住了。

因为她发现，这位学姐胸前的吊坠，居然和她的一模一样。

无论从造型还是材质。

冯广天自然也看到了，立刻也震惊了，来来回回地看那位学姐和叶浅浅。

这什么世道？这吊坠难道是在大街上批发的吗？怎么还有人有一个？

又或者……这两个吊坠本就是一对的？

这个想法不止冯广天有，孟宇衡扫了一眼那位学姐和叶浅浅，出声道："叶子，她和你长得很像。"

"啊？和我很像？"叶浅浅一时还没有领悟到孟宇衡的意思。对方可是天鹅一般的存在，她这样的丑小鸭怎么可能和她长得像啊？

孟宇衡却没有解释，毕竟每个人的气质不一样，就算是双胞胎，给人的感觉也可能天差地别。他一向擅长看穿事物的本质，这位学姐的五官拆开看，确实有许多地方和叶浅浅长得很像。他也不多说什么，直接拿起iPad提问。

【请问刚进来的这位学姐叫什么名字？】

【哈哈，又一个拜倒在学姐石榴裙下的男子。记清楚了，这位学姐叫叶深深，是不是很不错的名字啊？】

【呃……那个……我们班不是有个叫叶浅浅的吗？这名字……也太像了吧？】

【说的是啊，真是好巧哦！】

叶浅浅盯着iPad屏幕，整个人都呆愣了。

深深浅浅？她的名字，是当年绣在襁褓上的，所以孤儿院就用这个名字给她登记了。那叶深深……还有相同的暗月吊坠……记忆深处那个唤她妹妹的女声……她不相信这一切都是巧合！

叶浅浅抬起头，低声喃喃地唤道："姐……"

也不知道是听见还是没有听见，叶深深正好回过头，朝叶浅浅嫣然一笑。

张槐序满身尘土，在山间艰难地行走着。天边一只乌鸦盘旋而来，直到看到他的身影之后，才俯冲而下，落在了他的肩头。

“主人，你怎么一夜未归？怎么还搞成这样？”那只乌鸦见左右无人，竟口吐人言，“难道是那叶浅浅弄的？可是不对啊，昨天我监视那叶浅浅出门，她在樱花树下站了一整夜呢！”

张槐序拍打身上尘土的动作一滞。那个叶浅浅，竟然在树下等了他一整夜？

眼前闪过昨天约叶浅浅的时候，对方脸上泛起的惊喜和羞意，张槐序很难得地在心中泛起些许懊悔。

他确实是知道自己外貌上的优势，也确实是故意把邀约说得那么暧昧不清。但他却没想到，叶浅浅会那么认真。

不过，那又如何？

张槐序微微动摇的心又重新冷硬了起来，再怎么觉得愧疚，对方也绝对是个大妖。自古天师与妖族势不两立，他又在动摇什么呢？

想起昨日叶浅浅为了救他而使出的逆转时间的强大妖术，还有他们之间的那两个吻……张槐序也忍不住眯了眯双目。

嗯，还是个笨妖，居然连他的天师身份都没看出来，真不知道究竟是怎么活到现在的……

但相比对付叶浅浅，有个突然出现的大妖反而更加需要注意。

张槐序回忆起昨晚猝不及防之下，就被轰飞到深山老林里，可见那名女子的妖力深不可测。

“主人，你究竟遇到什么事情了？需不需要通知族里啊？”夜叉扑扇着翅膀，小心翼翼地说道。

“闭嘴。”张槐序的声音变得如冰珠一般寒冷。

他就算是死，也不会跟族里求救的。天师这个称号，他是不会让给他那个弟弟的。

对了，昨晚那女子自称是……叶浅浅的姐姐？

叶浅浅怔怔地看着叶深深的背影，一个晚上没睡好的脑子里嗡嗡作响，几乎开始怀疑这一切是不是因为没睡醒而产生的幻觉。

可是叶深深在对她这边笑了笑后，就若无其事地转回了头，所以这绝对是她凭空臆测的关系，对方压根就不知道她的存在。

想想也是，她们的年龄只差一岁，而叶浅浅确定在她十八年的人生之中，完全没有见过叶深深，对方肯定也亦然。

所以说，这一切也都像她做的那场梦境一样，都是她的臆想吧。

叶浅浅心里在想什么，孟宇衡一眼就能看得出来，他向来都是信奉以最简单快捷的手段来处理每一件事，什么感情纠葛，在他来说都是比较新鲜的事情。当然，他知道这可能是当局者迷，就像他昨晚陪叶浅浅站了一整夜，并没有打算让后者知道一样。

“很简单，弄根对方的头发，做个DNA鉴定就可以了。”

“你说得倒容易……”叶浅浅自己连普通的血液检查都不敢做，更别提DNA检查了。

“事实上做起来也很容易。”孟宇衡实事求是地说道。

叶浅浅撇了撇嘴，决定无视对方的建议。她正打算收拾餐盘去教室，就发现拿着iPad看的冯广天脸色不太好，不由得问道：“怎么了？还要再待一会儿吗？”

冯广天拿iPad出来是想顺手查一下叶深深的资料，对方毕竟是公众人士，那个和叶浅浅的一样的暗月吊坠也确实经常出现在镜头里，可一直以来都没有谁注意到。不过他脸色不好却并不是因为这个，而是他瞥到了那帮同学的八卦闲话，已经从叶深深的身上，转换到了张槐序和叶浅浅身上。而且到现在为止张槐序都还没有出现，就更是让一帮人等浮想联翩了。

当然，只需看叶浅浅略带憔悴的样子，就多少能推断出来结果如何，无非是癞蛤蟆想吃天鹅肉，不自量力异想天开罢了。很多人仗着叶浅浅此时没在看iPad和匿名发言的便利，说的话无比刻薄，气得他直想摔了这iPad。

不过，瞥了一眼不明所以的叶浅浅，冯广天顿时觉得心里舒坦极了。其实这女人还是喜欢他冯少爷的吧？所以才拒绝了张槐序那家伙？而姓张的今天早上都没来吃饭，可见果然是不好意思露面。

冯广天这脑洞一打开，就立刻收不住了，自信心膨胀到了极点，连叶浅浅随意的一声问话，都自动脑补为对他的关心。“没事，我们这就走吧。”冯广天一边说一边在iPad上飞快地打出一句话。

【难道不是张槐序表白不成反被甩，无颜露面吗？没看到今天早上他都没出现吗？】冯广天打完这句话，也不管其他人是什么反应，锁了屏扔进书包里，得意扬扬地站起身。

孟宇衡推了推眼镜，不着痕迹地隔开冯广天和叶浅浅之间的距离。之前还以为这人是叶浅浅的兄长，对他没怎么防备，结果现在明显不可能有什么血缘关系了，自然要警惕对方的靠近。

叶浅浅没察觉到两人的心思，她其实也并不想离开，更想多观察一下那个叫叶深深的学姐。可是她现在需要冷静地思考一下，而且那叶深深就是明德大学的学生，以后有的是机会接触，更何况下午的课就是她来教授呢。

上午的课还是例行的文化基础课，叶浅浅就算不想去面对张槐序，但也下意识地一直注意着他的座位，可是直到老师都进到教室里了，对方的身影也没有出现。

这是……要逃课的节奏？

叶浅浅开始不安起来，难道昨晚对方不是不想来，而是有什么意外情况不能来？

她拿起电话拨打张槐序的号码，听筒里传来“对方已关机”的话语，应该是手机没电了。

虽然现在她再表示关心会很尴尬，但叶浅浅还是翻了翻书包，掏出一个信封，从里面抽出一张卡片递给了孟宇衡。

看着那张鬼屋探险得来的逃课免责卡，孟宇衡瞬间就领悟了叶浅浅的意思，不爽地推了推眼镜道："这奖品是我给你用的。"

"不是还有这么多呢嘛！"叶浅浅挥了挥手里剩下的卡片，她了解孟宇衡，所以干脆从实际角度出发说服他，"而且鬼屋探险虽然最后大家分开了，但前半段他还是出力了，所以我觉得给他用一张也是应该的。"

孟宇衡知道叶浅浅是想让他上去给张槐序交逃课免责卡的意思，毕竟叶浅浅上去的话，还是太引人注目了些。只好不情不愿地拿过叶浅浅手中的卡片，起身朝老师走过去。

【这位仁兄就是传说中的那位学霸吧，据说不光是入学考试全部满分，就连鬼屋探险也是第一个出来的……咦？他在干吗？】

【我去……男神不来，为什么是学霸给请假啊？有内♂幕！】

【喜闻乐见啊！】

【攻受逆了啊！！】

冯广天扫了一眼iPad，完全没看懂上面说的是什么，便无趣地给叶浅浅发了条微信：【逃课免责卡什么的，既然能给姓张的分一张，那理应也有我的一张！】

叶浅浅想了想，觉得她关心张槐序这一次也就算仁至义尽了，而孟宇衡和她也不会需要这些卡，便无所谓地回道：【好，好，都给少爷您留着。】因为冯广天不太可能是她兄长了，叶浅浅也对他拿出了对朋友的态度，就更加随意了。

不管是这条微信的内容还是这种逗趣的语气，都深得冯广天的欢喜，他也知道如果真的把那些卡片要到手里，到时候孟宇衡肯定会不乐意，所以立刻也用同样的语气回道：【那好，丫头你帮少爷我把卡片都收好了，别弄丢了哈！】

叶浅浅看到消息的时候忍不住翻了个白眼，这家伙还挺入戏的，立刻就把自己当少爷把她当丫鬟使了。

不过从某种程度上来说，明德大学校长的儿子，也算是个名门少爷了。叶浅浅决定以后就称呼冯广天为冯少了，让他喜欢cosplay！

上午的课叶浅浅单手撑着下巴，半睡半醒地勉强听完了，中午甚至连午饭都没去吃，打算直接奔回宿舍睡个午觉，她已经困得睁不开眼睛了。

但就在她快要跑到宿舍的时候，却发现宿舍门口站了一个人。

身姿挺拔，丰神俊朗，正是张槐序。

叶浅浅不由自主地慢下了脚步，但还是一步步走了过去。

难道她还能因为这家伙，而不回宿舍了？况且，她也想听听对方究竟有什么借口来解释昨晚的事情。

还有……对方到底是因为什么事情，才约了她半夜出去。

结果越走近，叶浅浅就越惊疑不定，因为张槐序身上的衣服上满是尘土，看起来就像是从深山老林之中爬出来的一样。她满脸疑惑地在张槐序面前停下脚步，仰起头看着对方。

从这个角度看过去，张槐序更帅了，那下颌的线条，无可挑剔的五官，就算头发和脸颊有些脏乱，却给人一种高高在上、无法碰触的男神在凡间打滚了一圈的感觉。叶浅浅抑制住想要往外冒的粉红色泡泡，强装镇定。

树叶在风中沙沙作响，周围静谧得叶浅浅只能听到自己如擂鼓般的心跳声。

微风吹得她因为早上没心情而没束起来的长发四散飞舞，叶浅浅下意识地抬手拢住散乱的长发，心头却暗暗懊恼自己就算在这种情况下，也想在对方面前尽力表现自己最完美的一面。

张槐序冷着一张脸想要道歉，却不知该如何说。

其实他心里知道，现在重要的是向家族汇报叶深深的存在，但他完全没考虑到如何向族中求援。而且他一向最注重的就是外表，最起码是要干净整洁，但他一回到明德大学，连衣服都没换，上午的课也没想着去补请假单，第一时间就到叶浅浅的宿舍门口等着她。

结果准备了一肚子的借口，在面对叶浅浅清澈的目光时，却一个字都说不出来。

他这是在做什么？本来天师家族与妖就有生死大仇，他这是为了以后方便再次设局擒拿叶浅浅吗？

别逗了，人家女生都蠢过一次了，难道还能再上第二次当？

但……想到夜叉说的，叶浅浅居然在樱花树下等了他一整夜，心中的愧疚感就一直挥之不去。

最起码……也要当面说声对不起……

张槐序的嘴动了动，声音还没等发出来，就见叶浅浅朝他自嘲地一笑。

“没关系。”她淡淡地说道。既然张槐序一直都沉默，那么不是理由难以启齿，就是这理由跟她无关。所以她还是有尊严一点，早点把这事抛开吧。

看着叶浅浅头也不回地果断离开，张槐序对连道歉都说不好的自己感到无力。

身边的灵力随着他的心情而激荡，头顶上片片树叶飘散而下，在他身后形成了一个“SORRY”的字样。

站在那里端详了半晌，张槐序才稍微满意了一些。虽然没有说出口，但这样应该可以传达他的心意了吧。

只是在他走后不久，一阵风骤然吹过，地上的树叶再无之前的字样，完全混乱不成形了。

因为张槐序出现又什么都没有说的突发事件，导致叶浅浅中午即使非常困，倒在床上也睡不着。

翻来覆去了十多分钟也无法入睡后，叶浅浅便一鼓作气地坐起了身，看了一眼手表，决定提前去舞蹈室碰碰运气，看看能不能遇到那个叫叶深深的学姐。

换上了轻便的舞蹈鞋，叶浅浅出了门，发现宿舍外面的树叶掉落了一地，不禁有些嘀咕。

现在才是盛夏，还没到秋天呢，怎么掉叶子掉得这么厉害？

没把这件小事放在心上，叶浅浅点开iPad，按照上面的地图，找到了他们下午上课要去的舞蹈室。

这间舞蹈室与茶道室和围棋室隔着池水遥遥相望，舞蹈室的面积要远远大于后两者的总和，并且在舞蹈室的外面，还有一个五十多平方米的露天舞台，灯光和特效都巧妙地隐藏在了建筑的檐角和地面，不仔细看根本无法发现其中奥妙。叶浅浅只是粗略地扫了一眼，就能想象得出来如果有人在这个舞台上表演的话，衬着下面波光粼粼的池水，和对岸鳞次栉比的古代建筑物，将会是多么一副震撼的场景。

此时正是正午时分，烈日当头，午休时这边的教学区静谧一片。叶浅浅悄悄地推开舞蹈室的门，里面的冷气已经开放，最里面的更衣室传来了窸窸窣窣的衣料摩擦声，便知道应该有人提前到了。

抑制住心中的紧张和激动，叶浅浅踮着脚往里面的更衣室走去。更衣室的门没有关，她站在门边，可以清晰地看到一个已经换上古装的窈窕身影，正在对着镜子化妆。只看背影，叶浅浅就能确定她就是自己要找的叶深深。

叶浅浅看着她画好淡妆后，又把柔顺的长发极有经验地盘了起来，也没见如何复杂的动作，就盘出了繁复华丽的云鬓，而叶深深最后把一支玉簪插在头顶上的时候，令叶浅浅不禁睁大了双目。

那是一支凤凰白玉簪，正是曾经出现在她梦境中的那一支。

而且也是之前田菁戴过的那一支！

难道这个叶深深的美貌也是变出来的？难怪看起来那么漂亮！

咦……可是不对啊，早上的时候叶深深是披散着长发，压根儿没有把凤凰白玉簪戴在头上啊。

而且……之前找不到的那支凤凰白玉簪，为什么会在叶深深头发上？

叶深深并未转过身，而是对着镜子微微一笑，道："好看吗？"

"好、好看……"叶浅浅期期艾艾地说道。叶深深确实非常好看，而且化过妆换上古装的她，和穿现代服饰的她完全不一样，像是完全换了一个人，简直有股侵略性的美感。只是透过镜子看，都觉得有些让人喘不过气来。

而这种感觉，在叶深深转头过来，直面对方容颜之后，就更加深切了。

叶深深仿佛对叶浅浅这样的反应习以为常，笑了笑便道："你是一年级的学妹吧？这么早来上课？中午不多休息一会儿？"她的声音柔和，浑身的气势又收敛了起来，重新变回了那个温柔可亲的学姐。

"啊……我……"叶浅浅也不知道自己这是怎么了，明明不应该这样手足无措的，可偏偏大脑一片空白。好在她看到了叶深深身上就算是换了古装也没拿下来的暗月吊坠，便抬手把自己身上的吊坠摘了下来，递了过去。

叶深深随手接了过来，不以为意地笑道："哟，仿得不错嘛！"

"仿？"叶浅浅一怔，这个暗月吊坠她从小就带在身上啊！

她还没来得及说，便听叶深深笑道："这暗月吊坠在我的粉丝后援会中有当周边售卖，但还真没一个像你这条仿得这么像的。"她一边说，一边把自己脖子上的那条也摘了下来，饶有兴趣地放在手中比较着。

叶浅浅完全没想到会遇到这样的情况，一时之间竟不知该如何解释。

叶深深却已经把吊坠递还给了她，嫣然一笑道："学妹，我现在要换套衣服，不方便有外人在，能否在外面帮我把门带上呢？”

带着对方体温的吊坠一入手，叶浅浅就觉得不对，咬了咬唇，还是坚持说道：“学姐，这吊坠你给我给错了，你手上那条才是我的。”

“啊？真的啊，不好意思哈，我居然弄混了。”叶深深一挑眉，把另外一个暗月吊坠递了过去，低垂的眼帘却掩住了那双杏目之中的阴暗。

叶浅浅紧攥着属于自己的暗月吊坠浑浑噩噩地走出更衣室，随意地把吊坠戴在脖子上后，就直接找了个地方靠着墙席地而坐。

她刚刚真是逊毙了，等会儿定要找叶深深好好谈一下，把她的身世，还有吊坠并不是仿的，一定要说出来。

等着等着，叶浅浅却真的因为身体极度疲惫，直接就靠着墙抱着膝盖睡了过去，直到觉得身边吵吵嚷嚷的，才迷迷糊糊地清醒过来。而眼前的画面，却让她觉得自己应该还没睡醒。

“醒了？困的话再睡一会儿。”孟宇衡就坐在她的身边，手里拿着iPad，脸上的表情难得地有点不精神的感觉，眼睛里也有些红血丝。

因为孟宇衡从小就极为自律，叶浅浅自打小时候认识他这么多年以来，就没见过这样疲惫的他，但显然现在有更重要的事情。叶浅浅眨了眨眼睛，指着根本不像在上课的舞蹈室低声问道：“这是还没上课吧？”

“已经上了一小时十五分钟了。”孟宇衡淡淡道。

“已经上课了？那怎么没叫醒我？”叶浅浅小范围地伸了伸胳膊腿，因为姿势问题都有点睡麻了。

“有什么关系，学姐她又不介意。”孟宇衡知道叶浅浅为什么提前来舞蹈室，自然也猜得出来她没有午睡。他见她睡得很香，又见身为老师的叶深深没什么反应，又何必把她叫起来？

叶浅浅无语地看着乱成一团的舞蹈室，叶深深此时正站在几个女生旁边，在给她们演示如何甩水袖，时不时纠正她们的姿势。其他男生都很随意地拿着iPad在玩聊天八卦，也有两个比较有趣的男生，也弄了水袖，甩来甩去地笑闹着玩。冯广天正在她的另一侧坐着玩手机。而中午刚见过的张槐序，正在不远处靠着墙闭目养神。

这压根儿不像上课嘛！所以说，她现在继续再睡一会儿也是可以的吧？

“咦？女人，你醒了啊？”冯广天也是通红着双眼，一晚上没睡好的样子，但脸上的表情却有种诡异的亢奋感。

“你在高兴什么？”叶浅浅悲哀地发现就算再想睡觉，也没了睡意，索性双手拍了拍脸颊，让自己更清醒些。

“喏，看看这个。”冯广天把手机递了过来，用手指拨动着屏幕上的图片。

叶浅浅低头一看，发现都是叶深深的照片，有些是舞台上的，有些是网友抓拍的生活照，每张都无比貌美，叶浅浅不由得抬起头疑惑地看了看冯广天，这小子这么快就看上学姐了？

尽管叶浅浅没有把这话说出来，但冯广天秒懂，瞬间就奓毛了，指着手机屏幕上的照片道：“你这丫头想什么呢？看她戴的暗月吊坠，不管是上舞台还是生活照都从未摘下来过。”

“说明这个吊坠对她重要。”叶浅浅抿了抿唇，下意识地伸手握住了自己胸前的那个暗月吊坠。忽然想起一事，又追问冯广天道，“话说冯少，你为什么对这个吊坠这么感兴趣啊？你之前说你家里原来有这么一个吊坠，但已经不见许多年了。你不会怀疑是我或者叶学姐偷拿的吧？”

冯广天一下子就犯难了，他当时也不过是随口一说，也是为了以后打算从叶浅浅这里把暗月吊坠买过来做铺垫而已。结果还没等他想起来利用，人家反而反过来追问他了。没办法，说了一句谎言，就必须要用更多的谎言去圆谎，冯广天轻咳了一声道：“是我曾经翻相册的时候，看到我奶奶曾经带过，很相似。”他一边说，一边想着什么时候去P张复古的照片比较好。

叶浅浅听了之后，这回也没有太纠结了。因为从叶学姐那里证明至少有两个暗月吊坠存在，不是唯一的，就没法证明她的身世。她想到这里，脸色也不禁黯淡了下来。

冯广天看着她情绪低落，不知道怎么了，也觉得感同身受，抓心挠肝的郁闷，恨不得把自己拥有的最好的东西都捧到她面前来，就为了换她展颜一笑。

这种心情，冯广天还是第一次有，感觉陌生极了。但他也来不及细想，以为是自己骗了对方，才产生的愧疚感。他抓了抓头发，终于忍不住出声问道：“女人，你有什么想要的东西吗？”

“啊？”叶浅浅不知道冯广天怎么会突然冒出这句话，不过好在她知道这位大少爷经常会不着调，所以也就没太在意，随口问道，“我想要什么东西？只要我说了你就能弄到？”

“那是，本少爷可不差钱，你要什么都能买得到！”冯广天拍着胸脯一副大爷样，冯家最不缺的就是钱了。

叶浅浅看了他那副模样就觉得对方极为欠扁，但也知道无论她说什么，恐怕不用等到明天早上，很快就能拿在手里了。她冷哼了一声，随意道：“我想要天上的星星。”

冯广天完全不在意对方是无理取闹，不以为意地说道：“这好办，现在两千万美金就能去太空玩一圈，哪天可以去报名参加宇航员培训。不过……女人，我觉得你的身体素质应该扛不住那培训。”

叶浅浅直接赏了他一个白眼，她只是随口一说，这货居然还当真了？

果然富二代什么的，都是完全无法沟通的生物。

孟宇衡在旁边也听得出来叶浅浅是在与冯广天闲聊，也没插嘴添乱，继续专心地看着iPad上面的科技论文。而离他们不远处闭目养神的张槐序，却悄悄地睁开了双目。

插科打诨过后，冯广天随意地翻着手机上叶深深的照片，忽然像是发现了什么，一拍大腿道："看她上舞台的时候，每次都是戴着同一支凤凰白玉簪。喏，这汉八刀的雕工，也许是汉朝的古董也说不定。"

"这都能看出来？"叶浅浅实在是不想搭话，给冯大少爷增添那已经快要膨胀破裂的自信心。但确实还是忍不住自己的好奇心。而且非常奇怪，所有人都像是没有见过这支凤凰白玉簪一样，明明几天前，她还戴过一支一模一样的给大家看过。

"只是能看出来个大概，要是能让我上手摸摸就能确定大半了。"冯广天一点都不自谦，对他来说，鉴定古董就像呼吸空气一样简单，因为他从小就是如此被训练的。

"这簪子确实是汉朝的古董哦。"不知道什么时候站到他们身边的叶深深笑着说道，一张秋水般的眼瞳，闪着潋滟的波光。

"真的吗？求看！"冯广天还真顺着杆子就往上爬，立刻自来熟地跳了起来。

叶深深也不见外，从发髻上把那支凤凰白玉簪取了下来递给他，一头柔顺的长发随着簪子的离去自然地垂落而下，更是引来舞蹈室内的众人惊叹。

冯广天却置若罔闻，接过玉簪后便用手机开了手电筒，似模似样地照着玉簪开始端详起来。不出一分钟，便感叹道："看这包浆、这玉质、这雕工、这沁色，应该不是后世仿的汉八刀，应该就是汉朝的工和料子。"

"是啊是啊，这玉簪据说还是当年赵飞燕的呢。"叶深深拿回玉簪，随意地插在云鬓上，笑意中带着些许玩味。

"是那位和妹妹赵合德一起进宫服侍汉成帝的赵飞燕？"叶浅浅皱了皱眉，总觉得这个名字有点耳熟，却并不只是历史上曾经听闻过的名字而已。

“是的，这凤凰白玉簪传说是她们赵氏姐妹的玉簪，本来有两支，她们姐妹每人各执一支。但传到我手中的时候，就仅剩这一支了。”叶深深笑得意味深长。

叶浅浅却觉得浑身一寒，因为她忽然想到，之前莫名其妙出现在她屋子里的那支凤凰白玉簪，也许真的不是眼前的这一支。

“那位赵飞燕是历史上有名的美人，所谓环肥燕瘦，讲的便是杨玉环和她。据说体态轻盈得可以在人手掌上扬袖飘舞，宛若飞燕。”孟宇衡见叶浅浅呆愣住，以为她在思考究竟谁是赵飞燕，便推了推眼镜，简单地介绍道。

叶浅浅却不由得出了一阵神，若这对玉簪真的是曾经属于赵氏姐妹，那么也就不难解释为何会把一个胖妹变成美女了。

难不成，她梦到过的梦境，都曾经真正发生过？

“在人手掌上起舞，这不是芭蕾就是杂技吧？”冯广天忍不住吐槽道。

旁边有同学见他们在这边与叶深深聊得愉快，不免忍不住插嘴道：“学姐，给我们跳上一段吧！”

“是啊！学姐，难得你都化好妆换好衣服了啊！”

一群人起哄，他们见叶深深一点架子都没有，便开始得意忘形起来，有人速度地挑选了一首叶深深曾经用过的古曲在音响上放了出来，然后腾出一大片空地让叶深深发挥。

叶深深也不恼，大大方方地一甩水袖，用一个无比优雅的滑步便到了场地中央，整个动作如行云流水般自然，无比动人。

水袖起源于汉代，盛行于唐朝，失佚于宋元时期，之后便成为戏曲舞蹈之中的一种表演艺术。水袖舞讲究身韵合一，身姿摇曳，神韵必备，技法神韵都十分重要。不但要求指、腕、肘、肩四者的协调和统一，而且从头到脚都是一个完整的整体，从腰到胯骨，都需要心与意合、意与气合、气与神合。有撣、拨、勾、挑、抖、打、扬、撑、冲、叠、搭、背、掷、挥、拂、抛、荡、甩、摆、绕、撩、折、翻等许多种数不胜数的基本动作，叶深深窈窕动人的身姿，加之其身上那套出水芙蓉般的渐变色嫩粉水袖服饰，让人简直看得目眩神驰，两条水袖收缩自如，就像是拥有生命的盘蛇一般，那轻盈的舞姿，倒真有种赵飞燕再世之感。

正看得入迷，冯广天感觉到有人在拍他的手臂，不舍地稍稍移开目光看去，发现是叶浅浅，便又把视线投往舞蹈室中央的叶深深，低声问道："怎么了？"

"你……叶学姐跳得怎么样？"叶浅浅的语气非常奇怪，但冯广天也没有多想，连连点头赞道："果然闻名不如见面，这水袖舞跳得颇有韵味，也难怪我爹会请她来当舞蹈课的老师。哦！刚刚的动作好赞！居然忘记拍下来了！"边说边把手机调整为录像模式，和其他同学一样兴致勃勃地录起来。

看着手机屏幕上叶深深唯美华丽的舞姿，叶浅浅震惊地睁大双眼，不敢置信地稍移目光，看着站在场地中央掩唇打着哈欠，什么都没有做的叶深深，连话都说不出来。

为什么？在她看来，叶深深压根儿就没有在跳舞啊！为什么每个人都好像在看一场绝世舞蹈一般露出痴迷的目光？而且更诡异的是，拍摄的手机屏幕上却是叶深深跳舞的身姿？

叶浅浅吞了吞口水，见冯广天完全无法沟通，只好靠向另外一侧，低声追问孟宇衡道："眼镜，你看叶学姐的舞蹈怎么样？"

"挺不错的。每次用力都恰到好处，每一项数值都趋近于完美。"孟宇衡的表情依旧是平静无波，却再也无法用专注的心情去看iPad上的论文。他看舞蹈的出发点，根本就不是是否好看，而是动作做得到不到位。

能让挑剔的孟宇衡说出这样的评语，就已经是让叶浅浅极为震撼的了。因为整间舞蹈室，就只有她一个人看不见叶深深的舞蹈吗？

叶浅浅惊骇莫名的目光，在对上叶深深若有所思的眼神时，也知道自己露馅了。但她显然已经无法伪装，只能浑身冰冷地看着叶深深对着她露出一抹绝美的笑容。

那笑容中所暗含的深意，简直让她为之心悸。

这一堂舞蹈课在叶浅浅的心惊肉跳中结束，所有人都交口称赞刚刚看到的那支舞蹈，叶浅浅却一个字都没办法搭上话。因为她什么都没有看到！

难道不是其他人有问题，而是只有她一个人出了问题吗？就像是田菁的改变，只有她一个人能看得到一样？

人都是有从众心理的，所谓的皇帝新衣就是如此，但叶浅浅可以判断得出来，其他人是真的看到叶深深跳的舞蹈了，而不是装出来的。

就在叶浅浅即将放弃坚持，承认自己恐怕是疯了的时候，一直默不作声的张槐序经过她的身侧，淡淡地扔下一句："要相信你的眼睛。"说罢也不管叶浅浅有什么反应，径自离去了。

似曾相识的对话，让本来对张槐序心怀不满的叶浅浅一怔，胸腔像是被重重地打了一拳，艰难地转过了头。

看着张槐序挺拔的背影，叶浅浅本来死寂的心就像被人点了火种，一下子又死灰复燃了。

是啊，没错，叶深深越是古怪，就越有可能是她的姐姐。

她又颓废个什么劲呢！

在明德大学念书，是可以随时回家的。当然，仅限家在本地的学生，否则第二天可就赶不及回来上课了。

张槐序的家就在本地，他本不想刚开学没多久就回家的，可是昨晚发生的事情让他想要布下天罡阵法对付叶深深。只是天罡阵法必须要灵符才能镇住阵眼，他没有权力用，要回本家一趟才能申请得到。

刚出了明德大学的校门，张槐序就感觉到有人跟着他，再坐校车回市区，走在路上的时候，这种感觉就更明显了。

在一处岔路口的时候，他选择了与回家相反的方向。只是个普通人吗？虽然看起来没有什么危险，但多一事不如少一事，谨慎为上。

纪菲远远地看着张槐序走进一片棚户区，不禁呆愣在当场。

她其实不是有意要跟踪对方的，只是正巧她也想要回家一趟，见张槐序上了校车，便打电话跟家里派来的司机说了一声，自己也坐了校车跟到市区，下意识地就想知道张槐序住在哪里。

身为大财团的后裔，纪菲早就有婚姻被当成交易而牺牲的觉悟，但至少在一定范围内，她还是有选择余地的。

所以纪菲很早就已经规划好了自己的人生，大学之后就立刻嫁人生子，年纪轻身体恢复得也快，完成家族的期盼之后，她就可以拥有属于自己的时间了。因此只有上明德大学，才能最快最有效率地认识和她有着相似身份的男生，如果上普通大学，那么条件好的男生恐怕早就被一堆美女所包围了。

只是以选未来夫婿为目的进入明德大学的她，在开学后就迅速锁定了张槐序为第一候选人。无论身高、相貌还是性格，都是上上之选。唯一不明的，就是对方的身份了。

班级里传言对方是名门之后，气度修养都能看得出来，而且张姓的家族在各行各业有许多个，关于张槐序的身世，才刚刚几天就有数个版本流传出来。什么首富张家、政界张家，还是军界的那家姓张的，其实是哪个张家她都觉得很不错啦，但如果能确定是哪个张家的话，她才能有针对性地制订计划。

所以在发现张槐序要回家的时候，纪菲没有管住自己的腿，即使知道这样做很失礼，但依旧跟了上去。机会难得，万一再来个偶遇什么的，真是再好不过了。

只是她万万没想到，张槐序居然住在一片棚户区之中。

风卷着树叶萧瑟地吹过，纪菲打了个寒战，从震惊中回过神来，便掏出来一个小本本，把一页纸最上面的张槐序的名字，狠狠地画掉。

“看来下次，要先做好身份背景调查比较好呢……”纪菲咬牙切齿地发着誓。

张槐序穿过棚户区，便在街边打了个车。他不知道身后的那个女生为什么要跟着他，但这样甩掉应该就可以了吧。

出租车在一个园林的门口停下，张槐序直接走进园林，与游人走的道路不同，他走的是一条很不起眼的林荫小路。沿着青石板路又走了两分钟，便看到一片别有洞天的古式建筑。

这里便是张家的祖宅，已经传承好几百年了，据说是明朝时期就定居于此的。外面的那片园林很早之前也是属于张家的，只是后来怕这富贵太过于惹眼，便大方地把外面的那片园林捐了出去，成了国家公园，据说还申请了世界遗产。换来的，就是他们家现在这一小块比较安静隐秘的住所。

身为天师，所选的居住之地，必然是盈满天地灵气，更何况这里是张家先祖斟酌了数代才定下来的主宅地址。张槐序一进到厅堂之中，就感觉浑身一震，一股清凉从头顶的百会穴无声无息地注入，一夜未睡的疲惫仿佛都消失殆尽。

张槐序静静地站在厅堂中，有种说不出的感慨。他自小在这里长大，却在成年之后，便不怎么经常来张家祖宅了，毕竟他的母亲没有资格住在这里。

定了定神，张槐序穿过厅堂，走过垂花门，沿着雕花精致的抄手游廊往内进走去，刚拐了个弯，就看到莲花池边有个穿着白袍的少年正危危险险地弯腰捞着什么，这才忍不住微变了脸色，加快了脚步，一把拎起对方的领子，往后拽去。

直到离开了池边，确定了是安全范围后，张槐序才重新冷下脸，阴沉地怒道："谁让你在这里玩的？万一掉下池子，就算是夏天，你的身体能受得住吗？"

身形纤细的少年从他怀里抬起了头，笑得见牙不见眼，甜甜地唤了句："哥，你回来啦！"只是这句话还没说完，就忍不住低头捂着嘴咳嗽了两声。

张槐序叹了一声，伸手轻柔地拍着少年细瘦的背脊，觉得手掌之下的骨头都有些硌人。

这个只有十六岁的少年，就是他堂弟张修明，张家这一代的宗家嫡子，未来将要继承天师称号的存在。可是却因为身体先天有恙，别说外出收妖了，连去上学都做不到，只能被困在主宅这方寸之地，不能外出一步。

张槐序也说不清楚对张修明究竟是怎样的态度。嫉妒对方的身份？怜惜对方的遭遇？好像还真没办法分清楚。但张槐序知道，若不是因为张修明的身体不好，他也不能生出要争夺天师称号的念头。

除妖这么危险的事情，交给一阵风就能吹倒的张修明，简直就是欺负人吧。

张修明的五官和张槐序有五六分相似，但两人的身高差了一头还多，张修明整个人的气质就和张槐序截然不同，五官精致皮肤细腻白皙，整个一病弱美少年。

"哥，我还以为你至少要去一个月才会回来呢！"张修明踩着一双"吧嗒吧嗒"响的木屐，拽着张槐序往屋里走，"咳咳，哥，快给我讲讲明德大学怎么样？"

"少说话。"张槐序知道自家弟弟说话一急就容易咳嗽，虽然有些不耐烦，但也很自觉地把他这几天上学所遇到的事情简单地说了一遍。他已经习惯了每次都和自家弟弟说这些事情，因为张修明没办法外出，也没办法上学，所以张槐序也是在最大程度上宠着他。老实说，不怎么爱说话的张槐序，在自己母亲面前都闷得像块木头，也就只有在张修明面前说得最多了。

张修明也深知自家哥哥怎么简单怎么叙述的性子，在有些关键的地方敏感地提问，逼着他把所有细节都叙述了一遍。听完之后，摸着下巴道："那叶深深法力那么厉害，哥你能行吗？"

张槐序被刺得一僵，但他也知道自家弟弟说话向来直来直去，喝了口茶，压住心头的怒火，沉声道："我觉得叶深深的妖力来源，应该是她头发上的簪子。要想个办法摘掉她的发簪，然后配合天罡阵法，应该不难。"

张修明歪着头天真地笑道："摘掉簪子？她睡觉的时候，肯定会摘掉啊。"

张槐序闻言无奈地一笑，哪有这么简单？

不过堂弟的话倒是让他有所了悟，妖物和天师本就是天生互相争斗不休，也许天罡阵法可助他一臂之力。喝了手上这杯茶后，张槐序揉了揉张修明的头，便起身离去。

厢房内独留孱弱的美少年，撑着下巴看着窗缝间飞舞的灰尘。

不久后，张修明捂着嘴咳嗽了一阵，直到受不住的时候才从怀里拿出瓷瓶吃了一颗药丸。他平缓了呼吸后，伸手整理好了头顶上被揉乱的发型，脸上天真的表情也慢慢转为阴冷。

他伸手打了个响指，一只黑色的乌鸦无声无息地从窗缝中挤了进去。如果张槐序在这里，就会认出来这只乌鸦是他家夜叉的弟弟。

"修罗，帮我送个信。"张修明随手用桌上的毛笔写了一张信笺，折好递了过去。

这只被称为修罗的乌鸦乖乖地把信笺叼在嘴里，跳到窗台上，舒展着翅膀飞向微暗的天空。

深夜，明德大学宿舍。

叶深深根本没睡，她正对着镜子梳头，那支凤凰白玉簪就静静地放在梳妆台上。

对着镜子里的自己嫣然一笑，叶深深笑叹道："张槐序，你就这么不死心？不怕我们这里有动静，会把叶浅浅吸引过来吗？"

他们之间的打斗，普通人可能没反应，但已经略有妖力的叶浅浅会听到的。女生宿舍离得这么近，根本不可能像昨晚在花园中的那株樱花树下那样隐蔽。

张槐序挺拔的身影出现在窗外，淡淡道："不会的。"

他的食指和中指之间夹着一道金色的灵符，灵符一阵光芒闪动，一个无比繁复的阵法凭空出现在叶深深的宿舍周围。

在床上假寐的叶浅浅听到了些许响动，疑惑地爬起身推开窗户，却忽然间睁大了双眼。

好像是天上的星空忽然都坠落到了她的身边，让她整个人都身处星空之中，身周全部都是围绕着她旋转的星星，间或还有一闪而过的流星。

简直一伸手，就可以真正触摸到星空。

叶浅浅完完全全被眼前的美景所迷住了，根本没注意到不远处的异动。

正在开派对歌舞升平的林萧侧着头好像听到了什么，与身边依偎的美女嬉笑着说了好几句话，才在美女的不依不舍中脱身到了天台上。

一走出灯火辉煌的大厅，林萧脸上的笑容便收了起来，与苍茫的夜色融为了一体。他微微抬起下颌，从他的头顶上便传来了振翼的声音，一只乌鸦乖巧地收拢了羽翼，落在了他伸出来的手臂上。

林萧展开乌鸦嘴喙上叼着的那张信笺，俊秀的脸上现出了诡异的笑容。

初七·残月之血

朔月

张槐序重新闭上了双目，沐浴在夕阳继续冥想，可是颤动的眼帘，却暴露了他根本无法静心。

张槐序狼狈地单膝跪在地上，胸口的校服已经被利器划开，里面的白色衬衫上，大片的血色晕染开来。在他的不远处，那道金色的灵符破碎成了三片，颜色灰败，灵力显然已经消失殆尽。

而在他的对面，叶深深好整以暇地站着，长裙一点褶皱都没有，甚至连没有束起的长发都依旧柔顺，没有半点刚刚打斗完所应该有的凌乱。

“放弃吧，你又不是真正的天师，还想打倒我？”叶深深瞥了一眼嘴角溢出鲜血、全凭意志力才能不摔倒在地的张槐序，嘲讽地勾起了嘴角，“再怎么样本小姐也是残月之血，不成气候的小道士。”

张槐序低头咬牙没有出声。残月之血，这位大妖的血统居然也如此精纯，残月已经是接近于朔月的存在，虽然没有传说中的朔月之血厉害，但也颇为棘手。自己就算是做好了准备，也没办法拿对方怎样。

“以后，少接近我妹妹。”没有把张槐序怎么样的打算，叶深深说罢，便摇曳着窈窕的身姿，款款往宿舍而去。

直到叶深深完全离开他的视线，张槐序才吐出一口血，瘫坐在草地上。他也知道自己要是早吐出这口血，说不定能减轻些许伤势，但他就是不愿意在那个女人面前示弱。

掏出一颗丹药服下，张槐序的脸色才稍微缓回了一些，他摸着这时候才敢飞过来的乌鸦夜叉，陷入了沉思之中。

依着妖和天师家族的仇怨，那女人明明有机会把他杀个十遍八遍了，可偏偏只是把他打到内伤，就施施然离去。难道是看不起人？怕杀了他脏了自己的手？

张槐序又很快推翻了自己的这个猜测，若是看不起人，更要为了防止隐藏的身份有变，趁早把他从世间抹去了，而不是这样随便打伤就走人啊。

或者，还是不想闹出人命，怕跟他身后的天师家族结怨吧。

想起叶深深临走时说的那句话，张槐序本来就冷峻的面容越发阴郁，什么叫真正的天师？他会捉妖会布阵，都不能算是天师吗？难道只有被家族承认的张修明才算是天师？但那病病恹恹的小家伙能做什么？甚至连祖宅都出不了一步吧！

用手背擦干嘴边的血渍，张槐序狠狠地用拳头捶了一下草地。

他不会放弃的。

清晨，冯宅。

冯广天打着哈欠慢慢踱步下楼，前天一夜没睡，昨晚他一下课就回来睡觉了，直到现在还有点没睡醒。但他因为偷拿扳指差点把小命都给丢掉，被他老爹说了一通，所以闹钟一响他就很自觉地爬起来乖乖去上课。

果然，一到餐厅就看到自家老爹戴着副老花镜，正一板一眼地翻着今天的晨报。

“老爹，早上好。”冯广天立刻揉了揉眼睛，让自己看起来精神点。

“早。”冯父半点眼神都没分给自家儿子，只是专注地看着手里的晨报。

管家端来一份早餐，冯广天昨晚都没吃晚饭就睡着了，这时候摸了摸肚子果然很饿，便低头一声不吭地狂吃，结果换来冯父嫌弃的目光。

真是，怎么教都教不出来贵族范儿。

冯父觉得非常有必要在明德大学里加一堂用餐礼仪课，嗯，这个想法很好，一会儿就让教务处去办。双手一抖，冯父把报纸整整齐齐地重新折叠好放在一边后，开始优雅地喝豆浆吃油条。

他还是喜好中式早餐，所以就分外看不惯冯广天的那杯咖啡和三明治。

沐浴着对面传来的冷厉目光，冯广天不知道哪里又惹自家老爹不爽了，吃饭也遵循着食不语的家规，打算赶紧吃完就去上课。结果咖啡杯才刚放下，就看到自家老爹一个眼神过来，示意他别忙着走。冯广天索性跟管家大叔又要了一份三明治，吭哧吭哧地继续吃掉。

待冯父慢悠悠地吃完早餐时，冯广天都已经早就消灭掉三个三明治了，正喝着咖啡润喉。冯父看着自家儿子吊儿郎当的模样，气不打一处来，沉声道：“让你去问的事情怎么样了？”

冯广天打了个饱嗝，因为胃部消化占了他全身大部分的血液，脑容量有点跟不上，迟一拍才想到自家老爹指的是什么。他抓了抓头发，不好意思地笑道：“哎呀，老爹，你儿子才跟人家姑娘认识，怎么好意思问人家隐私啊？”

冯父要不是早就对自家儿子没啥期待，这时候都能把桌子给掀了。听听他说的这是什么话？问个饰品的来源不是一句话的事情吗？他这不成器的儿子八成是把这事给忘了。他压着火气，淡淡道：“记得尽快问出来，这个吊坠关系匪浅。”

“遵旨！”冯广天似模似样地应了一句，心里想着要不要把叶深深叶学姐的吊坠也汇报一下。不过想着就算是汇报了，他老爹估计也就是让他顺便也去问下叶深深，所以等他一起问完再说吧。

看着自家儿子一边打着饱嗝一边走出别墅，冯广天摘下鼻梁上的老花镜，对身后的管家吩咐道：“去查一下那个……姓叶的女生，下午之前，要把她的档案和资料放在我桌上。”

指望自家儿子，果然是件很不靠谱的事情。

管家应了一声，立刻就掏出手机去找人做事。

不过姓叶的女生……管家第一个想到的就是刚刚回来上课的叶深深，即便是足不出户的他，也知道叶深深的名气，所以他只是迟疑了一下，便对电话那边说道：“对，中午之前，把叶深深的档案和资料都送过来。”

说到档案和资料，还有一个人正在孜孜不倦地整理着。

纪菲起得非常早，一边做面膜，一边看着手中新鲜出炉的资料。她要接受经验教训，痛定思痛，动员了自己能借助的所有力量，在天亮的时候，终于搜集了明德大学现任男学生的所有资料。

嗯，准确地说，并不仅限于男学生，连年轻男老师的资料和档案也都弄到手了。毕竟能进明德大学教书的老师，也都在各行各业是佼佼者。扩大范围选取目标什么的，纪菲对于自己的人生那是相当负责。

她把所有人的资料按照相貌、身高、性格、身世、潜力做了个五星表格，然后用电脑计算出来五星面积从高到低的一个排行榜。当然，因为张槐序的身世是负数，所以得分最低，尽管他的相貌和身高都是最高分。

纪菲把鼠标停在张槐序的页面上，遗憾地在右上角的张槐序的照片上打了一个大大的红叉，然后开始从最高得分的看起。其实身世太过斐然的，纪菲反而并不给他打最高分，因为她也非常现实，知道门当户对才是真正的婚姻经营之道，无论是她高攀还是低嫁，都没有办法过得幸福。

她把筛选条件一个个输入页面，程序运转片刻，最终跳出来一个百分之九十九符合她要求的对象。

纪菲双目一亮，她刚刚输入的条件都极为苛刻，她都没想到会有这样一个完美的结果。她立刻点开屏幕上跳出来的那个信封，屏幕的光芒映着她敷着面膜的脸，越发显得诡异。

“冯……广……天……”纪菲一字一顿地念了出来，对这个一寸照上穿着中山装，黑色的发型酷帅，五官神采飞扬的男生居然没有什么印象。

不应该啊，这么帅的男生，肯定一打眼就会发现的。

把脸上的面膜揭开，纪菲一边拍着脸颊促进精华液的吸收，一边回忆着冯广天到底是谁。

良久，她的脑海闪过一个穿着嘻哈裤、挑染了发、整个人都吊儿郎当的身影。她连抹脸的动作都停滞了片刻，最后又仔细看了看冯广天的资料，鼠标停在【明德大学校长兼董事冯啸威独子】上许久。

“拼了！底子还是很好的，只是需要改造一下品味而已！”纪菲在冯广天的照片上画了一个大大的圈，咬牙切齿道。

叶浅浅经过纪菲的房间出门时，隐约听到了什么口号，不过她也没太在意，以为对方是在跟人打电话，淡定地穿好鞋就出门吃早餐去了。

她的心情非常好，在食堂看到孟宇衡的时候，上前拍了拍他的肩膀，笑呵呵地说了声谢谢。

“谢什么？”孟宇衡愣了一下。

“谢谢你昨天给我弄的星空的全息投影啊！真的是太漂亮了！

可惜手机拍不下来那种效果，全糊掉了。”虽然那星空的景象只有短短的十五分钟，但叶浅浅还是非常惊喜。昨天她和冯广天聊天的时候，旁边就只有孟宇衡。冯少爷那嘚瑟的性格，若是他搞出来的花样，就不会默默无闻了，肯定昨晚当场就蹦出来邀功了。所以绝对是孟宇衡做的，星空的全息投影什么的，现代科技手段应该是可以完成的，对自家竹马来说肯定不成问题。

孟宇衡听得一头雾水，刚想问到底是怎么回事，就见叶浅浅转身去取餐盘了。他推了推眼镜，忽然对上了不远处张槐序看过来的冰冷目光，顿时若有所悟。

学霸如他，很容易就推断出来这件事的来龙去脉，便再也没有解释的意愿。

反正不解释也并不代表承认，他什么都不知道。

看到孟宇衡示威地一笑，张槐序捏断了手中的筷子，牵动了他胸口的伤，又是一阵不舒服地皱眉，最后还要用法力重新修复筷子。

虽然昨晚的星空幻术只是为了迷惑叶浅浅，让她不要注意到他和叶深深的打斗，并不是刻意地讨好对方。

可是看到她误会是别人的心意时，为什么会这么不爽呢?

一上午的课程，叶浅浅发现不仅仅只有她一个人心情好，很多同学也都很兴奋。

“这是怎么了？今天老师讲的课也不怎么有趣啊。”叶浅浅实在没忍住，低声问了一下坐在身边的孟宇衡。

“应该是下午要上马术课的原因。”孟宇衡早就把最近一周的课表熟记于心，所以早就猜到了同学们究竟为什么事而兴奋。

叶浅浅都是不到上课前几分钟不会去翻课表的，闻言也兴奋了一下。马术课就意味着可以骑马，她还从来没骑过马呢。于是她也忍不住翻了一下课表，发现在马术课的旁边写着【一&二年级】。

“这应该是两个年级的马术课同时上的意思，因为租借马匹一次非常麻烦，索性就两个年级一起上了。”孟宇衡讲得很实际，毕竟明德大学没必要为了几堂马术课就养十匹赛马，毕竟一匹赛马的身价外加伺候它各种生活起居的价格，可比一款豪车贵上太多倍了。明德大学再土豪，也没必要这么烧钱。

孟宇衡说完，就发现叶浅浅的目光又恍惚了起来，猜到她可能因为一二年级同时上课，而又想起那位姓叶的学姐了。孟宇衡在iPad上点了点，调出一个页面给叶浅浅递了过去。

叶浅浅低头一看，发现竟然是与叶深深有关的页面，她立刻接过看了起来。

这是叶深深粉丝论坛里的一个帖子，因为叶深深极少在公众面前提到自己的父母还有身世，所以各种八卦也随之而起。有人猜她是名门之后，有人说是书香世家。其中有一层楼的发言引起了众人的热议，是一位自称叶深深高中同学的发言。对方说高中三年，从未见过叶深深的家长来开家长会。也因此有人推测叶深深是见不得光的私生女。

叶浅浅越看越不能控制地多想。难道叶深深和她一样，也是无父无母的孤儿？当年父母同时抛弃了她们俩？

“一切都是猜测。”孟宇衡是凡事都讲究证据的，若不是这件事关乎叶浅浅，他也不会把这种不算证据的帖子拿给她看。

叶浅浅知道期望越大失望就越大，所以也尽量调整好了自己的心情，把iPad放下，专心地上起课来。

转眼就到了下课的时候，冯广天一上午都心不在焉，一听到铃声响起，就想冲过去问叶浅浅关于暗月吊坠的事情，可面前却忽然多出来一个人影，差一点就收不住脚撞了上去。

好不容易扶着课桌把身形稳定下来，冯广天就听到对方不好意思的道歉声。

“抱歉，真不好意思。”纪菲的声音中却带着一丝遗憾，这人反应怎么这么快，若是撞在一起有多好？话说在这么近的距离观察，这冯广天果然长得很帅，尤其是他不笑的时候，还是有几分酷哥的架势。

冯广天才不在乎面前这个莫名其妙的女生在想些什么，他只是基于礼貌地点点头，随后打算绕过她继续去找叶浅浅，却恼火地发现后者早就离开教室了。

真是倒霉。

冯广天摸着下巴郁闷了一会儿，自己为什么会为这么点小事就纠结成这样啊？明明是一件很简单的事情，他怎么会如此畏首畏尾呢？

想到就做，冯广天速度掏出手机发起微信来。

【女人，问你个事哈！】

【say.】

【你的暗月吊坠是哪里买的啊？】

【从小就戴在身上的。你是要问叶学姐那个吊坠吧？她后援会的粉丝团里有卖周边。】

【周边？】

【是的，周边，淘宝地址自己去搜，四十五块钱一个，还江浙沪包邮。】

【……】

纪菲见冯广天发着发着消息就满脸悲愤的表情，不禁好奇地凑过去假装不在意地瞥了一眼。和他聊天的那个人被备注为“丫鬟”，头像居然是叶浅浅的自拍照。

看着屏幕上那熟稔的语气，纪菲不爽地用手指捻了捻垂在耳边的碎发。

怎么她看中的男人，都和叶浅浅有关系呢？

这天下午阳光明媚，学生们都早早地换了一身骑装，戴着骑马帽早早地就来到马场，三三两两地凑在一起聊天。

叶浅浅远远地就看到了张槐序孤独地站立在阳光下，一身干净利落的白色衬衣、黑色修身改良猎装，白色的长裤包裹着修长的双腿，脚上穿着锃亮的皮质马靴，小腿上还包裹着防护的恰卜斯。戴着白色马术手套的双手正拿着一根马鞭摩挲着，整个人从头发丝到马靴底都透着一股冷冽的杀气，让人忍不住就想要膜拜。

叶浅浅吞了吞口水，忍住了像其他女生那样掏出手机偷拍的欲望，强迫自己转过头去。

嗯，其实孟宇衡穿骑装也很帅，就是气质差那么一点点。能把骑装穿出军装的杀伐果断感觉的，整个马场也就只有张槐序一个人了。

“说实话，这服装很热。”孟宇衡误会了叶浅浅的目光，扯了扯脖子上的领带，一副想要脱掉的架势。浑然不觉有几个女生因为他的这个动作也移动了手机摄像头。

叶浅浅也漂移了一下眼神，自家竹马长得很不错，她也是早就知道的事情，但也许是因为太熟了，她也没太注意这个事实，而今天这样仔细一看，确实有种眼前一亮的感觉。虽然张槐序更抢眼，但孟宇衡身穿骑装，也有着一种别样的不羁和风雅。

孟宇衡感受到了叶浅浅与平日不一样的目光，嘴边勾起了一抹微笑。

很快，二年级的学长学姐们也都纷纷来了，不同于一年级跃跃欲试的新生，他们都比较沉稳，所以也没提前太多来到马场。而且由于是第二年上马术课，他们的骑装有些都不是学校提供的校服，而是自己购买的，所以看上去就更加时尚靓丽帅气。例如学生会会长林萧就是一身闪瞎眼的亮银色皮衣，整个人就像是开了屏的孔雀，招摇过市。

叶浅浅却没有浪费过多的注意力在这只银孔雀身上，而是一眼就看到了翩翩而来的叶深深。这位有可能是她亲姐姐的学姐，把长发全都梳在脑后，绑成了一个漂亮的马尾辫，随着她的走动优雅地摆来摆去。她穿着一件枚红色的骑马装马甲，纯白色的丝质衬衫，和同材质的白裤，再配上一双几乎快要过膝的马靴，干净利落到了极点，不同于往日的柔弱扶柳，反而特别英姿飒爽。

这还是除了那次迎新晚会，头一次全校学生都在一起出现的场合。明显一年级的学生们要拘束很多，而二年级的学长学姐们已经开始根据那次鬼屋探险的集锦，来认识这些可爱的学弟学妹们了。一年级生表示那些黑历史各种不想回忆，幸好没过多久，马术课的老师也到了。

负责他们马术课的老师叫黎英杰，是一位中英混血帅哥，年龄不到三十岁，却是一派贵族范儿。他一头微卷的黑发，鼻梁高耸，五官深邃，身材挺拔，浑身透着一股沉稳平静的气质。据说他是英国伊顿公学毕业的全优生，是英国威廉王子的学弟，在十九岁的时候就夺得过女王杯的冠军，获得过英国女王亲自颁奖。黎英杰的父母双方家世都极其斐然，据说都拥有各自国家的军方背景，当年他父母跨国相恋时，曾经掀起过轩然大波，传为一时美谈。

所以这位是真正的贵族，在黎英杰出现的时候，就算高傲如林萧，也没有做什么多余的动作，而是很识相地站了出来，以助手的身份清了清嗓子说道："二年级生注意了，现在还是挑选你们中意的学弟或者学妹，两人一组开始进行初始训练。"

这也是马术课的传统，只一个老师在，不可能顾及到所有人，因此便有了这种老生带新生的惯例，反正初学者也不会接触太多技巧，老师只是起到评判提点指正的作用。

林萧这样一说，二年级生就已经动了起来，通过鬼屋探险的集锦，他们对一年级生其实也都比较熟悉了，很快就各自找好了想要带的学弟或者学妹。他们之间像是早就有了默契，并没有发生几个人抢一个人的现象，也没有刻意冷落某个人，所以一分钟都不到的时间，除了冯广天，每个一年级生面前就都站了一个学长或者学姐。

叶浅浅看着向她走过来的叶深深，并没有太过于意外，而是暗暗在心中多少有了猜测。就如同她渴望找到家人一样，若叶深深没有父母的话，听到她们相似的名字，看到她和胸前的暗月吊坠，又怎么可能无动于衷？叶浅浅也下意识地扫了一眼周围，发现张槐序的面前站着的是学生会会长林萧，而孟宇衡面前站着的是一个有点面熟的学姐，好像就是林萧的副手。

这是……已经开始要培养学生会下一代了？

因为一年级生比二年级生多出来一个，冯广天正好是多余出来的那个，他也早有心理准备，谁让他是他老爹走后门硬塞进来的呢？根本不在标准的编制内。不过他也没担心这堂课没有人教导，因为黎英杰正理所当然地站在了他的面前。

这可真是非常难得一见的景象啊，因为明德大学的马术课历来都是老生带新生，人数相同，黎英杰自从接手马术课后，还从未亲自教导过一个人。

沐浴着几乎所有人羡慕嫉妒恨的目光，冯广天却颇为享受。他朝着黎英杰嘿嘿一笑，后者冷淡地瞥了他一眼，便朝旁边的工作人员招了招手，带着大家到了一旁的马厩门口，按照顺序，一对一对进去挑马。

等候的二年级生们开始给一年级生讲解注意事项，怎么先与马亲近。事实上，马术课的课程大概一年就能学完，毕竟明德大学并不打算培养学生出去参加专业比赛，而是要给学生们提前接触赛马的机会。毕竟现在上层社会打高尔夫球都已经过气了，参加马会，在马场谈生意什么的都是家常便饭，当有这样的机会时不要露怯才是需要教导的。

也正因为如此，黎英杰才会觉得自己过来是大材小用。明德大学的学生之中也有家世不错的，早就骑过马，此时牵着马出来的，都已经迫不及待地翻身上马了。

冯广天直接在众人呆滞的目光中，揽上黎英杰的脖颈。他们两人身高相仿，看起来倒像是一对感情颇好的兄弟，只是许多学姐们都在等着看他被甩飞的好戏。黎英杰那可是出身军人世家，不光马术超一流，各种防身术也超级牛掰。

只是出乎她们的意料，黎英杰并没有什么动作，反而侧过脸，和冯广天交谈着什么，看起来竟是熟人的模样。不知道冯广天身世的同学都心中暗凛，疯狂地猜测起对方的身份来。

刚看过冯广天资料的纪菲则高深莫测地笑了笑，身为明德大学校长的儿子，冯广天认识黎英杰也并不是什么奇怪的事情。只可惜……她环视了一圈，发现很多人看向冯广天的眼神都有了变化。可惜她没有把握好机会，这下应该会有人注意到这只绩优股了吧。纪菲咬了咬唇，压下对黎英杰的渴望。她知道以自己的身份，想要接近黎英杰是完全不可能的，所以还是坚定地以攻陷冯广天为目标吧。

冯广天哪管别人怎么想，他本就没想过要隐藏身份，只是也没有招摇自家身份的念头罢了。他揽着黎英杰的脖颈，笑嘻嘻地套着近乎："黎哥，别板着一张脸嘛！虽然明德这座小庙委屈了您老人家的身价，但也不是不划算嘛！"

黎英杰反手揉了揉他的大头，他虽然在英国出生在英国长大，经常往返于中英两国，但因为父祖辈的根基在这片土地上，所以他也知道自己迟早会扎根于此，因此在明德大学抛来橄榄枝的时候，也就顺势接下了。毕竟明德大学出精英，他虽然只教导他们马术，或者只是名义上的老师，对以后他自身甚至家族都有着受益无穷的好处。

只是他这人不善言辞，自小军事化的管理早就让他习惯在人前绷着脸，对于冯广天这样没心没肺的性格也着实羡慕。真不知道冯叔是怎么教出来的。不过看到冯广天笑得傻气的表情，黎英杰也不禁心头一软，道："走吧，去马厩，我的奉天也来了，看它今天心情好不好，会不会让你骑。"

冯广天闻言一声欢呼，立刻就放开黎英杰，脚下就像踩着风火轮一样，独自就奔着一旁的马厩去了。作为一个顶尖的马术选手，黎英杰有着许多匹马，大部分都在英国的庄园里豢养，冯广天虽然没有全见过，但多少看过照片，只有奉天最合他的口味。奉天是一匹全身漆黑的纯血马，只有额头中央和四蹄有白色，俗称四蹄踏雪，帅气得无与伦比。冯广天一见就特别喜爱，就算是他爹答应给他买马，也没找到类似的。而且奉天向来都比较龟毛，除了黎英杰本人，完全拒绝别人骑，冯广天曾经见过奉天几次，却都没有成功骑上去过。

一冲进马厩，不顾在旁边正在挑马的一对同学，冯广天立刻就看到了在马厩尽头的奉天。只是下一刻，他又看到了奉天对面的一匹马。这匹马浑身火栗色的毛皮，像是泛着光芒的火焰，正在狭小的马厩中不爽地来回转着圈子踢着蹄子。在看到冯广天靠近之后，越发暴躁地喷着鼻息，浑身散发着拒绝的气息。

和虽然拒绝他骑但还是可以让他摸的奉天对比起来，这货简直就是拒绝他靠近啊！

男人大抵都是比较贱的，冯广天也立时就觉得这匹火栗色的马匹要比奉天值得征服，而且这匹马身上虽然上了马鞍，但明显能看出它的不适应。

见冯广天不要命地就想伸手过去碰，黎英杰终于开口阻止道："这匹叫赤炎，是我从英国带回来的纯血种马，打算过几天带它去美国配种的。没骟过的种马性子都比较烈，连我都不能骑它。最近又由于改变了周围环境，正在闹脾气，昨天一个工作人员想要给它刷背，都被它踢伤了，所以你还是少惹它的好。"很少说话的黎英杰不得不啰唆一点，因为他太了解冯广天的脾性了，这时反而有些后悔带他进来了。

“啊！居然就是传说中的种马！”冯广天的眼睛更亮了。马术比赛的用马基本都是骟马，就是俗称阉割过的，因为正常的公马或者母马会有发情期，而且性格暴躁敏感，骑手不好控制。“这匹马的血统很好吗？否则怎么会留它当种马？”

“是的，赤炎是Roberty Byerly上尉的直系子孙，我也是找了好久才找到与它相配的母马。”黎英杰怕冯广天越问越舍不得离开，索性亲自去马厩里牵了奉天出来，顺便拉着冯广天一起走了，完全没注意到在马厩中还有偷听的人。

纪菲转过头，看着马厩尽头直喷着鼻息的火栗色赛马，娇俏的脸上闪过一丝狡黠。

叶浅浅正站在叶深深身边，等着她们去马厩选马。这时偶然听到纪菲出来的时候跟她身边的学长正议论着最里面有匹特别漂亮的火栗色赛马，叫赤炎什么的。

叶深深不着痕迹地扫了纪菲一眼，正好也轮到她们进马厩了，便拽着叶浅浅走了进去。

叶浅浅见她一直没有停步，直往马厩里走，便忍不住拉住她道：“学姐，这样不妥吧？既然那匹马那么帅那么好，为什么之前的学生都没挑它走啊？肯定是脾气不好。”

“咦？原来你也不傻嘛！”叶深深回过头像是看什么稀奇物事一样瞅了她一眼，不过脚下却没停下。

叶浅浅气得鼓起了腮帮子，难道她就那么傻白甜吗？也许这叶学姐也就是想看一眼好马，所以她也没再劝，直到她们两人停在马厩的最里面时，都不由得眨了眨眼睛。

“喏……这匹马……不是挺乖的吗？还很热情！”叶浅浅有点承受不住地躲闪着赤炎凑过来求抚摸的大头，实在是拗不过它了才摸了摸对方的脖子，赤炎的喉咙里发出一阵“咕噜噜”满足的声音。

叶深深却完全不意外这样的情况，毫不客气地拉开赤炎马厩的隔板，拽着它的缰绳就把它给带了出来。

马场上，冯广天正在黎英杰的指导下安抚奉天的情绪，做小伏低了一阵，就感觉黎英杰好像有一阵没出过声了。一回头便看到黎英杰正专注地看向场内，顺着对方的目光看去，冯广天便克制不住地“卧槽”了一声。

叶浅浅骑着的那匹温顺得不得了的马匹，不正是刚刚暴躁得要踢死所有人的赤炎吗？而且慢步、快步、跑步、袭步等基础步伐做得毫不费力，甚至都已经开始做出一些他叫不出来的动作了。

“变换里怀、图形、横向运动后肢旋转、帕沙齐、皮埃夫……”黎英杰低声呢喃着，“居然是盛装舞步，赤炎根本就没有学过，顶多就是旁观其他马匹做过……看来明德大学当真是卧虎藏龙。”

冯广天看向叶浅浅的目光转为热切，这个女人，每次都会给他带来惊喜。

张槐序站在场边，他因为昨晚胸口受了伤，又只是他自己草草地包扎了，根本不适合骑马这样剧烈的运动，所以便随便找了个借口，打发林萧自己去骑了。反正后者那副招摇的模样，也根本没什么耐心教导别人，巴不得要亲自上场去秀一下骑术。

他也看到叶浅浅熟练的控马技术，虽然觉得有点违和感，却不得不承认极有美感，在场的所有人都被吸引了注意力。他眼角的余光发现叶深深走到了他身边，知道这女人不会平白无故地靠近，便率先开口问道：“这是怎么回事？”

叶深深耸了耸肩，这个动作由女子做往往会显得轻佻，但也不知道为何，她做出来就偏偏无比的潇洒好看。她朝远处纪菲的地方看了一眼，不以为然地嗤笑道："有人不自量力嘛！连麒麟都要乖乖地让我妹妹骑，更何况是凡马呢！"

和麒麟有关的那句话叶深深说得比较小声，张槐序眯了眯双目，几乎以为是自己的耳朵出现了幻听。但他也识趣地没有追问，因为他注意到，叶浅浅仿佛还不知道叶深深是她的姐姐。为什么叶深深一直没有与叶浅浅相认，是不是有什么不能相认的理由？

叶浅浅实际上完全不懂什么盛装舞步，她只是觉得赤炎在使尽浑身解数地讨好她，她基本上是不需要任何动作的，光赤炎自己在那里玩得就很嗨。一开始她还觉得有点紧张，但随后就感到刺激好玩，这可比开车要帅多了！毕竟车又不是智能的。

不过叶浅浅的新鲜感一会儿也就消失了，被颠来颠去的头都有点疼，便安抚着赤炎朝叶深深那边走去。她心里也说不上来是怎么想的，只觉得张槐序的身边站着叶深深，看起来男才女貌相配极了。可她就是有种很奇怪的感觉，下意识地就想去把他们两人分开。

直到策马到了两人近处，接触到叶深深似笑非笑的目光时，叶浅浅有种被她看穿的直觉。她不怎么利落地下了马，推着赤炎想要凑过来求抚摸的大头，装作若无其事的模样询问道："叶学姐，我还需要做哪些动作？"

"不需要指导了，你刚刚的表现，就算是黎英杰老师来打分，肯定也是满分。"叶深深摸了摸赤炎的头，这匹刚刚还活蹦乱跳往叶浅浅怀里蹭的骏马便唯唯诺诺地低下了头，顺从地让她翻身上马。

不远处看着这一幕的冯广天几乎眼睛都要瞪出来了，他原本还怀疑叶浅浅身怀绝技，但叶深深也这样……他转过头，严肃地对黎英杰说道："黎哥，这赤炎真是匹合格的种马，它不是不让人骑，而是只能让美女骑。"

"……有可能。"黎英杰闻言，也难得地动摇了一下。

叶浅浅站在场边看着孟宇衡在学姐的指导下僵硬地骑着马，顿时觉得好笑，打开手机的拍照功能各种咔嚓。也许只有让自己忙碌起来，才能忘记身边站着的是张槐序这种要命的尴尬。

其间张槐序被林萧拽去，不容拒绝地骑了马，姿势标准得无可挑剔，所以一圈之后，林萧就不客气地把他赶了下来，自己去骑个过瘾了。

叶浅浅发现张槐序即使去骑了一圈马，回来也是站在她身边，这让她觉得太阳晒得她的头有点晕，脸有点太热太红了。

隐约之间仿佛又闻到了一股颇为诱人的味道，叶浅浅实在忍不住，偷偷地往旁边瞥了一眼，便震惊地瞪圆了双目。

“怎么了？”张槐序察觉到她的异常，低头朝她看的方向看去，便皱紧了双眉。

也许是因为刚刚骑马的动作，他胸口的伤裂开了，即使穿了黑色的猎装，但胸口处露出来的白衬衫已经沾染上了血迹。张槐序打算伸手把猎装上面敞开的扣子重新扣上，却被叶浅浅拽住了手腕。

“你受伤了，跟我去医务室。”叶浅浅用对方不容拒绝的语气，强硬地说道。

张槐序的心忽然猛地一跳。

从来没有人这样关心过他。

就算是他母亲，在小时候他训练受伤后，也只是扔给他绷带让他自己处理。他的母亲信奉男子汉要独当一面，根本不管他的年纪是否还幼小，也不管他是否还在渴望着有人把他揽在怀中依靠。

等到长大懂事之后，就更加承受周围人的冷漠对待，别说关心，所有捉妖时所受的伤害和痛苦，完全没有人可以倾诉。在崇拜地看着他的堂弟面前，他只能挑选帅气的片段讲述。在严苛要求他的母亲面前，他也越来越少说话了。

所以即使叶浅浅是妖，心中一直有一道警示的声音告诫他不能沉溺，张槐序也还是无法克制，脑海中反复闪现着在茶道室那个莫名其妙的吻，本来坚硬如铁的心在不知不觉中，有那么一小块渐渐变得柔软。

等到他回过神时，发现自己已经身在医务室，对面坐着拿着绷带和药水的叶浅浅。

“保健老师好像不在，我来帮你重新包扎上药吧。放心，我在孤儿院的时候，都是我给那些臭小子们包扎伤口的。”叶浅浅笑得一脸自信。

张槐序沉默了片刻，便开始抬手解开猎装外套的扣子。

他的动作不疾不徐，反而透着一股无法言语的魅力，让叶浅浅忽然一下子醒悟过来，他们现在可是孤男寡女同处一室，而且她还在大言不惭地要求人家男生脱衣服。

真是……再好不过的机会啊！

叶浅浅不着痕迹地用手背抹了下嘴角，确定没有口水流出来后，才板起脸，勉强做出一副严肃庄重的模样。

不能失态，人家受伤了啊！她都在想些什么乱七八糟的。

在张槐序脱掉猎装外套后，叶浅浅就收回了胡思乱想，紧盯着他胸口晕开的一大片血渍，克制自己想要扑上去跪舔的冲动，严肃地问道：“究竟是怎么受的伤？居然这么严重，必须要去医院才行。”说着就要拿出手机来打120。

“没有必要。”张槐序拿开叶浅浅手中的手机，顺便拿过绷带和药水，淡淡道，“还是我自己来吧。”

叶浅浅只能呆呆地看着张槐序脱掉染血的衬衫，之后淡定地撕开绷带，一道血肉模糊的狰狞的伤口出现在她的面前。

一时间小小的医务室里，那股诱人的味道更浓郁了。

好想尝尝味道啊……

叶浅浅恍惚了一下，之后就恨不得给自己一个巴掌，人家都受伤了，还伤得这么严重，她到底在想什么！

“这是被利刃划伤的……”叶浅浅抠着手心，用疼痛来让自己回神。她抿了抿唇，因为对方坚持不去医院，立刻就联想到是捉妖的时候受的伤，她小小声地问，“这回是很厉害的家伙吗？已经解决了吗？”

张槐序没有回答，而是撕了棉球蘸了酒精就要直接往伤口上按。他只能用法术复原无生命物质的裂痕，对于有生命物质身上的伤害，却束手无策。也许没有人会有办法吧？毕竟治愈什么的，已经属于神的领域了。

这个念头刚刚闪过张槐序的脑海，他就看着叶浅浅伸手碰触了他的伤口，一股柔和的白光从她的指尖逸散开来，带着一股令人舒适的清凉，驱走了他伤口上火辣辣的痛感。

盯着那道血淋淋的伤口以肉眼可见的速度愈合，张槐序震惊过后，心中五味杂陈。

一个拥有治愈伤痕妖力的妖，是不是还能被称为妖怪呢？

究竟……这个世界对于妖物的定义，是不是正确的呢？

叶浅浅自己也甚为惊讶，她只是觉得这道伤口极为碍眼，若是能够快点消失就好了。结果在她克制不住地伸手过去时，就看到伤口慢慢地随着她的心意，真的消失不见了，只留下上面脏污的血迹。

迫不及待地抢过张槐序手中的酒精棉擦干净那些残留的血迹，她其实是怕自己忍不住会做出更失礼的动作。但当她收回手之后，一个肌肉结实而又线条完美的胸膛出现在她面前，叶浅浅瞬间脸色爆红。

“那个……既然伤好了，那我就还是先走了。”叶浅浅觉得自己做了一件天大的傻事。若张槐序问她究竟是怎么治疗他的伤口的，她究竟该如何回答啊！简直想有条地缝钻进去好吗！

看着叶浅浅慌慌张张地打算离开，张槐序在对方要出门的时候，终于开口道："是叶深深。"

叶浅浅打算拧门把手的动作一滞，盯着门板眨了眨眼睛，一时还没搞懂对方说的是什么意思。

张槐序一边慢条斯理地把血染的白衬衫穿上，一边慢慢道："我说我的伤，是叶学姐划伤的。"

叶浅浅震惊之下，不禁回过了头，正好看到张槐序为了掩盖白衬衫上的血污，把猎装外套的扣子一直扣到领口，整个人透着一股难以言喻的禁欲感。

而那双深邃的黑色眼瞳，正定定地看着她，一字一顿地道："她说，她是你的姐姐。"

叶浅浅倏然睁大双目，随后紧抿双唇，迅速转身，旋风般地拉开门跑了出去。

张槐序谨慎地把用过的酒精棉和绷带都装在小垃圾袋里，把椅子和床铺都恢复了他们来之前的样子，检查并没有遗漏之后，才不动声色地离开。

不知道叶深深为什么不跟叶浅浅说她们之间的关系，但他也并不介意打乱她的计划。

"她是你姐姐……"

"是你姐姐……"

"姐姐……"

叶浅浅的脑海中一直回响着张槐序的这句话，她飞快地跑回马场，却并没有看到叶深深的身影。正好冯广天牵着奉天过来正想找她炫耀，她便一把抓住对方的领口，气势汹汹地追问道："冯少，有看到叶学姐吗？"

"没……没看到啊……"冯广天被叶浅浅突如其来的强势吓了一跳，不自在地扭动了一下身体，"哎呀，你这么凶干吗？没看到奉天都被吓到了吗？”

奉天默默地后退了一步，唯恐殃及池鱼。

一旁的孟宇衡微微侧着头回忆了一下，便道：“叶学姐在七分三十秒之前已经离开了马场，目测是马尾辫钩到树枝散了，衣服也有点散乱，她已经提前归还了赤炎，推测应该回宿舍整理去了。”

“多谢！”叶浅浅扔下两个字，又风风火火地往宿舍跑去。

“她这是怎么了？”冯广天整理了一下被弄乱的衣领，各种疑惑。

孟宇衡多少也能猜得出来，只是，他才不愿意与冯广天分享呢。

二年级的宿舍和一年级的都是在一起的，而且进入明德大学地图系统，iPad上还体贴地把每个人的宿舍位置都标明了，叶浅浅只要打开一看，就能查找到叶深深的宿舍在哪里。

居然离她的宿舍非常近。

叶浅浅站在叶深深的宿舍门口，伸手打算按门铃的时候，却不知道为什么迟疑了一下。

为什么叶深深知道她们是姐妹关系，却并不打算和她相认？却偏偏让张槐序知道了呢？而且张槐序身上的伤……又是叶深深弄的，他们之间究竟……

叶浅浅越想越游移不定，几次想要去按门铃都握紧了拳头不知所措。

然后，门忽然就自动开了。

已经换了真丝睡衣的叶深深巧笑倩兮地站在门内，对着她嫣然一笑道：“怎么还不进来？”

叶浅浅已经无力去问叶深深为什么知道她在门外了，她深吸了一口气，几乎同手同脚地走进了大门。

心情忐忑地坐在沙发上，叶浅浅看着叶深深拿着一面铜镜递了过来。

“看来你都知道了，这就是我不知道如何开口的原因。”叶深深笑了笑。

叶浅浅低头一看，发现这铜镜居然也光可鉴人，并不像古董那样模模糊糊坑坑洼洼的。她盯着铜镜里的自己，有些不明白叶深深说的是什么。

只见叶深深白皙的手指在铜镜上轻轻划过，铜镜就像是荡起了如水面的波纹一般，画面也瞬间改变。

起初是一片黑暗，仔细辨认的话，叶浅浅觉得这个树影重重的地方有些眼熟。很快，一个修长的人影便出现在了画面中，叶浅浅一下子就想起来这是哪里了。

这不是她足足等了一晚的樱花树下吗？

难道那天晚上，张槐序其实是去了的？而且应该是比她还早！难道是她错怪他了？！

心中的希望还没升起，叶浅浅就看到张槐序从衣兜里掏出几张符箓，动作潇洒好看地开始布起阵来。

叶深深拿起一瓶冰好的香槟，慢慢地给自己倒了一杯，意味深长地笑了起来。

“继续看吧，我的傻妹妹，永远都不要相信男人，永远。”

铜镜里的画面很清晰，清晰到叶浅浅想要否认那个人影是张槐序都做不到。

她木然地看着穿着一身帅气戎装的张槐序，行云流水般在地上画出一层层带着朦朦胧胧光芒的阵法，慢慢地组成一个巨大的蛛网，极其瑰丽而又透着一股令人不寒而栗的恐怖。

在画完最后一笔符阵之后，张槐序站起身，掏出手机在屏幕上按了几下。在他的周围，繁复的阵法在光芒大盛之后，暂时地掩去了声息，就如同悄然隐藏起来的怪兽。

叶浅浅知道张槐序这是在给她发消息定见面的时间，她甚至可以说得出这幅场景准确发生的时间，精确到秒。那条短信至今依旧静静地躺在她的手机里，每个标点符号都记得清清楚楚。

叶深深抿了一口红酒，目光幽深地看着自家妹妹的反应。

叶浅浅觉得自己的心脏比她想象中的还够抗打击，她居然冷静地看着铜镜里的张槐序布阵，看着他给她发消息，看着叶深深忽然出现，两人开始像电影特效一样打斗，看着张槐序被叶深深一掌击飞到天际，居然也没有任何担忧的心情。

在看到自己出现在画面时，那随着她的脚步逐渐盛开的花朵和反季节绽放的樱花，叶浅浅终于正视了自己一直忽略的问题。她深吸了一口气，抬起头看向一脸悠闲的叶深深。

“叶学姐，我们……我们究竟是什么？”叶浅浅艰难地开口问道。从各种迹象来看，她已经不奢望自己是正常的普通人了。

叶深深完全没计较叶浅浅没有改变的称呼，她有趣地勾起嘴角反问道：“那你认为我们是什么？”

叶浅浅抿紧了唇，好半晌才干涩地吐出一句：“以张槐序对我们的敌对态度来看，他是天师的话，那我们……是妖？”叶浅浅真的没办法想象她会是人人喊打的那种妖怪，如果她们是妖的话，那原形又是什么？叶浅浅把铜镜放在腿上，低头看着自己的双手，她活了十八年，还头一次意识到，自己也许并不是人。

叶深深一看自家妹妹的表情，就知道她心里想的是什么，轻叹了口气道：“我一直在找机会，想要跟你说明我们的身世，可是又怕太直接了会吓到你，所以才不知道怎么开口。”才怪，其实她是想多看看自家妹妹怀疑动摇的状态，真是千百年来都难得一见的情景啊！

叶浅浅已经发觉自己的双手在不自觉地颤抖着，她双手交握，强迫自己冷静下来，可这样的努力却很难有效果。她完全不能接受自己居然是什么狐狸什么猫的动物变成的，她生活中除了喜欢吃喜欢睡之外也没什么特殊的喜好啊！难道是……猪……

“放心，我们才不是那种动物或者植物修炼成精的低等妖，我们本来就是人。”叶深深本想编个假话骗骗自家妹妹，但转念一想她的信誉度现在还是满值，没必要这么快就被减分。

“学姐，你不需要用谎话来安慰我。”叶浅浅的双眼透着不认同的神色。

原来信誉度根本不是满值吗？叶深深微微不爽地撩了一下垂在肩头的长发“我们叶家都是继承了蚩尤血脉，你应该知道蚩尤是谁吧？”

“蚩尤？上古神话之中，那个被炎帝和黄帝联合打败的战神？”叶浅浅眨了眨眼睛，这个名字她还是知道的，而且隐隐地在脑海中，还残留着关于这个名字的些许特别的记忆。

“没错，蚩尤是上古时代九黎族的部落酋长，炎帝和黄帝也各有部族。其实说白了，也就是部落之间的战争，最后蚩尤落败，而华夏便成了炎黄子孙。若是当年蚩尤先祖赢了，那么我们今天就要成为蚩尤子孙了。”叶深深略带不屑地嘲讽道，“一切只不过是成王败寇，不管哪个时代，但凡历史，向来都是只有胜利的人才能书写的。”

叶浅浅见叶深深说得有理有据的，不禁升起了希望，双眼期冀地看着她。

“天师这两个字，原本是黄帝时的官名，相传为帝王之师。岐伯为天师，这两个字是黄帝对岐伯的尊称。而天师之后，变成捉妖的代名词，也是因为他们本意并不管那些精怪修炼成的妖，主要是为了捉拿蚩尤血脉的后裔。”叶深深晃了晃手中的红酒，顿了顿才继续说道，“没错，自从涿鹿之战，蚩尤战败后，蚩尤一脉便被判为不容于世的妖族，一旦发现便是斩草除根的下场。”

叶浅浅不由自主地吞了口口水，紧张地扭紧了十个手指头。这种类似于神话传说的设定，真的是现实中发生过的吗？而且还和自己有关系？

“而身为天师家族的张家和我们叶家，就如同猫和老鼠的关系一样，是追捕与被追捕的关系。当然，我也不觉得我们就是弱势了，随着科技的进化，道术的衰败，我们叶家也不必非要躲着他们了。”叶深深把手中的红酒一饮而尽，绝美微醺的脸露出一抹阴狠的笑意，“甚至，这个猎者与被猎的关系，还有可能被逆转。”

叶浅浅听着叶深深宛若珠玉落盘般清脆的声音在屋里回响，却无端端生出几分寒意。

叶深深很满意自家妹妹的反应，她几乎和自家妹妹斗了一辈子，从她们降生在这个世上的时候就开始了。虽然她们之间不合，但也绝对不允许外人来欺负。

“你以为张槐序约你是为了什么？收起你那点小心思吧，叶家和张家是不死不休的局面。”

叶浅浅呆呆地坐着，她腿上的铜镜已经开始重新播放张槐序低头画符阵的画面。她没法想象张槐序像是除掉什么虫子一般除掉她，但镜子里发生过的事实却又不容她不相信。

许久之后，叶浅浅把铜镜反扣过去，自嘲地一笑。

果然一切都是她的自作多情。

叶深深起身把已经空掉的酒杯放好，用咖啡机磨了两杯蓝山咖啡，宿舍内飘荡着浓郁的咖啡香气。

叶浅浅接过咖啡杯，喝了一大口，香醇的咖啡滑过喉咙，一下子让她的胃都温暖了起来，这时才有闲心打量起叶深深的宿舍来。

叶深深的宿舍正好因为二年级女生人数是单数，可能是因为她经常外出巡演的关系，为了不打扰到其他人，便得到了这间宿舍单人居住。所以这两室一厅便被叶深深改造成一间卧室和一间书房来使用，风格都是华丽的欧式装修，让叶浅浅目眩了片刻，才回过神。

“学姐……”

“还叫我学姐？”叶深深打断了叶浅浅的称呼，语带嗔意。

叶浅浅深吸了一口气，鼓起勇气唤了声：“姐。”

“嗯。”叶深深极为满意，有很多年都没听到自家妹妹唤她姐了，可真是不容易啊。

“姐，我们的父母……”叶浅浅迟疑了一下，还是把心里想问的问题说了出来，“我们的父母是不是因为我们的不同，才把我们抛弃的？”

正在喝咖啡的叶深深差点因为这个问题呛到，抽出纸巾咳了半天才缓过劲来，没好气地看着诚惶诚恐地叶浅浅，真想指着她的脑门骂她的脑洞开得太大。不过想了想，又不能说太多，只好叹了口气道：“等你先把灵力恢复过来吧，恢复到一定程度，我再跟你讲这些事情。”

叶浅浅听出来她的言下之意，不禁双目发亮。

难道说，她姐知道她们的父母在哪里？而且抛弃她们还是有隐情的?

对于家人的渴望超过了一切，叶浅浅甚至都忘记了得知张槐序身世和约她真相的痛苦，张槐序是谁啊？能有她姐姐还有家人重要吗?

“来，我教你怎么引导体内的灵力。我们说是灵力，在张家那边自然说我们拥有的是妖力。要知道，蚩尤一脉最强悍的就是拥有灵力，而炎黄部落虽逊一筹，却在漫长的岁月流逝之中，灵力稀薄，最终淡去。天师一族到了现在，也不过是倚仗着那些残留下来的法器纵横于世，不足为惧。”叶深深起身从壁橱里拿出两个瑜伽垫铺在地上，示意叶浅浅过来学着她一样坐下。

叶浅浅事实上还是有些排斥自己拥有异于常人的能力的，毕竟做普通人做久了，就算一下子得知自己是蚩尤后裔，也希望可以掩耳盗铃，宁愿不接受这个事实。可是她又看叶深深一脸让人无法拒绝的表情，只好一边走过去盘膝坐下，一边岔开话题问道："为什么炎黄部落的灵力被稀薄，我们叶家的并没有呢？难不成一直都是近亲结婚？"

叶深深看了她一眼，并没有解释，而是回过头眼观鼻鼻观心，缓缓地闭上了双目"闭目，深呼吸，开始感受体内细小的灵力……"

叶深深的话语间有股诱惑人心的魔力，叶浅浅下意识地按照她的指示闭上了眼睛……

正在天台迎着夕阳打坐的张槐序，忽然间睁开了双目。

他腕间的定妖罗盘疯狂地转动着，最终定在了一个方向。

张槐序朝着那个方向看去，只感觉到一股磅礴的妖力直冲云霄。

"那是……"张槐序知道那是叶深深的宿舍，但那股妖力的颜色却与他交战过的叶深深完全不一样。

夜叉受惊地张开翅膀"嘎嘎"地叫着，几片鸦羽随着它的动作飘落。

张槐序伸手接住一片鸦羽，表情无比凝重。

他连叶深深都打不过，再加一个妖力复苏的叶浅浅……他本来今天对叶浅浅说的那番话，是想扰乱叶深深的打算。可现在看起来，反而中了对方的计了。

他紧握右拳，掌心的鸦羽化为一片飞灰。

张槐序重新闭上了双目，沐浴在夕阳下继续冥想，可是颤动的眼帘，却显露他根本无法静下心来。

初八 · 其寝不梦

朔月

在盖头下的那张脸容，即使上了妆，变得与记忆中不同的艳丽，也能一眼看出来究竟是属于谁的。

张槐序感觉自己身处一片迷雾之中，他愣怔了好半晌才反应过来，他应该是在做梦。

因为修道之人提倡冥想调息修炼，一般精神好的时候，都会用打坐来代替睡眠。张槐序自从十岁之后，就很少做梦了。

所以对这样的情况，他也少见地感到有些棘手。

除了第一晚是在明德大学床上休息外，他基本每夜都在天台上打坐冥想。应该是之前感受到了叶浅浅的妖力澎湃，所以才对他冥想有了影响。

即使身在梦境，张槐序也冷静地分析着，尽管他已经发现自己身上穿着的是古装，而且是绯红色的状元服，有锦绶和蔽膝，但却没有槐木笏、光银带、药玉佩等等一系列的配饰，说明这不是正规的状元服，而是娶亲新郎官所穿的吉服！

真是……怎么会梦到这样的情景？

张槐序一向冷峻的脸上也不禁浮上些许窘然的神色，他再怎么清心寡欲地以当道士为目标努力，也无法抑制身体的成长。青春期时的烦恼已经被他用清心诀强行压下，但他没想到今晚一时的影响竟会如此强烈。若是处理不好，恐怕会成为他一世的心魔。

正烦恼间，像是迷雾被人拨开了一般，在他的身周出现了各种喧闹的人群，他们穿的衣服都是古装，个个面带笑意。张槐序才发现他现在是骑在一匹白马之上，被人群簇拥着沿着街道向前走去。

迎亲的唢呐声喜气洋洋，张槐序这时才发现自己是无法控制身体的，就像是旁观者一般，眼见着一切发展下去。

洗媒、挂红、开揖……看着被红色盖头遮住的女子被她的弟弟从新房中背出来，即使看不到对方的面容，张槐序也忍不住心脏一阵悸动。浑浑噩噩地带领着花轿起轿、回车马、迎轿、下轿、祭拜天地、行合欢礼、入洞房……

在新娘转身的那一刹那，红盖头微微飘起了一角，张槐序一下子就愣住了。

因为在红盖头下的那张面容，即使上了妆，变得与记忆中不同的艳丽，也能一眼看出来究竟是属于谁的。

是叶浅浅……

张槐序陡然清醒过来，刚刚睁开的双眼，就被刺目的阳光晃得重新眯了起来。

看阳光升起的高度来看，他居然错过了他平日醒过来的时辰，竟起来晚了。

都是做梦的缘故吗?

用手指抵住额头，张槐序调整着心情，但脑海里还一帧帧地重放着叶浅浅红妆美艳的容颜，耳朵里还回想着具有穿透力的喜庆的唢呐声。

这事若是换了其他普通人，早就付之一哂，没五分钟就扔到脑后，怎么想都想不起来任何细节了。

但张槐序不一样，身为天师家族，修习的又是道家法术。道家的始祖庄子曾在《庄子·大宗师》中说过："古之真人，其寝不梦，其觉无忧，其食不甘，其息深深。真人之息以踵，众人之息以喉。"就是说古时候修道的人，睡觉不会做梦，醒来时不会忧愁，吃东西不求甜美，呼吸时气息深沉。而得道之人呼吸时凭借的是着地的脚后跟，而一般人呼吸靠的只是喉咙。

张槐序还做不到后面几点，但其寝不梦的境界，在十岁的时候就已经达到了。这一点就比张家历史上许多天师都要厉害，也是他资质过人的证明。

道家将人睡着了的状态叫"小死"，人没有小死也就没有大活，睡不好的人活得也不好。人在小死的过程中会发生一些变化，"死"的含义是全部功能活动都停止，小死是部分功能活动停止。睡觉睡觉，其寝不梦就是只分觉与不觉。

其实庄子说的其寝不梦这点也是被人诟病的，因为那个庄周梦蝶的故事，所以很多人都说庄子并不是真人。

但张槐序却并不这样理解。

到庄子的那个境界，所做的每个梦都是有深意的，不是预知梦，那就是过去的梦……

回想到梦境中的场景，张槐序的心正怦怦地跳动着。那种情景、那种服饰……难道是他前世发生过的事情？

心中压根儿没有任何排斥的想法，甚至于觉得前世的自己有可能娶到叶浅浅为妻，居然还有种微妙的嫉妒油然而生。

默念了几遍清心诀，张槐序才把胸口的躁动压了下去，表情重新恢复了平日里的冷峻沉稳。

叶浅浅一上午都有些心不在焉，她昨晚在叶深深的宿舍打坐了，学会了初步控制灵力后，整夜都没有睡。而现在却一点疲惫都没有，就算她不想承认自己有异于常人，也不得不接受这个事实。

没有人不喜欢拥有力量的感觉，即使初时还有些迷茫，但叶浅浅知道自己迟早会享受这个过程。她其实一直都不需要像常人那样吃喝进食睡觉休养恢复，只是以前灵力尚未觉醒，倒是比普通人更渴睡一些。

同桌的孟宇衡也发现叶浅浅的异常，终于忍不住在课间的时候，低声问她昨晚去哪儿了。

“嗯？眼镜你怎么知道我没回宿舍？”叶浅浅诧异地看了一眼孟宇衡，她这个竹马也不是很八卦的人啊？

孟宇衡掩饰性地推了推鼻梁上的眼镜：“是早上在食堂听到纪菲和冯广天聊天的时候提起的。”

纪菲和冯广天？他们什么时候关系那么好了？叶浅浅也只是闪念了一下，也没多想，自然更不会猜到纪菲是假借着关心她，实际上是在跟冯广天告状说她彻夜未归，作风不好。叶浅浅正好也想跟自家竹马说一下叶深深的事情，便摩挲着胸前的暗月吊坠，语气复杂地说道：“我昨晚在叶学姐那里住了一晚，她……她就是我姐姐。”

“啊，恭喜。”孟宇衡是真心实意为叶浅浅高兴，“叶子，你们姐妹俩居然是在同一所大学里念书，真的是有缘分。”

叶浅浅一怔，在明德大学少得可怜的学生里，居然还能让她和失散多年的姐姐相遇，如果这其中没有什么机缘，那倒真是说不通了。孟宇衡这样一说，倒真有种上天注定的命运感，让叶浅浅略带凝重的心情舒缓了一些，展颜笑道：“眼镜，你什么时候居然还相信缘分这种迷信的东西了？你不是向来最相信科学的吗？”

孟宇衡心想：他确实是不相信的，但看叶浅浅心情如此之差，也不在乎多说点什么讨她欢心。他一本正经地解释道：“缘分就是某种必然存在的相遇的机会和可能，这也属于概率论的一种，只要确定了随机变量和概率分布，就用贝叶斯定理来解释……”

叶浅浅手托着下巴，听着自家竹马久违的唠叨大法，只觉得眼皮子发沉，不一会儿就趴在桌子上睡了过去。

孟宇衡收了声，表情凝重地看着她即使睡觉还皱起的眉头。与亲人相认，分明应该是喜气洋洋的，可叶浅浅这副模样，显然是另有内情。

这天下午的课是蹴鞠，也就是足球课。

明德大学的学生并不多，但这节课并不是像马术课一样两个年级一起上，而是分男女组，玩五人制的足球比赛。来教他们足球课的，是个老外。

克里斯是一个三十多岁的男子，他是英国人，拥有一头灿烂的金发和一双碧绿的眼瞳，健壮的身体和高挺帅气的五官，一出现就引起了所有女生的侧目。更别说他实际上还是一个退役的球星，已经有人克制不住想要找他要签名了。

只是，这人开口的第一句话，就让他们打消了要签名的念头。

“都说中国是足球的发源地，可是中国太弱了。”克里斯一口英伦腔，却透着一股居高临下的味道。

在场所有人的英语听力都没问题，全都听懂了克里斯说的话，却没有一个人能反驳得了。

其实足球这项运动，据各方面文献来看，最早是在中国黄帝时期就已经开始有记载了，只不过那时候叫蹴鞠，而且是选拔士兵的一项军事运动。2004年国际足联确认足球起源于中国，“蹴鞠”是有史料记载的最早的足球活动。但英国一向自诩本国是现代足球的发源地，再加上中国足球是世界公认的烂，所以克里斯各种不爽也在情理之中。

只是理解归理解，这种说不出话的憋屈也是让人不爽至极的，这帮天之骄子一时也都暗自咬牙，就算是花痴的女生们也都转变了目光，把口袋里准备好的签名本重新塞了回去。

叶浅浅毫不掩饰地翻了个白眼，老外就是直接，心里想什么就直接说，哪里知道中国文化向来讲究含蓄呢？

“足球在中国，只是小道。”忽然出声的是张槐序。他的英文是流利的美式英语，再加上他冷硬的嗓音，简直光听声音就能把人迷倒。

克里斯没料到居然还会有人站出来和他顶撞，他自从退役后到中国来掘金，虽然拿的是中国人发的钱，但他一直自视甚高，每当他用这句话来当开场白时，就根本没有人能说出什么反驳的话来。他没想到今年刚刚接手明德大学的工作，也不过是陪几个小孩子玩玩，却没想到会有意外的收获。他挑了挑眉，双手环胸，等待着这个中国男生继续说下去。

而出乎他意料的，另一个戴着眼镜的男生站了出来，只见他推了推眼镜，冷静地吐出一串数字：“在中国，注册球员只有三千人，而我们的邻国韩国就有五十万，日本的职业球员也超过了六十万，更不要说欧洲各国，德国的注册球员足有五百五十一万人。相比之下，中国足球弱，也没有什么不对吧？若是很强才奇怪。”他的英语说得极为标准，比起克里斯那种略带痞气的英式口语，他这种简直就是家世极好的人才能学到的牛津腔。

叶浅浅倒不觉得孟宇衡的英语说得那么标准有什么不对，因为她知道这个学霸真是学什么像什么，最近好像在学法语，那一串卷舌颤音说出来就是播音员的标准。更别说那随口一说的数据了，简直屌炸天！

孟宇衡还没说完，他顿了顿后，又加了一句：“不是我故意没提英国，而是英国许多球员和教练根本就不注册，所以数据根本无从考据。德国一年发八千多张足球教练资格证书，英足总一年只发十几张，我想克里斯先生应该也是没有教练资格证就来给我们上课的吧。”

听着此起彼伏的窃笑声，克里斯的脸色有些难看。因为……这个戴眼镜的男生说的是事实，他居然一时无从反驳。英国足球向来以混乱著称，别说球员或者教练了，就连队医这种重要的成员，也是谁想当就当的。历史上有许多球员都被队医误诊或错误处理，酿成惨剧的。至今欧洲大陆谈起英国队医也都各种色变。

“在中国，青少年比较注重的是科学知识培养，我们在还没有真正成为世界强国之前，没有必要在小道上浪费太多时间。”张槐序并不想在这上面与这位英国佬浪费口水和时间，“正如我们几十堂课之中才有一堂足球课一样，克里斯老师，我们还是早点上课吧，珍惜这短短的一下午时间。”

这话简直就是在讽刺他们英国人玩物丧志！克里斯气得脸色发青，但却完全说不出来什么反击的话。

看着心服口服恨不得鼓掌叫好的众同学，叶浅浅也能懂得为何学生会会长林萧那么看好张槐序和孟宇衡了，他们两个，简直天生就是领导者。

冯广天见张槐序和孟宇衡各种出风头，也不禁暗暗嫉妒。但他确实也没法说出什么服众的话，再者英语也很烂，所以只能悄悄地跟叶浅浅吐槽道：“我晚上就跟我爹说把这人解雇。”

“还是别了，解雇了付违约金岂不是更不划算？”叶浅浅撇了撇嘴，“他们外国教练不就会搞这种花招？”

冯广天想了想，不得不承认叶浅浅说得简直太对了，只能狠狠地收声。要怪只怪明德大学什么都力求最好，国内的足球运动员都太差，便把目光投往国外，结果没想到找来克里斯这样有偏见的家伙。

冯广天决定就算不把克里斯解雇，也要跟老爹告一状，不过现在更重要的，是要把这堂课上完。

克里斯丝毫不掩饰心情之差，把怒火都发泄在课堂之中。但好歹知道这些天之骄子娇女们的背景颇深，也就意思意思让他们在大太阳底下绕着操场跑个五圈权当开胃菜了。

好在克里斯这种态度，反而激起了众人的团队精神，五圈跑下来居然没有一个人掉队，而且队伍还保持相对整齐。

在这段时间里，克里斯的火气也降了下来，至少不会迁怒了。带着他们做了一些往返跑、压腿、传球训练等等活动之后，便开始踢比赛。男生女生分开踢两场。

先进行的是女生这边，比赛每个半场只有十分钟，叶浅浅和纪菲被分在一组，其他女生她都不太认识。她们这组穿的是曼联的队服，对方的队服是拜仁的。不过基本上女生都没谁以前曾踢过球的，最开始踢得束手束脚，漏洞百出，经常有传球传到对方脚下，又或者脚踢出去球没出去鞋踢出去了的乌龙。场边男生简直把这当表演赛看了，反正各种美腿，也端的是赏心悦目。

叶浅浅在下半场的时候，摔了一跤，起因是纪菲和她抢一个球的时候撞到了一块儿。不过叶浅浅经过昨晚被引导恢复灵力，对身体的掌控已经到达了极致，在膝盖还未碰到地面的时候，就单手一撑向前翻滚了一下，空中的足球被她的脚后跟一磕，便直直地坠入球网。

纪菲痛得几乎要失去淑女形象地尖叫了，她其实也不是故意的，只是运动细胞实在太不发达，根本没想到叶浅浅会跑得那么快。结果她在摔倒的时候下意识地就想拉着叶浅浅一起。凭什么只有她出丑？结果呢？

听着场边的欢呼声，纪菲更是咬牙切齿地暗恨起来。

“怎么样？你还能站起来吗？”叶浅浅担忧的声音从一旁传来，她对进球没什么特别喜悦的感觉，本来就是利用超于常人的能力在作弊。本来她对前几日自己射箭居然能射到十环还颇为得意，但现在一想也不过如此。相比之下，有没有人因此受伤才是重要的。

纪菲的腿没受伤，只是脚腕有些扭到了，叶浅浅咬着唇盯着她红肿的脚踝看了半晌，刚想把手放上去的时候，一只手从旁边伸过来，坚决地握住了她的手腕。

叶浅浅回头一看，是一脸不赞同的张槐序。

即使对方不说，叶浅浅也知道是在阻止她用治愈能力。她其实也不是傻瓜，纪菲的脚踝是扭伤，又不是多么恐怖的外伤，就算她输入一点灵力，也不会有人看出端倪，就算纪菲本人恐怕也不会察觉到。

但张槐序就是没有放手，多一事不如少一事，若是像叶浅浅这样的态度，迟早会被曝光发现，到时候说什么都迟了。

两人这样一耽搁，纪菲那边早就让克里斯处理好了。其实也不是什么大伤，他拿出喷雾和冰块，只随便弄弄，纪菲就能站起来一瘸一拐地走到场边休息了。不过她这一下场，叶浅浅这边可就只能少一人应战了。

可拼抢却并未激烈起来，也许纪菲的受伤给她们都敲响了警钟，毕竟谁也不想夏天腿上留下疤痕，那样与裙子和短裤可就绝缘了。这场比赛便提前进入了垃圾时间，最后叶浅浅一方以1：0赢了。

踢完比赛的叶浅浅立刻到纪菲身边问候，后者却笑着说已经没事了，确实，以她们当时相撞的速度，根本不会太严重。叶浅浅便放下心来，开始观赏男生们的比赛。纪菲却暗暗把这件事记下，以后肯定要找回场子。

因为男生正好多一人，便由抽签决定，最后孟宇衡成了幸运儿，可以当成替补队员舒舒服服地在场边观战。而张槐序和冯广天各被分在一队，张槐序一边选择穿的是AC米兰的红黑间条衫，冯广天一边选择穿的是皇马的白色战袍。

叶浅浅虽然不是球迷，但多少也对足球有所了解，俗称伪球迷真球星迷。她一见两队选择的队服，便吐槽道："果然一边是意大利男模队，一边是西班牙的土豪军团，还真贴切。"

孟宇衡推了推眼镜，暗自庆幸自己不用去头疼自己到底选男模队还是土豪军团。

刚刚因为被人抢镜，冯广天早就憋着一口气要大出风头，做好准备活动之后，等克里斯一声哨响，就火箭般地冲了出去。

男生踢球的场面自然要比女生那种散漫的玩球好看得多，因为张槐序男神的关系，他这边得到的加油声明显要大得多，但相对的，他所受到的防守和拼抢也比旁人多得多。可就是这样两个人防他，甚至三个人上来防守，也被他轻松地过掉，在众女生的尖叫声中打进第一球。

叶浅浅并不怎么惊讶，天师家族虽然体魄并没有蚩尤血脉强健，但依旧是比普通人强上许多的，她进一个球就跟玩似的，张槐序肯定也不差。

但别人可不这么想，尤其是冯广天。男生的争强好胜心理一旦被激起，就很难平复。到了下半场的时候，随着时间的推移，拼抢就越发激烈。偶有人摔倒受伤，也没人肯借机下场换孟宇衡这个替补队员上场。

冯广天从后场断球，正想带着球冲到前场，却被人当中拦住，怎么都摆脱不了。他气急败坏之下，也没怎么看前面，发现一个空当，便飞起一脚，铆足了劲把球闷向前场。

足球像带着风一样朝张槐序飞去，而目标正是他的脸。

场边传来惊呼声，而张槐序却动作迅速地低头避过，免去被毁容的可能。足球在空中划过一道弧线，飞出场外很远才坠下，可见冯广天这一脚用了多大的力道。

“咦？刚刚那球在空中变向得有点奇怪。”孟宇衡推了推眼镜，不解地嘟囔道。

叶浅浅心虚地用手摸了摸胸前的暗月吊坠。她这不是太担心了吗？前几天射箭时发生的事故还在她的脑海里，都成为阴影了。虽然这只是足球，但还是忍不住偷偷用灵力改变了一下足球运行的轨迹，结果没想到还是让孟宇衡看出来了。

“哈哈，也许是风吹的。”叶浅浅尝试着用其他理由解释。

“不对，风吹也不会是这样的。”孟宇衡开始深思起来，只恨没有用手机把刚刚那一段拍下来，反复观看推演数据。

叶浅浅吐了吐舌头，决定无辜望天。

比赛最后的比分是5：1，张槐序带领的AC米兰男模队赢了个痛痛快快，虽然他本人还是一副高冷的模样，但因为拼抢跑步等剧烈运动而产生的汗水，沾染着些许发丝黏在冷峻的脸颊上，却让人无端端感觉平易近人了不少。再加上在场上难免会和队友有配合传球，和张槐序同队的同学多少也对他亲近了不少，至少下场的时候也会给他递条毛巾拿瓶矿泉水什么的。

冯广天喝了几口水，便把剩下的矿泉水当头浇下，在阳光下细碎璀璨的水珠泛着七彩的光芒，可惜这样一幅帅哥湿身图却没多少人关注，所有人都把目光看向了朝叶浅浅走去的张槐序那边。

叶浅浅继续无辜望天，她有些心虚，但又觉得她没什么可以怕对方的，便止住了自己想要躲在孟宇衡身后的念头，理直气壮地鼓起腮帮子。

张槐序看到她这副死不悔改的样子，眯了眯双目，不由分说地拽着她的手腕往一旁走去。

孟宇衡推了推眼镜，条件反射性想要去抓叶浅浅的另一只手，可是却抓了个空，眼睁睁地看着自己的指尖与她的手腕失之交臂。

然后慢慢地紧握成拳。

他还是像往日一样站在阴影处默默地守候着她，依旧没有向前迈出一步。

张槐序走得很快，叶浅浅几乎像是小跑步一样跟在他身后，她都没勇气回头去看其他同学的表情，之前班级里就有了许多她和张槐序的流言，她只是假装没听见而已，可想而知这一出戏后，又会有什么难听的话传出来。

一想到这里，叶浅浅就气不打一处来，在张槐序带着她拐过一处转角后，就用力甩开了他的手，语气不善地问道：“你这是做什么？”

“你问我做什么？”张槐序回过头，语气比叶浅浅的更不好，“你难道不知道在普通人面前暴露自己的能力有多么不明智吗？而且居然一次不成还来第二次。”

叶浅浅本来也有些懊恼，她只是忽然间拥有了异于常人的能量，就像是一夜暴富的人，总想着出去花钱，否则就浑身难受。但这句点醒她的话，谁说都可以，就是张槐序不能说。

她的表情立刻就冷了下来：“我们不是敌对的吗？我若是暴露了，你岂不是更有借口灭了我吗？为什么要多管闲事呢？张天师。”

张槐序被问得哑口无言。

事实上，他也察觉了自己的不对劲，而且这种对话听在耳朵里，他忽然有种熟悉感，像是同样的问题，已经在他们之间进行过数十次了一样。

叶浅浅也有同样的感觉，她话一出口的时候也吓了一跳，也顾不得看张槐序的反应，抿着唇扭头仓皇离去。

张槐序站在夕阳下，看着叶浅浅的背影，头一次感到不知所措。

叶浅浅胸中有股郁结之气，根本不知道该怎么发泄出来。正黑着脸想要回宿舍的时候，正好迎面就碰上了来找她的冯广天。

叶浅浅的脸上根本藏不住心事，冯广天也不知道张槐序到底怎么惹她生气了，但他也没真傻到询问。他就绝口不提心里的疑问，只是拉着她笑道：“女人，你不是想要天上的星星吗？跟我来。”

“哈？”叶浅浅满脸问号，她当时不过就那么一说，怎么一个一个还都认真起来了？不过除了全息投影，她倒还真好奇冯广天要跟她秀什么，总不可能这么土豪，真搞个什么太空旅游吧？

所以她倒是把刚刚的郁闷抛在脑后，跟着冯广天走过她的宿舍门口而不入，继续沿着那条小路向前。

刚刚要回宿舍的纪菲正好看到这一幕，阴沉着脸掏出手机拍了几张照片，偷偷发到了班级的讨论群，顿时又引起一阵轩然大波。

叶浅浅浑然不觉自己也会有被偷拍的一天，她跟着冯广天一直往前走，不久就看到一栋造型古旧的别墅，她这才反应过来这里大概就是冯广天的住处，也就是校长冯啸威的住所。

呃……这样穿着球服来见校长真的没关系吗？

穿过铁门的时候，叶浅浅低头看着自己身上的曼联红色球衣，幸好之前也没出什么汗，勉强还可以见人。只是冯广天身上的皇马队服也不知道是汗水还是被矿泉水浸的，连头发到鞋子全身都湿漉漉的，一踩门口的长毛地毯，就是两个脚印。

“我还是先洗个澡换件衣服，五分钟就好。你先在客厅等已下。”冯广天也觉得这样不好，便让迎出来的管家招待叶浅浅，自己迅速跑上了楼。

叶浅浅迎着管家大叔媲美X光的眼神，心里在怒骂不负责任的冯广天，表面上还要挤出笑容，不用照镜子也知道自己的表情一定很僵硬。

管家大叔倒是进退得体，并没有太热情得让叶浅浅不自在，也没有冷淡得让她感觉被忽视。所以在冯广天以最快的速度换了一身休闲装下楼的时候，就看到叶浅浅窝在客厅的大沙发上，捧着一块桃酥饼一小口一小口地吃着，特别像他养的那只小仓鼠。

爱心一下子就各种泛滥，冯广天吞了吞口水，才抑制住自己想要用手指戳对方脸颊的冲动。他坐在叶浅浅对面，端起管家大叔新磨的咖啡喝了几口，等叶浅浅吃完这块桃酥，才带着她往别墅的仓库走去。

管家大叔的目光扫到叶浅浅胸前的吊坠，想了想，还是拿起了手机。

“老爷，我觉得您最好还是回来一趟。”

叶浅浅感觉像来到了博物馆。

谁会想到别墅的后面还有一座藏在树林中的小型建筑。这栋无窗的三层小楼与别墅相连，五厘米厚的钢门一推开，里面就是冯家世代的珍藏。

叶浅浅走进去之后，嘴就没合上过。里面是一排排的特制博古架，每件藏品都被保护在钢化防弹玻璃之中，准确说来，这里并不像博物馆，而更像是存放古董的仓库，因为博物馆的展厅里可没有这么堆放藏品的。

“喏，这个是北宋的青白釉影青瓷碗，这个是西汉的鎏金翔龙博山香炉，那个是宋朝的哥窑青釉葵瓣口盘，之前故宫弄碎过一个，这个和那个应该是形制年代一样的……”冯广天见叶浅浅感兴趣，便如数家珍地随口指着这些藏品说道。

叶浅浅被他说得两眼发晕，不过在听到这里时，她扫了一眼那个哥窑青釉葵瓣口盘，摇了摇头道：“看起来不对，纹路有细微的差别，这个盘子是冰裂纹的，故宫那个是釉面开细碎片纹。《格古要论》中曾说，哥窑纹取冰裂、鳝血为上，梅花片墨纹次之。细碎纹，纹之下也。”

“啊？那这么说，难道这个盘子要比故宫那个还值钱？”冯广天没想到叶浅浅居然对古董也能有所涉猎，立刻双目放光。

叶浅浅扶着额头，也不知道自己怎么会知道这么多。但她就是知道，而且还知道得更多。她仔细地看了几眼这个哥窑青釉葵瓣口盘，便道："我只粗看了一下，便知这盘子应该不是宋朝的，大概是明朝仿的哥窑吧。你看这盘子上面的金丝与铁线交织在同一张网纹线上面。而且铁线的颜色发黑，与宋朝哥窑瓷器上面的铁线颜色发黑闪蓝有明显的不同。当然，还有无数个证据，你当真要听吗？"

冯广天并不觉得自己被拂了面子，而是大加赞赏道："女人，我没想到你居然这么厉害啊！看来有空真要帮我在这里多参详参详啊！"

"啊？"叶浅浅不解，冯广天这时候不是应该恼火她拆穿了他的夸夸其谈吗？

"切，你没发现这么多的古董，都没有标签吗？"冯广天没好气地说道，"我家那个老头子，跟我说的规矩，是我把家里的这些古董认准了多少，才传给我多少。我现在才认出来这里的百分之五好吗……"

"果真土豪……"叶浅浅为之咂舌，别看这个明朝仿的哥窑青釉葵瓣口盘，听上去好像没宋朝的值钱，但宋朝的真品那可是国宝级别，都是禁止流通的了，明朝仿哥窑品相好的瓷器也能卖个近千万啊！

冯广天掏出手机对着这个仿哥窑的盘子拍了个照，记录了一下叶浅浅说的话，这才一拍脑门想起拽叶浅浅来的正事："先跟我来，嘿嘿。"

叶浅浅见了这么多珍贵的古董，当下更是对冯广天带她回来的目标好奇不已。跟着冯广天穿过仓库大厅，叶浅浅就看到了旁边的一个个小房间，见冯广天推开了一个房间的门，里面也是一个个陈列架，只是柜子要比外面的大厅小了不少，里面都是一块块色彩斑斓的矿石和宝石的原石。

"天……"叶浅浅倒还真不知道一些原石居然美到无与伦比，有些她还能认出来是水晶或者金属矿石，但有些就干脆连见都没见过。她迷醉地看着，直到冯广天带着她停在了几块矿石面前，便知道他的用心了。

这是几块陨石。

真正的天外来客，而且是真正在宇宙中飞过，在天空中燃烧过的星星。

叶浅浅的眼睛一眨不眨，隔着玻璃定定地看着。

冯广天用手指在陈列架上一点，系统自动识别了他的指纹，玻璃柜慢慢开启。他邀功似的笑道："嘿嘿，怎么样？少爷我说能给你拿来星星，就能给你星星吧？这几块陨石我还是认得的，现在是属于我的，所以可以送给你一块哦！"

"什么陨石，这是古陨石，应该是叫玄铁。"叶浅浅瞥了他一眼，从陈列架旁边掏出一双手套，这才小心翼翼地把一块陨石拿在手里。

"哦，是叫玄铁，这几块陨石也是祖上传下来的，据说是以前陪葬的。话说我家也有一把玄铁剑，说不定还是杨过拿过的哦！不过太沉了，我小时候倒是玩过，拿都拿不起来，还差点砸了脚。后来就不知道被我家老头子给扔哪里去了。"冯广天抓着头发想了半天，也还是没想到那把玄铁剑放在哪里了，"不过这收集的陨石还是少，若是你喜欢，我就多收集点，争取带你去看流星雨！"

叶浅浅满脸黑线，原来"带你去看流星雨"是可以这么用的词吗？

土豪的世界她不懂啊！

冯广天骄傲地挺胸，土豪就是这样霸气！流星雨什么的，当然是想看就要随时能看！哥有钱！就是这么任性！

叶浅浅细细地看着手中的陨石，把玩了一会儿，就郑重地把它放了回去。

"咦？不喜欢吗？"冯广天颇感意外。

“不是不喜欢，而是陨石大多都有放射性物质，看看就算了，让我拿回去抱着睡，可能没多久就要掉头发了哦。”叶浅浅故意说得比较吓人，但心情还是极为不错。毕竟有人在乎她随口的一句戏言，而且真心诚意地讨她欢心，这种感觉真的很不错。想到昨晚凭空出现的星空全息投影，叶浅浅也忍不住勾起了嘴角。

“呃……会有害？那我们还是快走吧。”冯广天连忙关好玻璃柜，拉着叶浅浅离开这个房间，“记得要跟老头子说把这个房间的门换成防辐射的才好。”

见冯广天还想借机会让她多认认古董，叶浅浅连忙找借口拉着他出了小楼。开什么玩笑，这一看就是冯家的仓库，她一个外人怎么可能久待？进来扫一眼就已经是够不错的了。冯广天这人大大咧咧的，但冯家其他人难道都是吗？以后万一出了什么事赖到她身上，就算里面丢了一件东西，她把自己卖了也是赔不起的。

“好吧，那我带你在别墅里转转。这别墅可是有不少年头了，据说这下面还有一座古墓呢！谁知道真的还是假的。”冯广天见叶浅浅这态度，也多少能猜得出来。不过他心想叶浅浅居然认古董这么厉害，下次有机会一定要介绍父亲和她认识，然后再堂堂正正地请她去小楼里玩。

叶浅浅可不知道冯广天在打什么主意，但听他这么好说话，也终于松了口气。见冯广天带她到了别墅的一间会客室，便好奇地看着墙上那些陈列的油画与照片。

“这些都是明德大学历代的校长和一些老师与学生的合影。”冯广天指着墙上的照片一一介绍过去，“据说明德大学的创始者，可以追溯到三国时期。喏，最边上那幅画像，画的就是我冯家的祖先冯裕。”

“幸亏你和你家老祖长得不像。”叶浅浅看着那幅非常抽象的中国水墨肖像画，嘴角抽了抽。如果真人长这样的话，那该多夸张啊？走在路上回头率铁定是百分之百。不过……怎么脑海中当真浮现了一个长相和这幅画差不多的人啊？叶浅浅忍不住抖了一下。

“很冷吗？屋里空调温度是不是太低了？”冯广天赶紧把空调调高一点。

“还好还好。”叶浅浅转移视线，才发现这间会客室除了一面都是落地窗外，其他三面墙都挂满了照片和画像。她饶有兴趣地一个个看过去。

冯广天见她看得开心，便跟她打了声招呼，去厨房给她拿饮品和甜点去了。

叶浅浅走马观花地看着，忽然一呆，往前走的脚步重新后退了一步，停在了一张照片面前。

这张照片是黑白的，看起来年代颇为久远，上面有十几个人，都是穿着民国时期的服饰，而叶浅浅却一眼就看到了其中有个梳着两个辫子的女生，和她的姐姐叶深深长得一模一样，并且胸前还挂着和她一样的暗月吊坠！

这是……叶浅浅听到会客室外的脚步声，连忙向右跨了几步，离开了那张古怪的照片，装出在看其他画像。

“来，管家新榨的芒果汁，很好喝，还有新出炉的蛋挞。”冯广天端着一盘子好吃的走了进来，嘴里还塞着半个蛋挞，显然是下午踢球消耗了太多体力，忍不住偷吃的，“哦，对了，少吃一点，老头子他刚来电话，说晚上有饭局回不来吃饭，你就留下来陪我一起吃吧。”

叶浅浅推辞不了，而且听到冯校长并不回来，便松了口气。她喝着芒果汁，却不禁回头又悄悄瞥了一眼那张古怪的照片，心里乱成一团。

晚上，叶浅浅从冯家告辞，冯广天本想送她回宿舍的，但还没等出大门，就看到自家老爹的车回来了。他下意识地不想让自家老爹与叶浅浅碰面，万一叶浅浅知道他接近她是另有目的可怎么办？所以便匆匆送叶浅浅出了大门，就折返了回来。

冯父把手中的公文包交给迎上来的管家，又瞥了一眼谄笑的儿子，没说什么，先上楼去换衣服了。同时，管家也把一沓资料和档案递给了冯父。

没过多久，静谧的会客室被人从外面打开，穿着家居服的冯父缓缓走了进来，直直地走到叶浅浅今天曾经停下的地方，伸手把那张照片拿了下来，细细地端详着。

叶浅浅一个人走在回宿舍的路上，掏出手机调出相片簿，她吃饭前趁冯广天不注意，偷偷把那张照片用手机照了下来。她是不是应该去找她姐姐叶深深询问一下呢？

正拿着手机边走边犹豫不决的时候，叶浅浅忽然看到前面路灯下的长椅上坐着一个纤弱的正太，看起来年纪也就只有十五六岁的样子，正捂着嘴撕心裂肺地咳嗽着，看起来非常需要帮助。

叶浅浅连忙小跑过去，“同学，你身体不舒服吗？需不需要送你去校医院？”

正太帅哥抬起了头，叶浅浅在看到他的长相时不禁一呆。

对方眉目如画，五官精致，眼瞳清澈，鼻梁挺直，整个人有种古典风雅的气质，就像是从水墨画中走出来的。但他的脸色苍白如纸，嘴边却渗着血丝，在昏黄的灯光下看有种说不出的诡异，就像是传说中的吸血鬼贵族一般。

“啊！你咳血了！赶紧要叫救护车才行！”叶浅浅抛开脑袋里乱七八糟的想法，赶紧划开手中的手机打算拨打120。

可有一只手止住了她的行动，叶浅浅下意识地抬起了头。

少年虚弱地朝她浅浅一笑，道：“有妖气。”

他的话音刚落，便缓缓坐直身体，伸出右手从左手掌心之中抽出一柄泛着耀眼红芒的利剑，毫不留情地劈向叶浅浅。

偶像剧转眼变成恐怖片，叶浅浅根本反应不过来，更别提这位少年离她实在是太近了。

而且在那柄看起来虚幻的剑从少年的左手掌心之中抽出来时，她就感觉到一股扑面而来的迫人气势，把她牢牢地钉在了原地，竟连闪躲的力量都没有了。

眼看着那柄利剑当头劈下，耳边响起了锋锐的利刃划破空气时的尖啸声，看着少年那张俊秀的五官也因为嗜血而扭曲变得骇人起来，叶浅浅惊骇过度，反射性地闭上了双目。

可预想中的剧痛却并没有如约而至。

"砰！"

叶浅浅胸前的暗月吊坠发出一阵白炽的光芒，在她身周形成了一层半透明的光晕，少年的利剑斩在其上，发出了轰然巨响，不仅没有办法前进半寸，甚至还被反弹了回去，几乎让他拿不住剑柄，差点脱手。

张修明倏然睁大双目，本来漫不经心的脸上浮起严肃的神色。

他今天是偷着跑出来的，谁让他哥昨天回主宅说得那么语焉不详，把他的好奇心全都钓起来了。而且他哥不是一个人应付不了嘛，那么他出马也没有什么不对吧，谁让他是这一代张家的天师呢？

只是，没想到这个大妖，果然比他想象中的要厉害。

张修明舔了舔嘴边的血渍，一副邪魅狂狷的模样，拿着一把酷帅霸气的利剑，配上他纤细羸弱的身板，有种说不出的违和感。

叶浅浅再也不敢小觑对方，刚刚那一剑虽然没有斩在她身上，可即使隔着暗月吊坠形成的防护罩，叶浅浅也能感受到那柄剑身上传来的澎湃法力。只要她沾上，肯定就会灼烧身体。

这种感觉，倒是和张槐序布阵时极像……

她定睛一看，才发现这少年五官倒还真和张槐序有几分相似。只是她也来不及多想，因为这少年已经拎起那柄巨大的、泛着赤芒的利剑，打算再接再厉地朝她劈过来。

这回她倒是不会站着不动让人当靶子一样砍了，叶浅浅闪身避开那柄利剑，也不顾利剑直接划开了她队服的前襟，转头就跑。

开什么玩笑！她可是手无寸铁的弱女子，对方虽然看起来比她还要不堪一击，但人家手里拿着那么大的一柄利剑，虽然不知道从身体里抽出来的会不会锋利，可是看起来就很吓人，打不过她还不会逃吗？

叶浅浅昨天才刚刚知晓怎么感知身体里的灵力，别说攻击性的招式了，就连防御性的招式也是暗月吊坠无意识地启动的，也不知道下一次还会不会管用。

可逃跑却并不是那么容易的事情，叶浅浅自我感觉跑了足足有几百米，眼前的小径却依旧没有尽头，就知道有古怪了。冯广天住的别墅离她的宿舍走路也不过是五分钟的距离，没道理跑这么远还没有看到宿舍楼。叶浅浅忽然想起了鬼屋探险时怎么也走不出去的鬼打墙的情况，背后一寒，脚步也就随之停了下来。

叶浅浅掩住破裂的队服领口，握着胸前的暗月吊坠，仿佛这东西可以给她无穷的勇气一般。她也不知道该如何应对，但下意识就想要拖延时间。不管怎样，她姐姐就在附近，如果感应到一定会来救她的。还有……还有张槐序……

叶浅浅暗骂自己这个时候居然还想到那个男人，他们两个家族敌对的事实，不是已经明晃晃地摆在眼前了吗？

“跑啊，怎么不跑了？”少年阴森森的话语从背后传来，他手中的利剑足有一米多长，像是无力拿在手里一样，毫不珍惜地拖在地面。随着他的走动，和地砖摩擦，发出“刺啦”刺耳的声音，更显得无比瘆人。

叶浅浅努力平缓着急促的呼吸，她转过身，一边暗自给自己鼓劲，一边强撑着气势道：“你是张家人吗？”

少年举了举手中的赤芒利刃，古怪地笑道：“我以为你认识这柄剑。”

糟糕，居然一句话就露马脚了。叶浅浅连脸上的假笑都撑不住了，心想着现在打电话报警这个办法可行不？也不知道警察管不管这种无证持杀伤性武器的行为。不过当她掏出手机的时候心就凉了半截，因为手机压根儿就处于无服务状态。

“有趣，竟然是一只新生妖。”少年捂着嘴咳嗽了几声，觉得慎重以待的自己简直就是个傻瓜，不过这么菜的一只新生妖，他英明神武的大哥居然会铩羽而归？这其中肯定有内幕。难道这只菜鸟妖天生会媚术迷惑人吗？可看起来不像啊！喏，新来的那个才有点意思……

张修明面不改色地看着一双白皙的素手轻而易举地撕开他制造的结界，叶深深绝美的容颜出现在他们面前。她穿着一袭黑色连衣裙，勾勒出她窈窕的身姿，更是艳光照人。

“姐！”叶浅浅几乎要喜极而泣，果然关键时刻还是姐姐大人靠谱，应该是听到了她心里的召唤。

叶深深感知到她撕开的结界，就在她身后无声地恢复了原样，根本没有像她期待的那样碎为齑粉。可见眼前的这个少年法力高深得出乎她的意料。

“那是张家天师祖传的斩妖剑！”叶深深盯着少年手中那柄泛着赤芒、像是有生命的利剑，表情微妙地说道。当初她挤对张槐序，嘲笑他不是天师，根本不是她的对手，原因也是在此。只有得到真正天师传承的张家子弟，才会拥有这柄法力强悍的斩妖剑。

“终于遇到一个识货的了。”少年摸了摸光滑的下颌，笑得像一只无害的猫咪，他伸出左手横在胸前，微微弯下腰，一本正经地做了一个贵族气派的见面礼，“初次见面，两位美丽的女士，我叫张修明，是张槐序的堂弟，咳咳……是这一代张家天师称号的拥有者。”

“你还是……先吃点药吧。”叶深深本来还心生警惕，可是见张修明一句话说不全就开始捂着嘴咳嗽，脸上的表情立马就化为怜惜。没办法，她对这样的病弱美少年就是毫无抵抗力，张修明正是这一型的。

“我很强。”张修明重新直起腰，双目泛着跃跃欲试的光彩。他以前都是听自家兄长讲述如何收妖，长这么大，他还是头一次自己面对两个大妖。

他手中的斩妖剑像是感应到了他亢奋的心情，剑身泛起的赤芒开始剧烈地起伏，就像是燃烧的火焰一般，映得结界内的景物都开始扭曲了起来。

叶浅浅立刻就惊骇地发现本来站在她身边的叶深深不见了踪影，她仿佛陷入了一个空茫的时空，眼前只有那柄泛着赤芒的利剑，正咄咄逼人地向她劈来。

利剑的速度非常慢，慢到像极了电影里的慢动作，可叶浅浅却焦急地发现她根本无法移动自己的身体躲开这一剑。就好像是恶作剧一般，张修明简直就是故意把必杀技的速度放到最慢，让她眼睁睁地面对着死亡的威胁而做不出任何的应对措施。

利剑的剑身上所泛起的赤芒颜色，因为时间的积蓄，而一秒一秒变得越发深沉如血，泛起的波澜也越发壮阔，在她的身前燃起一大片的火墙，几乎可以把她随时吞噬。

叶浅浅即使调动了全身的灵力，也无法从这种无形的束缚之中挣脱开来，大滴大滴的汗水从她的脸颊滑落，她从未如此真正地直面死神的威胁，就算是之前张修明措不及防的攻击，也是因为速度过快，并没给她造成什么心理阴影。可现在这样的情况，她却实打实地知道当这柄利剑再次落下的时候，就算她有暗月吊坠也没法保住性命。

恐惧到了极点也无法尖叫，仿佛连说话的权利都被这个空茫的时空所剥夺，叶浅浅这回并没有闭上眼睛，而是自虐地看着那道赤芒渐渐逼近。

就在脸庞都已经感受到那灼热的温度时，腰间忽然出现一只强有力的臂膀，把她从那绝望的境地直接有力地拉了出来。她浑身都已经脱力，只能软软地靠在身后人温暖的怀里……咦？身后的人？

叶浅浅低头看着环绕在腰间的手臂，修长有力，而且还紧紧环抱着她，完全没有松手的意思。

即使不用回头，她也能从那笼罩周身的熟悉的气息之中分辨出究竟是谁救了她。

应该说，除了自家姐姐，这所学校里也就只有那个人能在那个少年的桎梏中把她轻松地救出来了。

只是很奇怪，被他搂在怀里的感觉一点都没有让叶浅浅排斥，即使她在得知真相之后整个人都拒绝对方的靠近，但身体却越过了理智的反应，反而非常习惯这样的姿势，甚至就像是与生俱来的本能一般。

“叶浅浅！”叶深深的脸色黑沉，虽然在过去的许多年间也都看过这么一幕，但果然还是觉得极为伤眼。

叶浅浅被自家姐姐难得严肃的声音唤得一个激灵，下意识地就挣脱开张槐序的怀抱。而随着她的动作，赤色的利芒也如影随形地追击而来。

“修明！住手！”张槐序的声音暗含怒意，就在他话音刚落的时候，笼罩在众人身周的结界轰然破碎，像玻璃一样一块块地掉落，却在接触到地面之前就消融在了空气中。

周围的景色瞬间恢复了原状，叶浅浅从来不知道那昏暗的路灯都长得那么亲切。

张槐序脸色难看地站在那里，把刚刚搂过叶浅浅的手臂收了回来，快走几步到达张修明面前，压抑着怒火呵斥道："你怎么跑出来了？快把斩妖剑收起来，你不知道你的身体吃呵不消吗？"

叶浅浅仔细观察，果然发现张修明的脸色比刚见到他的时候要更加苍白，就像是冬天阳光下的初雪一般，仿佛下一秒就会融化。

张修明不甘心地咳嗽了几声，来来回回看了叶浅浅好几眼，在自家兄长严厉的目光中，还是乖乖地把手中的斩妖剑重新插回左手掌心。

叶浅浅睁大眼睛好奇地看着，眼睁睁地看着那柄刚刚赶着她跑的斩妖剑就那么消失不见，只在张修明的掌心留下一个火焰状的文身。

"好酷……"竟然真的能放进身体里！

叶深深恨铁不成钢地敲了一下自家妹妹的头，居然崇拜敌人什么的，还能再掉链子一点吗？

张修明见自家兄长锁紧了眉，又要开始说教，率先开口辩解道："哥，为什么不能收妖？妖不就是要除掉的吗？"

"斩妖剑不得轻易使用，因为一出鞘，就是斩妖除魔魂飞魄散的结局。她们……她们不应如此被对待。"张槐序不知道该如何解释，在感受到斩妖剑出鞘时巨大的法力波动时，心中有多么惊慌失措。他收妖几乎从不结束妖的生命，而是更习惯用符阵收走妖身上多出来的那些不应该拥有的妖力。就像那只猫妖，最后还是一只普通的猫咪，这样才符合天道。

而且……而且妖怪也不都是祸害人间的，甚至他还受到过治愈伤口的待遇。张槐序的目光不由自主地落到叶浅浅身上，她的头发有些散乱，脸上还带着些许还未褪去的惊恐，让他的心头生出一丝柔软，甚至想要把她再次拥入怀中，拍着她的背脊安慰。

不对，这样是不对的。

“你又是怎么跑出来的？还找到学校这里来了？”张槐序转头对准了自家堂弟开炮，黑沉了脸色，二话不说地就拽着他离开。

张修明也不知道又触到自家兄长哪根敏感的神经了，他刚想反驳两句，却慑于自家兄长的气势，只好意味深长地朝两位女士挥了挥手道：“拜拜，期待下次见面。”

面对着彬彬有礼的病弱美少年，叶浅浅不禁想要抬起手回应，却在伸到半空的时候被叶深深毫不留情地打掉。

“也不知道刚才是谁被追得到处乱跑，没五分钟就忘记了？”叶深深从牙缝中挤出话语，一副咬牙切齿的模样，但很奇怪她这样的举止却无损她的女神形象。

“哦……确实……”叶浅浅心有余悸地收回了手。这回还真是多亏了她姐来得及时，否则那少年估摸着就会一剑毫不留情地把她给斩了。想到这里，叶浅浅真心诚意地道谢，“姐，谢谢你。”

叶深深脸上的笑容微僵了一下，但瞬间就掩饰了过去，别过头淡淡道：“让你看清楚我们和张家的事实也好，省得你这妮子还心有不甘。”

叶浅浅抿紧了唇，她还有什么看不清楚的？

叶深深瞥了一眼捂着划破的衣服，显得可怜兮兮的妹妹，终于叹了口气道：“跟我回去换件衣服吧，你这个样子，让同寝室的看见不好。”

叶浅浅没有异议，一声不吭地跟着叶深深回宿舍。叶深深拿出一件崭新的衣服，两姐妹的身材相差不多，便剪掉吊牌递给自家妹妹，示意她去洗个澡换身衣服。

叶深深听浴室响起水声，便打开电脑，轻车熟路地登上校园网，黑进后台，调出她们刚刚经过那片小路的监视器画面。因为结界的影响，监视器只拍到叶浅浅靠近张修明搭话，随后就全是雪花点的影像，完全看不清楚接下来发生的事情。而再过了几分钟之后，又恢复了正常，拍摄到了他们四人。张修明手上的斩妖剑正好被张槐序挡住，也不知道是不是张槐序刻意站位的原因，监视器的角度根本拍不到。

“真是狡猾啊……”叶深深的红唇勾起一个魅惑的角度。她的目光并没有在电脑屏幕上停留多久，而是飞快地退出后台，清除电脑上的记录。

做好一切后，她的目光扫到了叶浅浅放在茶几上的暗月吊坠，不禁流连了一番，终于忍不住站起身，走了过去。

窗外的天气遽变，乌云遮住了皎洁的明月，狂风骤起。

闪电无情地撕裂夜空，震耳欲聋的雷声肆虐在天际，小楼中的寂静被人打断，厚重的钢门被人推开后缓慢地关上，隔绝了外面噼里啪啦的雨声。

冯父拿着手电筒，穿一身低调的运动服，背一个双肩登山包，开始在小楼里逐一查找，口中还喃喃自语念念有词。

黑暗中不知时间流逝，冯父的精神也从亢奋到低迷，直到他也不知道敲动了哪里，地面开始发出闷闷的机关响动声，一块地砖轰隆隆地沉了下去，露出一条只能容一人通过的密道。

“终于……终于找到这千年古墓的入口了！”冯父笑了两声，几乎快要控制不住自己的情绪。他仰头平静了片刻，又燃起蜡烛测试了一下密道之中的空气是否充足。虽然放下去的蜡烛依旧在燃烧，但他还是保险点地从登山包之中拿出防毒面具，这才打足了精神，沿着密道一步步走了下去。

而在他身后，地砖却无声地重新合拢了起来，悄悄地掩盖住密道之中的蜡烛和手电筒的光芒。

小楼又恢复了死一般的寂静，围观了这一切的古董们都还如同多少年来陈列在这里一样，在玻璃柜之中，纹丝不动。

初九·行云流水

朔月

梦境中偶尔闪过的那些片段，此时又像走马灯一样闪过脑海。她的心底有种莫名的预感，恐怕她和张槐序之间并不只是如此。

因为夜里下了很大的暴雨，叶浅浅没来得及回宿舍，又在刚认的姐姐这里过了一夜。

吃饭什么的都不成问题，宿舍里有简易的厨房，叶深深随手做了两道菜，就把叶浅浅给收复了，让后者完全没有意识到她胸前挂着的暗月吊坠，早已经不是她佩戴多年的那一个。

第二天早上的时候，天空还像是漏了个大窟窿似的，不停地在下暴雨。上午的文化课因为天气原因老师不能按时过来上课，索性直接通知取消了。直到下午的时候，雨才稍微小了一点，恢复了上课。

这一天下午是书法课，幸好在室内，受天气影响不大，老师也是昨天给二年级的同学上课，顺便在明德大学教师宿舍留宿一晚，所以并不存在被大雨阻隔在路上的情况。倒是二年级今天应该上的足球课，因为天气原因改到了体育馆去上。叶浅浅于是也挥别了自家姐姐，提前去了书法室。

书法室的格调和茶道室差不多，都是古香古色的，整整齐齐排着二十多张鸡翅木书案。书案上面还都各有一套文房，这文房不单单有笔墨纸砚四宝，还有笔架、笔筒、笔洗、镇纸、砚滴等等。每张桌上的文房清玩材质都各有不同，玉、石、竹、木、角、漆、象牙、玳瑁、珐琅、玻璃、陶瓷等等，可谓琳琅满目，让人叹为观止。

叶浅浅自从凝聚了灵力，开启了古董识别外挂后，对这些东西就极为敏感。她只扫了一眼，就判断出来这些物事都是现代仿古做出来的，并不是真正的古董，不过材质都是真材实料，就算是仿的，也价值不菲。能为单纯的一节书法课做到这样极致，明德大学也算是财大气粗了。

因为来得有点早，所以叶浅浅尽可以挑自己喜欢的书案后坐下，当她正眼花缭乱地挑选着的时候，忽然发现两个男生一前一后地推门而入。

叶浅浅的脸色立时就变了。

进来的不是别人，正是张槐序和张修明两兄弟。

"你怎么还在这里？"在张修明经过她身边的时候，叶浅浅毫不客气地问道。她倒是不怕他们两人突然发难，毕竟这里是教室，也不光他们三人早来，还有两个同学也来得挺早的。只是这种一见面就要猜度对方心思，让叶浅浅非常不适应。

"因为下雨，回不去。"张修明答得很简洁，说完还咳嗽了几声。虽说因为下雨温度凉了几分，但依旧是炎热的夏季。可他却穿着秋天的大衣，而且大了几圈，明显不是他的尺码，更显得他纤细羸弱。

"暂时先休战。"张槐序低声说了一句，率先选了一个空位坐了下来。

"哼，又不是我这边要战的。"叶浅浅忍不住吐槽了一句，但发现张修明那双像是偶人一样幽黑的眼瞳看过来时，又没骨气地噤了声。

虽然看起来对方仿佛用一个指头就能推倒，但叶浅浅依旧没忘记这货倒提着巨大的斩妖剑朝她劈来的疯狂景象，简直反差太大了。

关注张修明的不止叶浅浅一人，随着来上课的同学越来越多，自然而然就注意到了坐在张槐序书案旁边怡然自得的柔弱美少年。iPad上的聊天更是不间断地在刷着屏。

【美男*2！这样真的好吗！我眼睛要瞎了啊！】

【而且还是不同类型的！兄弟CP啊！我又要动摇了怎么办？呜呜！我是男神X学霸的官配CP支持者啊！】

【分明是学霸X男神！逆我CP了楼上！】

【这都是在吵什么？】

【看不懂的请自动略过\（^o^）/……】

“你昨天又没回宿舍？”冯广天进了书法室后，抖了抖身上的雨珠。虽然打了伞，但还是免不了肩膀被淋湿了少许。

“是啊，在姐……叶学姐那里睡的。”叶浅浅讶异地挑了挑眉，“你怎么知道？”

“喏，来的路上遇到了和你同寝室的那个女生，姓什么来着……她说的。”冯广天摸了摸鼻子，有点窘迫地解释道。不过旋即又理直气壮地扬起下巴，倨傲地冷哼道：“本少爷关心你，有什么不对吗？”

“嗨嗨，多谢少爷垂询。”叶浅浅翻了个白眼。

冯广天在叶浅浅旁边的书案后坐下，习惯性地掏出iPad开始上网，发现上面一条条的刷屏讨论，这才抬起头朝张槐序的方向看去，不爽地吐槽道：“保安是干什么吃的？怎么能随便放人进来？”

别说保安了，这世界上好像都很少有能拦住这位病弱美少年去的地方。叶浅浅知道冯广天也不过是随口说两句，又不可能真打电话让保安进来请人出去。她看到孟宇衡来了之后坐在她另一边，便学着他去书法室前面的洗手池把笔洗和砚滴都接好水。

冯广天很懒，直接把叶浅浅接回来的水往他的笔洗里倒了一半。叶浅浅瞪了他一眼，只好索性把剩下的水全都倒给他，自己又重新去前面的洗手池重新接了一回水。

叶浅浅也掏出iPad扫了一眼上面关于张修明的讨论，不禁又抬头向后看去。

张氏兄弟两人都老神在在，根本不觉得闲杂人等出现在课堂上有什么不对。张槐序是怕把自家堂弟扔在宿舍的，说不定又会出什么幺蛾子。那既然暂时送不回去，也就只能绑在身边了。张修明是因为身体原因，从小到大都没有上过学，接受的都是张家私塾的精英教育，头一次在外面的学校上课，当下虽然克制自己不要四处张望，但嘴角已经止不住地向上弯了起来。他这副羞涩少年的模样，更是引得女生那边一阵阵惊叹。

当书法课老师走进教室，发现多出来一个学生时，也没太过诧异。普通大学里一堂课都是有许多人来听课的，不管是不是这个班的学生，甚至不是这个学校的学生有时候都是可以来旁听的。明德大学也没理由和其他大学有什么不同，只是因为地点偏僻，人迹罕至，很少有人能找得到进得来而已。

教一年级书法课的老师姓何，叫何冀，已经五十多岁了。他穿着一身儒雅的唐装，是国家书法协会有名的书法家，据说一幅字千金难求。能请到他来给明德大学的学生上课，也是因为他和冯校长的私人关系。

书法入门基本大家都会一些，如何研墨、如何握笔、如何下笔，何冀也没忽略，都一板一眼地教了。只是他没五分钟就教完了，发下去一本字帖，让同学自己临摹。

叶浅浅接过字帖一看，是《千字文》，这本字帖就是何冀自己出版的。她打开一看，微微地皱了一下眉。

也许她的脑海里不光是多了古董的鉴赏知识，就连字画的鉴赏能力也提高了一大截。《千字文》是南朝时期的梁武帝，命人从王羲之书法中选取一千个不重复的汉字，请员外散骑侍郎周兴嗣编纂而成。全文为四字句，共二百五十句，对仗工整，条理清晰，文采斐然，令人称绝，有条不紊地介绍了天文、自然、修身养性、人伦道德、地理、历史、农耕、祭祀、园艺、饮食起居等各个方面。句句押韵，前后贯通，是最佳的儿童启蒙读物。所以初临字帖，往往也会选择《千字文》这篇作为入门。

而光按书法而论，上等内含风骨，中等自成一格，下等徒有其形。而何冀这篇《千字文》字帖，虽然模仿了王羲之的字体，但也就中规中矩，徒有其形罢了。

不过看归看，叶浅浅倒是没太在意，只是在提笔的时候，发现身体像是自己有意识，刚刚下笔的时候手法还比较生疏，可是在写了几个字后，就变得规范，甚至越写越顺手。

冯广天鉴赏书法本就差，更别说自己提笔写了。不过书法课也就只是走个形式，何冀那种敷衍的教学态度就已经说明一切了。所以冯广天也没当回事，拿着毛笔写得七扭八歪也没事，凑足了今天上课应该要写的量就可以了。

孟宇衡临着字帖写了几个字后，觉得无法适应，居然直接写了宋体。身为强迫症患者，他也只有看着这整齐的印刷体才能神清气爽。他停笔沾了沾砚台里的墨，却瞥见旁边的叶浅浅正写着簪花小楷，纸上密密麻麻整整齐齐的字体，让他为之神夺，看得目不转睛。

书法课一开始自然是寂静无声，但看那何冀何老师在前面的书案上翻开一本古籍自得其乐地看了起来，本来认认真真写书法的同学们也都忍不住刷iPad的刷iPad，窃窃私语的窃窃私语，甚至随着时间的流逝，开始有人乱窜座位，偷拍大家的书法发到iPad上，各种吐槽点评。

【我叉，学霸的字简直就是印刷出来的吧？这绝逼是有强迫症！】

【强迫症+1】

【咦？丑小鸭的字还挺不错的嘛！看不出来啊！】

【啧，小气吧啦的感觉，看了眼睛疼。】

【男神的字很不错啊！果然是字如其人，透着锋芒冷冽。】

【艾玛，可别花痴了，我可没看出来这字有什么特别好的。】

【哎哟！你说这字不怎么样，上你写的啊！】

有可能是因为iPad上的发言都是披着马甲的，所以说话就更口无遮拦，一会儿就吵成一片。张修明因为无聊，翻看iPad时也看到了，想晒图的欲望暴增，当下便站起身，把正在临摹的自家哥哥挤开，径自从笔筒上又拿起了一支笔。

张槐序搁下手中的笔，也没在意，反正谁临摹都是写，他看何冀的架势，估计也不在意他们到底写了多少张大字。

张氏子弟，最初开始接受的教育，并不是什么阿拉伯数字或者英语单词，而是写字画符。张槐序已经习惯在大众面前收敛许多了，而张修明却从未有过这样的意识，再者他是这一代张家天师的继承人，从小到大的精英培育，让他在拿起笔的那一瞬间，就像是变了一个人一样。

张修明在五岁的时候就背过《千字文》全篇，所以压根儿都不用翻看桌面上的字帖。天地玄黄，宇宙洪荒，日月盈昃，辰宿列张……一个个字在毛笔下行云流水般地写出，笔势委婉含蓄，翩若惊鸿，宛若游龙。虽然比不上王羲之的风格隽永，但也有几分神似，令人为之惊叹。

张槐序在一旁看着，心中也暗暗佩服。天师一脉讲究写符画符，而这符箓自然也有写得画得好坏之分。张槐序所长之处是布阵，而自家堂弟因为天赋斐然，符箓之能乃是族中之首。而画符时还要透入法力，这平时写字不用讲究那么多，所以张修明倒是难得写得如此轻松自在，笔下的行书更是轻转重按，挥洒自如，自成一格。

他本身就是个吸引人眼球的美少年，写毛笔字的时候又气场全开，侧面的俊脸精致俊美，一双略略上挑的凤目神情专注，下笔流畅自信，一提笔一蘸墨都符合一种说不出来的韵律，充满了古意盎然的贵气，让人恍惚好像看到了一位峨冠博带的翩翩佳公子，正在挥毫泼墨，吸引了大部分人的注意力。

很快就有人忍不住靠近一些，把张修明写的字拍下来发到了iPad上，没人再能挑出什么刺，毕竟这种程度的书法，已经能称得上大家了。

书法室内不知不觉间就静了下来，仿佛生怕声音大一点，都会影响张修明的发挥一般。

本来专心阅读古籍的何冀也察觉到了气氛的变化，他疑惑地抬起头，却发现教室里几乎所有人都侧着头，而他们视线的焦点，是一位少年在奋笔疾书。

好奇地放下手中的古籍，何冀忍不住走了过去，最开始心里不免还有些轻视，心想着这些学生不过是觉得这少年长得帅才获得这么多的关注，但当他看到宣纸上的字迹时，就不由得呆住了。

何冀越看越震惊，这种书法功底，没有十年是练不出来的。更遑论行书这种字体，光有勤奋都是不够的，必须要有天赋和意境。想那书圣王羲之，也不能保证行书像楷书一样每个字都没有区别，他所写的《兰亭集序》中二十一个之字都有所不同，每一个都有着不同的意境。

“你是谁家子弟？可有师承？”何冀终是没有忍住，问了出口。

他这么一开口，就打破了室内的寂静，张修明正在写的那个“常”字，就中断了一下，打乱了行云流水的笔锋。他并没有强求，只是眼帘微敛，就那样收了笔，放在了笔架上，一本正经地回答道："我姓张，名修明，家学渊源。"

张修明如珠玉落盘的声音又引起了一阵骚动，几个声控癖又忍不住在iPad上刷了屏，甚至差点还控制不住抽气声，弄得有些男生莫名其妙。

"姓张？"何冀开始在脑海里搜寻印象中哪个张姓的书法家有这样的子弟，一时之间竟没有什么头绪。一是因为姓张的人有点多，二是觉得如果谁家有这样的子弟，岂不是早就拿出来嘚瑟了？还能藏到现在？他心里犯嘀咕，嘴上就随口说了两句"这字写得不错啊。"

"是不错。"张修明坦然地点了点头，指着桌子上的那本字帖道："至少比这本字帖上的要好看。"

全场静默。

何冀的脸立刻就黑了下来。

张槐序默默地扭过头，自家弟弟从小在祖宅长大，唯一的嫡系传人，再加上身体羸弱，周围的长辈都如眼珠子一样如珠如宝小心翼翼伺候着。就算是和同辈兄弟姐妹之间有什么口角，也都是让着他，所以把他惯成了不通人情世故的熊孩子。好在长大后也算是学了许多四书五经，懂了很多道理，但没有与外人相处过，何冀那种客套话，这孩子确实是当真了。

【卧槽！这脸打得啪啪的，少年还真敢说话！】

【幸亏他是旁听生，否则这书法课肯定挂科啊！男神估计也会受影响。】

【这书法水平，居然还敢给他挂科？不怕被曝光啊？】

书法室里一片诡异的沉默，但iPad上的刷屏那是一片片的。

何冀自从成名之后还没遇到过这样的羞辱，虽然他出这本千字文字帖的时候，就是想要捞一笔稿费，请他讲课的学校肯定会作为教材购入，他也承认自己写得并没有用多少心，但不代表他能接受被人这样当面指出。

他怒极反笑道：“呵呵，还真是如此，要不这书法课，你来教？”

张槐序闻言都想捂脸了，跟自家堂弟说什么反话啊？他会当真的好吗？

果然，张修明歪着头考虑了片刻，便当仁不让地点了点头道：“好啊，别的我可能还不够格，但书法可以，我来教。”他说完还因为身体不适，捂着唇低头轻轻咳嗽了两声，长眉微皱，更加惹人怜惜。

所有人都呆住了，何冀更是气得一张老脸都红透了，见这少年果真毫不犹豫地起身往最前面的书案走去，他再也忍不住甩笔而出。

张修明捡起地上的毛笔，有点不知道这老头怎么突然发脾气了。他都已经勉为其难地替他上课了好吗？还有什么不高兴的？他心里怎么想，就都直接表现在脸上了。别人也许看不懂，但张槐序又怎么看不出来？

张槐序的嘴角抽搐了两下，觉得张家的教育还是太失败了。今天带自家堂弟出来果然失策了，这货早上忘记吃药了，说不定还觉得自己萌萌哒。

其他同学倒是呆怔之后，哄堂大笑。他们都不是傻子，老师用不用心都看不出来。见何冀都被气跑了，便起哄让张修明去教书法。

张修明很少同时见到这么多同龄人，也极少被人用如此或期待或仰慕或嫉妒的目光注视，当下也有些亢奋。走到最前面的书案，便开始认认真真地从横平竖直开始教导，倒还真有几分架势。在同学们开始练习后，还走下去逐个指导。偏偏同学们又特别吃这一套，不光女生们疯狂地努力写字然后好找美少年提问评判，就连一些男生们也开始认真起来。

叶浅浅也狂佩服张修明，不光战斗力极强，言语的杀伤力也很强悍了。也不知道张家怎么培养出来的。只是她倒是没想法往对方面前贴，开什么玩笑，昨晚那么恐怖的记忆还犹新呢！他们可是敌对派系，虽然现在表面上维持了和平，但谁知道一转身会不会互下毒手？哦，对了，一定要找自家姐姐问问如何行事，与张槐序当同学她都有点忧心，再加上一个不定时炸弹，叶浅浅更觉得心惴惴不安。

冯广天对书法没啥兴趣，但也装模作样地写了几笔。私下却观察了一下张修明，跟叶浅浅吐槽道："这哪里蹦出来的活祖宗啊？简直太给力了。姓何那家伙肯定去我家老头那里告状了，啧，我可要跟我家老头先汇报一下。"他说着便拨通了冯父的电话，但手机没人接，办公室也没人，打了几次都没找到人，冯广天也就不着急了，"也不知道跑那里开会了，算了，我都找不到我家老头，何冀想要去告状肯定也找不到人。"

叶浅浅默默地为何冀老师点了支蜡烛。

一堂跌宕起伏的书法课后，正好是周末。打算回家的同学纷纷离开，就算留校的同学也借此机会打算出去逛逛街，周末的晚上，总不可能在校园里浪费了。

冯广天收拾着书案上的笔墨和废纸，见叶浅浅要走，连忙邀请道："女人，要不要帮我认一些小楼里的古董？顺便晚上在我家吃饭？"

叶浅浅闻言迟疑了一下，虽然有可能会面对冯校长压力比较大，但小楼里昨晚匆匆一瞥的那些古董，和冯家私人小厨房做出来的美味佳肴，确实吸引力颇大。可是……已经有过和张槐序那次的自作多情，虽然现在往那方面想挺傻的，但她这样接二连三地跟冯广天回家，是不是影响不太好啊？

孟宇衡此时凑过来淡淡道："可以加入吗？"

叶浅浅双目一亮，多一个人就不会有问题了。

“眼镜去的话，我就去。”

冯广天瞪了孟宇衡一眼，后者一副淡定的模样，害得他都没法办法斗嘴，只好不情不愿地点了点头。结果没想到又有一个人凑了过来。

“你们要去哪里玩？咳咳……可不可以一起？”张修明上完一堂书法课，而且是以教导的身份，正在亢奋之际，根本不想现在就回那栋无趣的祖宅。当然，他是为了要监视妖物的一举一动。张修明给自己的行动找了充足的理由，越发觉得理直气壮了。

“修明，该回家了。”张槐序拦住了自家堂弟，已经偷跑出来一天一晚，祖宅那边早就已经到了忍耐的极限了吧。

“不想回去。”张修明一点也不掩饰自己的心情，或者说他压根儿也没学会怎么掩饰。他本来苍白的脸色也不知道是因为上课兴奋还是因为要回家的气愤，居然有些微微泛红，看上去竟然没有了几分健康人的感觉。

张槐序一时愣神，他已经好久没有看到这样生龙活虎的弟弟了，拒绝的话到了嘴边，反而难以说出口。

冯广天对这个直言直语的病弱少年颇有好感，反正已经有孟宇衡这个电灯泡了，也不怕再多两个，当下便一挥手慷慨道：“都来吧！欢迎！”

张槐序也没再说什么，他肯定是不放心自家堂弟跑出他的视线的，谁知道这小子下一秒会不会从左手掌心抽出斩妖剑，把叶浅浅给劈成两半。那么他可能以后要去探视自家堂弟的地方就要从祖宅换成监狱了。

同样想要跟去的纪菲刚鼓起勇气想要开口，那五个人早已经有说有笑地离开了书法室，徒留羡慕嫉妒恨的她扭着手指，表情扭曲。

冯广天的身份，孟宇衡和叶浅浅是知道的，但张槐序和张修明两兄弟并不知道。两兄弟还以为冯广天的家在市区，张槐序还在考虑去完冯广天那里以后，怎么劝自家弟弟回祖宅，结果几人打着伞就往宿舍区深处走去。一直到看见了别墅，张修明终于忍不住问出了口。

“啊，是啊，我家就在学校里面。”冯广天撇了撇嘴，“而且从小就在这里长大，简直就跟被关起来一样，去市区一次特别不容易。”

“你还能出门呢，比起我来好太多了。”张修明顿时起了惺惺相惜的念头，他就连举着伞在雨中行走的经历都不算多。因为祖宅都是回廊式的古典建筑，就算下雨时他不被关在屋子里，去哪里也都可以直接走回廊。张修明新奇地听着雨滴打在伞面上的滴答声，忍不住像小孩子一样把手里的雨伞转了好几圈。

伞面上的雨滴被螺旋状态向外甩开，走在张修明身旁的张槐序也没指责他不礼貌的动作，而是在雨点要打到他的时候，微微一挥手，隔空把那些雨滴都悄无声息地反弹了回去。冯广天因为要在前面带路，也浑然没注意身后的动静。

叶浅浅倒是主动地离张氏兄弟远了点，走得比较慢，落在了后面，就没被雨滴攻击所波及。孟宇衡陪着她一起，虽然不知道发生过什么事，但自家青梅和别的男生主动保持距离，也是件非常理想的事情。

冯广天身为主人，自然是第一个走进家门，收了伞交给管家，便去二楼书房拿小楼的钥匙。见自家小少爷极少见地带这么多朋友回来，管家也很高兴，连忙吩咐厨房准备点心和饮品。

张槐序用犀利的目光从头到脚扫视了一下自家堂弟，外面的雨虽然不大，可自家堂弟居然不怎么会打雨伞，弄得肩头和裤脚都有些许地方湿了。他走过去，用身体挡住了其他人的视线，伸出手拂了下张修明的肩头，那雨渍便瞬间消失。

张修明在自家兄长低下头去的时候，终于忍不住伸手拽住他的手腕。就算他再没有和旁人相处过，也知道这样肆意用法力是不好的。不过他的那点力道也没办法阻止张槐序，张修明难得有点无措地四处张望，祈祷没人看到，却正好对上叶浅浅戏谑的视线。

张修明不在意地反瞪回去，反正这女人也不是普通人。

“钟叔，小楼的钥匙怎么不在了啊？”冯广天站在二楼的楼梯处喊了一声。

“应该是老爷拿走了吧？”管家也不清楚。

冯广天一想也是，放小楼钥匙的保险柜，只能他和父亲的瞳纹才能开启。有可能是老头子不高兴他昨天带人进去了，才把钥匙偷偷收起来了。

真是小气。

冯广天不爽地一拍栏杆，掏出手机就想给父亲打电话。但踌躇了一下后，又重新把手机装回了兜里。估计打了电话也是挨顿骂，他悻悻然地走下楼梯，不好意思地建议道：“小楼今天去不了了，我们换个地方玩吧。”

“太远就算了，我和修明还是先回宿舍了。”张槐序还是不放心自家堂弟，毕竟灵气那么充沛的祖宅之中，张修明还会身体虚弱，更别提这样浊气颇多的外界了。

“没事，不远，我叫车过来。”冯广天迅速打了个电话，很快就有校园里的电瓶车过来接他们。众人依次上车，倒是不怕淋雨了。

“带你们去汀兰阁玩，你们肯定还没去过吧？”冯广天坐在最前面，得意扬扬地宣布道。

“汀兰阁？”孟宇衡拿下眼镜擦了擦上面溅到的雨点，“是明德大学的学生活动中心吧？据说里面有小型的电影放映厅、壁球、桌球、健身房、咖啡吧、室内游泳池、KTV包间、电玩室等等。”

“没错！其实二年级生们才不愿回家或者去市区呢，在校园里就有足够任何消遣了，并且还可以促进和同学们的关系。毕竟明德大学的汀兰阁，是向任何在这里念过书的学生开放的。”冯广天一点也不遮掩，在场都是聪明人，何必话说到一半那么小气？

“也就是说，会有可能遇到已经功成名就的学长学姐？”孟宇衡把眼镜戴好，遮住了眼镜片后泛着精光的双目。

“没错，因为够隐私，够清静，还可以提携后辈，所以学长学姐们有空闲的时候也喜欢把聚会安排在汀兰阁。”冯广天随口说了几个经常来的学长学姐，都是各界顶尖的人物，耳熟能详，经常出现在各大报纸之上。

聊天中，电瓶车开到了一处仿古建筑门口停下，那上面的门匾用隶书写着“汀兰阁”三个大字。门外还有十几辆豪车停着，一看便知来消遣的人还真不少。

冯广天相当于是从小在这里长大的，闭着眼睛都不会走丢，当下就拿出当主人般的气势，带着四人在一共五层的汀兰阁溜达了一圈。别人也就罢了，张修明是越参观越羡慕，一双凤目都舍不得眨，眼巴巴地看着，就像看到好吃的走不动路的馋猫。

张槐序终于拍了拍自家堂弟的头顶，安慰道：“以后有机会再来找我玩。”不过他这话说得都没什么底气，像这次这种的情况，以后可能根本不会再发生了吧？不过这次张修明能独自跑出来就已经非常奇怪，还能准确地找到明德大学，而且祖宅那边居然还没有派人来接，这让张槐序也有些意外。

张修明也没在意自家堂哥说的这种话，而是用看一眼少一眼的架势努力把眼前的情景都记下来。

因为离吃晚饭的时间还早，众人决定先去看一场电影打发时间。明德大学的小型电影放映厅在平日里是可以接受点播的，但周末会轮流播放当季热播的电影。小型放映厅外面的水吧可以随意去取爆米花和可乐，正好等了没多久就到了下一场电影开演，叶浅浅看了一眼海报简介，发现正好讲的是妖怪和天师恩怨情仇的玄幻爱情片。

嘴角抽了抽，叶浅浅不情不愿地捧着爆米花走了进去，但还是看了没十几分钟就看不下去了。电影的特效确实很赞，男女主演的相貌也十分出众，也是业内的一流影星。可只要一联系自己的身份，很容易就代入进电影情节，再加上同一个房间里，还真有一个天师存在……哦，不，准确地说，应该是有两位天师。

叶浅浅借着电影屏幕上的光线不着痕迹地扫了一眼坐在她前面一排的张氏兄弟。张修明自是看得津津有味，而张槐序却心不在焉，干脆闭着眼睛，像是睡着了一样。想来依他的个性，是怎么也不会喜欢看这样黏黏糊糊的言情剧的，恐怕也是为了随时看着自家弟弟，才如此忍耐。

想着和张槐序认识之后，所遇到的那些明里暗里的算计，叶浅浅心里泛起了莫名其妙的酸意，屏幕上的那些爱恨情仇就再也看不入眼，起身离去。

孟宇衡也正为这无厘头毫无逻辑的剧情感到煎熬，见叶浅浅起身，也欣然跟随。坐在最里面的冯广天发觉两人离开，也想跟出去，可坐在他旁边的张修明懒得起身，拽着他嚷嚷着很好看，为什么要走？就是不肯放他走。张槐序却只是回过头扫了一眼相继离开的那两人，眉头皱了皱，又调回了视线，缓缓地闭上了双眼。

走出放映厅，叶浅浅深吸了一口气，才觉得自己清醒了不少，淤积在胸口的郁闷也散去了大半。

“去喝杯咖啡？”跟出来的孟宇衡也松了口气，看这种电影对他来说简直就是浪费时间。

叶浅浅喝了一杯可乐，觉得有点太凉了，正好想喝点热的。因为之前冯广天带他们都溜达过一遍，所以很容易就找到了咖啡吧。

点了两杯摩卡，叶浅浅就直接毫无形象地趴在了桌子上。

孟宇衡知道自家青梅最近确实有些不对劲，他一直也没好意思问，但现在这样，他犹豫了片刻，还是忍不住问道："叶子，是和叶学姐相处得不好吗？"应该也不是，孟宇衡自己就首先在心底回答了这个问题，毕竟他向叶浅浅的室友纪菲打听过，这两天叶浅浅都是睡在叶深深那里的。

"不是，姐姐对我很好。"叶浅浅很自然地说出姐姐这个称呼，也知道自己已经认同了叶深深这个姐姐。

"那很好。"孟宇衡欣慰地推了推眼镜，一向严肃的脸上，难得地露出一抹温柔的笑意。"叶子，有什么事不一定要自己撑着，我虽然做不了什么，但可以帮你参详参详。"

叶浅浅看着孟宇衡认真的表情，真的有那么一瞬间，想把自己埋藏在心底的秘密说出来。然后听着孟宇衡用毫无起伏的声音嘲讽她想得太多了，全部都是她庸人自扰，妖怪天师什么的都是她臆想出来的，所有一切现象都可以用科学知识来解释。

想到这里，叶浅浅也不禁意动，她重新坐直身体，喝了口咖啡润唇，感受那股香醇中带着苦涩的味道在唇齿间散开，艰难地试探道："眼镜，刚刚那部电影……你觉得怎么样？"

孟宇衡做足了心理准备，却完全没想到叶浅浅居然开口说起了这个话题。他努力观察叶浅浅脸上的神情，发现居然并不是随口一问或者是借机会岔开话题，而是有一种说不出来的期盼和纠结。

刚刚的电影，究竟有什么地方不一样？

虽然根本没有仔细看，但孟宇衡拥有瞬间记忆能力，努力地把刚刚影片开头到他们离场时的情节画面顺了一遍，完全没找到哪里需要注意的地方。

叶浅浅见自家竹马一副听没有懂的模样，便决定说得更清楚些。可就在她组织了语言，刚想继续开口的时候，却忽然看到自家姐姐正站在咖啡吧的入口处，一脸似笑非笑地看着她。

就这么一眼，叶浅浅本来想要说出口的话，就那么咽了回去。

她真是昏了头了，她们和张家的仇怨还未解决，她居然想要把一个普通人拉进未知的旋涡中。

叶浅浅为自己一时的脆弱感到羞愧，她垂下眼帘，勉强笑道：“哈哈，这电影真是不好看，也不知道为什么票房那么高。”

孟宇衡潜意识里觉得叶浅浅的本意并不是如此，但……不是说这个，又是为了什么呢？孟宇衡完全想不通。

“眼镜，我姐姐在那边，我去跟她打个招呼哈！你先喝着，不用等我了。”叶浅浅喝了口咖啡，手忙脚乱地站起身离开。

孟宇衡看着叶浅浅匆匆忙忙地快步走了出去，心中就像忽然空了一块似的。

他好像错过了很重要的一次机会，他从未如此强烈地觉得。

叶浅浅一步步走近新认的这位姐姐，看着她欺霜赛雪的面容上的笑容，不知道为什么居然会觉得有些腿软。

应该不会的，她姐压根儿就没有走进咖啡吧，离得那么远，应该不可能听得见她和孟宇衡在说什么吧？

心怀忐忑地走到叶深深身旁，叶浅浅就见后者一脸笑意地温声道：“浅浅，陪我去打会儿桌球吧。”

叶浅浅自然没有理由推辞，跟着叶深深的身后坐着电梯下到地下一层。这一层除了几间壁球室外，就是一排的桌球室，每一间都是独立的，里面还有配套的KTV设备，可以边玩桌球边K歌。其中有几间桌球室还亮着灯，可见里面正有人在玩，隐约还能听到欢笑声和K歌声。叶深深轻车熟路地选了一间空闲的桌球室，打开了墙壁的射灯，见叶浅浅跟了进来就回手把门给关上了。

随着门关的那一刹那，门外的那些喧闹声随之消失不见。叶浅浅感到了异样，确定并不是因为这里隔音效果很强悍的缘故。

“我设下了隔音结界。”叶深深本来就令人屏息的美貌，在色彩斑斓的射灯照耀下，更是诡异莫测。

“我们在这里说话，不怕会有第三个人听到。”

叶浅浅闻言，无端端地心虚了几分，下意识地后退了一步。不过她身后就是一张桌球案子，让她退无可退。

叶深深把玩着垂在胸前的长发，幽幽地叹道：“我的好妹妹，你怎么就不长点心呢？还好你还没说出口，否则那么可爱的眼镜君，我就要被迫亲手把他除去了。”

“姐……”叶浅浅懦懦地唤了一声，知道叶深深说的不是假话。她背后吓出一片冷汗，不知道自己一时兴起，竟然如此凶险。

“浅浅，你是不是觉得‘人妖殊途’这四个字，纯粹只是说说而已？”叶深深走到墙边的架子上，选了一根球杆，走到桌球案子前，弯下腰随手开了一球。

五颜六色的桌球在“砰”的一声后，四散开来，有两个球干脆利落地掉下了球袋。

“姐，是我错了。”叶浅浅感受到自家姐姐外泄的怒火，不禁低头认错，“我只是……只是没有身为妖的自觉，因为我从小到大都是普通人啊……”

叶深深围着桌球案了走了半圈，选定了其中一个球之后，重新弯下腰来，瞄准的模样竟眼神犀利，散发着无穷的杀意。

叶浅浅被吓得噤了声，大气都不敢出一口，贴着墙边站得笔直。

“砰！”又是一球入袋。

叶深深款款地站起身，拿起桌球案边框上的巧克粉在球杆上仔细地擦了擦，一双眼睛看着桌球案，不缓不急地说道：“浅浅，你可知道你姐姐我在这世上，活了多少年了吗？”

叶浅浅一怔，她姐不是比她大一岁吗？可她也知道她姐显然不会问这么简单的问题。想起昨晚在冯家会客厅墙壁上看到的那张古旧的照片，还有反复在梦境中出现的场景，叶浅浅心生寒意，一时之间竟不敢去细思其中的深意。

可叶深深却并不打算放过她，随着下一个桌球清脆入袋，她淡淡的声音也随之传来："自从我有记忆以来，都记不清楚一共过了多少年了。历史书中所写的那些事件人物，多多少少总有一些是亲眼见过的。"

叶浅浅倒吸了一口凉气，她在得知自己拥有蚩尤血脉的那一刻，也隐约想过自己有可能连寿数都异于常人，却没想到居然会如此恐怖。有那么一瞬间，她忽然理解了为什么上古神话时代，黄帝会命人追杀蚩尤一族。有这样不老不死的一族存在，对于只有几十年生命的普通人来说，不是奉为神明就是判为妖孽，除之而后快。

不过叶浅浅倒也没想过自己也是活了这么长时间的，因为她拥有着从小到大的记忆，和普通人一样从婴儿一点点地长大成人，所以她才会这么难以接受自己异于常人。

叶深深只消瞥一眼，就知道自家妹妹在想什么。她一边一个个把桌球案子上的球打入袋，一边风轻云淡地讲述道："蚩尤一族与天师一脉从上古时代就纠缠不清不死不休，直到现在也是一样的。而在十八年前，曾经有过一场恶战。"

叶浅浅睁大了双目，十八年前？她马上就要到十八岁了，而且她身份证上的生日就是她被抛弃在孤儿院的那一天，她姐这是终于要讲到她们的父母了吗？

"那场恶战之中，张家上一代的天师死在你的手中，而你也因为他临死前的反击，灵力受创，一清而空，肉体因为自我保护，重新回到了初生婴儿的状态。"叶深深一个字一个字地从红唇间吐出十八年前的真相。她并未说得太复杂，就怕自家妹妹听不懂。

但即使这样，叶浅浅也完全没有听懂，她呆愣了一下，随即打了个哈哈道："姐，你说笑吧？什么死在我手中？十八年前哪有我啊？"

叶深深停止了继续打桌球，站直了身体，一脸沉静地继续说道："因为你回到了婴儿状态，不适合在我族内生长，更容易被张家当成我族的软肋，所以我便把你送到了仁心孤儿福利院。我还记得，是十八年前的9月15日，那天还下着小雨，我在你的襁褓上绣了你的名字……"

"不要说了！这不可能！"叶浅浅越听越颤抖得厉害，终于忍不住崩溃地打断了叶深深的话。

"因为以前灵力未恢复，所以你想不起来以前的事情很正常。但最近你已经多少恢复了一些，难道就没有想起什么吗？"叶深深并不在意自家妹妹恶劣的态度，径自说了下去，"我本来想等你自己想起来这一切的，但我觉得我等了快十八年，已经够久的了。与其让你做出什么不知深浅的错事，还不如早早告诉你真相。"

"这不是真相！你一定是在骗我！姐，你是在开玩笑吧？"叶浅浅哆嗦着唇，无力地挣扎着不肯相信。

"反正信不信由你，迟早你会想起来的。"叶深深的语气无比随意，像是不经意提起般淡淡道，"我在林萧那里看到过张槐序的档案，他和你登记的出生年月日一模一样。"

叶浅浅有听没有懂，同一天生日又怎样？更何况依照着叶深深的说法，那一天根本就不是她真正的出生年月日。在昏暗的包间中，叶深深的话语还在继续。

"被你杀死的那个张家天师，也转世了。"叶深深笑得意味深长，"他今生就叫张槐序。"

"槐树夏季开花，故称夏为槐序。明朝杨慎在《艺林伐山·槐序》中有写，'槐序，指夏日也。'他名为槐序，生于夏天。"

“也不知道，他还有没有前世的记忆……”

叶浅浅麻木地听着，只觉得浑身冰冷。她绝对没有想到她和张槐序的纠葛居然如此之深，梦境中偶尔闪过的那些片段，此时又像走马灯一般闪过脑海。她的心底有种莫名的预感，恐怕她和张槐序之间并不只是如此。

原来，他想要杀我，也并不是错的。

脑海里闪过从镜面里看到过的情景，叶浅浅的心在刺痛。

若自家姐姐说的是真的，那么就算对方浑然不知情，她也没有立场再在心底恨下去。

叶深深说过那些话语后，就再也没有说话，寂静的包间中就只能听到一下下清脆的撞球声和一个个球掉入网袋的声音。叶深深越来越精神集中，几乎忘记了包间里还有另外一个人的存在。

就在球台上只剩下最后一个黑球，眼看叶深深就要一杆全收的时候，叶浅浅的声音忽然轻轻地响起。

“姐，谢谢你。”

叶深深的手一抖，本该命中黑球的白球偏离了轨道，两球相碰发出细微的声音，黑球在球案上骨碌碌地没有滚动多远，就慢慢地停了下来。叶深深盯着那个黑球看了半晌，终于直起了身体，幽幽地问道：“谢我什么？”

她一边说，一边把手中的球杆递给叶浅浅，示意后者继续打球。

叶浅浅拿着球杆无措了一会儿，她分明没有玩过桌球，可球杆入手却有种奇怪的熟悉感。她扫了一眼桌球案子上的黑球和白球，自然而然地把手中的球杆对准了白球。

“多谢姐姐提醒，而且也要谢谢姐姐这十八年来的保护。”叶浅浅说完便撑起球杆，微微一用力，球杆推击了白球，准确无误地撞上了黑球。随着一声脆响，黑球也干净利落地掉落球袋。

“保护？”叶深深玩味地勾起嘴角，她手中把玩着胸前的暗月吊坠，把它放到了裙子里，随后一挥手解除了包间内的隔音结界。

外面喧闹的说话和唱歌声瞬间回荡在耳畔，叶浅浅隐约间好像听到自家姐姐说了句什么，却因为突如其来的背景音，什么都没有听见。刚想询问的时候，叶深深已经转身拉开包间门走了出去。

把球杆放好，叶浅浅也跟了出去。她在极短的时间里就已经想清楚了，不管她前生到底做了什么，她没有想起来，那就不能承认是她做的。至于以后，那就什么时候想起来，什么时候再说吧！

纠结的人生根本不适合她，叶浅浅强迫自己把这段对话都遗忘，深埋在心底。

最好永远不去碰触。

只是叶浅浅还有一个问题想不明白，若自家姐姐真的如她所想，是为了保护她而进的明德大学，这也说不太通啊！因为她是在孟宇衡的推荐下才去参加的明德大学入学考试，万一她按照原来的计划去高考念正常的大学呢？

如果换个角度来思考，自家姐姐完全没有必要用学生的身份进入明德大学。

冯校长会客室墙上挂着的照片，肯定是当年那些学生的合照，也就是说当年她姐姐已经来明德大学念过书了，至少一次。

她姐姐叶深深为什么总要到明德大学来念书呢？到底这所大学究竟有什么地方吸引她的？

叶浅浅张了张嘴，想要问出口，却下意识地觉得即使自己问了也得不到答案。

她又看了一眼周围的环境，只好把疑问重新吞回了肚子里。

叶氏姐妹乘坐电梯回到汀兰阁大厅的时候，正好遇到了看完电影出来的张氏兄弟二人。外面的雨已经停了，张槐序想送自家堂弟回祖宅。好不容易溜出来的张修明又怎么会同意？所以两人正在争执，见叶氏姐妹从电梯走出来，有默契地停止了争吵。

张修明看了看叶浅浅胸前挂着的那个暗月吊坠，那双凤目不可控制地上挑了一下。他沉吟了片刻，便低声叹气道：“哥，是修明糊涂了，你还是送我回去吧。”

张槐序放松了神色，如释重负地吐出一口气。张修明都这么大了，就算他把他强扭回祖宅，也不能保证他不偷跑出来第二次。生怕张修明再反悔，他连眼角的余光都没有瞥向叶氏姐妹，就拽着自家堂弟的袖子赶紧走了。

叶深深目送着两兄弟的背影离开，侧过头看着仰头望天假装什么事情都没发生过的叶浅浅，轻笑道：“你不是还有个同学在楼上吗？去玩吧，我还约了人。”

叶浅浅也觉得跟自家姐姐在一起待着压力太大，而且只要看到叶深深，就会提醒她自己不是普通人的事实。所以得到赦令之后就迅速上楼去找冯广天和孟宇衡了，即使让她再看一遍那部狗血的天雷电影也可以！

叶浅浅走得极快，自然也没有注意到，自家姐姐是用一种什么样复杂的目光在看着她离去。

张修明回到祖宅的时候，身体又差了许多，咳嗽了许久，被强迫灌下去许多苦涩的中药。药中有助眠的成分，张修明隐约听到有长辈在呵斥送他回来的堂哥，他挣扎着想要替张槐序解释，可是眼皮却一直沉重得睁不开，直到那些声音逐渐远去。

等他重新恢复力气睁开眼睛的时候，发现已经是月上梢头的夜半时分。张槐序已经趴在他的床边沉沉睡去，显然是守了他大半夜。

张修明小心翼翼地从床上起身，轻手轻脚地把身上的薄毯盖在自家堂哥身上，自己则赤着脚走出了房门。

此时已经是后半夜，张家祖宅中寂静一片，只有蝉鸣“知了知了”地响着。花园里的夜色宜人，不时有些拇指大小的花精在花丛中飞舞着。这些花精都穿着翩然婉约的服饰，有男有女，并没有那些欧洲童话里所说的翅膀，而只是凭借他们自己的能力就能在空中飞舞。胆小的他们只有在这种深夜的时候才敢出来放放风，见张修明披着外衣而来，他们纷纷受惊地躲在花草之中。

张修明早就知道祖宅中都有些什么古怪，倒也见怪不怪。只是在有几只好奇心旺盛的花精大着胆子飞到他面前的时候，忍不住伸手轻轻拂开。

他能说他总是忍不住把这些小东西当成虫子，很想手痒拍死吗？

因为白天刚下过雨，被雨水冲刷过的青石板光滑如镜，张修明赤着脚踏上去还要小心不要滑倒，所以前进的速度不是很快。他一路借着皎洁的月光，缓慢向前，直到走进院中一处亭台上时，在一根柱子上敲了几下，亭台中央的青石板就凸出了少许。

张修明弯下腰，熟练地在那块青石板上用手指刻画了一个繁复的符箓符号，最后一笔画完时，青石板上光芒瞬闪，倾斜了一个角度，露出一处密道，直直通向地底。

张修明从怀里掏出一张照明符燃着，走了下去。

张家的祖宅捐出去的园林，实际上地下还另有乾坤。这里存放了张家世代法术典籍、各种尘封的法宝和古董，只有张家的子弟才能打开这道被封印的门，而且不同等级的人所能打开的房间也不同，像张修明就是所有房间的符箓都记得，他刚刚开启的就是一间记忆中很奇怪的房间。

走过长长的密道后，通往的房间之中只有一个小小的木匣，里面静静地躺着一本泛黄的册子。这本册子的封面斑驳得十分厉害，隐约可以看到上面用毛笔写了几个字，但都已经辨认不清，勉强可以猜得出来是什么什么手札。

张修明沉吟了片刻，把这本手札拿了出来，借着照明符的光亮翻了几页，便停住了。

因为那一页上，几笔白描出了一个银壶的样式，上面所画的纹路，和他今天在叶氏姐妹身上看到的一模一样。

初十·夜叉修罗

朔月

尽管之前的记忆她并没有回忆起太多，但她知道，因为那个暗月吊坠，她根本得不到真正的爱情、亲情和友情。

因为是周六休息日，冯广天一觉睡到太阳升到半空才恋恋不舍地离开床铺，洗漱后下了楼。

“钟叔，中午吃什么？”冯广天一边打着哈欠，一边心不在焉地问着，同时手里还不忘拿手机刷微博。等他下了楼之后，都没有听到钟叔沉稳的报菜名的声音，诧异地抬起头，就发现管家大叔站在客厅，一脸凝重。

“少爷，我联系不到老爷了。”见得到自家小少爷的注意力，管家大叔忧心忡忡地说道。

冯广天的哈欠打到一半：“什么叫联系不到？”

“少爷，从昨天早上起老爷就没有出现过，我还以为他提前出了门，或者晚间出去了，也就没有在意。”管家大叔难掩脸上的自责。

冯广天也点了点头，这不怪管家大叔。因为他爹确实有点小毛病，指不定是一时兴起去找他哪个养在外面的小妈了，不想别人知道。

“昨天是工作日，有些工作上的事情因为老爷手机打不通，所以助理曾经打电话来家里。我这才发觉有点不对劲，但也因为是手机没在服务区内，觉得老爷也许是去做家族的事情了。”

冯广天继续点了点头，随意地坐在沙发上。钟叔是他们家的管家，从小就在冯家长大，自然也知道一些他们家族的事情。他爹偶尔也会去重操旧业倒个斗什么的，也不是什么稀奇事。僻静山区可能也会没有信号，几天联系不上也是发生过的事情。想到这里，冯广天的表情轻松了些，但他发现管家大叔的表情依旧凝重，不禁又皱起了眉：“我爹走之前竟没有嘱咐什么吗？”

“是的，就这一点很奇怪。所以今天早上起来，我确定老爷又是一晚上没回来，便调监控录像看了一下。”

冯广天的心放下一半，因为他知道若是真的出了什么岔子，恐怕管家大叔不会让他安安稳稳睡到自然醒再来找他说话。此时用人端来了手调咖啡，他也有心情端起来喝上一口。

果然，管家大叔叹了口气道：“根据监控录像，老爷是去了小楼，之后就再也没有出来过。”

“哦，小楼啊，那也没什么啊。”冯广天不以为意地撇撇嘴，小楼里虽然做得跟博物馆仓库一样，但里面的生活设施也算应有尽有，他老爹一时兴起，研究个什么东西，几天不出现也是很正常的。

“可老爷这回一次餐点都没有叫过……”管家大叔还是很不安心，小楼里面也有通信设施，他也打过很多次电话，却都没有人接。

冯广天闻言确实开始重视了起来，他实在是太了解他老爹了，若论废寝忘食，他委实还达不到那种地步。就算是有再好的古董，也不至于摆弄上一天一夜还没任何动静。

用手指敲了敲桌面，思考了一会儿，冯广天决定起身去老头子的书房看看。

管家大叔见自家少爷终于上了点心，悄悄地松了口气。书房那种关键的地方，就算他是管家，也不好随意进出。所以只能拜托少爷去看看有没有什么可用的线索。而且说老实话，老爷失联已经超过24小时，就算报警都可以受理了。但还未搞清楚事情真相时，万一贸然报警，反而坏了事可就不好了。

冯广天推开自家老爹的书房大门，在装修中式古典的书房内转悠了一圈，目光定在了一旁书柜上没放好的一摞手稿上。他好奇地抽出来一看，脸色立刻就变了。

上面画着一个银壶的素描图，而且旁边还有着许多编号和旁人看不懂的注解文字。

冯家自有一套家族文化传承，冯广天虽然并不熟练，但也可以一点一点地翻译过来。他在书房里对着这一摞手稿研究了半晌，又翻了书房里许多资料书，直到太阳往西边天空落下的时候，才铁青着脸走了出去。

“少爷……”管家大叔一直站在书房外，见冯广天出来立刻就迎了上去。

“我先出去一趟，有什么事等我回来再说。”冯广天扔下这句话，头也不回地走出了别墅。

周六休息日简直闲极无聊，因为明德大学倡导的是素质教育，所以根本也没有什么繁重的作业，唯一一篇的论文也要下礼拜五才交。叶浅浅自从恢复灵力之后就睡得极浅，早上太阳没升起来的时候，她就躺在床上来回翻滚。直到实在躺不下去了，才爬起来开电脑刷微博补美剧。直到中午的时候才随便啃了两口面包，肚子就不怎么饿了。

真是无时无刻不提醒着自己不是普通人啊……

叶浅浅叹了口气，把面包放回桌子上，对着电脑屏幕却是再也看不下去了。

起来伸了伸懒腰，叶浅浅看了看外面的好天气，决定去汀兰阁游会儿泳。她昨天参观汀兰阁的时候，就已对那里顶楼的室内游泳池垂涎不已了。

也许是因为明德大学也有游泳课，衣柜里所准备的也有两套泳衣。叶浅浅没敢选那套比基尼，而是选了比较保守的连体泳衣。带了换洗衣服就顶着太阳奔去了汀兰阁。

汀兰阁的顶楼室内游泳池是全天开放的，倒是因为明德大学的学生少，几乎都没有人来。救生员也没有值班，而是改成了监控摄像。叶浅浅进更衣室之前探头看了一眼，顿时对空无一人的游泳池无比满意。

这里晴天的时候，会打开玻璃天棚上的一半天窗，阳光直射的那一半则有智能的遮光板遮住，阳光散射进游泳池。再加上池壁是天蓝色，更加映衬得整个游泳池碧蓝碧蓝的，让人看了就心情舒畅。

叶浅浅换好泳衣出来，因为怕暗月吊坠沾水，便把它从脖子上摘了下来，放在了泳池旁的桌子上。

做好了准备活动后，跳入泳池中，叶浅浅先是随意地游了一阵，便平躺在水面上，透过玻璃天棚，看着天空中的白云缓慢飘过，想象着晚间这里调暗了灯光，应该也可以看得到天上的星辰，一定也会极美。

温度微凉的池水包围着整个身体，仰泳必须要全身放松才能浮起来，叶浅浅躺在水面上，耳边回响的都是水声，就像是到了另外一个世界，懒得连一根手指头都不想动。

如果她真的能逃离就好了……张槐序、叶深深……那些烦心的事情和令她无法看得懂的人，都不用她再纠结了……

无意识中，水慢慢地漫过了口鼻，叶浅浅有所感觉，却有些迟钝地发现即使她沉入水中，也丝毫不会有半分不适。体内的灵力自动自发地开始进行内呼吸，她透过波动的水面再看天空的白云，顿时又有一番美感，一时竟看得入迷了。

当水花声忽然间四起，一股大力揽住了她的腰，强行把她往水面上拖去的时候，叶浅浅甚至还有种被打扰的不爽，又有点反应不过来的迟钝。直到对方把她放在池边，一片黑影直压下来的时候，叶浅浅才慌忙把对方推开。

这是以为她溺水了，要做人工呼吸吗?

叶浅浅抹掉脸上的水，才发现张槐序正紧绷着一张俊脸盯着她，面上还有些未褪的惊慌失措。

因为周六是休息日，张槐序穿的就是普通的白衬衫和牛仔裤。白衬衫一过水之后紧贴在他的身上，透出了下面的肤色，帅气逼人。再加上他凌乱的发型和难得外露的情绪，让叶浅浅一时间什么也说不出来。

张槐序也缓过了劲儿，他昨晚守了自家堂弟一夜，今天便回到了学校。在叶浅浅一出宿舍，他就感应到了，在他反应过来之前，发现自己竟然已经自动自发地跟随着她来到了汀兰阁。

他无法梳理自己这究竟是种什么情绪，潜意识觉得放任这股情绪蔓延下去会太过于危险，但依旧无法克制。他在走廊里反复踱步许久，不停地告诉自己，只看一眼就走，却没曾想会看到沉入水底的叶浅浅。

那一瞬间仿佛世界都一片黑暗，也来不及思考为什么叶浅浅会溺水，也想不起来以对方拥有的妖力根本不会有事，他全凭本能，连法术都忘得一干二净，就像个普通人一样，以最快的速度跑到泳池边，连鞋子都来不及脱下，就跳了进去。

看着叶浅浅无辜清澈的双瞳，难以分辨的记忆中好像也有过很多次这样的画面。

她总是这样，用他最在乎的东西来戏耍他，喜欢看他出丑，喜欢看他焦急，喜欢把他的真心扔在地上践踏，然后再用这样无辜的目光看着他，仿佛做出这样举动的，根本不是她一样。

张槐序不知道为什么脑海里会多出这么复杂的情绪，但他无暇整理，只能深深地吸了口气，控制好自己的表情。等他再次睁开眼睛的时候，就又变成了面无表情的张槐序。

即使他浑身都湿透了，气势也十足。

叶浅浅以为张槐序会生气，是气她又不小心差点暴露了异于常人的情况。没错，她居然忘了这里的游泳池虽然没有救生员，但还是有监控录像的，竟然会做出这样不理智的举动。果然，下一秒就有救生员闯了进来，见她没事才松了口气。

被气急败坏的救生员教育了一阵，叶浅浅低眉顺目地答应以后不会再在游泳的时候睡着了，救生员才半信半疑地离开。因为从录像看来，实在是太像轻生了啊！不过真的有人会在游泳池里睡着吗？真是奇葩。

等泳池中又只剩下张槐序和叶浅浅两人，气氛又重新恢复尴尬。叶浅浅完全不知道该说什么，感谢张槐序的救命之恩吧，肯定又会被喷回来。说张槐序多此一举吧，人家毕竟是一番好心。叶浅浅只能对了对手指，决定什么都不说。不过出了这档子事，她也没有心情游泳了，默默地去换了衣服出来，居然发现张槐序还在等她。

夏天的衣服干得很快，张槐序身上的白衬衫已经半干了，就是裤子湿哒哒的，特别难受。他知道只要一个很小的法术就能解除这种窘境，或者他干脆直接回宿舍换衣服也行，但他却无法挪动一步。

因为他被刚刚自己的反应给震惊了，那种汹涌澎湃得几乎要冲出胸膛的焦急和恐惧，至今都让他深深震惊。他自小情绪就比较平淡无奇，这样强烈的感情冲击，让他实在是久久都回不过神来。

根本无法面对。

所以他下意识地就想要研究一下，为什么叶浅浅在自己心中会如此不同，难道只是妖和天师之间的敌对关系吗？

不对，那样他为何还要担心她的安危？

冷眼看她被淹死不就得了吗？

而且冷静地想想，那点水根本淹不死她好吗！

张槐序身后的墙壁开裂又慢慢恢复，之后又重新开裂，再缓慢恢复，来回反复了好几次，他才终于停止了纠结。因为叶浅浅已经发觉到他身上的灵力波动甚为突兀，已经频频把目光投往他身后了。

正想随意找个理由掩饰过去，张槐序就听到电梯“叮”的一声响，冯广天一脸憔悴地走了出来。

冯广天显然没有料到会看到浑身湿透的张槐序和叶浅浅两人在一起，不禁愣了一下，不过他心中有事，也没多加思考，而是立刻把视线投向叶浅浅的胸前，讶异地问道：“女人，你的那个暗月吊坠呢？”

叶浅浅伸手一摸空空的脖颈，“呀”了一声道：“我因为要游泳，放在泳池边的小桌子上了。”她边说边往泳池里跑，心里却在埋怨自己居然因为张槐序忘了父母留给她的遗物……哦，现在说是遗物有可能还不太正确，能生出她和她姐姐这样的，估计应该不会那么容易挂掉。

张槐序见叶浅浅毫不留恋地跑走，便也觉得无趣，也没有和冯广天打招呼，直接按了电梯就下去了。

冯广天也觉得张槐序挺识相的，他站在外面等了一阵，还不见叶浅浅出来，便也不当回事地走了进去，却看见叶浅浅正焦急地在泳池边来回寻找着什么。冯广天有种不好的预感，千万不要是现在啊！

“女人，怎么了？”

“暗月吊坠不见了！我明明放在这里的啊！”叶浅浅已经找遍了整个游泳池，甚至连水里的每一寸地方都仔细看过了，可就是没有暗月吊坠一丝一毫的身影。她急得都快哭了。这暗月吊坠陪伴了她十八年，不管是象征意义还是实际意义，她都无法承受丢了吊坠的事实。

冯广天闻言，也如遭雷击。他从他老爹书房得来的手稿，隐约已经触及了他们冯家的一些秘辛。而他老爹就在解开这秘辛的途中失去了联系，其中的关键就与叶浅浅胸前的暗月吊坠有关。怎么偏偏就在这个节骨眼上丢了？冯广天从早上到现在就没吃饭，大脑缺血心情不好，难免心思就阴暗了些。他是知道这室内游泳池一般都没人会来，而这里刚才就只有张槐序和叶浅浅两个人在，后者一看就是刚游完泳换过衣服，那么就有一段时间是张槐序独自在外面。

这个猜测，显然叶浅浅也有。

虽然张槐序不像会做出这样事情的人，但叶浅浅也不得不考虑她和张家天师的天然敌对情况。也难保对方不会觊觎她的暗月吊坠。

“我们去看监控录像。”冯广天沉声说道。

叶浅浅的头发还在滴水，后背都被水滴浸湿了，更是浑身发寒。

她点了点头，面上有种说不出来的复杂的情绪。

汀兰阁的装修都极其古朴典雅，叶浅浅自己根本没法找到监控室在哪里。不过刚刚救生员来得还算快，应该也就是在游泳池这一层。

好在冯广天从小在这里长大，自是熟识。只见他拐了个弯，便敲开了一张隐蔽的小门。门后面是一间宽敞的监控室，一面墙上排列着数个监视器画面，都在实时播放着泳池的情况。

在这里值班的救生员就是刚才去过的那个，见叶浅浅又来了，便惊讶地挑了挑眉。

冯广天心忧暗月吊坠的下落，简单地把叶浅浅丢了东西的事情说了一下，救生员也很爽快地给他们分了一个屏幕，调出来十分钟之前的画面，为他们播放。

正好调出来的这个摄像头正是能俯瞰大部分泳池的一个，所以很清晰地拍到叶浅浅换了泳衣走进泳池的画面，而且也拍到了她把暗月吊坠摘下来放在左手边桌子上。

“看不出来，身材不错嘛女人！”冯广天稍稍有了点心情调侃，不过碍于旁边还有个陌生人，还是压低了声音。

叶浅浅压根儿没有心情与冯广天拌嘴，她的视线一直固定在屏幕上她放着暗月吊坠的地方，眼睛一瞬都不敢眨。

冯广天的脸色却随着视频播放而变得越来越难看。

怎么这女人还会想不开自杀？

而且张槐序怎么又会冲出来？

早知道他早来几分钟就好了，英雄救美的主角不就成他了吗？

靠！怎么还要人工呼吸？！到底有没有吻上！有没有？！从这个角度根本看不清啊！

怪不得刚才他们之间的气氛那么莫名其妙呢！

冯少爷的内心不停地被弹幕刷屏，压根儿就忘了他要看录像的初衷，沉浸在自己的世界里不可自拔，直到叶浅浅“啊”的一声轻呼。

“怎么了怎么了？”冯广天连忙回过神，发现屏幕上已经没有了叶浅浅和张槐序的身影，游泳池的水波正一下下荡着，看得他有点眼晕。

“这里！这里！”叶浅浅指着屏幕。

冯广天朝着她指的地方看去，却看到一只乌鸦落到了那个桌子上，跳了几步之后，一下子就叼住了那个暗月吊坠，展开双翼，飞出了屏幕摄像的范围。

“快找一下其他几个摄像头，见鬼了，乌鸦怎么会飞进来的？”冯广天也不敢置信地瞪大了眼睛，他估摸着可能是张槐序拿走的，但怎么也想不到居然是一只乌鸦！这真相也太让人无语了好吗！

救生员也觉得这事挺奇葩，连忙调出几个镜头，最后发现这只乌鸦是从天棚上开启的玻璃窗飞进来的，盘旋了片刻就一眼看中了桌子上的暗月吊坠。谁让在阳光的照耀下，那暗月吊坠正闪闪发着光芒呢，正好吸引乌鸦这种喜欢捡闪亮东西的生物。

三人呆愣地看着那只乌鸦毫无障碍地直接从天棚开着的玻璃窗飞了出去，看这熟练程度恐怕还是个惯犯。

“这个……大概是找不回来了吧……”救生员讪讪地说道，心里想的却是玻璃窗没关这个应该不算他失职吧？这里念书的少爷小姐们每个人都非富即贵，小饰品什么的看着不起眼，价格后面几个零都能把他数晕，应该不会让他赔吧？

叶浅浅和冯广天两人都一时无言以对，虽然理智上知道这救生员说的是实话，可情感上却无法接受。

冯广天是最先镇定下来的，因为他想起来，叶深深那里还有个一模一样的暗月吊坠。他见叶浅浅表情沮丧，不禁安慰道：“别难过了，这也不是你的错……”

叶浅浅真是想怨恨谁都没有个目标，她难道还能找到那只乌鸦捶一顿吗？根本找不到好吗！

咦……叶浅浅扶着忽然间眩晕了一下的额头，脑海里好像闪过一些模糊的画面，好像是可以通过一种什么秘法，召唤与暗月吊坠之间的感应，这样即使丢掉也不怕。而且她年幼的时候也曾丢过几次暗月吊坠，后来也都不声不响地找回来了，也许就是因为这种秘法。

这应该就是她姐姐所说过的，以前的记忆。

叶浅浅头一次不那么排斥这种忽然会想起什么的感觉了，反而有种如释重负的轻松感。

不过她也为曾经怀疑过张槐序而偷偷感到羞愧，幸好对方走得早，她没有一时激动地问出口，否则那可真是太尴尬了。

张修明披着素雅的白袍，握着朱砂笔正在誊写符箓，桌案上燃着的香炉正悠然地飘着袅袅的云雾香烟。

窗外传来忽闪忽闪的振翼声，张修明也没有抬头，正在写着符箓的笔锋也没有丝毫变化。但即将完笔的那一刹那，张修明忍了许久的咳嗽再也没法憋住，撕心裂肺的咳嗽声回响在屋里，让人听了都觉得难以呼吸。

直到他忍不住吃了一颗药丸，屋里才渐渐恢复平静，张修明甩开捂住嘴的手帕，对写废了的符箓没有半分动容，只平静地把那张符箓扔到了一旁的废纸篓中。那里面已经有许多揉成团的写废符箓。

“修罗，你回来了？”张修明幽幽地问道。

随着他的声音，一只黑色的乌鸦落在了他的案头，向前走了几步扬起小头颅，正骄傲地等待主人的夸奖。在它的嘴里，正叼着一个闪闪发亮的暗月吊坠。

暗月吊坠以一种啼笑皆非的方式丢了之后，叶浅浅也无心再与冯广天浪费时间，她需要静下心来想想那个在脑海里一闪而过的秘法，通过那个来寻找被乌鸦叼走的暗月吊坠。

好在冯广天好像也懂她的意思，找了个理由便离开了。叶浅浅顶着救生员同情的目光离开监控室，她没有选择坐电梯，而是沿着楼梯一阶一阶地往下走。

楼梯间里足够寂静，下楼的动作也如机械般重复，不用太过于分神，叶浅浅很快就慢慢地在脑海里想起了那个秘法的大概。

那个暗月吊坠里曾经融入了一滴她的心头血，所以她只消集中灵力，便可以感知它的方位。

叶浅浅尝试了一下，发现脑海里果然多了一种玄之又玄的感觉，她无法形容，但知道自己向前走的一步究竟对不对，如果不对就改变方向，退回去重来。

她出了汀兰阁，一路按照脑海中的感应前行，越走越觉得讶异。

因为她竟是往宿舍的方向走，难道那只乌鸦还会好心地把她的暗月吊坠送回去不成?

心中的疑惑越来越重，但在试着踏入自己的宿舍时，发觉并不是暗月吊坠所在的方位。叶浅浅继续跟随感应前行，不久就在一间宿舍的门口停了下来。

她的手心在毫无预警地出汗。

这不太对啊！怎么会停在她姐姐的宿舍门口?

宿舍的院门并没有关紧，从里面隐约传来了说话声。叶浅浅鬼使神差地没有敲门，但她异于常人的听力，让她毫不费力地听到了屋内两人的谈话声。

“叶学姐，到底能不能借我看看你的那个吊坠啊？我都说了这么多了，看一下也没什么吧？”先出声的是冯广天，而且听他嘶哑的说话声，显然是已经费尽了唇舌。

“本小姐就是不乐意。”叶深深的声音中透着一股你能奈何我的傲娇劲。

“唉，学姐，学弟跟你说实话吧，我真是有很紧急的事情，才想借你的吊坠一看的，事情关乎人命……”冯广天的话语中透着一股浓得化不开的担忧和疲惫。

“净拿话哄我，你当我是我那没长脑子的妹妹吗？几句好话就被你骗得团团转？”叶深深嗤笑着讽刺，“因为我胸前的吊坠和月亮一样永远只面对着公众其中一半，所以我的后援会所做的周边，也以为只是一个普通的月球设计而已。你想看的，应该就是这吊坠后面的特殊纹路吧？你最开始接近我妹妹，不就是为了得到这吊坠吗？别急着摇头，你敢说没有这个目的吗？”

屋内是一阵让人难堪的沉默。

虽然炽热的阳光照耀在身上，可叶浅浅只觉得浑身冰冷，回想起第一次见到冯广天的情况，后者明摆着就是对她胸前的暗月吊坠感兴趣，甚至还宣称自己家里有一个差不多的，后来丢了……想来从那时候起，冯广天就在筹谋着她的暗月吊坠了吧？

还有更让她绝望的是，根据她的感应，她丢失的暗月吊坠就在叶深深的宿舍里。

而且因为距离得极近，感应也很强烈，她都可以肯定她戴了十八年的暗月吊坠，现在就戴在叶深深的胸前。

也就是说，今天被乌鸦叼走的那个暗月吊坠，是赝品，而真正的早就被叶深深不着痕迹地调换了。

叶浅浅想起第一次见到叶深深的时候，在她怀疑她们的身份关系时，对方浑然不提她们两人的身世，反而在还给她暗月吊坠的时候都还错了。她当时以为只是不小心，但现在想来，应该是故意的……

一时间，叶浅浅无比迷茫，几乎怀疑自己还在做梦。

是因为最近梦境中被人欺骗被人刺伤的情景太多了，导致她都快要分不清现实和梦境了吗？

一阵狂风骤然卷过，树叶吹打在她的脸颊，把自欺欺人中的她惊醒。

叶浅浅丝毫没有想进去质问那两人的意思，有些事情，既然知道了真相，又何必还要凑上去问个清楚，自取其辱呢？

天空中的乌云开始慢慢凝聚。

叶浅浅再也不想听屋里的两人说些什么了，挪动着沉重的脚步返身往回走。

厚重的乌云渐渐遮天蔽日。

叶浅浅失魂落魄地分辨不清回宿舍的路，直到她若有所感地仰起头，才发现前方不远处的树梢上，有一只看起来很眼熟的乌鸦正蹲在那里。而那只乌鸦在接触到她的目光后，竟吓得从树梢跌落，终于在半空中的时候才想起来自己有翅膀，狼狈地闪动双翼飞向一旁的宿舍楼。

视线追随着那只乌鸦，叶浅浅看到它一头冲进了屋里，扑到了张槐序的怀里。而后者竟也一改平日冷肃的男神做派，伸手抚着乌鸦的背脊，像是在安慰着它什么。

哼，早就知道不可能那么巧，她的暗月吊坠刚离开她不到几分钟，就被乌鸦给叼走了。

原来，他也是觊觎那暗月吊坠的一员。

只可惜真正的暗月吊坠早就被她姐给调换了。

叶浅浅没那个好心去告诉张槐序，她心灰意冷地重新抬起脚。

云层之间开始酝酿着、翻滚着，终于，数道闪电劈开天空，震耳欲聋的雷声轰鸣在天际。

叶浅浅心如死灰，觉得自己周围的所有人，都是因为那个诡异的暗月吊坠才靠近她的。不管是爱情、亲情还是友情，她得到的都是掺杂了其他目标的感情，这样的日子，她真是受够了。

倾盆大雨最终还是没有落下。

因为叶浅浅在艰难地回到宿舍的时候，正好看到孟宇衡拎着一摞饭盒，推了推眼镜，一本正经地说道："早上和中午都没看到你去食堂，给你带的饭菜。"

叶浅浅怔怔地站在那里，竟然有点手足无措。

有那么一瞬间，她竟有种解脱的感觉。

尽管之前的记忆她并没有回忆起太多，但她知道，因为那个暗月吊坠，她根本得不到真正的爱情、亲情和友情。那么就索性都抛弃吧。谁想要那个暗月吊坠，就给谁好了。

那根本就不是个宝贝，而是个被诅咒的东西。她只想要过平凡的普通人的生活。

甚至，她之前那么漫长的人生过得那么凄惨，也许都是因为怀璧其罪。

孟宇衡有点奇怪为什么自家青梅站在那里的表情那么奇怪，像是要哭出来，又像是要笑，害他都不敢再说什么。不过，站在这里也不是个办法，看天气马上就要下雨了。

焦急地抬眼又看了一眼天空，孟宇衡讶异地推了推眼镜。

因为他看到，头顶那厚重的乌云竟又悄悄地开始散开，露出后面灿烂的阳光。

十一·前世今生

朔月

他正用着一种极其亲昵的神情注视着她，连那双俊秀的眼瞳都蕴含着令人脸红心跳的情意，这种从未展现在她眼前的深情，让叶浅浅几乎忘记了身体的痛楚。

叶浅浅活得很轻松。

她已经决定过普通人的生活了，虽然不知道能过多少年，但最起码在她没有适应自己是什么蚩尤血脉的身份前，她还是想要做个普通的小女生。

认真地在明德大学念完书，考上一所好的大学，然后再找份自己喜欢的工作，找个喜欢自己的人谈恋爱……

这也是她一直以来的人生计划，虽然她也有心理准备也许会有所偏移，但完全没想到会偏移到另一个位面！

从叶深深的反应来看，她以前恐怕也没有失去过记忆，从来没有享受过普通人的生活。所以给她十几年时间当成过渡期，应该是没问题的吧？反正依照叶深深的说法，她的寿命还有很久很久呢！

想通了的叶浅浅便把丢失的暗月吊坠抛到脑后，浑然不在意了。

虽然总觉得脖子空荡荡的有些不习惯，但在她下意识地第三次摸向脖子，却摸了个空后，孟宇衡从书包里掏出一个包装精美的小盒子。

“生日礼物。”孟宇衡递了过去。今天是周日，他们约了在明德大学的图书馆查资料写论文作业。

“提前给我的？”叶浅浅讶异了一下，随即眸色一暗。她的生日，就是她姐姐说她失去了法力退回到了婴儿身，被放在孤儿院前的那一天。

也是张槐序转世的那一天。

如果她姐姐没有骗她的话，她的生日也不是她真正的出生日，而是极具讽刺的一天。

叶浅浅低下头，眼神复杂苦涩。

“反正就是明天，早一天也没什么。”孟宇衡勾起嘴角，给了自家青梅一个标准的笑容，“我已经有六年没有给过生日礼物了，明天你肯定要专心成人礼，应该没时间拆礼物吧。”

叶浅浅这才想起来大概几天前就收到过通知，今天下午就要去试衣服。

有关于成人礼，明德大学的学生手册上写，人生一共有四个最重要的仪式：满月礼，成人礼，婚礼，葬礼。满月礼是证明人生的开始，正式来到了这个世界上，与许多家人亲戚朋友见面的仪式。成人礼是表示至此成人，需要承担许多责任，正式长大的仪式。婚礼是两个人和两个家庭的结合，而葬礼则是告别这个世界。

满月礼和葬礼都是本人没有意识没有记忆的，只是家人亲戚朋友之间的仪式。而婚礼一个人今生不知道会有几次，但成人礼却确确实实只能有一次。

所以在古代的成人礼，也就是男子的及冠和女子的及笄，都是非常重要的仪式。可是在现代的中国，基本上都已经被淘汰了。要知道国外的高中也会有所谓的成人礼宴会，所以明德大学非常重视每个学生的成人礼。

为了方便，明德大学的成人礼也没有那么严苛的年龄规定。在新生进入明德大学的第一学期，到每个人生日的时候，都会为其准备一场庄重的成人礼仪式。好在明德大学的学生也比较少，平摊到每个月也就是进行一到两次成人礼而已。亲身经历过一次外加旁观帮忙做过这么多次，等新生变成二年级生的时候，便已经可以当主持了，把明德大学成人礼这项传统继续延续下去。

而这么多年以来，还是很少有两个人一起进行成人礼仪式的。

因为时间紧迫，既是新生第一次参加成人礼，又是一个及冠一个及笄，必然会一团乱，所以学生会经过协商决定，两个人的成人礼一起举行，并不进行先后顺序。

“你和张槐序是同一天生日。”孟宇衡推了推眼镜，“总觉得你们俩根本不是处女座的性格，我才是标准的处女座。”

“对了，你的生日是假期，我都没给你准备生日礼物……”叶浅浅这才想起来孟宇衡的生日就在她生日前十几天，觉得非常不好意思，双手合十抱歉地道，“等明年一起补给你！”

“没关系。”孟宇衡被叶浅浅看得有些窘迫，他若是能预定生日礼物的话，就最好了……不过孟宇衡这句话在肚子里绕了几个弯，还是不敢说出来。

“对了，万一生日在假期，就像是你的成人礼怎么办啊？”叶浅浅没有察觉到孟宇衡的小心思，一边拆着小盒子，一边好奇地问道。

“若是在寒假，就在这学期考完试就办成人礼，若是在暑假，就只能等下学期考完试了。”孟宇衡倒是浑然不在意，对于他来说，仪式什么的，都不重要。生理上既然已经成人，那办不办仪式也没什么区别。最重要的，还是心理上成人。不过好像这个比较难。

“哇！这是送我的？”叶浅浅看着盒子里静静躺着的一块翡翠

叶子，上面带着浅浅的绿色，玉质晶莹剔透，令人为之神夺。她晃了晃神，下意识地推拒道，“不行，这份生日礼物实在太贵重了，我不能收。”如果她没有以前的记忆就好了，她还可以毫无心理负担地收下这片叶子，但现在的她都可以准确地在脑海里给这片叶子估价，价格后面有一串零，直接能把她看晕。

“只不过是一块比较漂亮的石头而已。”孟宇衡说得很平淡，“这是我前年跟父亲去缅甸的时候，随手在街边买的一小块原石。我亲手开出来的，然后发现这块翡翠很适合雕一片叶子，就随便雕了一块。”

叶浅浅瞪大了眼睛，这样也行?

赌石什么的，就是用很便宜的价格买翡翠原石，但基本上都是赌输的啊！这几率跟中彩票没有什么区别好吗！

叶浅浅虽然没把她所想的说出来，但她的表情已经完全出卖了她。孟宇衡简单地解释道：“就算是彩票也可以算得出来概率，赌石也差不多，只要多看，就能大概了解各个场口的皮壳颜色和纹路走向。当然，这还需要一点点运气。”

“最后一句才是重点吧？”叶浅浅忍不住把这片叶子拿在手中，入手微凉温润，简直就像是捧着一汪水在掌心。她的记忆虽然并没有恢复很多，但其中对古董异宝的记忆却有很多，可就算是见过冯广天他家小楼里的那些古董，她心中也只是有观赏看看的感觉，并没有现在这样强烈地想要占为己有的欲望。

“我看这叶子有浅浅的绿色，和你的名字很契合，就是为你雕的。”孟宇衡见叶浅浅有些意动，便接着游说，“而且你的暗月吊坠不是丢了吗？脖子上缺了东西戴很不习惯吧？正好换这个戴。”

叶浅浅抿了抿唇，决定收下来。孟宇衡是真的不把这翡翠叶子的价值放在眼里，他家父母事业也极为成功。而且这还是孟宇衡亲手雕的，这么重的心意，她要是再推却，就真的没法再做朋友了。

不过她想着，要给孟宇衡补份生日礼物。反正她现在身怀灵力，从记忆中搜寻一下，给自家竹马做个祈福的平安符什么的，是真正可以涨运势避灾祸的。若论真正价值，肯定比她手里的这块翡翠叶子要高。但这点就不要强调了，反正低调为上，心意到了就好。想到这里，叶浅浅也就不再抗拒，心情颇佳地收下了这份生日礼物。

看着叶浅浅喜滋滋地把翡翠叶子戴在脖颈上，爱不释手地摩挲着，孟宇衡也笑了起来。

送人礼物，最高兴的当然就是看到收礼物的人十分喜欢了。更何况他还有着隐秘的心思。

只是，现在还不是表白的时机。

孟宇衡推了推眼镜，悄悄调出iPad里加密的进度表，在一排的追求任务上，在“送她自己亲手做的东西”这一项上，打了个勾，又在附属选项中的“她很满意”处打了勾。

他看着上面向前涨了一格，变成32%的进度条，满意地点了点头。

叶浅浅戴着新收到的翡翠叶子，倒也没有什么心思做论文作业了。一边漫无目的地翻着书，一边在脑海中搜索着她现在这种程度可以做的平安符。因为没有符纸和朱砂，她选了选，决定不画符，亲手打个结。太复杂的结她也不会打，但吉祥平安结还是可以学会的。而且她在打结的时候注入灵力，只要孟宇衡随身佩戴，就可以起到平安祈福的作用。

不过绳子倒是一时半会儿比较难找，虽然是普通的中国结绳子就行，但大小、长、颜色都要选，明德大学之中也没有卖的，难道要网购？叶浅浅也没太急于一时，中午和孟宇衡吃了午饭，约了明天晚上过生日，下午她就按照预定的计划，去学生会的准备室领成人礼的活动安排和服装。孟宇衡本来想陪她一起来的，但叶浅浅觉得自己还没那么脆弱，让人陪实在是太不好意思了，况且她知道孟宇衡每天的计划都是精确到分钟的，这么耽误学霸的时间实在是罪过，于是她坚决地婉拒了。

叶浅浅还是第一次去学生会，按照iPad上的地图指示，绕过汀兰阁之后，穿过一片幽静雅致的园林，便看到了一座古典宏伟的院落。

庑殿顶的格局，和那些透过围墙可以看得到里面修剪精致的植被，怎么看都很像是某个需要收费才能进去参观的公园。叶浅浅心里暗暗咋舌，因为学生会这里有学生出出进进，她也很容易就按照热心学姐的帮忙，进了主殿之后上了楼梯便找到了学生会的办公室。

说是办公室，但实际上更像是一间宽敞的休息室。奢华的中式装修，悠然垂下的帷幔，满屋弥散的沉香味道，再加上慵懒地躺在贵妃椅上假寐的林萧，叶浅浅觉得学生会搞得这么腐败真的没关系吗?

听到叶浅浅敲门的声音，林萧懒懒地睁开了一只眼睛，指了指放在一旁软榻上的一堆衣服和手册，示意她自便。

叶浅浅看着那堆衣服整个人都不好了，只是个及笄礼而已，怎么可能需要这么多衣服？放满了好几个锦盒！好吧，不光是她的，还有赞者和有司的服饰？不过这也需要自己选人吗？她再想问林萧，但发现对方居然迅速地沉入了梦乡，只好艰难地把那几个庞大的锦盒合上，小心翼翼地抱在怀里，手册也放在里面，还有旁边一个小叶紫檀的盒子。盒子里沉甸甸的，还有些金玉晃动的声音，应该是相配的首饰之类的东西。

专注着整理东西的叶浅浅完全没有发现，身后本该闭目养神的林萧，又重新睁开了双眼，现出了玩味的表情。

抱着锦盒晃晃悠悠地从学生会的院落里走出来后，叶浅浅有点发怔。因为在院门口，叶深深正亭亭而立，在发现她出来以后，就笑着迎了上来，显然正是在等她。

昨天下午听到叶深深和冯广天的聊天后，叶浅浅就尽力避免着去想刚认的姐姐就图谋她暗月吊坠的事情，可现在面对面地站着，叶浅浅忍不住就把目光投往叶深深的胸前，却并没有发现她戴着那个从不离身的暗月吊坠。

叶深深顺着她的目光低头，大方地笑着说道："我的那个借给冯少爷了。"

叶浅浅在心下表示怀疑，觉得她姐借给冯广天的不可能是真货，反正之前不也说了吗？她的粉丝后援会有很多，淘宝上几十块钱就能买一个。

叶深深接过叶浅浅手上的两个锦盒，也看到了后者胸前换了个吊坠，便取笑道："哟！这是谁送的啊？还真好看。"

"朋友送的。"叶浅浅简单地说了一句，便岔开话题道，"我想打个吉祥平安结送他还人情，姐你觉得怎么样？"

"那可要比这坠子贵重多了，就怕对方不识货。"也许是偷换了自家妹妹的暗月吊坠，叶深深心里也有愧疚，想着怎么补偿她，便笑道，"我那里还有编结用的彩绳，都是上品的天蚕吐的丝，用来打吉祥平安结最好不过了。"

"那就谢谢姐啦。"叶浅浅笑得极为灿烂，她知道天蚕丝也不是什么特别珍贵的东西，所以占起便宜来也十分不客气。

两姐妹就这样各怀心思地一路回到叶深深的宿舍，叶浅浅这才知道自家姐姐是主动领了差事，负责教导她明天及笄礼的注意事项。怪不得刚才林萧那么甩手掌柜，什么都不管。

叶深深也不知道从哪里翻出来个金丝楠木盒子，里面整齐地放着各种颜色的天蚕丝彩绳，有一些颜色还剩很多，有几种却只剩下一点点。这些彩绳上面朦朦胧胧地笼罩着一层看不清楚的灵力，虽然并不成气候，但若是以阵法排列那样地编成结，就会发挥出异常强大的威力。

叶浅浅仔细想了想，在记忆里翻了翻，便果断地拿了银色和蓝色两种天蚕丝。银色是最纯正的蚕丝颜色，而蓝色则是水系，可保平安。

“倒是个识货的。”叶深深也没半分心疼，随手把那金丝楠木的盒子一放，便不负责任地说道，“反正及笄礼什么的，你只要想想就知道怎么进行了，不用我再嘱咐什么了吧？”

叶浅浅把两种颜色的天蚕丝团精心地解开，表情很认真地说道：“还真没有及笄礼的记忆呢。”

叶深深一怔，这才想起她们姐妹俩想当初长大的时候，又怎么可能有人给她们准备什么及笄礼？她无奈地笑了笑，这才道：“好吧好吧，那我给你讲讲，我来当你的赞者吧，一会儿那套深色的衣服给我留下。有司的话，你最好再选个关系好的女生来当。其实明天事情比较多的是其他人，并没什么难的……”

叶浅浅捋顺两种颜色的彩绳，一边听叶深深讲及笄礼的安排，一边打了个吉祥平安结，心里却迷迷糊糊地想着，若是能和姐姐这样相处，倒也不错。

叶深深也松了口气，她事实上哪里会不知道昨天叶浅浅就在门外，但看自家妹妹现在这副粉饰太平的模样，就知道她这一步赌对了。

暗月吊坠这么重要的东西，当年也是因为需要隐藏，大隐隐于市，才把真品戴在还是婴孩的叶浅浅身上，她身上戴着的赝品不过是吸引其他人注意力的。而现在叶浅浅的灵力慢慢恢复，又意外沾染了莫名其妙的人的血，这真品就再也隐藏不了了，还不如早点收回来的好，否则就是个招祸的东西。

她的妹妹，只有她一个人能欺负，其他人别想妄动!

叶浅浅觉得第一个吉祥平安结打得太难看了，见自家姐姐不在乎她多用几截天蚕丝，便毫不客气地又打了一个，这回打出来的吉祥平安结总算可以见人了。叶浅浅把最开始的那个也收了起来，虽然样子难看了一些，但绳结的排列顺序没有出现错误，一样拥有应该有的效用。

叶深深见自家妹妹摆弄着手里的吉祥平安结，也没把她说的话听进去多少，便不耐烦地摆了摆手道："算了，你先回去吧，明天到时候都听我吩咐就行了，不会出什么错的。"

叶浅浅也深以为然，把床上的几个锦盒都抱回了自己的宿舍。旁边的房间没有半点动静，纪菲应该还没有回来。叶浅浅把那几个锦盒就随手放在了客厅的沙发上，兴致勃勃地把里面的衣服往自己身上比量。

刚刚倒是忘了问自家姐姐怎么穿这些古装了。

这样想着的叶浅浅，实际上在拿起那件月白色曲裾的时候，就直接往身上熟练地穿戴上了。等她回过神的时候，镜子就已经很忠实地映出了她的身姿。

静静地看着镜子里有几分眼熟又有几分陌生的自己，叶浅浅呆怔了半晌，总觉得披头散发的自己此时倒是有些不修边幅了。她打开一旁成人礼配套的首饰盒时，一下子就愣住了。

因为在琳琅满目的首饰盒之中，有一支素白的玉簪静静地躺在正中央。

那支玉簪是用上好的羊脂白玉雕琢而成，简约大气的凤凰样式，让叶浅浅怎么也无法错认，这就是当初那支她怎么都找不到的凤凰白玉簪。

"怎么会在这里？"叶浅浅下意识地低喃着，忍不住就把这支玉簪拿在了手里。入手温凉的感觉，让她忍不住颤抖了一下。

身体像是有意识一般，她对着镜子熟练地把长发绾成了一个古朴的发髻，又把稍稍过长的刘海拨往一旁，露出圆润饱满的额头与明亮深邃的双眸，随后又紧紧地抿了抿双唇，镜子里便出现了一个明艳靓丽、夺人心魄的古装佳人。

叶浅浅从昏昏沉沉的意识海中恢复了神志，还未睁开双眼，就感受到了身体各处传来难以忍受的痛楚。那种感觉就像是被扔进了蚁窟，连身体内部也都爬满了蚂蚁，每一处都在经受着蚂蚁的啃噬，简直就是无法承受的酷刑。

毫无准备的叶浅浅直接忍受不了地呻吟出声，她还弄不清楚自己为什么会落到如此地步。难道是做恶梦了？但都痛成这样了，也不见她从梦中醒来，难道她真的是在神志不清的时候被人抓了？

叶浅浅越发心急起来，可是她越急越是没用，不光感觉到手脚四肢被束缚，就连眼皮子也像是有千斤重一样，怎么也没办法睁开。

就在她痛得满头大汗、忍不住哀呼的时候，一声轻笑从耳边传来，立刻让她停止了呻吟。

这声轻笑离她实在是太近了，近到她几乎可以感觉到对方喷吐在她耳后的灼热气息。

也许是因为这一声轻笑打破了某种魔咒，叶浅浅发觉自己睁开了双眼，视线一开始都是模模糊糊的，她迟一步才发现都是因为她痛出来的冷汗迷了双眼。之后使劲眨了眨眼睛，努力地对焦视线，叶浅浅才发现站在她身边微笑的男人，正是张槐序。

他正用着一种极其亲昵的神情注视着她，连那双俊秀的眼瞳都蕴含着令人脸红心跳的情意，这种从未展现在她眼前的深情，让叶浅浅几乎忘记了身体的痛楚。

当然，这也只是几乎而已。

在下一瞬间，身体的痛苦如潮汐般袭来，越发令她难以忍受。

她咬住了下唇，拒绝自己再露出任何示弱的声息。

叶浅浅并不傻，她也不是被爱情冲晕头脑的傻姑娘，即使在第一时间，她的确沉浸在张槐序几乎可以溺死人的眸中，但她依然记得他们的感情并没有到如此地步。明明之前还尴尬得见面都不知道该说什么，怎么一转眼就亲昵如此？

事出反常必有妖……好吧，在某种程度上来说，她也算是妖的一种。

叶浅浅努力让自己镇定下来，这时才发现自己正身处一间很奇怪的密室之中，这间密室的地面和墙上都爬满了繁复的符咒，那些忽明忽暗的符文就像一条条有生命的毒蛇一般，四处游走。而她双手张开，呈十字架形被符箓贴在墙上，不能动弹。她看到自己的手腕脚腕上都贴着用朱砂写满的符箓，冷不丁一看都以为是晕开的血丝。

这种感觉，即使不用确认，都能猜得出来绝对是天师家族的手笔，而且她现在非常有可能就身处张氏家族的囚室中。

叶浅浅甚至连身体的痛楚都忽略了，她绞尽脑汁回忆着自己怎么会落到如此境地。可还未回想起一星半点的时候，就敏感地发觉面前的张槐序和她认识的并不一样。

不止神情和眼神，面前的张槐序比起她所认识的那一位，要年长一些，大概要二十五六的岁数。俊容成熟了许多，肤色也晒黑了少许，甚至在左眼角的地方有一道不仔细看就发现不了的疤痕，像是被什么利器划伤，而且伤痕也不是新伤，像是半年前受伤的样子。

这绝对不是她认识的那个张槐序！除非她一觉睡了七八年，否则张槐序怎么会变成现在这副模样？

又或者……张槐序有个长得很像的哥哥？

就在叶浅浅胡思乱想的时候，张槐序低下头来，亲昵地用手背抚摸着她的脸颊，压低了声音轻叹道："傻女人，怎么我说什么你就信什么呢？"

张槐序的声音极具磁性，尤其他刻意低哑着嗓音，但叶浅浅听着却是浑身起了鸡皮疙瘩，无端端生出几分寒意。又有几滴汗水从额头滴落到眼睛里，她却并没有闭上眼睛，而是努力睁大双目，这回让她又发现了些许细节。

面前的这个张槐序穿着的，是普普通通的白衬衫和黑裤子，那白衬衫都不是什么牌子货，而是棉布质地的，发型也是很老土的三七分，虽然依然很帅气，但就像是……在老电影里看到的二十年前的打扮。

一个念头从叶浅浅的脑海中升起，让她忍不住地怀疑起来。

难道说，她现在经受的，是她十八年前所遭遇的一切？那么说这只是她的回忆？至于原因……

叶浅浅没有说话，她面前的张槐序也没有感到意外，他伸出手，把她头上的发簪抽了出来。

感到头上一轻，长发倾泻而下，叶浅浅没有意识到张槐序看着她的目光微微悸动，她的目光全部聚焦在对方手中的那支凤凰白玉簪上。

想起昏迷之前莫名其妙出现在首饰盒里的凤凰白玉簪，叶浅浅觉得她应该找到了引起这件事的症结。

和以前的梦境没有什么区别，只不过是拟真程度逼真了些，叶浅浅也就放松了心情，甚至连身体的疼痛也像是减轻了一些。只是张槐序下一秒做的事情，让叶浅浅吓得目瞪口呆。

只见他一边深情款款地看着她，一边用凤凰白玉簪尖锐的那一端贴上了她的脸颊，微一用力，脸颊处便传来了令人发颤的刺痛。

他疯了吗？！

叶浅浅骇得一动都不能动，事实上她也无法躲避，她连躲开的力气都没有，只能眼睁睁地看着张槐序拿簪子划伤她的脸。

“都是这张脸，你就是用这张脸来引诱我的，破坏掉就好了。”张槐序喃喃低语，双眸中暗藏着疯狂。

好像可以感受到血滴划过脸颊，沿着下颌再滴落的触觉，叶浅浅心如刀割，却知道前世的自己此时肯定比现在的她要痛上万倍。

被自己心爱的男人哄骗陷入阶下囚的地步，又被亲口告知所有的爱都是虚假的，还要经受毁容的痛苦，接下去还不知道要遭遇什么，这要是换了她，她也会疯啊！

哦，从某种程度上来说，就是她曾经所经历的事情。

虽然早就从叶深深口中知道前世的她和张槐序不死不休的结局，但如今亲身体会，却依旧震撼无比。

叶浅浅愣怔着，完全无法反应，却清晰地感受到了心脏被慢慢撕碎的痛楚。

她想，她终于知道前一世的自己为什么能下狠手杀掉自己心爱的男人了。

在意识消弭的那一瞬间，叶浅浅感到脸颊的伤口处传来刺痛，吸吮的声音随之传来。

“朔月之血……果然非常的美味啊……”

纪菲心情不好，趁着周末休息，索性就出去逛街扫货，一直在外面逛到店铺都关门了才往回走。家里的司机一直给她送到宿舍门口，她拎着大包小包的购物袋，艰难地挤进门。

如她所料，客厅里一片漆黑，纪菲估摸着今天晚上叶浅浅大概也不会回寝室，反正她夜不归宿也不是第一回了。手里全拎着东西，纪菲也懒得开客厅的灯，借着外面月亮浅淡的光线，直接往自己的屋里走去。

只是还未等她走两步，眼角的余光就注意到客厅的沙发上居然不声不响地坐着一个人，骇得她差点就尖叫出声。不过幸好淑女的教导让她很快就恢复了理智，她扔掉手里的购物袋，踩着高跟鞋不爽地走到墙边按下电灯开关。

“唰”的一声客厅内亮如白昼，可是窝坐在沙发上的人却连眼皮都没眨一下，而且在白炽灯的映照下，对方的脸色更显得苍白如纸。

这副失恋的模样，八成是表白被拒了。

纪菲在心里吐槽着，却又不得不承认叶浅浅这副难得脆弱的样子，当真是我见犹怜。不过一个人私下里这样，没有让当事人看到又有什么用？不过腹诽归腹诽，纪菲还是忍不住八卦地凑过去半抱怨半娇嗔道：“怎么不开灯呢？万一磕到碰到怎么办？”

叶浅浅的眼睛眨了眨，像这才发现屋子里有人。

当她幽深的黑瞳直视过来的时候，纪菲忍不住打了个寒战，感觉对方身上有股不可名状的悲哀，浓重地凝聚着。

再次觉得自己的猜测没有错，纪菲对叶浅浅的敌意也打了折扣，甚至还隐隐有些同情对方。她坐到叶浅浅身边，用闺密的语气劝道：“不要想太多了，一切向前看，何必在一个不喜欢你的人身上浪费自己的时间呢？浪费时间等于谋财害命！”

纪菲一向都是坚定了目标就大步向前走的妹子，虽然还是有些小心思，但她自从明确自己的人生目标之后，就从未迷茫过。即使偶有偏差，也会很快修正过来。

也许是纪菲说得太铿锵有力了，叶浅浅闻言一个激灵，从沉浸的世界中回过神来，就看到纪菲义愤填膺的一张俏脸。

“明天你成人礼，有没有找到人做你的有司啊？啧，这套有司的服装还放在这里，一看就是没找到人。还是让我来拯救你吧！来，帮我看看我今天的战利品！有没有配套的东东？”很快把叶浅浅排除在竞争对手之外后，纪菲就一改平日的冷淡，热情地拽着叶浅浅开始拆试她买的新品。纪菲有强迫症，每天从头到脚要搭配同色系的配饰、包包和鞋子才能出门，所以她的衣柜早就塞得满满当当的了，这次可算是抓到人帮她参谋，便乐此不疲地各种换装。

被纪菲这样闹腾了一下，叶浅浅心中的苦涩也淡去了几分。

她悄悄地把头上的凤凰白玉簪拿了下来，紧紧地攥在了手心。

十二·成人之礼

朔月

好不容易咳嗽声渐止，一只很眼熟的暗月吊坠接在了血线下面。而那小银壶只有指甲大小，很快鲜血就溢了出来，流了张修明满手。

周一下午，学生会的院落里乱糟糟的，人声鼎沸。

每个学生都穿着汉服盛装出席，男生煞有其事地戴了假发束了冠，女生也曲裾深衣婀娜多姿，显然把这样的活动当成了cosplay。乍然间来到这样的环境里，说不定还以为自己穿越了时空。只是这些“古人们”手里还拿着苹果手机和相机，在那里兴致勃勃地自拍发微博什么的，一下子就让人出了戏。

孟宇衡摸了摸头上的假发，不习惯地动了动脖子。头挺重的，原来女人留长头发是这种感觉，真是有碍于他思考，他觉得他现在脑细胞运转的速度都要比平时慢上百分之三十。

若不是刚才进门的时候被学姐拉去一顿折腾，他也不可能顶着这头假发，不过看着周围所有男同学都和他一样受着折磨，也就无奈接受了。一想到一会儿加冠的张槐序肯定也会被各种折磨，心里也就平衡了。因为戴眼镜不符合汉服造型，孟宇衡又被学姐磨着换了隐形眼镜。没怎么戴过隐形眼镜的他有些不舒服，双眼总是不适应地眨来眨去。

孟宇衡的人气在同学之间那是仅次于张槐序的，他此时穿着一身玉树临风的素青汉服，头戴同色幞头，又因为没有戴眼镜，露出了他那张儒雅隽秀的面容，一时间引得众人纷纷侧目。但又因为孟宇衡虽然不似张槐序拒人于千里之外那么明显，但平日里一身学霸气质，全身都散发着不与你们这些凡人打交道的气势，所以和他说过话的人少之又少。这时他身边虽然没有常伴他左右的叶浅浅在，也没人敢上前贸然打招呼。

孟宇衡本就对人际交往非常迟钝，也没发现自己被孤立了。当然，就算他发现也不会觉得如何，反而会很享受这种孤独。

闹哄哄的场面没过多久。就变得安静了一些，因为二年级的学姐学长们也都鱼贯走了出来，开始指派新生帮忙布置会场。他们所在的这个院落，就有一个很宽阔的大厅，还有台阶，最适合做成人礼的场所。

在下面观礼的位置摆上整整齐齐的坐垫，还有三张席子。一张置于大厅的东侧，用来放置要穿的三套汉服，另外两张并列置于大厅的中央偏西，放上座垫，是用来跪坐的。放置汉服席子的北侧还放上了一个洗手用的盥洗盆，旁边还备有毛巾和香皂，是每次加冠和及笄后正宾洗手用的。旁边还有小案几一个，上面放着酒杯、饭食、竹筷、香炉等等礼器用具。

因为今次是及冠礼和及笄礼两场一起，所以除了观礼者的坐垫，需要准备的东西都是双份，按照男左女右的惯例一一摆放好。

叶浅浅是孤儿，没有双亲到场，张槐序只有一个母亲，也因为各种原因不能到场。这种情况在明德大学也很正常，这样的话一般仪式的主人就是由明德大学的校长冯啸威来担当。可巧冯校长好像也有事外出，今天来当主人的是严教授。这种仪式里的主人，也就是属于摆设，接受加冠者和及笄者的躬礼而已。

正宾是有德才的长辈，是负责加冠和及笄的重要人选，但在他们这个仪式上也就没有太多讲究，一般都是由学生会的学长和学姐来，今次就由学生会的会长林萧和副会长池蓉担任。有司是为笄者托盘的人，叶浅浅这边选的是同寝室的纪菲，张槐序选的也是同寝室的孟宇衡，显然也是就近原则。而协助帮忙梳发更衣的赞者，叶浅浅这边选的是她姐姐叶深深，张槐序选的是冯广天。叶深深去年自己亲身经历过一次及笄礼，而冯广天从小到大都不知道围观过多少场了，自是不在话下。

张槐序换上行礼之前的绛色采衣汉服，脚下踩着采履，头上也因为要加冠，而戴了假发。看着镜子里着古装的自己，都有些认不出来的陌生。恍惚间，好像竟然看到了镜子里有着另外一个自己，也是穿着古装，而身边站着的人是……

“我靠，你不是吧？被自己帅呆了？”冯广天已经好几天没睡好了，但还是强撑着过来帮忙。只是他挑染了头发还搞了身古装，看起来真是不伦不类。

张槐序扫了一眼冯广天掩饰不住的黑眼圈，觉得这货全程撑下来够呛，为了防止他中途晕倒丢人，张槐序未雨绸缪地指着脱在一旁的衣服道：“我裤兜里有一瓶丹药，你吃一颗，可解疲乏。”

冯广天整张脸都是“卧槽！你玩我”的暴漫表情，但还是给面子地走过去扒拉了一下，果然从那裤子里面掉出一个巴掌大的莹白瓷瓶。他入手一摸，便“咦”了一声，“这瓷器不错，居然没有火气，是老东西，居然就这样随随便便地随身携带？兄弟你可真是真人不露相。”

也许是因为这个瓷瓶让冯广天刮目相看，所以他把瓷瓶的木塞拔了出来，倒出一颗闻起来香气宜人像巧克力球一样的丹药，鬼使神差地竟往嘴里一扔，吧唧吧唧地吃了起来。“哎哟，这味道还真不错，我能多吃两颗吗？”

“这是元气丹，吃太多补得你流鼻血了别怪我。”张槐序整了整衣衫，弹去上面并不存在的尘土，也挥走了脑海中那些不应该存在的记忆。

冯广天此时却已经不做声了，他刚吃下去就觉得很神奇般地浑身疲惫全消，甚至连好几顿都没心情吃饭而饿得瘪瘪的肚子都饱了。他掂量着手中的瓷瓶，听声音里面至少还有个十几颗。想着晚上他打算去找他家那个老头子，这瓶丹药肯定可以帮助良多。

“兄弟，这瓶元气丹卖不？我很需要。”

张槐序生活过得舒服，能进到明德大学，也不仅仅靠着优秀的学习成绩。他母亲搬出张家后过得很好，也都是他卖丹药和符箓赚的钱。所以对这样的询问，他也并不感到冒犯，反而很正常地用手指比了个数。

冯广天也极满意，掏出手机立刻网上转账。两人这一番耽搁，外面就有人来催了。

一出休息室的门，张槐序就与对面刚出来的人撞了个对脸，两人同时愣住了。

“扑哧！”这是冯广天忍不住笑出来的声音。

叶浅浅梳着双鬟髻，穿着紫色的短褂采衣，整个人就像是古装戏的丫鬟似的，冯广天一看到就跳到了她面前，手痒地想要去揪她头上的那两个环，真是超可爱。

事实上，及冠或者及笄的仪式，大家也不过就是走个过场热闹一下而已，也没人会较真把所有发型服饰都还原到真正的原滋原味。以往女生及笄礼的时候，也都是披散着头发出来，而男生也没有真的像古代男童那样在头上用假发扎两个总角，那样还真没法见人了。但这倒是难不住叶深深，她手巧得很，没几分钟就把自家妹妹的头发梳成了真正的双鬟髻。

叶浅浅看冯广天的反应就知道自己八成又被自家姐姐给整了，可是她这时候要退回去散掉发型重新再弄也来不及了，更何况她姐也不可能让她糟蹋她的成果。

她看到了冯广天身后的张槐序，他虽然没有笑出声，但那双幽黑的眼瞳里也有遮挡不住的笑意。若是换了往日的她，肯定会耳根泛红地赧然羞恼。可是昨天晚上那个前世的回忆依旧深深地烙印在她的脑海，与张槐序一模一样的俊颜之上，那抹亲昵之间却带着无人能及的残酷疯狂，让她遍体生寒。

发现叶浅浅在自己的注视下惨白了一张脸，张槐序皱了皱眉。

发生什么事了？她身体不舒服吗？可是刚刚和冯广天嬉笑的时候明明还很正常啊。

知道自己今天逃脱不掉的叶浅浅，只好深吸了一口气，在脑海中勉强压下对张槐序的恐惧，硬着头皮就这样和后者并肩走了出去，果然不出所料地一片手机“咔嚓”的声音。也不知道那帮人是在拍她的囧样，还是因为身边的帅哥太抢镜的缘故。

叶浅浅在经过孟宇衡身边的时候，把手中编好的吉祥平安结递了过去，小小声地嘱咐道：“这吉祥平安结是我亲手编的，是保平安的，补给你的生日礼物哦。一定要随身携带。”

孟宇衡接在手里，以他强迫症晚期患者的眼光挑剔地看过去，都觉得这上面的绳子每一条都平平整整，看上去无比顺眼。可想而知叶浅浅付出了多少心血。想了一下，孟宇衡便仔细地把这吉祥平安结挂在了手机上，珍而重之。

自家竹马用实际行动表达了自己有多喜欢，这让叶浅浅非常欢喜。

一旁捧着托盘担当有司的纪菲瞥了一眼，各种嫌弃叶浅浅的审美。这种小女生的玩意，她初中的时候就不玩了好吗？

冯广天凑过来看了一眼，羡慕得要死要活的。他不是什么都不懂，但光看这线这编工这手法，就知道应该是好东西，便死皮赖脸地求道：“女人，你也太偏心了吧，为什么只有眼镜有？”

“这是给他补的生日礼物。”叶浅浅说得义正词严。

“那我过生日的时候也要预定一个。”冯广天坚持要福利。

“再说吧。”叶浅浅毫不脸红地敷衍着，反正谁知道冯广天什么时候过生日呢？是吧，哈哈！反正她确实还有一个，但已经准备留给自己了！

从叶浅浅一提到生日礼物，张槐序就既紧张又期待地等着，他袖子里倒还真有为叶浅浅准备的生日礼物，但周围这么多人，他还真不好意思拿出来。只好把东西放回袖筒里，想着等两人独处的时候再拿出来。

林萧去年的时候参加过很多次同学的成人礼，但轮到他主持，倒还是第一次，而且一下子就是两场仪式一起。但林萧倒是完全不怯场，等负责的同学播放了古琴曲做背景音乐后，开始按部就班地主持仪式。

因为两场仪式的程序都差不太多，所以便两个人一起并肩而立，进行初加、再加、三加三次步骤。每次加冠或者及笄之后，都要进行更衣，张槐序从采衣、采履，换到幅巾、深衣、大带、纳履，再换到帽子、襕衫、革带、系鞋，最后再换到幞头、公服、革带、纳靴。他虽然是天师家族培养出来的子弟，从骨子里认同这样的古式传统，但也觉得十分受不了。不过看看叶浅浅，他也就心理平衡了。不管怎么样，女生总是要比男生更麻烦的。

从采衣到襦裙，再到曲裾深衣，最后是大袖礼衣，一套套地换衣服，每次从更衣室出来之后，所见到的都是不同模样的叶浅浅。就像是在极短的时间里，见证了一个女生的成长，像是看到了一朵花从花苞开始静静绽放，从天真浪漫到秀美纯净，再到典雅端庄，最后瑰丽夺人。

而看着看着，他发觉自己的视线就收不回来了。

在台下乖乖坐着围观的众人，多是新生。因为第一次看这样的仪式，有点小兴奋，iPad上的聊天吐槽就一直没停过。

【哎哟，这样看起来，真的好像结婚典礼啊我叉……】

屏幕上忽然滚过这样一条，瞬间清屏了，都抬头各种打量，随后屏幕上的弹幕就爆掉了。

【不要这样想象！简直太让人伤心了！】

【就是！男神怎么可能和丑小鸭是一对？】

【可是丑小鸭现在看起来也挺好看的……】

【前面的闭嘴！】

……

其实也不光围观的人有这样的错觉，就连张槐序自己也有点失神。

他忘不了，在梦境中，也有过类似的场景。

有个蒙着盖头的女人站在他身侧，周围锣鼓喧嚣，入眼一片喜庆的大红。脑海中的画面与眼前的画面交错辉映，一时之间竟不知道哪个才是真实的。

那蒙着盖头的女人转身的一瞬间，露出了盖头下的容颜，即使上了妆，也能一眼看出来究竟是属于谁的。

是叶浅浅……

啊……他想起来了……那场婚礼……他们根本就没有继续下去……

他就那么看着她在众人面前淡然地扯下了大红盖头，露出了那张清丽脱俗的容颜，冷漠地转身离开。

而现实中，穿着大袖礼衣头戴钗冠的叶浅浅，正要转身去进行最后一步行揖礼。

过去的幻象和现实的画面重叠，张槐序仿佛又回到了被抛下的那一刻，当年他伸出的手没有拽住对方，这次终于在叶浅浅要转身离开的那一刹那，准确地拉住了她的手腕。

叶浅浅讶然抬起头，看着虽然面无表情但眼中却透出无比复杂神色的张槐序，有些莫名其妙。他在做什么？

张槐序在拉住叶浅浅手腕的那一刻就清醒了过来，意识到了自己究竟犯了什么错，但他却并没有马上松开。

“你做什么？”叶浅浅压低了声音，在他们两人身边做赞者的冯广天和叶深深都用古怪的目光看着他们，不远处当有司的孟宇衡和纪菲也纷纷侧目，更别提台阶下的那些围观的同学了，简直就像是一个个两千瓦的大灯泡，对准了他们，照得她如芒在背。

“你真的一点都想不起来吗？”张槐序看着叶浅浅毫无所觉的面容，终于忍不住开口道。他不相信只有他一个人饱受过去记忆的折磨，而在看到随着他话音落下，脸色就剧变的叶浅浅后，他微微地勾起了嘴角。

叶浅浅不敢置信地看着张槐序，昨晚的记忆袭上脑海，背后的冷汗一下子就全都冒了出来。

难道他也想起来了？

他现在的笑容，是在向她警告什么吗？

叶浅浅下意识地挣脱开他的桎梏，竟没有理会及笄礼还没有完成，就那么穿着大袖礼衣冲下了台阶，一阵风似的地冲出了院落。

台下目睹一切的同学们议论声四起，这是男神告白后被拒的节奏吗？这也太神展开了！

张槐序却很淡定地整了整身上的公服革带，气定神闲地提醒在愣神的林萧道：“学长，仪式还没有进行完，我们继续吧。”

也许是学校里的所有人都聚集在学生会的院落之中观礼，校园里都空荡荡。上次这样的情况，还是因为那个猫妖作祟。

叶浅浅穿着朱红色的大袖礼衣，在校园中茫然地徘徊着，满脑子都是糨糊。

究竟仇恨到什么地步，才能让前世的张槐序对她不动声色地践踏？

本以为自己可以做到对张槐序漠视，但在想起了前世的纠葛之后，叶浅浅发觉自己根本无法控制体内的杀意。

如果再继续待在成人礼现场，她没办法保证自己会做出什么来。

缓缓地在校园中踽踽独行，叶浅浅心中冰凉一片，丝毫没发现她连指尖都开始泛起了白霜。

本是炎热的夏季，却因为她冰冷的心而变得寒冷地下起了雪。片片雪花飘落在花圃中盛开的火红蔷薇上，竟是一幅绝美的画面。

回过神的叶浅浅看得呆了，连她朱红色的大袖礼衣上也落了一层浅浅的雪花。半晌之后，她才想到这反常的气候绝对是自己因为情绪失控，灵力具象化的外泄而引起空气中的水汽凝结成雪。好在只是小范围，她连忙收回灵力，雪也在蔷薇上慢慢地融化成水，成为晶莹的露珠。而落在她眉间的雪花也缓缓融化滴落，就像是从她眼里流下的泪珠。

“为了爱情哭泣的女人最可悲了。”一名陌生男子从树后转出，他穿着夸张的白色西服，头发被发胶固定抹向脑后，露出了他那张英俊到几乎妖冶的面容。

“我没有哭。”叶浅浅倔强地用袖子抹掉脸上的水珠，瞪了那名男子一会儿，就捂唇惊呼道：“你是叶海青？那个演员！不对，叶海青都已经去世十年了！你怎么和他整的一样的脸？”

叶浅浅说得一点都不客气，因为她当年也是属于疯狂崇拜喜欢叶海青的少女粉丝之一，所以就特别不爽有人居然还敢亵渎逝者，居然敢整容成叶海青的模样。

“哎呀，只是十年前很无聊就去当了一阵明星，结果发现太没隐私了，便结束那个身份罢了。”妖冶男子很无所谓地说道，“浅浅姐你不会忘了我吧？我是你最喜欢的堂弟啊！”

叶浅浅闻言一愣，她堂弟？不会是她想象的那样吧……这男人也是蚩尤一族的?

叶海青上下打量着叶浅浅，毫无形象地咂了咂嘴戏谑地说道："哎呀，这是还没恢复记忆？不对啊……分明感觉到暗月吊坠有异动的征兆啊……"

他说话的声音虽小，但也是完全不怕叶浅浅听到的音量。

叶浅浅垂下了眼帘，藏在大袖礼衣下的双拳握得死紧。

暗月吊坠？原来她一直戴着的那个吊坠，真是叫这个名字……原来这人也是冲着那暗月吊坠来的……

"喏，浅浅姐你既然没想起来，那我们就下次再聊吧，要快点想起我哦！"叶海青不知从哪里掏出一副大大的墨镜，把那张妖冶的脸面容遮挡了大半。

叶浅浅目送这位自称是她堂弟的男子消失在蔷薇丛中，心中不由得冷笑。

大概是已经看出来她身上没有暗月吊坠，也就没有什么利用价值，转身就走了吧。

心情郁结地回到宿舍，她一边走一边想把身上的大袖礼服扯开脱掉，好一会儿再拿回学生会归还，却发现宿舍的客厅里却有一位不速之客。

一身白衣的张修明正坐在沙发上静静地等着她，而在他面前的茶几上摆着的，是一个在灯光下亮晶晶的暗月吊坠。

正是叶浅浅丢失的那个赝品。

对于自己房间里不声不响地多出一个人，叶浅浅也是吓了一大跳，但转念又想到对方是张家天师一族，神出鬼没也不是不可能。

只是一想到这小子心心念念要降妖除魔，叶浅浅就感到有些胃疼，她实在是太大意了，为什么心情不好就离开大家独处，若是成人礼那种场子，这小子肯定也不敢在大庭广众之下找她麻烦。

叶浅浅强迫自己露出镇定的神色，看着在张修明肩上左顾右盼的黑乌鸦，心下恍然大悟，皱眉道："原来我的坠子是被你偷走的。"

也许每个张家子弟都有一只自己的乌鸦，她倒是误会了张槐序，幸好没有找他当面对质，否则那才尴尬呢。叶浅浅没想到张修明居然脸皮厚到偷完东西还敢拿过来让她看，见对方不为所动，便一时气不打一处来，掏出手机威胁道："把坠子放下离开，否则我报警了。"

"你确定报警有用吗？"张修明用手指摩挲了一下光滑的下颌，随后指着身旁的沙发椅，用一种不许质疑的语气，淡淡地道，"先坐，我有事情要问你。"

叶浅浅对他这种上位者发话的语气非常不爽，但看他说完后又捂住嘴一阵撕心裂肺的咳嗽，她也就不和病人一般计较了。她一边把头发上的发钗摘了下来，一边等着张修明咳嗽完。虽然她觉得也许她还可以给他倒杯水，但又觉得她若是冒然起身的话，说不定又会惹得这病弱少年发疯。

只是，当她摸到发髻上其中一根发簪的时候，不由得愣住了。因为那种熟悉的触感，即使不用摘下来看，也知道是那支凤凰白玉簪。成人礼的时候换衣服兵荒马乱，叶浅浅也没来得及看镜子，都是自家姐姐和纪菲帮忙打理的妆容衣服首饰，也不知道是谁手快，把这支凤凰白玉簪插在了她头上。

张修明这回咳嗽的时间特别长，本来停在他肩膀上的乌鸦都被惊动地飞了起来，落在了吊灯上，担心地低头看着自家主人。好一会儿后，张修明艰难地掏出药瓶吃了颗药，才重新直起身体，他隽秀的面容因为咳嗽而变得微微红润，衬得他毫无血色的唇更是不似正常人的诡异。

当那双幽深的眼瞳看过来的时候，叶浅浅顿时有种在欺负人的错觉，让她本来想趁机会把那个暗月吊坠偷拿回来的手，又僵硬地缩了回来。

见张修明还是一瞬不瞬地盯着她，叶浅浅不由得怒上心头，恨声道："你偷拿我的东西也就罢了，这不是要给我送回来吗？为什么我还不能拿回来？"

张修明讶异地挑了挑眉："看来你是真的不知道这暗月吊坠的来历。"

叶浅浅一时间好奇心大起。

她不是不奇怪为什么这么多人对她的暗月吊坠如此念念不忘，包括她的亲姐姐。但她又觉得不能听这所谓的暗月吊坠的来历，否则就会像所有人一样，被迷惑，被引诱，被欲望所驱使，变成连自己都不认识的怪物。

"你不想听？"张修明更为惊讶，他完全没想到叶浅浅居然还能控制住好奇心。要知道，就连惊鸿一瞥的他自己，也免不了热血沸腾，更别提曾经一直守护着这暗月吊坠，片刻不离身的叶浅浅了。

叶浅浅拢了拢披散的头发，沉吟了片刻，才缓缓出声道："我曾经听过一个寓言故事。"

张修明也没有出声打断，倒是起了些许兴趣，不知道叶浅浅会说个什么故事。

"在一片大陆之上，有一条恶龙，经常掠夺财宝。有一个国家的王子，发誓要去屠龙，经过千辛万苦，终于到达了恶龙的巢穴，拼死杀了恶龙。"叶浅浅简简单单地叙述着，"可是那个王子，最后却在看到恶龙所拥有的财宝时，丢掉了巨剑，坐在那堆财宝的上面，慢慢地看着自己变为一条新的恶龙。"

她的声音如水滴落玉盘般清澈，说出的话语却如寒冰般刺骨。

"我宁可不要看到这财宝有多么诱人，也要断绝我从王子变成恶龙的可能。"叶浅浅笑了笑，把头发上的一支支发簪都摘了下来，放在了桌子上，独留那支凤凰白玉簪在发髻之上。

“哼。”张修明幽黑的双眸闪了闪，随即不屑地扬起嘴角，“说得那么高大上，实际上还不是对自己的自制力没什么自信嘛”

叶浅浅为之哑然，道不同不相为谋。如果她说她想做普通人，根本不想拥有什么蚩尤血脉，这少年恐怕更要觉得她在说谎了。不过反过来想，她又何必在乎这少年心中怎么想呢？想到这里，她站起身，打了个哈欠无所谓地道：“自信不自信随你判断，反正我不再管了，王子的这个角色换成你来当，我也不在乎你是继续当王子还是要当恶龙。”

这句话好像完全踩到了张修明的痛处，本来悠闲的脸色立变。

叶浅浅刚想离开，就觉得被一股无形的力量拉制住，无法再向前迈上一步，甚至连四肢都开始僵硬了起来。她惊恐地看着自己的手脱离她意志地慢慢伸了出去，红芒一闪而过，她白皙的皓腕间凭空出现了一道伤痕，鲜红的血液汩汩而流，顺着她的指尖开始向下流淌。

很快一小摊血迹就出现在地板上，甚是吓人。

叶浅浅心惊肉跳，虽然这伤痕看起来并不算大，但看张修明这架势，不会是想要让她把血就这样活活流干净吧？越紧张脑袋里就越想不出怎样解脱这种窘境的术法，叶浅浅很快脑门就渗出了一层冷汗，浑身的灵力仿佛都被束缚住了，想呼救嗓子都发不出声音来。

张修明也许是因为又动了法术，又开始了一阵剧烈的咳嗽。但在叶浅浅听来，更像是催命符。

好不容易咳嗽声渐止，一枚很眼熟的暗月吊坠接在了血线下面。而那小银壶只有指甲大小，很快鲜血就溢了出来，流了张修明满手。

“这暗月吊坠竟不是用你的鲜血开启的吗？”张修明皱眉喃喃自语。

叶浅浅闻言欲哭无泪，她就说这张修明得了暗月吊坠，怎么又跑到她面前显摆呢，原来是不知道从哪里知道这所谓的暗月吊坠里有什么了不起的宝物，又怎么也打不开，才想从她这里套话的。

也许开启暗月吊坠的方法是她的鲜血，但无论张修明怎么做，就算是放干了她身上的血也开启不了啊！因为他拿的根本就是赝品！

张修明怕叶浅浅尖叫会引起不必要的麻烦，所以早就下了禁音咒，结果导致叶浅浅想要解释都说不出话来。

因为没有达到预期的效果，张修明深觉麻烦，一双细致的眉深深地皱了起来。

成人礼后，张槐序换下了一身公服革带，第一时间就来到叶浅浅的宿舍，打着是请她一起去参加晚上生日宴会的旗号，实际上是想私下送她生日礼物。

外加赔礼道歉。

之前在成人礼上他太唐突了，也难怪叶浅浅会生气，生气到连他的电话都不接。

张槐序在叶浅浅的宿舍外面站了半晌，又来回踱步了一阵，终于鼓起勇气敲了敲门。

门内一片寂静。

难道不在吗？张槐序又打了一遍叶浅浅的电话，却从屋里听到了电话铃声。

这是在宿舍？然后不开门的节奏？

张槐序心中无端端地升起了不安的感觉，当下也不管不顾，直接推门而入，却在看清楚客厅情况的那一刹那，瞬间僵住。

宿舍里空无一人，桌子上的手机在播放着优美的铃声，而地上却有一摊鲜血，散发着令人眩晕的血腥味……

冯广天站在父亲的书房内，他已经脱下了一身古装，换了一套户外运动的冲锋衣，背包里也放了许多生存的必需品。他把今天刚从张槐序那里买的元气丹贴身藏好，又把最近几天自己推演的资料册子装进双肩包，全副武装之后，才走到别墅的地下室。

地下室的装修都是很古老的，青砖铺地，每块青砖上面的花纹都有些模糊不平。冯广天拿着手电筒，极有耐心地找了许久，终于发现一块青砖上的花纹和其他的有所不同。

经过敲击之后，地面轰隆隆地传来一阵闷响，尘土飞扬之中，一个密道出现在冯广天面前。

他面色晦暗不明地盯着看了半晌，终于一咬牙，戴上了防毒面具，毅然决然地走了进去。

书房门外，冷眼旁观冯广天动作的管家大叔并没有阻止他以身犯险，而是把书房的门重新关好，拿出手机按了几下，汇报道："大少爷，一切如您所料。"

古香古色的学生会会长室内，林萧没有换下成人礼的服饰，依旧一身峨冠博带的风雅。他收到管家大叔的留言后，用手机敲了敲桌上的那些文件，帅气的脸上却完全没有在人前的那种张扬轻狂，而是一脸的算计。

翻了翻那些文件，亲子鉴定、股权转让书、收购协议……林萧笑得越发肆意起来。

"按计划进行，这一切，都本应该只属于我。"

"是，大少爷。"

十三 · 归藏天书

朔月

他想跟她说不要急，他一定会来救她的。他想跟她说不要多想，他这一次绝对不会再做出令自己懊悔的决定。

叶浅浅发现自己又在做梦。

她能这么快地判断出来，是因为这个梦境比起之前的那些委实太过梦幻。

没有古代的背景，也没有仙侠的背景，她好像就站在一片虚空之中，而她的面前有着一本硕大无比的书，几乎和她的身高都差不多高了。

这本巨书看起来年代颇为久远，封面斑驳不堪，仿佛风一吹就能化为齑粉。封面上有两个烫金的大字，用繁体的小篆写着“归藏”二字，那上面的金箔都碎裂开来，大半都剥落了。

叶浅浅盯着那两个字看了半天，觉得自己的想象力果然越来越丰富了，是不是之前张修明跟她说过归藏两个字，才让想象力具象化了啊？

不过既然在梦里，她就不怕会出现什么幺蛾子，而她倒是好奇这书里面写的都是什么。

想到这里，叶浅浅便伸手向书的封面，打算把它打开。她本来还计划着用很大的力气，结果却出乎她的意料，封面看上去非常厚重，但却轻若羽毛，轻轻一碰就翩然翻开，而且还因为她的力气过大，一下子就翻开了许多页。

书页也是破破烂烂，很多地方都像是被虫子蛀过，坑坑洼洼的，叶浅浅都生怕力气大一点就把书页扯破了。书页上面密密麻麻地写了许多文字，她凝神看去，发现都是她看不太懂的象形文字。

真坑爹啊！叶浅浅再往后翻了一阵，发现字体就变了，变成了她勉强能看懂一两个的弯弯曲曲的篆体字。再往后，就是写得工工整整的隶书，她这时才看出来，这部书其实就只是一部史书。

例如这一页中的一条，就写着“建安五年，策性好猎，数出驱驰，所乘马精骏，从骑绝不能及，卒遇贡客三人，射策中颊，后骑寻至，皆刺杀之……”

叶浅浅歪着头想了一会儿，便猜出这里是写着三国时，孙策被刺杀时的情景。她的手指忍不住放在这一条的上面，眼前却突兀地闪过许多画面，令她应接不暇，像是脑海里突然涌进了许多莫名其妙的东西。

她怔然地呆愣了片刻，想要看清楚脑袋里多出的那些画面，但她的记忆本就混乱，一时半会儿也找不到什么，便只好放弃了继续翻书。

因为知道这是史书了，叶浅浅也就不是那么感兴趣地一页页翻，而是一摞摞书页地翻着。有些历史条目写的清楚详细，有些却因为虫蛀或者年代久远的关系，空缺或者是模糊不清。叶浅浅也没太在意，就当打发时间地继续翻着。

书页间的字体也开始变化，从汉隶又到楷书，再来是行书、草书，还有一段是瘦金体，再来是馆阁体……很长一段繁体字后，甚至连书写工具都变了，竟然不是毛笔字而是钢笔字了。

叶浅浅看得惊奇，因为她已经发现变成钢笔字的历史条目，是民国时期。这书页上还有着子弹和炮火的痕迹，显得极为沧桑。

再往后翻了一阵，书上面的字又变成了简体字，而且成了印刷的那种铅字。

叶浅浅已经收起了笑容，因为她发现书页上的历史已经是她耳熟能详的现代史了，但书她只翻了五分之一不到，后面还有很厚的一沓，这简直太奇怪了。

她忍不住先往后翻了一沓，发现书页都是空白的，这才松了口气，觉得这才合理。

未来尚未发生，所以先预留出来嘛！

因为梦不知道为什么怎么都醒不过来，叶浅浅百无聊赖之下，便翻着最近几年的历史，找到今年的年份后，居然发现今天是9月15日，可是条目居然还有两三天后的日期……

这……

叶浅浅发现字迹有些不清楚，拿手指蹭一蹭，发现“蚩尤”两个字清晰可辨，她心中一怔，正想看清楚时，却感觉到脑海一阵剧烈的疼痛，把她从幻境中抽离出来，眼前的巨书也随即消失得一干二净。

“浅浅……浅浅！你还好吗？”一个担忧的男声在她耳边不停地低声唤着。

叶浅浅缓缓睁开双目，正对上张槐序难得透出焦急的目光。

公元200年

河上一叶扁舟在摇摇晃晃地顺着水流飘荡，在舟船之上，有两名女子正在对饮。

穿着红衣的那名女子给两人斟好酒，拿起酒杯轻抿了一口，笑着道：“妹妹，今天这次还是你去吧。姐姐我可是约了周家公子呢。”

“好。”穿白衣的女子冷冷清清地回了一句，静静地擦拭着手中的利剑。

红衣女子向后随意地靠着，姿态慵懒诱人，她望着天上缓慢飘动的白云，浅笑道：“据说这次天师一脉不知道从哪里得到了消息，派了他们这一代的传人，想要阻止我们的行动呢！妹妹你一个人能应付得了吗？”

白衣女子瞥了她一眼，那目光就像是再说，即使她说应付不了，估计也得不到任何帮助吧？

红衣女子意会了她目光中的意思，笑得花枝乱颤。她手里的酒杯也洒出了不少酒液，却没有一滴掉落在她的裙子上，而是全部停在半空中，在阳光的照射下，就像是一个个璀璨的水晶球。

白衣女子伸手一弹，那些酒滴就都乖乖地重新回到红衣女子的酒杯中，没有一滴漏下。

“归藏天书既然昭示了未来即将发生的事件，那么我们就要确保历史按照祂既定的轨迹前进。天师一脉妄求篡改天道，还自称天师，简直可笑至极。”

红衣女子不感兴趣地耸了耸肩，把酒杯里的酒水一饮而尽。

白衣女子知道自己这个姐姐向来对维护天道应有的进程，一点都不关心。所以她也没有再说什么，只是低头仔细地擦着手中的剑。

今天，孙策必须要死。

“浅浅……你怎么了？”张槐序看着叶浅浅失去焦距的那双眼睛，急切地用手在她眼前晃了晃。

叶浅浅眨了眨双目，这才从梦境中彻底清醒。她刚刚看到的画面，是她以前存留的记忆吗？还有……她口中的归藏天书，是她刚刚看到的那本巨书吗？历史的轨迹又是什么……

“浅浅，你是不是身体哪里不舒服？”张槐序见叶浅浅恢复了神志，却又有些迷迷糊糊的样子，担忧地追问着。

叶浅浅这才有心思打量起四周的情况，发现自现在是被绑在一根刻了许多奇奇怪怪符箓符号的柱子上，双手张开呈十字架型被符箓贴在墙上。那两张符箓也不知道是用什么材质的纸做成的，让她浑身酸软，根本挣脱不开。整间屋子都是昏暗的，只有地面上那些符阵之中流动的灵力线条，散发着幽幽的光芒，像是一条条有生命力的灵蛇，透着说不出来的诡异之感。

这熟悉的环境，熟悉的符阵，熟悉的姿势，熟悉的人……

有那么一瞬间，叶浅浅还以为自己又深陷了前世的噩梦之中，下意识地就挣扎起来。可手腕上传来的疼痛，让她恢复了冷静。

面前的张槐序眼中的关切和担忧并不是假装的，他的服饰和发型也都是现代的，也就是说，这不是梦境。

昏迷前的记忆回笼，叶浅浅这才想起来她这应该是被张修明那个少年抓回了张家。想到这里，叶浅浅对张槐序难免就有些迁怒，学着刚梦到的白衣女子的冷清声音，冷淡而又疏离地嗤笑道："怎么敢让张公子叫我浅浅？你我家族势不两立，今日我已为阶下囚，你是来看我笑话的吗？"

张槐序早就料到叶浅浅醒过来肯定会生气，这种程度的讽刺已经算是情况好的了。他甚至还做好了她一醒过来就怒骂他或者崩溃痛哭的心理准备。

"我成人礼之后就去找你了，结果没想到看到你宿舍里有一摊血迹。我就命夜叉顺着你的气味寻了过来，没想修明能这样对你。"张槐序简单地把他是怎么寻过来的过程说了一下，以免造成不必要的误会。他略去了一路上的坎坷，他堂弟也设了许多障眼法，等他明白过来的时候，都已经是后半夜了。张槐序故作轻松地解释道："夜叉是我养的一只乌鸦，你应该在校园里也见过的，它很喜欢偷吃东西。"

叶浅浅并未因为张槐序的解释而动容，神情反而越发冰冷："就算是你救了我，我也不知道归藏天书在哪里。"她已经从梦境和回忆中，隐约猜到了暗月吊坠里有什么。张修明不知道从哪里得到的消息，才会对暗月吊坠那么执着。老实说可以预测未来，甚至于可以修改未来的归藏天书，就连她也怦然心动。

真的是足以引诱王子变成恶龙的财宝呢。

“无所谓。”张槐序难得地笑了笑，一向冷峻的五官柔和了许多，看起来更是令人移不开目光，他像是卸下了一个重担，整个人都轻松了不少，“对于我来说已经无所谓了。因为天书或者天师什么的，已经不是我所追求的了。”

叶浅浅闻言一怔，下意识地追问道：“那你现在追求的是什么？”

张槐序并没有回答，只是看着她，目光专注坚定地看着她。

在他灼热的视线里，叶浅浅的心跳无端加快加重。她张了张唇，发现自己仿佛被剥夺了说话的力气，怎么都无法再开口说出心中的疑问。

是她想象的那样吗？

是她期待的那样吗？

或者说，她可以想象，可以期待吗？

穿着一身朱红色的大袖礼衣，被缚在十字架上的少女低垂着头，散落的长发盖住了她的脸容，在晦暗不明的符箓灵气光芒中，完全看不清楚她眼中的神情。

张槐序忍不住又上前走了一步，近到他只要一伸手，就能把她搂在怀里的距离。

他想跟她说不要急，他一定会来救她的。

他想跟她说不要多想，他这一次绝对不会再做出令自己懊悔的决定。

“浅浅……”

张槐序的声音消失在空气里，门外传来脚步声，他只能在快要碰触到叶浅浅大袖礼衣的瞬间变掌为拳，不甘心地把手收了回来。

“等我……”

叶浅浅再次抬起头，看着空无一人的静室，自嘲地低声笑了起来。

张槐序从符室中离开，发现来查看叶浅浅情况的竟是张修明本人。后者在确认叶浅浅依旧乖乖地被缚在墙上之后，便安心地关上了门，一边低声咳嗽着，一边往祖宅的另一个方向走去。

那是议事堂的方向。

张槐序站在古柏树的阴影下，神色凝重。在他的记忆里，议事堂那扇沉重的髹漆木门已经足有七八年没有再开过了，而现在都可以看得到那窗格之中摇曳的灯火。

肯定是因为叶浅浅的原因。

只要想到这里，张槐序就忍不住有些心惊肉跳。叶浅浅被张修明带回来，如此对待都已经超出了他的认知。那间符室的阵法，还有缚住叶浅浅双手的符箓，都无比珍贵，轻易是不会动用的。

身体在大脑下达指令之前，就已经有自我意识一般，远远地跟着张修明往议事堂的方向走去。他这种私生子，自然是没有资格进议事堂的，但不代表他不能去听。

对着树荫处休息的夜叉打了个手势，夜叉便张了张翅膀，飞到了议事堂的房梁上。在张家祖宅有许多只乌鸦盘旋生活，所以夜叉在其中一点都不突兀。

“父亲，要如何处置叶浅浅？她不肯说出暗月吊坠的玄机。”张修明的声音之中隐含着些许挫败，他知道抓回叶浅浅是有些性急了，但天书那么诱惑人心的宝物，他不知道也就算了，如果知道的话，又怎么舍得让它从指间溜走？

“早晚会说的。”出声的是一把醇厚的嗓音，他是上一代的天师张赦，也是张槐序的伯父。因为要研习天道，便早早把天师这个称号传给了儿子张修明。

张槐序也有很久没有见过他的这个伯父了，要不是因为张修明称他为父亲，他也猜不出对方的身份。议事堂之中除了张赦，还有几位张家的长老，显然叶浅浅的事情，惊动了张家的高层。张槐序面无表情地借着夜叉的耳朵听着议事堂中的议论，直到有个声音低沉地说出了一个令他脸色剧变的建议。

“话说，炎黄子孙的血脉传到今日，早就已经没有所谓的纯血种。其中蕴含的灵力，也都消失殆尽，就算是继承天师称号的我们张家，尽管几千年来比较注意，只同几个大家族联姻，但现在也仅仅能够驾驭法宝而已。”

“哦？四长老的意思，是要让这叶浅浅生下我张家的血脉不成？”

“胡闹！张家血脉何等重要！又岂会让蚩尤血脉玷污！”

“我说的不是这个意思啊，你都想到哪里去了啊？这么难得的一个蚩尤血脉的纯血种，又轻易死不了，我们可以利用她的血，淬炼法宝，提炼符墨。那可是蚩尤血脉的纯血种啊！而且……如果我没猜错的话，对方是朔月之血啊！”

议事堂忽然陷入了一阵诡异的沉默。

张槐序紧握的双拳都爆出了青筋，他没有再听下去，因为他知道，只要这个提议被提出来，肯定会有人为之心动。毕竟生下混血种什么的，不会让所有人得到利益，而且时限还长。但淬炼法宝什么的，却是人人可以得利。

朔月之血，那属于传说中的血液，足够让所有修道者为之疯狂。

原来她拥有的是朔月之血，也怪不得他会在朔月之夜闻到那股蛊惑人心的味道了。

不用听下去，都可以猜得到这些行将就木的长老们会如何决定。

张槐序转身离开，快步穿过庭院，走进院中的一处亭台，在其中一根柱子上敲了几下，看着亭台中央的一块青石板凸了起来。

这是张家祖宅的一处隐秘机关，地下存放了张家世代法术典籍、各种尘封的法宝和古董，只有张家的子弟才能打开这道被封印的门，而且不同等级的人所能打开的房间也不同。

张槐序站在那块青石板前，静静思索了许久。他所能知道的，自然只是最简单地开启符箓，所能下到的仓库也只是最普通的那一间。他腕上的那块罗盘手表也就是从那个仓库里翻找出来的，经过多次修理才可以使用。

可是，面对着这块青石板，他脑海中涌起的记忆中，好像并不仅仅只有那个简单地开启符箓。

看着青石板足足一盏茶的时间，张槐序使劲闭了闭双目，等他再次睁开的时候，便半弯下腰，咬破食指的指尖，用鲜血在青石板上画了一个繁复的符箓。

在最后一笔画完时，青石板上光芒大作，整块青石板已经完全沉了下去，露出一个黑洞洞的深井，直直地通向地底，不知道有多深。

张槐序并没有迟疑，而是不管不顾地迅速跳了下去。

身体处在绝对的失重状态，张槐序却并不惊慌失措，而是听着耳边呼啸而过的风声，坦然地闭上了双目。

自由落体也不知道落了多久，最后在落地的时候轻巧地站在了当场，张槐序已经知道这不过就是一种障眼法，也没太过惊奇。他重新睁开双眼，在他面前的，是一间古老的密室。

这间密室的中央，放置着一支散发着柔和光芒的符笔。除此之外，别无其他器物。

张槐序向前踏了一步，地面上就泛起了复杂至极的阵法纹路，灵力光芒一闪一灭，就像是一只被惊醒的巨兽，在一起一伏地呼吸着。

张槐序俊秀的脸上已经渗出细汗，他也不知道从什么时候起，就总能感觉到张家祖宅底下有什么东西在一直呼唤着他。他年幼不懂事的时候，曾经跟伯父张赦说过一次，后者抚着他的头顶，笑容复杂地说张家祖宅地下囚困了一些比较棘手的法宝，让他不要被轻易诱惑。

后来这种声音越来越清晰，也越来越频繁，他为了恪守本心，便搬出去住了。只是没想到，他终究有向这个声音低头的那一天。

“不是你让我来的吗？为什么还不让我靠近？”张槐序低声压抑着怒气说道，“我来完成你的愿望，但作为交换条件，你也要完成我的一个愿望。”

这是一支龙骨制成的符笔，传说中只在神话时代才有龙，遗留的龙骨所制成的符笔，可以凭空在任何媒介上画出符箓。就算是空气中也是可以的。

龙骨质地的白色符笔身上，浮现了鲜血一般绘成的符箓，在缓慢不停地流动着。地面上的阵法却因为这些符箓的浮现，而变得光芒暗淡，最终消散在空气中。

张槐序凝神看了那支符笔片刻，坚定地走了过去。

即使是魔鬼，他也决定与之做一笔交易。

只要可以拥有力量。

张槐序把那支符笔握在手中，笔管上那些血红的符箓，像是有生命的灵蛇一般，瞬间沿着他的手臂攀爬到了他的身上。张槐序忍住想要把这支符笔扔掉的冲动，忍耐着识海之中蜂拥而入的大量灵力。

这是……

张槐序眼前闪过走马灯似的画面，最终因为冲击太过巨大，不甘心地晕了过去。

十四·龙骨符笔

朔月

店铺门上的牌匾因为夜色太浓重，而有些看不太清楚，隐约能看到是篆体的两个字。张槐序站定在门前，深吸了一口气，才推开那扇沉重的雕花大门。

公元200年

正午的竹林，虽然太阳当空而照，却并不炎热，反而树影斑驳。摇曳生姿的竹林下，一男一女遥遥相对，本是风景正好的初春景象，可是蔓延在那两人身周的，是凌冽澎湃的杀机。

“为何要阻我道路？”说话的青衣男子神情冷峻，一身道袍的他拥有着超脱凡俗的容貌，但没有一点世外高人的道行，反而浑身上下透着一股神来杀神佛来杀佛的生猛气势。

“妄想篡改天道，尔等就不怕天罚否？”白衣女子手中的利刃反射着天上的阳光，刺目而又锐利，就如同她的眼神。

在不远处的竹林里，传来一阵慌乱的呼叫声。青衣男子心下急切，就想直奔而去，可一道白色的身影依旧牢牢地拦在他的身前。

“人命关天，就算是天道注定他要死，难道你就不能有仁慈之心吗？”青衣男子一边徒手射出几张符箓，一边愤然地怒斥。

“天道从没有仁慈之心。”白衣女子在那几张符箓发光显示效用之前，就挥剑瞬间一一斩断。

青衣男子显然没有料到白衣女子的剑法居然精进到如此地步。他的这几张符箓都是用还未普及的纸做成的，轻飘飘地无处着力，对方居然这么轻描淡写地就斩断了。

“天师一脉，观汉室气运已尽，便妄想扶持孙氏继承大统，以便维持天师崇高地位。”白衣女子每说几个字，就向前走一步，等最后话音落地时，她已经站在了青衣男子的面前，不过三步之远。

被说穿家族的决定背后的含义，青衣男子不由得皱起眉头，待他看清楚白衣女子的面容时，不禁神情一变：“浅浅……浅浅，是你吗？”

叶浅浅把剑刃横在眼前，对青衣男子情深意切的呼唤，毫无反应。

孟宇衡站在叶浅浅的宿舍前，对着他打电话叫回来的纪菲，表情有些忧虑：“宿舍并没有亮灯，叶子还是没有回来。”

“奇怪，那她到底去哪里了呢？生日宴会她和张槐序都没有出现，我是后来就走了，昨晚也没回来。”纪菲昨晚是临时家里有事，被一个电话叫回去了。她皱着眉，拿着房卡刷开了宿舍门。

孟宇衡在闻到房间里的味道时皱了皱眉，伸手打开了墙上的灯开关，宿舍一下子亮了起来，客厅的景象也展现在了两人面前。

“怎么搞得这么乱，窗户没关风吹的吗？咦？这地上的是什么？果汁洒了吗？”虽然孟宇衡并不是她计划的优秀男朋友候选的前几名，但纪菲还是习惯性地在人前保持着贤良淑德，只是微微抱怨一下，就打算去卫生间拿拖布擦干净。

孟宇衡已经蹲在了地上，用手指在那摊血色痕迹上碾了一下，便神色凝重地说道：“是血迹，而且已经凝固干透了，看血凝块析出的情况，说明应该是昨晚留下的。”

“什么！”纪菲愣了一下，没反应过来孟宇衡说的是什么意思。

“先不要动。”孟宇衡此时已经开始观察起室内的情况，一边分析一边掏出手机来拍照，“桌上有叶子昨天头上戴着的发钗，摆放还算整齐，但客厅里却没有她脱下来的汉服。”他往叶浅浅的卧室走了一圈，又出来说道；“连卧室里也没有。”

“这说明什么？”纪菲花容失色，身为富二代，她也知道一些绑架撕票事件，难免会想到万一遭遇这种事的是她可怎么办。她哆哆嗦嗦地掏出手机，“不行，要快点报警。”

孟宇衡没有阻止她报警，报警是必须的，但在警察姗姗来迟之前，他肯定还能做些什么。

纪菲把事件简单地和接线员说了一下，报了地址，对方说会先通知明德大学的警卫过来。她稍微安心地挂断电话，就看到孟宇衡在喃喃自语着。

“叶子她回来的时候，是用房卡开的门，之后就随手放在了玄关处，然后脱掉了脚上的彩履。”孟宇衡在门口脱了鞋，模仿着叶浅浅进屋的情况。在他的那双皮鞋旁边，放着一双做工精美的彩履，正是叶浅浅从成人礼现场穿回来的。

“随后有可能她一边解开衣服的腰带一边往屋里走，因为这里有掉落一些蒲公英的白色冠毛，应该是叶子回来路过花园的时候，在衣服上沾上的。可见这时候应该还没有什么异常，要不然她不可能有闲心拍打衣服上的蒲公英冠毛。”

“在这里应该停下了脚步，因为之后就没有蒲公英冠毛的痕迹了，可见是看到了什么。”孟宇衡站在那里，推了推鼻梁上的眼镜，“她看到了什么呢？应该是看到了客厅沙发前面坐着什么人。”

“这边的椅子有被动过的痕迹，她之后应该是走到那里坐了下来。”孟宇衡走到了椅子旁边，虚坐在了椅子上，“茶几上还摆放着一堆发钗，这堆发钗摆放整齐，并不像是慌乱之下摘下来的。应该是叶子一边和对方聊天，一边在拆头发上的发髻。”

“这说明对方是她认识的人。”

纪菲听着孟宇衡一点点分析着，不由得又敬佩又崇拜又有点毛骨悚然，此时忍不住出声道：“那能是谁？”

孟宇衡从口袋里掏出一块手帕，包着手拿起了茶几上叶浅浅的手机，按亮了屏幕，在锁屏情况下就看到了几个未接电话，除了他和纪菲打的之外，还有张槐序的几个未接来电。

他重新放下叶浅浅的手机，又仔细观察起客厅里的细节，“门口的地板上有鞋印，和我的鞋印底纹并不一样，说明有外人来过。却并没有进到客厅，说明并不是嫌疑犯的脚印。而既然有外人能进来，那么就是嫌疑犯带走叶浅浅的时候并没有锁门了。”

“还有几片黑色的羽毛，窗户没有关，也许是飞进来一只乌鸦……”孟宇衡在看到乌鸦羽毛的时候，忽然间就语塞了。因为他突然想起，叶浅浅曾经自嘲地跟他说过，她的暗月吊坠，是在汀兰阁楼顶泳池那里，被一只闯进来的乌鸦叼走的。

他绝对不相信这只是简单的巧合。

“乌鸦？”纪菲对这种鸟类没什么偏见，却比较怕对方闯进屋里来，万一啄瞎了眼睛可怎么办？她又往门外挪了几步，想要出去等警卫。

孟宇衡掏出自己的手机开始打电话，神情凝重。

“我……我已经报过警了。”纪菲弱弱地提醒道。

“我没有给警察打电话。”平常的时候，孟宇衡都是不屑于解释的。但他虽然表面镇定，可内心也难免焦急，表面上开口是跟纪菲解释，实际上是在说服他自己，“带走叶子的绝对是她认识的人。可是在明德大学里，她还能认识谁？基本上所有同学都去了晚上的生日宴，只有两个人提前走了。”

“谁？”纪菲反射性地问了一句，随后立刻便道，“张槐序和冯广天他们先走了。”她盯着这两人的目光比较多，一看他们两人不在，自然也就不太愿意继续浪费时间，见孟宇衡过来问她有没有叶浅浅的消息，也就顺势带他回宿舍了。

结果没想到居然还会发生这样的事情。

纪菲烦躁地低头咬着大拇指甲。

而孟宇衡那边却更加烦躁，因为不管是张槐序还是冯广天，两人的电话都拨不通。他拨了几次，便皱眉跟纪菲说道："你在这里等警卫过来，跟他们说明情况，我先去找张槐序和冯广天。"

"喂……别丢下我一个人！"纪菲伸手想要拽他，可孟宇衡的速度比她快多了，她这句话还没说完，孟宇衡就跟一阵风似的跑没影了。

纪菲独自站在客厅，觉得整间宿舍阴森森的很可怕，原地转了两圈之后，决定到花园里等警卫。

孟宇衡冲出去之后，率先回了他和张槐序两人的宿舍，发现灯都没开，屋子里的摆设和他走的时候没有什么区别，张槐序明显和昨晚一样没有回来，便又扭头往冯广天住的小别墅跑去。

该死，他早就应该在发现张槐序没有回来的时候就察觉出来不对劲的。

待他按响门铃，管家大叔见过他，知道他是自家小少爷的同学，很热情地迎了上来："是找我家小少爷吗？他今天晚饭前就回来了，一直在楼上没下来过。"

"咦？为什么我给他打电话怎么都拨不通？"孟宇衡闻言疑惑，拿出手机又拨，"还是不在服务区内。"

"不能啊，少爷一直在楼上的啊。他一定是在玩游戏吧！"管家大叔一脸诧异，转身就往二楼走去。

孟宇衡不管礼不礼貌，赶紧跟了上去。

管家大叔在二楼把每个房间都找了一遍，又喊了许久，却依旧没有人答应。

夜晚的风吹得外面的树枝沙沙作响，孟宇衡盯着一脸焦急状的管家大叔，推了推鼻梁上的眼镜。

叶浅浅说不清楚自己被缚在暗室中有多久了，也许是这些符篆封闭了她的灵力和感知，也许是她被激发了潜能，被缚在这里许久，竟也没有感到饥渴。

倒是有人每隔一段时间会来给她塞一颗丹药，丹药并不是要制住她行动的，而是代替饭食。根据这枚丹药来判断时辰的话，自她被囚禁后已过一天一夜了，而身处在毫无光线变化的暗室之中，她就越发觉得时间难熬。

而且越困在阵法中，就越感觉到蚀骨的痛。

这种似曾相识的痛楚，让叶浅浅有些分不清楚到底是现实还是梦境，一帧帧属于过去的记忆来回在脑海中翻腾，到最后叶浅浅都觉得之前张槐序根本没有来过，只不过是她幻想出来的场景罢了。

什么许诺会来救她，都已经又过去一个白天的时间了，叶浅浅本来有所期冀的心情，随着时间的流逝而慢慢低落下来，最终直至绝望。

从她手腕上流下去的血，都被符阵当成养分吸收了，就连缚在她手腕处的符纸，也都像是吸血鬼一般缓缓地吸收着她的血。

昏昏沉沉的叶浅浅在恍惚间，感到脸颊旁的刺痛和被人吸吮的错觉感。她不用睁眼，就知道自己定是又想起了十八年前的情景。

如果照着这张槐序的说法，她的身体里流淌的，恐怕还是什么被命名为朔月之血的血统。

这一天一夜之间，叶浅浅的回忆也恢复了一少半，但关于十八年前那一晚的事情，她每次始终都只是回忆到脸颊被划破的瞬间就没有了画面。她也觉得后面发生的事情她应该不会想要想起。

从断断续续的回忆中，她也能拼凑出她和张槐序的纠葛。每次，不管张槐序转生成什么样的性格，最后两人都会因为各种各样的情况相遇，之后再无法克制地相爱，最后难以控制地因为身体里流淌着敌对的血脉而相互残杀。

就像是一个永远逃不脱的诅咒。

叶浅浅觉得忽然自己明白了，为何她这一世是被封印了记忆，因为她不想再与张槐序再有什么纠葛了。

就是不知，她的记忆，是被封印在暗月吊坠里，还是她头上插着的凤凰白玉簪中。

她正迷迷糊糊地胡思乱想着，头上歪歪斜斜插着的凤凰白玉簪终于从发髻之中滑了出来。随着长发的散落，凤凰白玉簪也掉落而下，只是在半空中，就被符阵之中溢出的符文牢牢地缠住，并没有直接摔在地上。

玉本就是承载天地灵气的物件，更别说这支凤凰白玉簪又经过千百年的灵力滋养，白玉的簪子上面很快就爬满了赤色的符文，原本的封印也因此松动了许多。

叶浅浅眼前的画面也随之一变，竟还是在这个暗室，可是她已经脱离了束缚，手中握着的一柄剑正插在张槐序的胸前。

张槐序的唇间不知道是因为内伤还是沾了她脸颊上的鲜血，殷红得令人心悸。

叶浅浅还不明白为什么会变成这样的境地，大脑一片空白，只能听得到自己急促的喘息声。

“真好……咳咳……这一世还是死在你的剑下……”张槐序口中溢出越来越多的鲜血，只是有少许血液是呈暗金色的，滴在地上的时候，附近的那些符文全都消融掉了。

叶浅浅知道，那是他们的朔月之血和望月之血融合之后产生的、蕴含无法掌控的逆天灵力。

朔望月，是指一个月相的轮回，他们本就是天生一对。

可惜，朔月和望月，却总不可能出现在同一片夜空中，他们永远处在对立的两端，永远无法真正融合在一起。

眼看着张槐序眼中再也没有掩饰的深情，叶浅浅看清他唇间的伤痕，心一颤，手中的剑柄重如千钧。

之前的他原来是刻意对她如此吗？划伤她的脸颊，是为了让两人的血融合，助她破阵而出吗？

可是为什么？他还是选择了家族？再一次的。

“莫哭，我以为我可以做得到的。只是还是忍不住划伤了你的脸……”张槐序的声音渐渐低落了下去，“真嫉妒以后可以拥有你的男人啊……浅浅，能原谅我吗……”

叶浅浅抽出手中的剑，弯腰把他手中攥着的凤凰白玉簪拿了回来，缓缓地把长发盘了起来。

他就这样怔怔地看着，觉得即使脸上有伤痕的她也如斯美艳。

忽然有点不想就这样死去了……

“我要忘了你。”叶浅浅神情淡淡地宣布道，“再也不会见到你了，因为……你每次……都是这样懦弱……”

每次每次，他都会选择家族，就算今生好一些，居然也是让她手刃心爱之人的结局。

这样的折磨，她宁愿从开始就不存在。

她浑身散发着淡金色的灵力，注入在手中的凤凰白玉簪之中，随着盘头发的动作，看着张槐序的目光从炽热到冷漠，一点点地封印着属于他们之间的回忆。

把最后一缕碎发塞进发髻，叶浅浅连那柄剑都没有收起，不顾张槐序挽留的手，就转身而去。

……

……

现实中，凤凰白玉簪上的灵力封印被阵法符文吸收一空，“吧嗒”一声掉在了地上。

沉浸在记忆中的叶浅浅一震，茫然四顾，才发现暗室之中并没有什么张槐序，也没有任何血渍。

“呵呵……”叶浅浅低低地嗤笑起来，历史总是惊人的相似，她这一世还没有和张槐序有什么更深的感情纠葛，可想而知后者会在家族和她之间做出什么选择。

抱着一丝希望的她，简直傻透了……

“浅浅！别走！”

像是从一个漫长的梦境中醒来，张槐序的脑海里还残留着叶浅浅用她那双沾满鲜血的手，动作优雅地盘起头发，像陌生人一样，居高临下地看着他，神情漠然地扭头离去。

直到他翻身从地上坐起，看清楚周围的景象，才彻底醒来。

脑海中像是填塞了很多久远杂乱的记忆，张槐序咬着牙努力回忆了一下最后的那个画面，确认他所认识的叶浅浅并没有穿过那套看似简单、实际有着繁复银色暗纹的白色衣裙，这才重重地松了口气。

前世发生了什么事他都不管，只要活好这一世就行。

张槐序看了看怀里没有信号的手机，顿时神色大变。他以为收服龙骨符笔并不需要太长时间，竟是已经过去了一整天。他连忙步履蹒跚地站起，掏出元气丹吃了两颗，立刻就变得精神了起来。

他沿着原路返回地面，天空是阴沉沉的，乌云阴沉，毫无半点星光。他见状苦笑，本还在想万一是白日出来，还会被人注意到，此刻倒是不必担忧了。

收了这龙骨符笔，张槐序也接收了大部分的前世记忆。知道他若是融合他与叶浅浅的血，破除符室内那完整版的天罡法阵也不在话下。但惹出的动静万一太大，他没有足够的把握可以在家族众多长老的围捕下顺利地把叶浅浅给救出去。

必须还要有万全的准备。

张槐序本想再次潜入符室见见叶浅浅，最不济也要给她喂几颗元气丹。可是他走到近前的时候，发现符室门口竟然有人守卫。观望了多时后，只好咬牙暂时离开。

天上堆积的乌云终于落下了细雨，张槐序打了辆出租车到了某条商业街。虽然已是子夜时分，但商业街上依旧灯红酒绿十分喧闹。张槐序一边看着定妖罗盘上的指示，一边在人群中穿梭着，直到停在一间看起来古香古色的店铺面前。

店铺门上的牌匾因为夜色太浓重，而有些看不太清楚，隐约能看到是篆体的两个字。

看着那店铺的门内摇曳着柔和的灯光，张槐序站定在门前，深吸了一口气，才推开那扇沉重的雕花大门。

“老板，我来拿之前存在你家的符墨了。”

十五·望月之夜

朔月

叶浅浅和张槐序隔着数个灿烂瑰丽的阵法光圈，四目相对，均觉得命运简直就是套在他们两人身上的枷锁，就像这些阵法，交汇旋转，宛如轮回。

下了一夜的细雨，清晨的阳光都透着一股清新的味道。

林萧坐在校长室的旋转椅上，俯视着明德大学的景色，享受着他所期待的一切，肆意地笑出了声。

当然，不止明德大学，这只是他的第一步，明德集团迟早也会落入他的手中。

毕竟，这就是属于他的。

林萧心潮澎湃，正打开手机，犹豫着要不要在微博上发点什么的时候，就听到校长室的门被人毫不礼貌地推开了。

刚想抬头呵斥来人，林萧就见到几名警察冲了进来，竟连他的秘书都没有拦住。

“林萧同学，有关冯啸威先生和冯广天同学的失踪案，还有明德大学的股份转让一事，请您跟我们回去一趟协助调查。”带头的警官说得还算客气，只是语气和目光那是相当犀利，显然已经把林萧当成了犯罪嫌疑人。

林萧挑了挑眉，目光落在最后跟着警察走进来的孟宇衡身上，勾唇笑了笑。他晃了晃手中的手机，嬉笑道："协助调查没问题，但我是不是可以给我的律师打个电话？"

"可以，让他直接去警察局吧。"警官示意林萧起身跟他们离开。

林萧倒是非常配合，大大方方地站起身，面色如常地往外走。只是在他经过孟宇衡的身边时，对着他别有深意地一笑道："孟学弟果然是我看好的接班人啊，我不在的这一天里，希望你能帮我照看一下明德大学，我很快会回来的。"

孟宇衡扶了扶鼻梁上的眼镜，并没有回话。

协助调查若是没有结果，最多24小时之后就会释放。这林萧显然非常有信心警察不会给他定罪啊。孟宇衡自从敏锐地发现了冯广天家的管家大叔有问题之后，顺藤摸瓜地发现了林萧在这其中所动的一些手脚，只是还是没有找到冯家父子的下落，更没有得到叶浅浅和张槐序的任何消息。

难道是他找的方向有问题吗？可是调遍了明德大学所有的监视器视频，也没有发现叶浅浅走出过宿舍。倒是拍到了张槐序离校的画面，可惜校外也找不到他了。

站在窗边，目送着林萧坐进警车之中，一夜未睡的孟宇衡终于忍不住摘下了眼镜，揉了揉酸涩的眼睛。一向严格执行正常作息的他一旦打破这个习惯，就往往要比其他人更容易感到疲劳。只是现在叶浅浅下落不明，就像是横亘在他心中的一根刺。

也许都怨他，若不是他非要拉着叶浅浅和他念同一所学校，她也就不会遭遇这样的事情。

尽管孟宇衡知道这种无理取闹的想法实在是不符合逻辑，但他现在都有些控制不住自己不去胡思乱想。

叶浅浅已经失踪一天两晚了……可是能去寻找的地方他都有找过，甚至连红外热成像仪都借了过来，却依旧一无所获。

孟宇衡正想戴上眼镜，重新振作起来，却听到了迎面疾驰而来的风声。

他正好就站在打开的窗户前面，感觉有什么东西从外面朝他扑了过来，视野里一片黑暗。

“嘎！”一个凄厉的惨叫声就在他耳畔尖锐地响起，孟宇衡下意识地向后退了一步。

忙把手中的眼镜戴上，孟宇衡却发现他面前的空气中飘浮着许多黑色的鸦羽，却并没有乌鸦的身影。

这到底是怎么回事?

孟宇衡掏出手机打算给监控室打电话，看会不会有监视器正好对准他刚刚站的地方。

只是当他掏出手机之后就愣住了，原本挂在他手机上的吉祥平安结，已经彻底断掉，化为一根根细碎的绳子，飘散在空气中。

迅速用手机联系了监控室，对方在三分钟之后传来了一段视频画面，而看过后的孟宇衡拧眉思考了很久。

屏幕上清楚地显示在他揉眼睛的时候，有一只乌鸦用难以置信的速度冲了过来，如果不是它撞上了一层无形的障碍而弹飞，孟宇衡觉得现在的他肯定已经血流满面，严重的话甚至双目都会失明。

当然，在别人看起来，那只乌鸦就像是撞在了玻璃上，但孟宇衡知道，当时窗户是开着的。

攻击无效化、质量守恒定律、等价交换原则……

脑袋里闪过无数方程式，最终定格为叶浅浅那天把这个吉祥平安结送给他的画面。

“这吉祥平安结是我亲手编的，是保平安的，补给你的生日礼物哦。一定要随身携带。”

看着面前银色和蓝色的细绳还有黑色的鸦羽混乱地落了一地，孟宇衡觉得，叶浅浅的失踪，他也不能用常理来判断了。

张槐序一直到这一天的太阳落山，才从那家古董店里走出来。

那扇沉重的雕花大门在他身后关上时，他才重重地舒了一口气。

在他的手中，拿着一个巴掌大的小瓷盒，他花了一天时间，才从那块符墨上用符阵切了这么一小块下来。

张槐序低头无奈地笑了笑，也不知道花费的这个时间到底值不值。他多耽搁一刻，叶浅浅就要多受一刻的折磨。

一路神色凝重地回到张家，张槐序看了一眼符室的门口，依旧有人把守着。他直接绕到符室的另外一面，借着昏暗的天色，掏出了龙骨符笔和那个瓷盒。

瓷盒之内，一块指节大小的墨块静静地躺在其中。这墨块散发着一股令人无法忍耐的恶臭味，通体是那种红到极致发黑的颜色，就像是一块凝结的血块。

张槐序用符刀面不改色地划破了自己的掌心，血液顺着他的指尖流到了瓷盒之中，差不多了之后他才止住血，直接按住那一小块符墨和着自己的血研磨了起来。

暗金色的血丝渐渐出现，半炷香之后，符墨彻底磨化，整个瓷盒内的液体都变成了璀璨的暗金色。

没错，这块符墨其实就是陈年保存下来的朔月之血，其中还添加了许多灵草制成，是天师家族梦寐以求的符墨。张槐序其实知道只要融合自己和叶浅浅的血液，就能破开符室，但他已经恢复了许多前世的记忆，也理解往日的无奈与挣扎，这一世的他并不想把事情弄到那样的地步。

用龙骨符笔蘸了少许那璀璨的暗金色符墨，张槐序在墙上行云流水般地画起穿墙阵。

阵法一气呵成，光芒一闪之后，张槐序便无声无息地潜入了符室。

墙壁在他身后又恢复了原状，隔绝了外面昏暗的光线，可张槐序却有些黯然神伤。

符室地面上那层层亮起的符阵看起来是那么眼熟。这个天罡法阵是专门为了困住蚩尤血脉才研发出来的，其实就是他的许多前世一次次修改添加而成。没想到历史都是惊人的巧合，每次品尝这种滋味的，都是他最深爱的女人。

叶浅浅被缚在墙上，因为受到法阵的影响，正承受着痛苦的折磨。她的双目开始失去焦点，身上朱红色的大袖礼衣也被她渗出的汗水浸湿，额前的碎发贴在脸颊上，显得异常脆弱。

张槐序连忙抢上前，给她喂了几颗元气丹和水元丹，看着叶浅浅在慢慢地恢复，张槐序便用龙骨符笔蘸着暗金色符墨，在地上的符阵上填了数笔。

符阵光芒大作之后，那些忽明忽暗的阵法也瞬间消弭。

符室一下子暗了下来，只剩下门边的两盏油灯在幽幽地发着昏黄的光。

叶浅浅身上的符箓也被张槐序用符笔改掉，失去控制的身体就那样跌落在张槐序早已准备好的怀抱之中。

仿佛之前的痛苦一瞬间都被抚平了一般，叶浅浅也从不知道被人拥抱的感觉居然如此之好。好像什么都可以不用面对，自会有人替她遮风挡雨。

张槐序抱着叶浅浅怔了半晌，随即果断带着她起身离开这里。张槐序这时才发现叶浅浅的手腕居然还渗出了血，可是此时却已经没有时间来给她包扎了，因为他还是没有考虑周全，符室内肯定被布下了隐秘的机关。符室的阵法被破的同时，整个张家祖宅内的乌鸦忽然全都冲天而起，在夜空中盘旋不落，此起彼伏地嘎嘎叫着。

张槐序用龙骨符笔在青石板上迅速画了一个繁复的瞬移阵，顺便还捡起了地上的凤凰白玉簪。等门外的人要推门而入的时候，他的阵法已经写完了最后一笔，便抱着叶浅浅走了进去。

阵法光芒大盛，刺眼得几乎让人的双目承受不住，张槐序在闭上眼睛的那一瞬间，隐约发现有一个人冲了进来。但眩晕感随即而至，他也无力再去做什么。

公元208年

“校尉！校尉！这个墓也太邪门了！又死了两个兄弟！”一个灰头土脸的士兵慌慌张张地进了营帐禀报，他的脖子上挂着穿山甲的爪子做成的摸金符。他们这队人是曹操手下的摸金校尉，专司盗挖前朝大墓，把墓中的金银财宝拿出来充当军饷。因为干的是损阴德的事情，下过的墓也经常遇到些解释不清的诡异事件，却没有像这次这样，连墓都进不去的情况发生。

冯校尉紧皱眉头，正要派人继续下墓的时候，帐外又传来一阵喧哗，一个士兵冲了进来，拿着一份军报递过来，用难以置信的语气低呼着：“校尉！丞相败了！数十万大军都败了！被周瑜一把火烧了个干干净净！”

冯校尉一把抢过那份军报，上面根本没有火漆印，可见是仓促之间根本没有时间封。军报里面的字迹也极为潦草，甚至还带着斑斑血迹。

看着冯校尉越看军报脸色越难看，那个报信的士兵大着胆子说道：“校尉，我们现在怎么办？不如……不如就这么散了吧？”做摸金校尉的，都是下过大墓、见过珍奇异宝的。就算是大部分都上缴充当军饷了，谁会傻到不自己留点东西？就算是每次贴身藏点东西，也够一辈子吃喝的了。所以此时一见曹操形势不好，便动了其他心思。

冯校尉眯了眯双目，他身为校尉，管着这么多人，自然也知道他们的心思。更何况，他私自留存的东西比这些手下的士兵只多不少。陆陆续续地，有许多士兵听到了消息，都进了营帐，窃窃私语地等着冯校尉做决定。

冯校尉也知道他们这是在给他压力，若他坚持要追随曹操，说不定立时就会有人把他给杀了，把他存下的金银财宝一分，化整为零在乱世一分散，就真的谁也找不到了。

沉吟了半晌，冯校尉便斟酌着说道："我们出来已经很长时间了，这个墓所在之地又极隐蔽，远离战场，不如我们在这里建个村子生活好了。"

他这样一说，聚集在营帐内的士兵们也觉得可行。毕竟战乱之际，一个人孤零零地身怀巨款危险太大，还不如抱成团。

"建个村子还不够隐蔽，若是等太平盛世来临，我们就把这一片地给买下来，建个书院什么的。"冯校尉想得长远，他本就是书香门第，乱世之中迫于无奈才当了盗墓贼。再者，这底下的那座大墓，他总觉得有些蹊跷，不舍得就这样放手。

"书院好！这样我们的后代可以习字读书！"士兵们都目不识丁，对于读书人都是敬畏有加，若说刚才还有人觉得建个村子养老有些动摇，那此时都死心塌地地留了下来。

"没错！若是我们后代再出个大官，我们可就发达啦！"

冯校尉扬起了笑容，满意地点头道："《大学》中有言，大学之道，在明明德。这个书院，就命名为明德吧。"

叶浅浅重新睁开双眼，发现刺鼻的血腥味已经散去，空气中草木清新的味道缭绕鼻尖，倒是让她精神一振地打量起四周来。

夜空之上乌云密布，但也能借着路灯的光线，看出她现在是在明德大学的篮球场，她正靠在篮球架旁边坐着。而在她的不远处，张修明和张槐序两兄弟在遥遥相对，杀机一触即发。

她看着那两人，神情恍惚了一下，之后才想起方才都发生了什么。

成人礼之后，她被张修明抓走了，又被扔进了什么破阵法里，血都要流光了，最后在失去意识之前，好像是张槐序把她救了出来。

在昏迷中，断断续续的记忆碎片一一闪过她的脑海，居然很大一部分都是关于张槐序的。

头顶上的星空还和两千年前没有任何区别，但身边的环境和人物都有了变化。

唯一不变的，就是张槐序。

叶浅浅在想，为什么张槐序不管每次转世都能找到她？

叶浅浅醒过来的那一刹那，张槐序就若有所感，忍不住回过头来看了她一眼。正好迎上叶浅浅投过来的视线，两人的目光一接触，就再也收不回来了。

张修明在瞬移阵法的最后一刻闯入了进去，所以和他们两人一起转移到了明德大学的篮球场上。他万万没想到自家堂兄居然敢破坏阵法，私自救下叶浅浅。这简直就是叛出家族的罪行，堂兄他到底是怎么想的？他难道不想当天师了吗？

没错，虽然张槐序从来不说，但张修明却懂。

懂他每次看向他的时候，那种眼神之下所隐藏的东西。

“哥，我对你真的很失望。”张修明绷着一张俊秀的脸容，紧抿着薄唇。他本想做出一副面无表情的模样，但那双凤目中闪过的愤怒却泄露了他心底的情绪。他缓缓地从左手掌心抽出那柄泛着赤色利芒的斩妖剑，妖冶的红光映得他的脸诡异非常。

张槐序已经释然了，是对天师和张家的释然，但面对着他一手带大的堂弟，却绝对做不出刀刃相向的举动。只是形势迫人，让他无从选择。低垂了眼帘，无声地叹了口气，张槐序正想从怀里掏出龙骨符笔，一道大红色的倩影却率先闪到了他的身前。

“你想战吗？我来陪你战。”叶浅浅披散的长发，在夜风中四散飞舞着，绣着金丝卷云边的广袖也在风中猎猎作响。

“浅浅，你的身体……”张槐序拉住了她的手腕，阻止住她继续往前走。但一伸手就握了一掌心的血，这才发现叶浅浅居然一直在流血。本来蚩尤血脉愈合力其实是最强的，但张修明是用斩妖剑以极快的速度划了她一下，内含罡气，却极克制蚩尤血脉，短时间内是很难愈合的。

张槐序心情非常复杂，一边是他弟弟，一边是他喜欢的人，他根本无法选择。

见张槐序要替她裹伤，叶浅浅连忙抽回手腕制止，她的目光依旧看着张修明，勾唇笑道：“我的身体再不好，也没有张小天师的身体差。”

张修明气急攻心，又是一阵撕心裂肺的咳嗽，本来手中的斩妖剑剑尖也受了影响，低落了下去。

叶浅浅讽刺地一笑，抬起了右手，用指甲挑了一点手腕上流下来的鲜血，直直地朝张修明弹去。

蚩尤血脉的血对天师一脉，虽然也是渴求的圣品，但如果用得对，也是像毒药一样的存在。这也是炎帝黄帝时代，为何要把蚩尤一族斩尽杀绝的其中一个很重要的原因。叶浅浅已经恢复了部分记忆，自然知道怎么使用自己的血。可笑，这帮人居然还妄想用她的血来淬炼法宝。

阴沉的天空之中，那朔月之血就如同一颗颗幽深的红宝石，直接在灵力的作用下变成了细如发丝的血网，当头向张修明手中的斩妖剑罩去。

张修明看得分明，想要暂避锋芒，却忽然间感到眉心一凉，手脚已经无力，甚至连斩妖剑都拿不住，眼睁睁地看着那柄泛着红芒的剑即将跌落在地。

叶浅浅控制的血网牢牢地扣住了那柄斩妖剑，剑身上的赤色利芒被血网一罩，就像是被水浇上去的火焰一般，立刻就变成了浅淡的薄薄一层，在斩妖剑到了叶浅浅的右手中时，赤色的利芒就完全消失，像是一条被掐住了七寸的蛇，一动都不敢动，安静地在叶浅浅白皙的五指间，变成了一柄看起来普普通通的铁剑。

张修明面如死灰，他之前曾经追得叶浅浅四处逃窜，又轻松地把她绑架回张家，根本完全没把她放在眼里。谁想到只几个时辰之后，她就像换了一个人一样，甚至连他自小都从不离身的斩妖剑都被她弹指之间就夺了过去。

叶浅浅腕间未止的血迹顺着她垂下的手指，流到了斩妖剑上。她抬起斩妖剑看了看，略微可惜地把剑身凑到嘴边，舔了一下上面的血迹。

这个动作她做得极为潇洒，她的双眼从未离开过张修明，一对本是温和的双目变得锐利如刀，再加上沾染了鲜血的红唇，为她整个人染上了一层妖艳诡异的风情。

“浅浅……”张槐序上前一步，这样的叶浅浅让他心跳加速，也有些心悸。

“你知道这张小天师为什么身体不好吗？”叶浅浅没有转头看张槐序，却任由他拉住她拿着斩妖剑的手腕。

张槐序并不是要抢走她手中的斩妖剑，而是目不斜视，先掏出一张空白的符纸，裹住叶浅浅手腕的伤口，用符纸吸走张修明留存在伤口处的罡气，之后干脆将那张空白的符纸当成胶布直接贴在伤口上。他听见了叶浅浅的问题，虽然他已经算是叛出家族，但对张修明依旧视如亲弟，闻言也开口问道：“修明不是从娘胎里带来的病吗？说是肺不好，小时候也看过许多医生。”

“这是他们告诉你的借口吗？”叶浅浅怜悯地瞥了他一眼，随后有点嫌弃地看着伤口处贴的符纸。她本能地排斥着天师一脉的所有东西，总是下意识地觉得这上面沾着令她厌恶的东西。只是符纸贴上来之后，伤口一阵清凉，痛痒的感觉也随之驱散了许多，她也就暂时忍耐了。

“修明的身体不好另有原因？”张槐序想到这些年来看着自家堂弟身体极差而又束手无策的痛苦，立刻抬起了头朝张修明看去。

张修明的眉间被叶浅浅弹了一滴血，就像被施了定身法一般，还保持着没有拿住斩妖剑的姿势。眉间的那一点红就像是天生的红痣，给他如玉般的容颜又加上了一层莹光，但他的脸色却惨白如纸。

“你这个好堂弟自己也知道的，他根本就不适合掌控这柄斩妖剑，还强行以身体为剑鞘，这才是他身体一直不能好转的直接原因。”叶浅浅嘲讽地笑着，“这样磋磨自己的身体，也不愿意放弃这柄斩妖剑。对自己狠的人，果然对别人也狠。”

张修明那张精致的面容上一片惨白，但却倔强地保持着面无表情。他此时已经恢复了一些体力，艰难地抬起了手，把眉间那一点血渍抹干净。但迎上张槐序质疑的目光，又什么都没说地避开了他的眼神。

张槐序一见便知叶浅浅说的是实情，当下却又不知心中是何种滋味了。

他不知道张修明是几岁开始就做了斩妖剑的剑鞘，但自从他有记忆开始，张修明就是一副羸弱的身子。而且这并不是病魔，而是只要一个选择就可以逃脱的。他无法想象对面那个单薄得仿佛夜风大一点都能吹倒的少年脆弱的双肩上，究竟背负着什么。

“别把我想得那么伟大。”张修明凝聚罡气，把指尖的那一点血渍运化干净，少了斩妖剑的负累，他感觉连呼吸中都少了那种痛苦，有种说不出来的痛快。可是却觉得心中空荡荡的，异常不安。自从有记忆以来，就从来没有这样轻松地活着，张修明站直身体，漂亮得像桃花春水的面容上勾抹出一道意味不明的笑意，“哥，这柄斩妖剑才是真正的天师传承，是嫡系子孙的责任，我现在还不足以担任。哥你却触手可及，当天师，不是你一直以来努力的目标吗？”

叶浅浅轻笑一声，这少年看起来好似天真无邪，但简简单单的一句话就想用斩妖剑来挑拨她和张槐序，真是太可笑了。

她索性素手一翻，把斩妖剑上的血滴都挥洒开去，反手把剑柄塞进了张槐序的手心里。这天师的法宝，她控制起来也浪费灵力，简直就是烫手的山芋，自然是要早点给出去。只是给谁，自然由她说的算。叶浅浅挑了挑秀眉，对张修明浅浅笑道：“你说得这么好听，还不是在贪图无法驾驭的力量？”

随着她的话音，斩妖剑在被张槐序握住的那一瞬间，利芒大涨，威势要比张修明持着的时候大上数倍，而且火焰的颜色也更为精纯漂亮。

在张修明难以抑制的愕然中，叶浅浅缓缓笑道：“张槐序才是真正的望月之血，是最适合掌控这柄斩妖剑的人。”

“不可能！他出生的时候并不是满月！”张修明如何不明白望月是比满月还要稀少的存在，当下不敢置信地反问道。

“其实是被瞒报了生辰吧，家族斗争什么的，我觉得你应该比我还懂。”叶浅浅歪着头，一派天真无邪，“其实成人礼我们过的是阳历的生日，若是算农历，今晚才是他真正的生日呢。”

说着，叶浅浅回过头，对着身边的张槐序微微一笑道：“生日快乐，我借花献佛，这柄剑就当我送你的生日礼物了。”

随着她的话音，天空的乌云也随之缓缓散开，露出皎洁如玉盘的满月。

其实如果按照身份证上的日期，今晚也是叶浅浅的农历生日，可那终究只是假相，她是在一个没有月光的朔月之夜出生的，在很久很久以前。

张槐序看着她的笑靥，在月光下熠熠生辉。

他的心脏怦怦直跳，强迫自己保持理智。

他在龙骨符笔中得到的才是真正的天师传承，斩妖剑顶多算是天师的一件法宝。张槐序在得到天师传承之后，因为脑海里的记忆一下子涌入太多，为了赶时间，他并没有一一查看，只有在真正接触到时，才能从脑海中找到相应的记忆。例如他踏入阵法的时候才能想到关于阵法的事情，拿住斩妖剑的时候才能想起这柄剑的来历。

张槐序神色复杂地看着自家弟弟，在脑海中找寻了一下斩妖剑的剑诀，慢慢地把斩妖剑融入到自己的左手掌心。

张修明震惊，随即咬着牙根，言不由衷地讽刺道："哥你这下继承了斩妖剑，有资格从我这里夺走天师称号了。"

张槐序苦笑，根本不是这样的，自家堂弟并不契合这柄斩妖剑，说是什么满月之血，若是他当真拥有的是满月之血，身体也不可能会差到这种地步。想来被篡改生辰日期的，不止他一人。若是继续强行当剑鞘的话，也许过几年就会支撑不下去了。张槐序此时也知道了为什么张修明一出生就继承了这柄斩妖剑，恐怕也是他的伯父张赦承受不起了吧。

这种事情，张槐序也要想想怎样解释才不会太过让自家堂弟伤心。

只是还未等他开口，一个醇厚的声音便出现在篮球场上，威严地喝道："谁要夺走天师称号？真是逆子！"

随着那个突兀的声音响起，一个个小型的瞬移阵在夜晚的篮球场上亮起。

每个瞬移阵之上，都站着一名张氏家族的人，大多都是上了岁数的老人，他们穿着青色的道袍，头上复古地梳着道士髻，站在最前面的那个中年人手中拿着一把拂尘，长得一张国字脸，一身正气，但隐约还能看得出来眉目与张修明有些相似。

"父亲。"张修明低低地唤了一声，脸上是种倔强的神情，

“我的斩妖剑被堂哥收走了，他比我更能控制好那柄斩妖剑，这一代的天师称号……我受之有愧……”

“胡闹！”张赦一甩手中的银丝拂尘，义正词严地教育道，“天师称号向来都是由张家嫡系子孙继承，若有意外，也必须由张家长老会决定，又怎么可能由一柄斩妖剑来决定？”

张槐序淡漠地看着这位一直对他慈爱有加的伯父，知道对方表面上虽是在教育儿子，实际上是在拿话挤对他。

看着这些篮球场上出动的张家长老们，有些面孔是从小在张家祖宅长大的他都没有看到过的，张槐序不禁在心中冷笑，他能惊动这么多人，真是想不到。

“槐序，你可要想清楚，叛出家族并不是好的选择。”

“跟这小子废话什么？他想和那个妖女自找死路，又何必给他们留情？”

“我们张家养你十八年，并不是想要看到这样的结果。”

“真是个忘恩负义的白眼狼！”

有人唱红脸有人唱白脸，配合得那叫一个默契。张槐序始终都是面无表情，连眉梢都没有动一下。

叶浅浅在一旁听得都气得秀眉倒竖，被人一口一个妖女叫着，简直有种穿越到古代的诡异感。但她也没法帮张槐序解释，因为她知道，这种时候无论她说什么，都是反效果。

甚至，她都在考虑是不是该离张槐序远一点。毕竟叛出家族这个罪名实在是太严重了，张家不可能那么轻易放过张槐序的。

她的脚尖刚动一下，手腕就被张槐序牢牢地攥住了。

对方只是一开始很用力，但在察觉到贴在她伤口上的符纸之后，就放轻了力道，虚握着，却是以一种不容她离开半步的气势。

叶浅浅不明白，他这样表态，岂不是要把事情推向越发不可收拾的境地吗？

但她的视线放在两人交握的双手上，心里的甜蜜止不住地扩散开来，不由得发起怔来。

他们两人这副小儿女姿态，更让张家的长老们气得七窍生烟，言辞越发不客气起来。

已经得到真正天师传承的张槐序自然不惧这些长老们，他只是觉得心中冰冷。本来就对他毫不在意的张家长老们，现在好不容易把他放在眼里了，却是用看敌人的目光在看他。

忽然，一阵银铃般的嬉笑声传来，打断了张家长老们的谴责声，一个甜美的声音嘲讽地笑道："张家从古至今就没什么长进，连骂人的词都是翻来覆去那么几句。"

"是啊，深姐说的是，我都会背了。"一个像大提琴般有磁性的男声也接着笑道。两人的声音由远及近，最开始像是从很远的地方传来，但在说到最后一个字的时候，显然已经来到了篮球场上。

这等速度，简直闻所未闻，张家长老们齐齐收声，都把目光对准了声音传来的方向。

一男一女从黑暗中款款走出，女子穿着一身黑色修身的连衣裙，长发飘逸，眉目如画，正是叶深深。而在她身边的男子一身暗紫色的西服三件套，一头黑发整齐地梳在脑后，露出饱满光洁的额头，整个人充满了欧式贵族范儿。

叶浅浅看得一呆，这男子就是下午在花圃中遇到的叶海青，只是换了身西服，他浑身上下的气质就变了个样。褪下了妖冶的气息，变得贵气十足。叶浅浅这下倒觉得这人就是那个已经去世的传奇巨星叶海青，也不是没什么接受不了的了。影帝嘛！自然是千面人，演什么像什么。

"哼！又来了两个狗男女，以为有人撑腰我们就怕了吗？"

"没错，把他们一起拿下吧，都是蚩尤血脉，啧啧……"

张槐序忍不住深吸了一口气，才能抑制住胸中暴涨的情绪。他自然知道这句话的未尽之意，长老们怕是通过了用蚩尤血脉传人的鲜血淬炼法宝的提议，在他们眼中，他夺了斩妖剑恐怕并不是什么天理不容的事情，反而放走了叶浅浅才触到了他们的痛脚。

这样发散思维的话，也许最开始天师这个称号的设立，就是为了狩猎存在的。

是的，他们两族从来都没有什么解不开的仇怨。

解不开的，永远只有利益。

叶浅浅见张家长老们咄咄相逼，不禁对叶深深和叶海青两人有些担忧，他们出现时她也很高兴，但万一牵连到他们，她宁可他们从没有来过。

只是在她把视线投注过去的时候，叶深深朝她意味深长地笑了一下，而叶海青则干脆地向她眨了眨眼睛隔空送了个秋波，完全没把那些叫嚣的老头子放在眼里。

一直被乌云遮挡住的月亮探出了头，皎洁的月光洒落而下，忽然，一片黑影从天空中滑翔而过，张家长老们的喝骂声瞬间低了下去。

那是一只色彩绚烂的蝴蝶纸鸢，不知道为什么这么晚还有人在放风筝，但这风筝却在飘过篮球场上空的时候直坠而下，在空中消失不见，变成一个十四五岁的可爱正太跳了下来。

这穿着运动服的正太把手中的蝴蝶胸针别在胸前，那枚蝴蝶胸针和刚刚天上飘过的蝴蝶纸鸢一模一样，看来应该是某种飞行法器。

看着叶海青阴阳怪气地和这正太打着招呼，叶浅浅便知道这正太也有可能是叶家子弟，只是觉得对方有些眼熟，具体身份和名字一时半会儿在浩瀚的记忆之中还找不到。毕竟古代的发型和服饰不一样，她一时半会儿还对不上号。

张家长老们正要欣喜又来了一个蚩尤血脉的时候，却赫然当发现他们被蝴蝶纸鸢吸引了注意力的时候，不知不觉间已经被人包围了。

月亮此时已经完全从乌云中显现出来，叶浅浅才惊觉自己身后居然零零散散站了男女老少好几个人，他们的面容都是一等一的漂亮帅气，不过也有不修边幅蓬头垢面的，只是隐约也能看出来身材不错。叶氏家族的人潜藏在各行各业，虽然平时都不相来往，也极其不靠谱，但也绝对不能容忍自家亲戚被人当成炼法宝的祭品。

像是约好了时间一样，陆陆续续还有许多人出现，他们互相寒暄着，有说有笑，一点也不把对面的那些道士看在眼里，倒衬得对方严阵以待，太过紧张。

两大家族壁垒分明，更显得站在中间双手交握的张槐序和叶浅浅极为突兀。

张赦拂尘一甩，道貌岸然地出声道："槐序，你既然继承了我张家的斩妖剑，就应该承担我张家的责任，应该斩妖降魔才对。"

张槐序闻言，却有种啼笑皆非的感觉，他期待了那么久的家族认同，却在这种他不再需要的时候得到了。他的心情极度复杂，一时间没有回应张赦的问话。

他这样一怔神，叶浅浅便以为他犹豫了。她知道对于张槐序来说，家族的认同，天师的称号，是多么重要。

这样的犹豫……也是很正常的吧……

恍惚间，叶浅浅仿佛觉得这样的情景很眼熟。

好像在记忆中也有过类似的情况，而且结果都不是很好，否则她也不会失去记忆，不是吗？

叶浅浅下意识地挣脱了张槐序的手掌，后者本来握得就不是很紧，她只是略一用力就挣脱开来。腕间炙热的温度骤然消失，让叶浅浅心里冰凉一片，连手腕上本不怎么疼的伤口都开始剜心地痛起来。

感到掌中的细腕离开，张槐序转过头来寻叶浅浅，但两人的视线却完全没有对上，一条轻如天边云彩的绸带缠上了叶浅浅的纤腰，把她从张槐序的身边给卷了回去。

“姐！”叶浅浅失声惊呼，因为这条绸带的一端把她卷向叶家这边，而另一端却在自家姐姐的指挥下，迎面朝张槐序攻去。

那条绸带虽然无比柔软，却没有人敢小瞧了去。张槐序怕拿出龙骨符笔会被张家的长老们看出端倪，所以只能从左手掌心拔出斩妖剑，他并不怎么想对战，所以便留了几分。

可叶深深反而却拿出全力，斩妖剑虽然锋利，但在斩到绸带上时完全使不上力。而且那绸带也不知道是什么材质所制，斩妖剑上的剑芒就算烧到了绸带，也无损分毫，一时之间居然应付得手忙脚乱。

叶浅浅被绸带的另一端卷得有些晕头转向，最后被抛到了一个人怀里。她睁开双眼，就看到一双爱笑的桃花眼正戏谑地看着自己。

连忙从叶海青怀里站了起来，叶浅浅便想上前阻止自家姐姐和张槐序，可她却一下子被拽住了，大袖礼衣的袖子非常长，叶海青只是拽住了一小块，就足以阻止她离开。

“乖，浅姐，让深姐出出气也好，十八年前，那小子可是打得你差点魂飞魄散。而且她奔波了这么几天，好不容易才找到这么多叶家人来给你撑腰，一直都没好好休息哦！要知道，我们的家人都藏得比较深。”叶海青的笑容有些危险，他露出小虎牙，舔了舔唇，就像是藏在暗处的吸血鬼，“浅姐，我劝你不要去哦！你应该好好安抚我才对，若是我出手，可就不只是这样让那小子流点血了。奇怪，这小子的血怎么是那股味道……”

叶浅浅闻言一惊，无心去细想他话语中的深意，立刻看向场中交战的两人。

只见也不知道那绸带上是不是绑有其他尖锐的武器，张槐序的脸颊和衣服都被划破了多处，也有血丝飞溅，但伤口都不算太深。这也令叶浅浅松了口气，想着也许是自家姐姐知道分寸，只是表面上教训一下，让两家都下得来台而已。反正这点小伤口，她一会儿就能偷偷地帮张槐序治愈。

正在挥舞绸带的叶深深诡异地勾起嘴角，用隐蔽的手段制造张槐序身上的伤口，她的左手指间拿着一个小银壶，把那些血珠都一滴不漏地收集了起来。还好天色晚，她的这一番作为又小心谨慎，就连和她打斗的张槐序都没有察觉到。

叶深深忍不住笑得越发灿烂起来。她一直拖着时间，终于赶上了这一天。

暗月吊坠已在手，张槐序也成了真正的天师，他的血也要在望月之夜收集才有用。

她不由得在间歇之际，用敬畏的眼光去看天空中静静悬挂着的满月。

自从进入科学时代以来，她也经常关注天文学的发展。其实月球的质量和体积相比实在是太小，它根本不应该有那么大的体积。而单靠地球的引力，也无法捕获它成为卫星。

和地球或者其他星球上的陨石坑相比，月亮上的陨石坑都太浅了，这只能用月球表面之下还有一层很坚硬的物质结构，无法让陨石穿透来解释，所以，才使得所有的陨石坑都很浅，更像是人造物的存在。

太阳直径是月球的395倍大，但太阳离地球有395倍远，月球正好大到能造成日蚀，小到仍能让人看到日冕，在天文学上找不出理由解释此种现象，这真是巧合中的巧合！

从各种资料和法则来衡量，月球不应该出现在那里。这月球，就像是有什么人，特意为了让阳光能在晚上洒落地球，而制造的一件物事。

叶深深这么多年来收集一些上古时期的古骨简和古物，自己大胆推测，这月亮，应该是克制蚩尤血脉的神器，黄帝大败蚩尤的时候就是满月之时。

那暗月吊坠，一面是月亮的模样，而另一面是繁复的纹路和符咒。正是因为月亮只把它的其中一面面向地球，而另一半的符咒，则是解开谜题的钥匙。

而她现在已经离那扇门，越来越近了。

越是畅想，叶深深就越是打得兴起，张槐序应付得手忙脚乱。

叶浅浅终是看不过眼，她揭下手腕上的符纸，折了几下折成一只纸鹤，又默念了几句咒语。符纸上本就沾了她的血，很快那只纸鹤就变成一只真正的小鸟，张开翅膀便朝着斩妖剑与绸带纠缠的地方飞去。

一片灵光骤然亮起，刺得叶深深和张槐序两人不得不离开战圈，各退了几步，遥遥相对。

叶深深早就收集到了她想要的东西，便不再追击，手腕轻抖，如云般轻柔的绸带在空中打了几个转，划出几道优美的弧线，重新回到了她的手中。

张槐序却因为这一退，直接退到了张家这一边。他手里拿着变回原状的符纸，看着重新变得遥远的叶浅浅，一时之间也不知该如何是好。

篮球场上一时寂静无声，谁都不肯率先低头。

眼看一场旷世斗法即将展开。

历史上，也有这样两大家族对峙的情况。但几乎都是以惨烈的结局收场，谁也不想出现那样的结果。

叶海青把叶浅浅推到叶深深那边，便迈开大长腿走了出去。他一边走，一边还掏出手机自拍了一下，也不知道他那部手机是什么镜头，居然闪光灯一闪，把后面叶家所有的人都照了进去。

叶家阵营中接连传来——“卧槽！第三只眼睛要瞎了！”

“人干事！老子的脸不能公开！”

“海青哥你千万不要发微博！会被人肉出来的！你已经挂了！”

“哎呀！姑奶奶我今天没化妆没带美瞳！”

在这些吵闹声中，叶海青潇洒地一拂西装袖子，淡定笑道：“难得人这么全，来场合影做纪念啊。”

“做个P纪念！合影也不是这么拍的啊！”

叶海青没管那些在表达不满的逗逼族人，径自在手机上按了按，对准了张家众人，没心没肺地笑道：“来，笑一个，给你们也来张合影！”

闪光灯骤然亮起的那一刻，本来正在想如何解决这种局面的张赦警兆忽生，他来不及细想，立刻甩出手中的拂尘，并且高呼一声：“闭眼！”

张修明对自家父亲自然是言听计从，闻言立刻闭上了双目。张槐序也是如此，毕竟张赦积威甚重。可张家其他长老们就不一定听从了，有人甚至还暗中在笑话张赦大惊小怪，不就是照一张相吗？他们张家人又不是对面那些见不得人的妖魔鬼怪。

可是在闪光灯闪过之后，只要没有闭眼睛的张家人，全都眼前一片黑暗。

那闪光灯竟把他们的眼睛都闪瞎了！

“怎么回事！这是怎么回事！”张家阵营这边乱成了一团，也知道定是遭了暗算，便摸索着解决。有人默念法决，有人往自己脑门上贴符纸，还有人原地就做起法来。

叶浅浅惊诧之后大开眼界，便听到旁边那个戴着蝴蝶胸针的可爱正太凑了过去，对叶海青谄媚地笑道：“海青哥，你这iPhone6 Plus不错啊！前置摄像头是正常的，后置摄像头是光菱魔晶磨成的镜头。啧啧，不愧是财大气粗的海青哥，这宝贝也给小弟我弄一个呗？”

“得了吧，给你用你用得习惯吗？哪天想对着风景一拍，对面的路人眼睛全瞎了，你负得起责任吗？”

“可海青哥你不是用得挺好的吗？”

“我那是平时根本用不到后置摄像头好吗？”

“自拍狂魔……”

“嗯？你说什么？”

“我是说海青哥天生丽质难自弃！”

“懒得理你。”叶海青把手机收回西装口袋，大大方方地朝张家阵营又走了两步，对着张修明笑了笑道：“小弟弟，你拿了我们叶家的暗月吊坠这么多天都不还，是不是不太合规矩啊？”

“天道法宝，全靠缘法。那上面又没有印上叶家的族徽，怎么就能说是叶家的东西？”张赦手中的拂尘丝已经变成焦炭，他索性把那光杆拂尘收回道袍袖中。他面上尽量保持镇定，实际上心中惊骇万分。对方只是轻轻地按了一下闪光灯，就让他随身多年的银丝拂尘毁于一旦，而且若不是他用银丝拂尘护了一下，张家长老们可就不止暂时性地看不见了。

“哦？我倒忘了，张家一向是癞皮狗，不打不会听话的。”叶海青一边说，一边开始解身上的西服扣子，浑身的气势全开，完全就像是要大开杀戒的架势。

“慢！我们不如各派三个人出来对打，三局两胜。”张赦义正词严地建议道，“若是叶家胜，我们交出暗月吊坠；若是张家胜，那么叶家要交出如何开启暗月吊坠的方法。而且败者不能再次纠缠，并且之后五百年内不得使用妖力和法力。”

“咦？这赌注有点大啊！你们赌得起？”叶海青摸了摸下巴，玩味地笑道。

“我提出来的，自然赌得起。”张赦的背脊挺得笔直，微微扬起下颌，一派睥睨的神色。

“哟，这可真豪气。”叶海青痞痞地笑了一下，“你一个人可以代表整个张家，我可没那么大权力，我们可要商量商量。”

张赦脸上的表情一僵，知道这小子又抓紧机会刺了他一句。不过对方若是死活不说暗月吊坠如何开启，那他们张家拿着也实在是烫手。

且不说叶海青走回来之后，如何和族人商量，一旁的叶浅浅早已惊呆了。

咦？这就要打起来了？叶浅浅还没来得及对叶海青说张修明拿走的那个暗月吊坠是假的呢！她下意识地看向身边的叶深深，却见后者笑眯眯地把手指竖在红唇间，做了一个噤声的手势，警告她不要乱说话。

看着周围叶家人跃跃欲试的表情，叶浅浅知道，这时候她再说这暗月吊坠是假的，也无关紧要了。因为输者的惩罚，才是最重要的，他们也想让张家一败涂地，五百年内不再出世。

张家的长老们此时都已经恢复了视力，遥遥看向叶海青的目光，都透着凶狠，自然不会拒绝张赦的提议。事实上，他们没等叶海青回话，就已经开始在篮球场上布结界了。一是防备着叶家人逃跑，二是怕他们打斗时的声光影特效太过显眼，干脆设个结界与外界隔绝开来。

他们这一副不死不休彻底了断恩怨的架势，并没有吓住叶家人。叶浅浅把视线调回族人这边，发现他们已经开始自荐谁第一个出场了。有五个人举手，然后这五个人便围成一圈，喊“一二三”地开始……

开始出石头剪子布……

叶浅浅简直能感受到脑门上慢慢滑下的几道黑线，虽然她知道叶家人极为不靠谱，但完全没想到会不靠谱到这种地步……

“哦耶！我赢了！”叶海青举着拳头志得意满地兴奋道。随后便大步朝中间的空地走去，边走边极为帅气地脱下西装外套向后甩去。

在西装外套即将落地的那一瞬间，戴蝴蝶胸针的可爱正太忙不迭地奔过去接住，堪比服务周到的助理小弟。

张家一方，先出场的是张赦，两人在十步之遥的地方停下，一时间场中杀气弥漫。

叶海青揉乱了用发胶固定好的短发，碎发在额前垂下，整个人看起来又年轻了几岁。他向旁边伸出了右手，而就在他的手指即将接触到的地方，凭空裂开了一道黑色的缝隙。叶海青修长如玉的右手就那样直直地伸了进去，居然从里面拖出一柄硕大沉重的巨斧。

那柄巨斧光斧头都足有半人高，跟叶海青削瘦的身材形成了鲜明的对比。

“哎哟我擦，海青哥的新武器又突破天际了！这又是看了什么动漫啊，才想去找这么牛掰的巨斧？”那可爱正太把叶海青脱下来的西装外套用手臂撑着，生怕弄乱了一个褶叶海青就不穿了。

这是……在跟她说话？叶浅浅看着走到她身边自来熟的可爱正太，努力去想对方的名字，却一时想不起来。

“我跟你说哦浅姐，其实我们都偷偷商量好的，让海青哥去打架，否则又怎么可能那么巧，所有人都出剪刀。”可爱正太是个话痨，也不管有没有人接话，都会自顾自地说下去，“唉，其实海青哥早就手痒了，当年去演戏，也是因为可以在戏里各种厮杀，不过那都是假的啦！怎么可能有人跟他真打？他又玩得不过瘾，便假死脱身了。”

啊？原来是这样的原因吗？叶浅浅觉得自己听到了什么不得了的八卦。

“而且海青哥是闰月之血哦，也是极为少见的血统了！啧，这老头也不错，可惜用惯的拂尘被海青哥一闪光灯就给废了，现在用符箓也完全敌不过斧头啊！”可爱正太啧啧有声地开始点评起场中的打斗，“不过海青哥还真是够阴的，那闪光灯的灵感绝对取材自《黑衣人》！”

他正说得痛快，就见一张被巨斧砍成一半的符箓朝他这边飞来，还带着未尽的火焰杀伤。可爱正太连忙带着叶浅浅往旁边躲去，口里嚷嚷着求饶道：“我说错了海青哥！您那叫深谋远虑！深谋远虑啊！”

被这可爱正太一搅合，叶浅浅本来沉重的心情也不由得轻松了少许。她抬起头，忍不住隔着火焰处处的战斗场地，去寻张槐序。只是也许隔得有些远，又有些烟雾缭绕，她竟看不清对方脸上是什么样的表情。

叶海青轻松地胜了。

他的巨斧离张赦的脖颈不过寸许的距离，显然已是手下留情。

张赦的脸色极其难看，但也不得不掐灭手中的火系符箓，从牙缝里逼出“我输了”三个字。

比起狼狈至极的张赦，叶海青除了头发散乱之外，只有皮鞋沾了少许灰烬，待他穿上狗腿正太捧过来的西装，用口袋里的手绢擦干净皮鞋，再向脑后一撸头发，简直光鲜得可以立刻去参加晚宴。

那柄巨斧早就在张赦认输的那一刻，被叶海青扔回虚无空间去了，不过他还是转着脖子按着手指，摇头叹息道：“还是没打过瘾啊！下一场可不可以让我还接着上？”

张家人自是不同意，而下一个要出场的人却已经先一步走了出来。

看着张修明那单薄得仿佛风一吹就能会的身形，时不时还会咳嗽两声的可怜模样，叶家本来跃跃欲试的一群人都犹豫了起来。

“哎呀！居然是个病弱美少年！姐姐我没法下手啦！”

“这小身板，老子一拳就能打倒吧？简直胜之不武。”

“张家没人了吗？让这小子上来凑数？还不如直接认输呢！”

可爱正太见大家都纷纷打退堂鼓，不爽地嘟起嘴，举着手宣布道：“你们都不去的话，那就我去了！”

没人和他抢，他全票通过。

叶浅浅倒并不觉得这场比试有什么重要的，就算是叶家输了，告诉张家暗月吊坠的开启方法，张家手中的暗月吊坠也是个赝品，压根儿都打不开。至于什么五百年不得使用妖力，叶浅浅表示，她看叶家这些人在普通人中隐藏得也挺好的，还有做清洁工、出租车司机的。而且现代社会需要用什么妖力？先进的科技手段足以解决一切难题，再说就算私下用用，张家人还能24小时全天候监视不成？

不过除了自家姐姐，可能其他叶家人也不知道暗月吊坠是赝品，这样反而也说明了他们对暗月吊坠一点都不在意。

不在意也是对的，否则这暗月吊坠当时怎么可能戴在她一个失去记忆的婴儿身上呢？

叶浅浅想到这里，忍不住就想私下问问自家姐姐关于暗月吊坠的事情，也不知道她知不知道那里面封印着天书。可是她向左右张望了许久，都没看到叶深深的身影。对方穿着一身黑色的连衣裙，在暗夜之中就更是不好找了。

“在找什么？”叶海青从西装兜里掏出一小瓶发胶，挤出来搓了搓抹在头发上，又是分分钟可以上台演出的男神范儿。

“我姐好像不知道去哪里了。”叶浅浅又在自家阵营中找了半天，最后确认确实没有看到叶深深的身影。他们现在都被关在张家布下的结界里，不可能随意进出。而叶深深能不惊动旁人地离开，那就是在布结界之前就已经走了。

怎么不打一声招呼就走了呢？

叶浅浅的心里有种说不出来的不安感，不过还没等她琢磨好怎么把这种不安和叶海青说清楚，豁然间场中一片灵力光芒骤然亮起。

只见张修明在躲避可爱正太的攻击时，在场中游走。但他每在地上踏一步时，他的脚下就会亮起一小圈阵法，就像是绽放了一朵朵泛着光的莲花一般，当真是步步生莲，更衬得他面如冠玉，似神仙中人。

可是这还不够，当阵法莲花数量达到三十六朵的时候，从每朵莲花中的花蕊处吐出数道符文，倏然冲天而起，破开黑暗在空中汇聚，慢慢形成一个个光圈，又慢慢汇聚成一个个复杂的图案，变成一个个不停运转的阵圈，活像一条条有生命的光蛇，在黑暗中穿梭往来，扭曲旋转。

“我其实擅长的并不是拿剑对砍，而是阵法。”张修明站在阵法的中央，在数道阵法光圈的围绕下，笑得极为开怀。他自小便被斩妖剑束缚了全身的法力，就算是阵法也是需要法力支撑的，他没想，小试牛刀居然就能轻松地放出三十六朵阵法莲花。若是以往，他能放出九朵就已经精疲力竭了。

也许，没有了斩妖剑，对他来说反而是好事。

可爱正太睁大了杏目，显然没料到会出现这样的情况。若是对方祭出法宝，还能有个应对的法子，阵法不都是平面的吗？怎么居然被这小子玩出了立体的来，简直闻所未闻好吗！

被阵法光圈缠得手忙脚乱的可爱正太拼尽全力，却只落得个被阵圈缠住手脚不得动弹的下场。

“浅姐，对不起，我输了……”可爱正太垂头丧气地走了回来，在叶浅浅面前一脸要哭的模样。

“没事，你已经尽力了。”叶浅浅揉了揉他的头，把他弄乱的衣服整理好，那摇摇欲坠要掉下来的蝴蝶胸针也给他别好。

她做得特别认真，也拖了特别长的时间。

直到她重新抬起头的时候，场中的阵法还未消散。

隔着那些璀璨绚烂的阵法光圈，张槐序正低头看着自己的左手，面无表情。而在他的旁边，张赦正在苦口婆心地说着什么，却因为阵法的隔绝，叶浅浅一个字都听不见。

因为可爱正太的落败，让叶家上下稍稍严肃了一些，但也仅仅一些而已。他们先是挨个走上来安慰自家小弟，随后便开始研究最后一个出场的人是谁。

“咦？深姐哪里去了？她压轴出场绝对输不了的。”叶海青也开始寻找起叶深深来，只是众人左看右看，都没发现她的身影。

众人于是这才打消这个念头，决定还是像第一场一样，用石头剪子布来决出到底谁出场。

“我来。”就在这时，一个女声坚定地说道。

众人循声看去，出声的竟是穿着大袖礼衣的叶浅浅。

站在另一边的张槐序仿佛听到了她说的话，抬起头朝她看了过来。

反正他们已经战过很多次，也互相杀死过对方很多次，也不差这一次了。叶浅浅也同样面无表情地想着。

“今天的搜查到此为止，大家辛苦了。”孟宇衡对着对讲机说了一句，并没有去听那些保安和警察松了口气的对话，而是依旧目不转睛地看着不远处的篮球场。

纪菲坐在他旁边，偷偷地看着他的侧脸，内心正进行着十分激烈的思想斗争。

她在这两天之中，目睹了孟宇衡翻手为云覆手为雨，把企图篡夺明德集团的林萧打落马下，简直不能更帅气！

难道她的夫婿候选人又要改变了？可是孟宇衡的家世实在是减分啊……怎么办？但这确实是支潜力股，也许值得投资……

“纪菲？纪菲？”孟宇衡唤着纪菲，语气是稍微克制的不耐烦。他倒是感谢这位女同学的热心，但接下来的事情，也许并不适合外人在场。

“啊？要回去了吗？”纪菲回过神，非常遗憾地说道。头顶上皓月当空，月朗星稀，夜色正浓，最适合谈情说爱。

“嗯，我还有些事要做，你先回去吧，太晚了不安全。”孟宇衡公事公办地说道。

不安全你可以送我回去啊！说句话就算了吗？

纪菲腹诽了几句，良好的家教终究让她没有太失礼，而是道了别后缓缓地转身离去，务必保持自己的姿态优雅。

可在她身后，孟宇衡却并没有注视着她的背影，而是掏出了红外热成像仪，对准了那个空无一人的篮球场。

不同于视线里的一片空寂，在屏幕上，居然影影绰绰地出现了数十个红色人影。

孟宇衡眼镜后的双目，不由得倏然睁大。

夜叉孤零零地飞在寂静的别墅之中，它是受主人张槐序之托，到冯广天的别墅里探查一二。

这么艰难的任务交给了它，这让夜叉极为亢奋。

只是在看到昏迷在别墅大厅的管家大叔，夜叉不由得哆嗦了一下，差一点就从半空中掉了下来。

它在挑高的大厅盘旋了片刻，确定这两人只是昏迷而不是挂掉了，这才在别墅之中小心翼翼地查看起来。

没多久它就在二楼的一间书房里，发现了一个条幽深的密道。

黑色的乌鸦落在了地板上，在黑洞洞的密道口来回踱步了好久，才一狠心飞了进去。

在黑暗中也不知道飞了多久，夜叉忽然觉得前面有了亮光。它怕在这样寂静的地方，它振翼的声音会惊动什么，所以索性落在地上一点点地向前走去。拐过一处墙角，它便看到在一处还算宽敞的石室中，有个穿着黑色连衣裙的曼妙女子，正对着一个祭坛喃喃自语着什么。

它听不太清楚那女子说的是什么语言，听起来更像是咒语。而在石室的角落里，正捆着两个人。一个年纪大一点的中年人已经昏迷不醒，因为脸朝着墙看不清面孔。而另一个年轻点正惊魂失魄的人它倒是认识，正是那个冯广天！

咦？这是被人绑架了吗？

不好！那它要快点去告诉主人！

夜叉这样想着，却不知道为什么完全张不开翅膀了。

它眼睁睁地看着那个黑裙女子把一个暗月吊坠拿在指间，从小银壶中慢慢倾倒出几滴鲜血来。

祭坛上瞬间光芒大作，灵力冲天而起，竟是引得石室开始摇晃起来。

篮球场上的阵法光圈还在慢慢交汇旋转，这些莲花阵法是需要点时间才能自然消散的。当然，也不排除是张家在拖延时间，用张修明惊才绝艳的阵法天赋，在震慑叶家。

叶浅浅和张槐序隔着数个灿烂瑰丽的阵法光圈，四目相对，均觉得命运简直就是套在他们两人身上的枷锁，就像这些阵法，交汇旋转，宛如轮回。

像是过了很久，也像是只过了一瞬间，篮球场上，法阵的光芒终于暗淡了下去。

形如玉盘的满月也盈盈升到了夜空的正中央。

叶浅浅深吸了一口气，向前迈了一步，决定与张槐序再来一场轮回般的决斗。

可就在这时，忽然间地面传来一阵地动山摇的震动，他们脚下的篮球场居然寸寸开裂。从那些裂缝中，透出耀眼四射的光芒……

【第一季《朔月》完，请期待下一季《望月》】

后记

朔月

又有新坑和大家见面啦！是不是很激动呢！我也数不清自己有多少坑了……反正我觉得自己往坑神的称号又迈进了一步！

说起来，这本书呢，最开始是华少他们找到我想要写个妖与天师的故事，打算拍网络剧的。

我想了想就打算写成《朔月》这样学院风格的背景，不过故事后来貌似也偏离了他们的要求，但反正我写得开心就是最重要的，管他们最后还要不要拍。

是的！我就是这样任性！

不过当初我和一桌子的主创人员辩论，辩论妖是要有原型的，可对方却强调妖就是人……这观念简直就完全不一样啊！强迫症表示妖魔鬼怪是属于四种不同的概念，妖又怎么可能没有原型呢？不是动物就是植物或者人造物变出来的啊！

果然敌不过对方的强烈要求，好吧，我只好改成妖是蚩尤后代，被炎帝黄帝判为妖必须捉拿，而天师就是负责执行的神官的设定。这样胜者为王的处理，对方还很满意。

其实《朔月》这本书，我是想要介绍一个特别牛掰的学园，本身我就是个学园控，曾经设想过要是有明德大学这样的学校存在会有多爽。而且再加入玄幻情节，就会更炫目啦！女主就是误入这样一所牛掰大学的灰姑娘，当然，女主的隐藏身份也很不一般。看过本书的大家是不是也很吃惊呢！

我一直很喜欢中国的历史，但汉服出行一直都挺不方便的，希望会有改良的中式元素的服装推出，所以我才会在明德大学里写那些校服。话说我也是校服控啊！！当年考我的初中母校，也是因为那里秋季的水手服好看……哈哈——文中的国学知识我都尽可能地写得有趣啦，大家可以挑有兴趣的进行学习和玩乐，都挺好玩的！

也许有人会说这本书与我平常的风格不太一样，会有不同吗？会吗会吗？哈哈，是因为我每部书的题材都不大一样，之前尝试过穿越、言情、武侠、历史、科幻、奇幻、玄幻等等类型，都是不同的故事。

希望这部作品也能给大家带来愉悦阅读的感受，希望呈现给大家一个全新的学园体系，希望展现给大家一个梦想中的学园，希望其中所介绍到的国学或者各种娱乐竞技活动，会引起大家的兴趣和好奇。中国的初高中生活实在是再枯燥不过了，真心希望在未来，也会有这样的学园出现。

关于这部书和《哑舍》位面的交错，也许很多人都注意到了叶浅浅这个人物在《哑舍》之中出现过，没错，她就是医生的学妹啦，而文中张槐序曾经求助的古董店，也是哑舍。不过更具体的剧情，我就不能剧透喽！接下来在《望月》之中，也许会有更深的纠葛。

和《朔月》十五天一样，下一本《望月》也打算就写十五天，一共三十天，完成一个朔望月的轮回。

男女主的感情呢，有可能不会在短短三十天内有什么结果，他们也纠缠了几千年啊喂！反正我还没列后面的大纲……也许当我写的时候又会是另外一个样子啦……哈哈！

我尝试了把古董、国学、竞技项目和学园融合在一起，希望大家能喜欢这部作品。而这本书从去年四月份开始动笔到现在，已经改了整整八遍了……终于是我比较满意的一种程度，改文真是太虐了……泪……

对于这么勤劳挖坑写新作品的我，难道还不多点赞支持吗？

嗯！我会继续努力挖坑的！

By 勤劳的玄色

2015年3月26日

图书在版编目（CIP）数据

朔月：典藏版 / 玄色著. — 长沙：湖南文艺出版社，2015.6
ISBN 978-7-5404-7171-2

Ⅰ.①朔… Ⅱ.①玄… Ⅲ.①长篇小说-中国-当代
Ⅳ.①I247.5

中国版本图书馆CIP数据核字（2015）第097476号

上架建议：青春文学·幻想

朔月：典藏版

作　　者：玄　色
出 版 人：刘清华
责任编辑：薛　健　刘诗哲
整体监制：毛闽峰
策划编辑：钟慧峥　邓　理
营销编辑：刘碧思　张　璐
封面设计：张龙梅
版式设计：姜利锐
插画绘制：鸩纳兰
出版发行：湖南文艺出版社
（长沙市雨花区东二环一段 508 号　邮编：410014）
网　　址：www.hnwy.net
印　　刷：三河市鑫金马印装有限公司
经　　销：新华书店
开　　本：787mm × 1092mm　1/16
字　　数：260千字
印　　张：20.5
版　　次：2015年6月第1版
印　　次：2015年6月第1次印刷
书　　号：ISBN 978-7-5404-7171-2
定　　价：32.00元
（若有质量问题，请致电质量监督电话：010-84409925）

作品 玄色 XUANSE WORKS

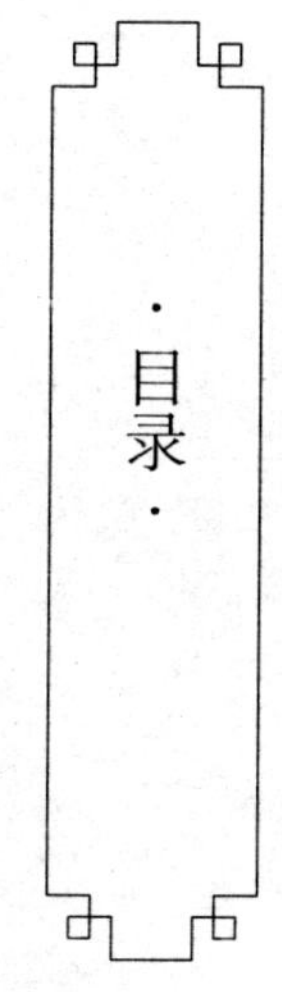

·目录·

哑舍里的古物，
每一件都有着自己的故事，
承载了许多年，
无人倾听。
因为，
它们都不会说话……

第一章 · 吞脊兽

“哎，听说没？那家韩家私房菜要转手了！”

“早就听说了，不已经十多天都没开店了吗？”

“我就说那家私房菜开不了太长时间吧，完全不符合我们这条街的格调嘛！”

“哈哈！太高大上了吗？”

“没错，我们这条街都是卖小吃的啊，忽然弄个什么私房菜实在是太不合群了嘛！”

“不过私房菜那家铺子，要转手给谁啊？要做什么？”

“放心吧，我打听过了，据说接手的那个老板不开餐馆了，要开家古董店！”

“我没听错吧？”

“是啊，你没听错，更高大上了。喏，看，就是那人买的。”

凑在一起聊天的街坊邻居们，纷纷把目光投向街头走过来的那几个人身上。其中一个老头子大家都认识，是韩家私房菜的店主。而他陪着的两个人，一个是四五十岁的中年人，另一个则是二十刚出头的年轻人。

那个中年人面容平凡，身材中等，却有双儿童般的眼睛，黑白分明，极为清澈。他的头顶光溜溜的，没有一根头发，反射着太阳的光晕，简直就像是一个特大的灯泡。

可那个年轻人却相貌俊秀，身材挺拔，穿着一件引人注目的黑色唐装，右手的袖筒处绣着一条暗红色的龙，蜿蜒地顺着他的袖子盘旋而上，张牙舞爪的龙口正对着领口，乍看上去这条龙就像是活物一般，似乎马上就要咬断他的脖子。而他胸口对襟上绣着的那几颗深红色的盘扣，就像是黑夜里滴上去的几滴血。这种诡异而又栩栩如生的绣品，再加上穿着它的人也很帅气，实在是让人无法移开目光。

“怎么穿得像个明星似的？”有人在小声地嘀咕，他的这个结论也得到了其他人的附和。他们只要看一眼，就知道这两人不是父子关系，反而那个中年人落后了半步，跟在那个年轻人身后，轻声细语地和韩家老头交流着。

“啊，我知道那个人，那个中年人，以前上过电视的，好像是在收藏界久负盛名的大师级人物呢！”有人认出了那名中年男子，低声嚷嚷着。

“那他开古董店怎么选这么个地方啊？”有人开始不理解了。

“啧，知道什么啊！不是他开店，真正的老板是那个年轻人呢！”消息灵通的人如此说道，更是引起了众人一阵不大不小的惊奇。

☆☆☆

街对面这些街坊邻居的讨论，丝毫不差地落进了那年轻的老板耳中，但他却并不在意，而是静静地听着一旁的大师和那东家聊天。

其实他对这个店铺安不安静漏不漏水安不安全没什么要求，价钱也没怎么在意，大师也深知他的性子，所以这笔生意做起来相当顺利。进到店铺转了两圈，年轻的老板便轻轻地点了点头。

一旁的大师看到了，便和那韩家老头握了握手，转身给自家助理打了电话，让他来办所有的手续。大师的万能助理五分钟就到了，和欢天喜地的韩家老头去签合同转账，办理相关事宜。

荒凉的店铺里就只剩下大师和年轻老板两个人，大师闻了闻还有装修味道的房间，嫌弃地道：“这装修虽然比较古香古色，但也太糙了，等我给你找家装修公司重新弄一下。”

“好，多谢了。”年轻的老板笑了笑，也不推拒大师的好意。

“开古董店的工商证明等房子过户之后，我会让助理帮你去跑的，放心，等房子装修好，就能下来了。”大师的态度无比热忱。没办法，谁让他那过世的爷爷传下来的祖训上有说，要无条件地帮助一个穿着赤龙服的男子呢。

当然，这也不是白帮的。大师想着这年轻的老板送他的见面礼就心痒难耐，恨不得这就回家去把玩。“老板，要不我让助理给你订宾馆？等这里重新装修好散过味道之后再住进来？”

“不用了，钥匙不是刚才都给了吗？我就先住这里了。”年轻的老板淡淡地笑道，“这里很好，我很喜欢。”

“喜欢就好，喜欢就好。”大师一时之间也不知道该怎么劝，看着那年轻的老板略微侧过头看着外面的风景，夕阳透过仿古的雕花窗棂落在老板那隽秀的侧脸上，立时就令大师看呆了。

他忽然想起小时候从祖父那里看到的发黄了的黑白老照片，明显就是偷拍的照片，那上面站在祖父身边的年轻男子，侧脸好像就和现在他面前的这个人一模一样。

就连衣服好像都是绣了龙的中山装……

好吧，严格来说，那照片上年轻男子所穿的衣服上绣的龙的位置并不一样。

大师的联想能力很强，想到面前的年轻男子连各种身份证明和开古董店的文件都需要他帮忙办理，再加上一出手就是价值连城的古董，一下子脑洞就神展开到自己都不敢相信的地步。他惊悚的表情才刚爬上面容，窗边年轻的老板就若有所觉，慢慢地转过了头，一双深幽暗黑的眼瞳就那样直直地看了过来，让他心底生出丝丝寒气。

大师干笑了两声，觉得太阳开始落山了，单独跟这个阴阳怪气的老板同处一室，压力简直要突破天际。便假装从容不迫地留下联络的手机号，两步并作一步，忙不迭地找借口走了。

年轻的老板无所谓地笑了笑，他本就是更喜欢清静，一个人待在这里，就算是落满灰尘的陋室，也怡然自得。

☆☆☆

第二天，商业街上的街坊邻居便看到了那间本来是私房菜的店铺被绿色的幕布给围了起来，偶尔还能听到里面传来“叮叮当当”的装修声，也没有感到疑惑。毕竟换个老板的店铺开张当然要重新装修一番，更别提是连本来的用途都改变了。从餐馆到古董店，估计要重新装修的地方非常多，没几个月弄不完。

所以那天惊鸿一瞥的帅哥老板没有常出现，也没有引起他们的注意。在他们看来，那年轻的老板一看就是养尊处优的公子哥，指不定是手里钱多烧的，随便从指缝里漏下一点就开了家古董店，也不甚稀奇。没看这过户和装修的速度都异于常人吗？若是换了一般人家，十天半个月都办不下来呢！

久而久之，常来商业街这边的客人们也都习惯了这一块绿色的幕布，偶尔有好奇的还会向左右的店家询问，但在得知是要开古董店后也都没了什么兴趣。

大师为了找到记忆中的那张照片，还特意回了趟老家，问候了一下自家老爹。当他找到那张黑白照片的时候，就越发惊悚了。

什么长得一模一样！根本就是同一个人！

他老爹虽然年纪已近古稀，但记忆并没有退化，给大师讲了一下当年的事情。从民国时期与他祖父相识，再到四十多年前帮助他家度过那段艰难的岁月，越说越让大师毛骨悚然，即使回到杭州也努力催眠自己忘掉这件事。虽然这过程比较艰难，不过正好有个会议邀请他出席，大师忙完发现已经是一个多月之后了，听助理说古董店那边的装修大部分也都完成了，已经结款了，他不去看一下简直说不过去了。

大师是挑的下午去的，商业街上还没什么人，所以这也是那些商业街的店主们不理解为什么古董店要开在这里的原因。因为这条商业街是以小餐馆为主，一些服饰店和咖啡奶茶店为辅，周围写字楼的白领们或者学校的学生们也都是天黑以后才会来这里吃东西逛街。而古董店却是有着灯下不观色的行规，白天很早就开门，太阳一落山就要关门，所以古董一条街到了晚上基本就是一条鬼街。

这家古董店每日营业的时间是商业街最萧条的时段，因此所有人都不理解这如败家子一样的行为。大师倒是隐约想到，老板执意把店铺地址选在这里，也就是不想让很多人打扰的意思。

绿色的幕布留有一处可以拉开的空缺，大师站在外面纠结了一会儿，做了十分钟心理建设后，这才深呼吸一口，拉开绿色的幕布，猫着腰钻了进去。

出现在他面前的装修立时让他震惊了——那古香古色的房檐，精细雅致的门扉，那雕花，那实木的香气……还真对得起他给装修公司的那一大笔钱。

大师着迷地看了一会儿，便看出了门道。这些木头看质地看颜色看纹理看打磨，恐怕也是上了年头的老料子，就算他给装修公司再多一倍的钱，光这个门脸也装不下来。

看来是那老板自己拿出来的好东西。

大师忍不住伸出手摩挲那扇雕花大门，又摸又闻地鼓捣了好半晌，才依依不舍地抬脚走了进去。不过说实话，即使他知道这老板手里有许多好东西，也不敢经常过来。毕竟那是个……据说活了很多年的老妖怪，能不打交道就最好不打啊！

进了店铺，大师发现大堂敞亮了许多，因为周围的博古架上都是空空如也，看起来还没开始摆放东西。他扫视了一圈就习惯性地抬起头分析房梁的结构，这才注意到这间大堂不知什么时候居然被改成了重檐庑殿顶！

重檐庑殿顶是中国古代建筑中最尊贵的形式，通常只有皇宫的主殿或者佛寺才能用这样的架构。庑殿顶是房顶有四面斜坡，又略微向内凹陷形成弧度，左右两坡有四条垂脊，分别交于正脊的一端，上一层就有五个脊梁。而重檐就是在这之下又有短檐，四角各有一条短垂脊，共九脊。

幸亏这里的店铺并不大，这种建筑也并不引人注目，但这回大师打死也不会相信这是什么装修公司在一个多月里装修出来的成果了。

背后渗出大滴大滴的冷汗，大师也无暇去观察哑舍里的装潢摆设，胡乱和从内间走出来的老板打了声招呼，叮嘱他有什么事可以来找他，尤其修缮古董是他最拿手的，反正一阵客套话，连口茶都没有喝，就左脚绊右脚地匆匆离去。

年轻的老板挑了挑眉，也没把大师的态度放在心上。他手里拿了个古旧的漆盒，施施然地反身走回院子里。他站在院子中央，是可以把重檐庑殿顶整个收入眼中的，若是大师站在这里，那么他肯定知道这个装修哪里有点不对。

因为在这重檐庑殿顶之上，居然并没有脊兽。

老板低头看着手中的漆盒，轻声叹了口气。

这个老朋友，它也睡了很久了……

☆☆☆

公元前233年

升平巷原本是秦国最尊贵的贵族所居住的地方，据说一整条巷子都属于这个家族，当年每天来拜会的人络绎不绝，灯火彻夜不灭，真可谓是歌舞升平。

但随着这家的族长叛逃国外，升平巷便一下子冷清下来。虽然秦王并没有收回这片府邸，但显然这个家族已经负担不起这座宅子的一应花销，遣散了奴仆，把偌大的宅院分开陆续租了出去。

几十年下来，升平巷便成了贩夫走卒经常流连的地方，时间久到他们都已经忘记这片府邸的主人到底姓什么了，就连府邸上的牌匾都落满了灰尘，隐约可以看得出来有个“甘”字。

在一处府邸的偏门，从开春起，就有个四五岁的男孩子坐在门槛上，穿着一身打满补丁的泛黄的葛衣，抱着一捆书简，静静地坐在那里低头看着。一开始还有人上前逗弄他，与他聊天，但后来发现这是个除了读书简之外，什么都不知道的孩子，便也就摇摇头离开了。事实上，他们也知道这年头能有书简的，都是大家子弟之后，只是看这孩子的衣服和苍白的脸色……这家应该穷得只剩书简了吧!

不过久而久之，经常在升平巷走动的人家也都习惯了这个坐在门槛上的孩子，也没人相信他真的能看进去那些晦涩的书简。毕竟这年头识字的人都极少，许多人都觉得这孩子只是拿着书简做做样子而已。而且这孩子还喜欢每天在看完书简之后，抬起头眺望远方看着夕阳，直到太阳落山。

“夕阳美乎？”一把年轻清朗的嗓音从孩童身侧响起。

“我观之，并非夕阳也。”男孩并没有侧头，而是继续凝视着西方天空慢慢落下的夕阳。他身边的这个人已经坐了半晌，没想到要说的居然是这么无聊的话题。

“哦？那是何物？”那人没想到这个年纪的孩童会口齿伶俐，并且言语沉稳，比起才会牙牙学语的同龄人不知要好上多少倍。他顺着这孩童的视线望去，眯了眯双目，道，“可是咸阳宫乎？”

“然也。”男孩微微勾起嘴角，笑着点了点头。

那人沉默了片刻，忽然领悟到为何男孩喜欢坐在门槛处读书，因为从开启的院门往里看去，狭窄的院落中堆满了杂物，高高的院墙更是挡住了视线。只有坐在门槛这里，才能望到咸阳宫的一角屋檐。看着那在夕阳下更显得巍峨壮丽的咸阳宫，那人越发觉得这个孩童不简单。他曾经周游列国，这次受好友嘱托，来大秦寻找他的后人，也早就打听清楚了身边的这个小童，就是他要找的人之一。本来他打算扔下几百金就离开的，结果发现这孩子还真不一般。

“可是想进宫？”那人微笑着问道，心下却暗道不愧是贵族之后，胸怀大志。

“非也。”男孩却摇了摇头，指着远处咸阳宫房檐道，“那处风景最好，我想做那只脊兽！”

“只是为看风景？”那人微讶，“尔竟知脊兽，那尔可知何为脊兽？”

“防水、护脊、美观。”男孩一字一顿，简单地用六个字就概括了脊兽的功用，显然并不是从他人口中得知。因为若是别人告诉他的，应该会讲得更详细些。

“然也。”那人有些惊喜，这孩童实在是出乎他意料的聪颖。其实脊兽就是房檐上的那些兽件，其中正脊上安放吻兽或望兽，垂脊上安放垂兽，戗脊上安放戗兽，另在屋脊边缘处安放仙人走兽。工匠在两坡屋脊瓦垄交汇点，以吞兽严密封固，防止雨水渗漏。既保护了屋脊，又有美观装饰的效果。一般庑殿顶都是五条屋脊，放有六只脊兽，俗称便是“五脊六兽”。而咸阳宫的主殿却是重檐庑殿顶，便是“九脊十兽”。

夕阳在两人的一问一答中慢慢下落，逐渐隐没在威武雄壮的咸阳宫主殿之后。而少了夕阳的映照，那屋檐之上富丽堂皇的琉璃瓦也黯然失色，在晚霞中只剩下屋脊和脊兽的轮廓。

男孩收回了目光，开始卷起手中的书简。天光已经散去，晚上家里穷的又没有灯油可供他在夜晚苦读，所以一天的学习就只能到这里了。还好就算他家中再落魄，他父亲和叔叔也没有想卖掉家中所藏书简的意思，他们现在所住的房间里，大部分都被祖辈所收集的书简所占据。

那名不速之客扫了一眼男孩手中还未卷完的书简，瞥见几行字就立时呆住了。这孩子才几岁？就开始念《中庸》了？莫不是拿在手里唬人的吧？当下便忍不住问道：“尔生而知之？学而知之？还是困而知之？是安而行之？利而行之？还是勉强而行之？”

这句话是出自《中庸》之中的一段，可做各种解释。这时的书简为何难以流传，一是因为竹简过于笨重，誊写不易，二是因为没有句读，无法断句。就算是真的识字，没有老师教导，也完全读不懂其中的含义。而这人挑出《中庸》之中间的这一段，实际上说的是人的资质所分的等级。在他看来，眼前这个男孩要是真的能读懂手中的书简，那确实就可以算得上“生而知之”了。

男孩并没有停止卷手中的书简，而是安之若素地淡淡地回道：“学然后知不足，教然后知困。知不足，然后能自反也；知困，然后能自强也。”

那人闻言一怔，随即大喜。这男孩所说的这一段话，出自《礼记·学记》。既巧妙地回答了他的问题，而且还隐隐暗有所指，因为这一句话的最后，是“教学相长也”。这难道是暗示了男孩想拜他为师？哎呀！这样的徒弟，他也非常想要啊！怎么办？要不要矜持点呢！

结果这男孩却慢悠悠地继续道：“此乃困知勉行也。”

那人被这句总结的话堵得差点一口气上不来，这……这这！困知勉行？这是在自谦吗？胡闹！这是强词夺理吧！

男孩此时已经卷好了手中的书简，书简沉得他必须双手环抱才能拿得起来。只见他摇摇晃晃地站起身，就要低头往院子里走。那人便连忙起身扶住他，急问道：“尔缺师父否？在下可为尔师！”

男孩仰起头，头一次抬眼正视这个在他身边一直唠唠叨叨的人。嗯，长得虽然很帅，但也就只有帅了。还着一身青色道袍，可是配上那张脸看起来就不像正经的道士。男孩略微嫌弃地撇嘴道：“尔乃一道人矣，我不想求仙问道。”随即便一挥满是补丁的葛衣袍袖，挥开这奇怪道人的手，钻进了门缝之中。

“啊！”那道人一惊，但惊的却不是这孩童的态度，而是他终于看清楚了这孩童的相貌。

相面是道人的拿手绝活，他站在那里，也不顾院门紧闭，径自抬起左手掐指一算，须臾之后便笑着喃喃道：“你我有师徒缘分，今日已晚，在下明日再来正式拜会。”之后便弹了弹身上的尘土，翩然远去。

许久之后，本来紧闭的门缝间，隐约传来低语的童音。

“缘分？可笑。”

☆☆☆

公元前225年

王贲领了虎符，出了咸阳宫主殿，便仰头深吸了一口气。秦王政虽然才而立之年，但随着秦国统一大业的进展，身上所散发的王霸之气日益凌厉，就连久经沙场的王贲自己，站在秦王政面前，也忍不住连呼吸的声音都放轻。

摩挲了一下掌心的错金虎符，王贲已经对这错金虎符上的每一条纹路都烂熟于心。

他的父亲王翦，是秦国赫赫有名的战将。他一路跟随父亲王翦灭赵伐燕，更在去年时带兵攻打楚国，虽然并未尽全功，可是却在父亲的照拂下，击败了燕国太子丹的军队，夺取燕国的都城蓟城，迫使燕王喜迁都。

再加上在灭赵之前，韩国就已经被秦军灭亡，秦王政统一六国的策略在一步步地实现。而在今天，终于下令让他单独领兵攻魏。

这可是王贲真正意义上的单独带兵，没有父亲的光环，王贲显得既有些紧张又有些兴奋。

咸阳宫主殿外，一身铠甲的王离正在夕阳下一动不动地站着，英俊刚毅的面容上如水波般沉静，丝毫没有等待许久的焦虑和烦躁。王贲满意地看着自己的长子，王离今年已经十六岁了，和秦王政的大公子扶苏同年，已经成长为一个可以扛得起枪挥得起矛的大秦好男儿了。想起自己当年也是这个岁数就开始跟在父亲王翦身边上战场，王贲便更加决定这次出征魏国要把王离带在身边。

“将军。”王离见自家父亲朝自己走来，恭敬地行了一礼。军中无父子，他也严苛地遵守着这个规矩，即使他是将军的儿子也一样。

王贲颔了颔首，便示意自家儿子跟他离开。可是却没曾想，一向听话的王离迟疑了片刻，低声央求道：“父亲，我晚些出宫可好？”

这换了称呼，可就是以儿子的身份向父亲求情了。王贲一想到自家儿子这笔挺地站着，是为了等其他人，就气不打一处来。但左右五步以内都有侍卫把守，王贲也不好在外人面前教训自家儿子，只能狠狠地瞪了他一眼，沉声道：“天黑之前归家。”

“诺！”王离欣喜地应道，然后目送自家父亲远去，随即目光就被远远走来的一抹身影所吸引。

那是一个身穿宽袖绿袍明纬深衣的少年，他的步伐很快，却并不见有何失礼之处，反而姿态优雅，令人心旷神怡。那张还未张开的五官上犹带稚气，却已经可以看得出来以后会是个无比俊俏的少年郎。在与王贲迎面遇到的时候，这位少年先一步躬身避让，礼仪周全到无可挑剔。

王贲也回了半礼，因为这位少年看起来虽然年少，但却是两年前在朝中赫赫有名的少年郎。十二岁的时候便被封为上卿，当时是可以比肩丞相的职位。而且他也并不属于宫内的内侍，是有官职在身的。所以就连王贲，都不敢坦然受他的全礼。

不过，王贲往前走了几步，忍不住回头看去，果然发现那少年快步走到自家儿子面前，两人在咸阳宫主殿外的广场上就不顾他人侧目地喁喁细语起来。虽然那画面看起来极其养眼，但王贲却捏了下拳头，决定给自家儿子的晚课加倍加量。

王离还不知道这个噩耗，他此时正开心地看着面前的少年，低声道："毕之，我还以为今天见不到你了。"

"呼，大公子那边政务有些忙，我才抽得出空来，还好时间来得及。"少年因为一路快步走得急，如玉的面庞上都是红晕，连说话都有些气喘。他在袖筒里掏了掏，却并不是掏手绢出来擦汗，而是掏出来一个锦囊塞给了王离。

"这是……"王离先闻到的是锦囊上扑鼻而来的苏合香，随后一捏，发现里面也是软绵绵的，应该是塞了丝帛。

"你第一次上阵，这是我综合了魏国都城大梁周围的地势，设计出来的攻城计策。"少年的脸颊如同火烧，有些赧然地浅笑道，"只是拙计，应该会被大将军笑话。"

他口中的大将军，自是指的王贲。王离心中一阵感动，觉得少年颇为自己着想，当下不知该说什么才好。他一向口拙，着急之下更是抓耳挠腮。

"快些归家吧，务必要平安归来。"少年后退一步，拉开了两人的距离。方才因为要递锦囊，所以站得近了些。

王离并不想这么快就离开，但天边的夕阳却不等人，此时就已经快要落山了。想起父亲给的期限，王离只能不甘心地匆匆道了别，三步一回头地出宫去了。

少年站在沉沉暮色中，一直目送着王离走出宫门。地平线吞没了最后一缕阳光，少年的头顶上同时传来一个促狭的声音。

"哎哟喂，用这点小恩小惠就想笼络住三代虎将的王家？你以为王翦是蒙恬那种好糊弄的吗？小娃子你也未免想得太简单了点。"

"嘲风，莫要胡言。毕之送与那王离的锦囊之中定有妙计，看来魏国的气运也到此为止了。"

"鹞鹰！你就会回护这臭小子，小心把他给惯坏了！"

一个尖细、一个浑厚的嗓音在咸阳宫主殿上空吵着架，但广场上站岗警戒的侍卫们却没有一个人有反应。少年悄悄地翻了个白眼，只有在这个时候，他才恨不得自己什么都听不到的好。那两个家伙一旦吵起来，那可是真的很烦。

准确说来，这咸阳宫的主殿上，存在着三个家伙。

在殿顶各条垂脊端部的龙首，名叫鸱鹰。因生性喜欢眺望四方，故置于此。它自称可以观尽天下事，即使远在天边的事情也可以看得清清楚楚。在殿顶岔脊的下端，又有一龙首，名叫嘲风，其生性胆大妄言。嘲风这家伙喜欢低头看咸阳宫里的八卦，无论大小事，巨细无遗。

而在宫殿的正脊两头安放面朝里的叫螭吻，因传说此兽好吞，故在正脊两端作张嘴吞脊状，又称吞脊兽。也有说其为海兽，喜登高眺望，喷水如雨不怕火，于是便把其置于此处，取喷水镇火保平安之意。不过少年倒没怎么见螭吻说过话，因为这家伙喜欢睡觉，尤其喜欢晒着太阳睡觉。少年极其怀疑是因为它的这个嗜好，才选了房顶上的这个位置。

不过螭吻是真的很厉害，少年曾见过去年夏天的雷雨夜里，一道闪电劈开了黑夜，直直地劈在了咸阳宫主殿之上，可是却像什么事情都没发生过。据嘲风第二天骄傲地说这算个啥，什么火啊雷啊电啊，自家老大来什么吞什么！虽然没有近距离见到那种惊心动魄的场景，但少年也可以想象得到有多么震撼。

这三只脊兽，据说是从商朝传下来的古物，只要安放在房檐之上，即可保平安。

只是少年没想到，他修习师父的道术，居然还可以让他听得到这三个脊兽的说话声居然还可以让他听得到这三只脊兽的说话声。他还记得第一次听到的时候，还以为自己幻听了。

此时天色已暗，少年走到侍卫看不见的死角，一撩袍角，手脚轻盈地攀上了梁柱，几个翻腾就爬上了房檐。看他熟练的动作，显然并不是第一次做这种危险动作。

“毕之，你送与王离的计策，会不会有伤天和？会损你的寿数的。”少年刚刚盘膝坐在房檐之上，他右手边的龙首就开口道。虽然脊兽都是对称的，但只有朝着东南角的这一侧屋脊上的三只脊兽，才是三个家伙的真正主体。

少年并不奇怪自己写的计策能被鸱鹰知晓。要知道，有个爱八卦的嘲风在，怎么可能错过任何一件小事？估计他在写的时候，就被嘲风一字不漏地看了去。他摸了摸手边的龙首，淡淡地解释道：“有伤天和？我又没有下令做这件事，我只是出了个水淹大梁的计策，用不用在于王将军自己。”

“啧，真是强词夺理。”嘲风咂吧着嘴，却嗤笑道，“可是你那个满口仁义道德的大公子若是知道是你进献的计策，还指不定怎么疏远你呢。”

“他不会知道的。”少年笑得成竹在胸，一双好看的眸子在夜色中熠熠生辉，“不同于公开支持大公子的蒙将军，王翦一脉是不敢站队的。毕竟蒙家三代名将，又是秦国的元老贵族，根基十足，王家却如水波之上的浮萍，只能紧紧依附于秦王，根本就输不起。所以即使王贲他忍不住用了我的计策，也不会说出去的。一旦他说了，那就会被人盖上大公子的印记。”

其实从少年对蒙恬和王翦的称呼上来看，就可以看得出他对两家的态度。王翦出身平民，骨子里是贵族的少年虽然表面上对其恭敬，但私下却是直呼其名。

“而王离会因为父亲用了你的计策却不说，对你愧疚更深，就等同于欠了你一个偌大的人情。这位成长起来的少年将领，以后板上钉钉就是大公子的人了。”嘲风看多了宫中的尔虞我诈，自然就可以推导出来后续的影响。但对于这个才仅仅十四岁的少年想出的连环计策，实在是佩服得无以复加。

少年笑而不语，只是拍了拍手掌之下的龙首，嘴角的笑意就像是一朵在凛冬孤立的寒梅，在暗夜之中静静绽放。

“可你那个大公子的治国理念，和你的完全不符，以后肯定会出问题的。”鸱鹰因为经常远眺四方，看得更深远一些。

“无妨，大乱之后必有大治，殿下他仁义，正适合执政。但有光就有影，这些阴暗面的事情，也需要有人去做。”少年早有了觉悟，当初是他自己选择的这条路，那么就要坚定地站在扶苏的身后，一直走下去。他向上抬起头，看了一眼正脊上依旧沉睡的螭吻，笑着打了声招呼后便道，“时间不早了，我先回去了。鸱鹰和嘲风记得帮我多盯着点秦国内外的形势哈！”

少年一边说，一边翻身跳下房檐，说到最后一个字的时候，整个人的身影都隐藏在了黑夜之中，再也看不到一丝踪影。

“这是把我们当下属使唤了是吗？”鸱鹰许久之后，才默默地反应过来，

“你才知道吗？”嘲风嗤笑，“哎呀呀，不过这小娃子还那么小的时候，就痴痴地看着我看了这么多年。喜欢和我说话，也不要用这样的策略嘛！”

面对这样自恋的嘲风，鸱鹰实在是无言以对。但沉默了半晌后，还是忍不住道：“他那样的少年锐气，以后会吃大亏的，实在是应该挫一挫才好。”

“但这种锐气，也是难得的璀璨耀眼。等他经历的多了，反而就没有这样

冲天的豪气了。”嘲风也正经了起来，迎着夜风淡淡地说道。它身上只有简单的线条雕刻，却因为盘踞在整个咸阳城最高的地方，看上去无比威武，“还不如就这样，我可舍不得这小子伤心。”

“噤……声……”

好吧，嘲风撇撇嘴，它还不算是呆在整个咸阳城最高的地方，它头顶上还有一位呢!

☆☆☆

公元前212年

因为始皇帝的雷霆之怒，咸阳宫之中人人都提心吊胆地注意着自己的言行举止，眼观鼻鼻观心，生怕多看多说多错，免得殃及池鱼。

所以当一道身影闪过的时候，他们都觉得应该是自己眼花了，只是揉了揉眼睛，就再也没细瞧。没有人发现，已经有人窜到了咸阳宫主殿的房檐上。

纵使已经过去了这么多年，少年已经变成了青年，却还是刚及冠的模样。一开始身体比旁人长得慢，是由于他所习的道术，后来……怕是因为他为始皇帝所试的那颗丹药。

青年放松了身体，直接顺着房檐的弧度，躺在屋顶之上。本来被晒得滚烫的瓦片透过衣服，熨烫着略显疲惫的后背，头顶的太阳没有任何遮掩地晒在了他的身上。因为阳光刺眼，又不自觉地闭上了双目，暖暖地让人从骨子里都泛出了懒意。怪不得螭吻这么喜欢晒太阳睡觉，青年也越来越喜欢在这里消磨时间，因为这里现在已经成为他唯一一个可以毫无戒备地休憩之处。

只是，这样的地方，恐怕也要有很长时间都不能来了呢……青年长长地叹了口气。

“喂，臭小子，你真要跟你家大公子去上郡监军？据鹞鹰说，那地方可荒凉到鸟不拉屎啊！”嘲风早就看到了这些天宫中发生的事情，大公子扶苏为了他的老师淳于越上书，结果惹起了始皇帝的震怒，把他派到了上郡去做蒙恬大军的监军。

嘲风才不管那个大公子去哪儿呢，但问题是若是那个大公子去上郡监军，青年也会跟着一起去的。嘲风不爽，所以才没有像往常那样话痨，只是见这青年当真不主动说什么，憋不住才开口。

青年点了点头，却没有说话。和嘲风它们在一起，是再惬意不过的了，他不用去想如何掩饰自己的心情，亦或该怎样措辞告知对方发生了什么事。

反正这宫里发生的所有事，都瞒不过它们。

青年心绪一阵混乱，有太多的事情需要他来安排了，但他却没有更多的时间了。始皇帝应是好心，最近宫中形势很乱，遣大公子去上郡监军，表面上是厌弃他，实际上是保护为主。上郡是蒙恬蒙将军的驻地，不会有不长眼的人对大公子动手。青年也曾想过自己若是不跟着大公子去上郡，也许能做的事情会更多。但反过来，若是没有大公子在，他反而成了一个靶子，扶苏是绝对不会允许他一个人留在咸阳的。

嘲风也能感觉出来青年心中的烦躁，虽然盘踞在咸阳宫之上，它什么都知道，可是它却不能事无巨细地都告诉青年，而且也没办法揣测所有人做出这些事的目的。

人类真是最复杂的生物了，每个人的欲求都不一样，而且也许眨眼间就能改变决定。拥有短暂的生命，却想做翻天覆地的大事。

也许怕自己再躺着就会直接睡着，青年挣扎着坐了起来。即使他白天在这里，也没有人会注意，因为很少有人会抬头看天空的景象。青年静静地看着眼前国泰民安的景象，一时间慨然而叹道："这里的风景果然很美，也怪不得你们喜欢待在这里。"

"看着一个城市慢慢地成长，亭台楼阁慢慢地建起，人口慢慢地增多，城墙慢慢地扩大……简直就像是在看着一个孩童成长为少年，再到青壮年……"鹞鹰的声音浑厚，它没有用太华丽的辞藻，简单而质朴的语言却让青年感觉几乎眼前出现了一个快速播放的画面，正是咸阳宫建成之后，它们这么多年之中所看到的。

这震撼的画面让青年都忘记了呼吸，许久之后才回过神，长长地吐了一口气。眼前的风景又恢复了宁静，因为修道而变得极好的视力，很轻易地就看到了远处坊市之间讨价还价的商贩们、匆匆归家的士兵们、玩耍的孩童们……有的人家已经升起了袅袅炊烟，一派升平。

青年忍不住想起了他小时候的梦想，他就是想坐在这里看这山河壮丽，现在也轻易地做到了。那么……下一步呢？

"不是觉得这儿很美吗？那就守护这样的景色吧。"青年的头顶上传来一个懒洋洋的声音。螭吻虽然嗜睡，但都不是一直在深眠，偶尔也会醒，它不怎么说话只是懒得理会嘲风和鸱鹰这两个二货罢了。

青年混乱的心绪也渐渐沉淀下来，最终豁然开朗。

“诺。”

青年没有道别，因为他知道无论他走到哪里，鸱鹰都能看得到。

而他，最终也会回到这里。

看着青年一步步坚定地离它们越来越远，嘲风终于忍不住嘀咕道：“螭吻老大，就这样让他走了？”嘲风还是舍不得青年，他要是走了，就真的没人陪它们聊天了。

“万事万物，都是由盛及衰。”螭吻慵懒地打了个哈欠，它活了太久了，久到已经看尽了人间的喜怒哀乐悲欢离合，所以才对世间发生的事情难以提起兴趣，“来来去去，生生死死，也属常事，尔等怎么还是看不开呢？”

鸱鹰和嘲风都陷入了沉默之中，逐渐西落的太阳在它们身上镀了一层金黄的光辉，和过往的每个日落时分一样瑰丽，却依旧没有多少人注意到而已。

☆☆☆

公元前206年

咸阳被起义军攻破，先是刘邦约法三章，之后西楚霸王率军攻入，楚军掳掠了金银财宝，肆意杀戮。本是天下最富饶的都城咸阳，变得烽烟处处，民不聊生。

最后，西楚霸王离开咸阳的时候，一把火烧了咸阳宫。

小乞丐今年十五岁，在成为一个乞丐之前，也是被家人精心教养的世家公子，只是过去已经虚幻得像是他做的一个梦，他现在只是一个衣衫褴褛的小乞丐。

小乞丐打算继续去废墟上翻找有没有什么可以贩卖的物件，例如被火烧熔的金粒，虽然会融入杂质，可也能换几天的饱饭。每天他都只能在黎明前最黑的时候去翻找，白天那里可是其他人的地盘。

不过今晚当他到达废墟的时候，却已经有个人影坐在那里了。小乞丐还以为是个来抢他饭碗的，但观察了那人很久，发现他只是一动不动地坐在那里，就像是睡着了一样。

小乞丐等了一刻钟，就有些等不下去了。因为他若是再不翻找，一会儿天就要亮了。所以他硬着头皮往前挪了几步，发现对方并没有什么反应，便越发大胆，把对方当不存在，和往常一样借着月光翻看着残垣断壁之下，是不是有什么可以卖钱的东西。他很专注，专注到当一个幽幽的声音传来时，好半晌都没反应过来对方是在和他说话。

“你可知此乃何处？”那人的声音嘶哑，身上的衣服都看不清楚原来的颜色。长发混乱，身上也满是伤痕，就像是从乱坟岗刚爬出来的孤魂野鬼。

小乞丐并不怕什么鬼，咸阳城在过去的一个月内死去的人，简直都可以砌成一堵新的咸阳城墙了。他瞧了瞧左右，发现周围没有任何人，才吸了吸鼻子道：“知也，此处原是咸阳宫。”他再辨认了一下方向，确定道，“这里应是咸阳宫主殿……”他后面的话隐去了，因为他忽然想起，去年的时候，他父亲还带着他来宫里参加过宴会，还打算找个门户相当的人家为他议婚……

“原来……还有人知也……”那人咧嘴无声地笑了两下，随即又陷入了沉默之中。

小乞丐歪着头等了一会儿，发现对方真的没有继续攀谈的意思，便撇了撇嘴继续翻找。他今天的运气不错，在东方的天空微微发白的时候，找到了两块缺了角的玉件，虽然不值什么钱，但也能让他添床被子了。

把玉件贴身藏好，小乞丐直起腰伸了伸手臂，捶了捶因为低头而酸痛的腰背，而这时东方已经开始泛红，也意味着他要回家了。

那个怪人还是一动不动地坐在那里，在经过他的时候，小乞丐忍不住回过头看了看。

清晨的第一缕阳光正好照在那人的脸上，虽然污浊不堪，但两双眼瞳却深邃得像是承载了千年都化不开的悲愤和忧伤，让人不禁心下恻然。

小乞丐忍住心酸，连忙转身离开，身后传来那人幽幽的叹息声。

“明明上天，照临下土。我征徂西，至于艽野。二月初吉，载离寒暑。心之忧矣，其毒大苦。念彼共人，涕零如雨。岂不怀归？畏此罪罟……”

离得越来越远了，远到最后的话语都有些听不清楚。小乞丐依稀记得这是《诗经》里的一段，正琢磨着，一个念头却划过脑海。

咦？刚刚那个人看起来好像有点眼熟啊……

不过不太可能吧，都这么多年过去了……而且那人不是都已经死了吗？

小乞丐摇了摇头，摸了摸怀里的玉件，迎着朝阳哼着歌离开了。

在他身后，咸阳宫的废墟上，还有些未尽的黑烟，在晨光中袅袅而升。一个人影孤独地坐在那里，就像是过去的许多年间一样。

☆☆☆

现代

老板坐在院子里，捧着古旧的漆盒发了一会儿呆，最终拿起软布，把漆盒上的灰尘都仔仔细细地擦干净。之后又特意去净了手，这才重新坐回石凳上，把那漆盒慢慢地打开。

金黄色的软缎之上，静静地躺着一个雕琢古朴大气的石质龙首。

老板换了块干净的软布，轻柔地擦拭着上面并不存在的灰尘。

“哈欠……找好新地方了？给本座安排了最佳位置了没？要晒到太阳哦！”慵懒的声音响起，还是如同两千多年前一样没心没肺。

“找了，只是有些小，您别嫌弃。这一带是古城区，倒是没有太高的楼挡住阳光。”老板勾唇笑了笑。这吞脊兽是他在漫长岁月中，苦心寻回来的。只是，他只找回了螭吻，另外两只脊兽都不在了。也许是被带走了，也许是被火烧了……

他一直都想不明白，为什么咸阳宫会着火，因为有吞脊兽在，咸阳宫是没办法被烧毁的。吞脊兽可吞万物，也可吞火焰雷电。后来找到了螭吻才知晓，原来在他离开咸阳的那一年，就有人把螭吻从咸阳宫正殿的房檐上给拿下来了。

至于是谁干的，螭吻表示他不知道，他睡得正香嘛！

“小就小吧，唉，其实我挺喜欢上次你带我去的那个什么故宫的太和殿，比较好，霸气！”螭吻瞥了一眼旁边刚刚装修好的重檐庑殿顶，嫌弃地叹了口气。

“若是给您安置在那里，每天会有至少六万人参观，最多曾经有过一天十四万人游览，您确定您能受得了吗？”年轻老板淡淡地笑道。

螭吻直接蒙掉了，十四万人？！它没听错吧！半晌之后才找回自己的声音，讪讪地道："好……好吧，我还是在这里吧，虽然小，但是清静！话说，在我睡之前要把存在我肚子里的古董给你吐出来点不？"

"有劳了。"年轻老板点了点头，这位祖宗确实是不好叫醒，而且睡眠时间极其没有规律。若是能随叫随醒，几十年前的战乱之时，也就不用躲得那么辛苦了。

感慨了一番，年轻老板抬头看着天边落下的夕阳，同样的景色，他看了许多年都不觉得腻。虽然店面的重檐庑殿顶并没有当年咸阳宫正殿那般巍峨壮丽，但却在周围的钢筋水泥的楼房之中，依稀也有些缥缈飘渺的古意。

"可惜，一直都没有找到鸱鹰和嘲风……"

"切，没有它们两个，我还睡得安稳些。"

年轻老板闻言，勾唇一笑。

是的，也许鸱鹰和嘲风两个，说不定在哪家的房檐上，还在吵架呢。

第二章 · 金干戈

大师悠闲地坐在自家庭院中，拿着一卷古棋谱，自娱自乐地打谱下围棋。

他手里摸着的是蛤贝雪印围棋子，面前的是一块厚达7寸4分的独板榧木棋盘，这套棋盘和棋子是他最近新收的物件，正是新欢期，所以最近几日经常拿出来显摆。

蛤贝是天然贝壳，根据厚度从薄到厚分华印、月印和雪印。越厚的棋子就代表蛤贝的年份越老，纹路越细。因为属于不可再生资源，蛤贝的围棋子近年来都已经买不到足够厚度的了，大师手中这套蛤贝雪印，纹路细腻，是精品中的精品。更难得的是一套180枚白子，每一枚的大小和厚度都一致，另外181枚的黑子也都是用明治时代的那智黑石打磨而成。而那尊独板榧木棋盘，是取自一棵800年树龄的榧木，光树墩的阴干就放了近一百年，之后才做的棋盘。这独板榧木棋盘色如黄金，触手若纸，隐隐还传来阵阵木香，令人无比陶醉。

使用着如此等级的棋子和棋盘，大师每落下一子，都会发出清脆的响声，在寂静的庭院中悦耳无比。

大师其实对围棋并不是精通，却十分享受这个过程，可惜圈内的好友们不是看不上和他下棋，就是对围棋毫无兴趣，因此他只能沦落到自己打棋谱。

感觉自己的逼格又上升了那么一点点，大师满意地喝了一口手边泡着的明前龙井，同时听到了一阵轻巧的脚步声。

能不经过他本人同意，管家直接就放进来的人，肯定是他的那些老友。他也没转头，直接就笑着嚷道："来得正好！快来陪我下棋……呃……"

大师的声音戛然而止，目瞪口呆地看着一名年轻男子悠然自得地在他对面坐了下来。

这年轻男子正是前阵子大师帮忙给他开了家古董店的老板，他身上穿着的赤龙服在阳光的映照下熠熠生辉，却透着让大师为之胆寒的气息。

“怎么？不欢迎我来？”老板扫了一眼棋盘，随手拿起一旁的黑子，“啪嗒”一声地落下一子。

“怎么会呢！”大师笑得有些勉强，他放下手中的古棋谱，拈起一枚蛤贝雪印棋子，犹犹豫豫地放在了棋盘上。不过想起老板曾经送他的好东西，大师又忍不住搓手问道：“可有什么事我能帮上忙的？”

“我想要你收藏里的一件东西。”老板也不和他客套，直接把带来的杂志翻到某一页递了过去。

大师接过来一看，诧异地挑了挑眉。这是一份他的专访，杂志是好几年前的，时间已经久到他都忘记自己接受过这样的采访了。“哎哟喂！我当时的头发还很多嘛！”大师第一时间注意到的是自己的照片，哀怨地摸了摸已经光溜溜的头顶。不过他也没花太长时间哀悼他的头发，见老板淡然的目光投注过来，便立刻召唤了管家去收藏室把老板想要的东西给拿过来。

两人在等待的时间里，就有一搭没一搭地下着围棋，大师喝了两口茶也缓过劲来了，自己动手又给老板沏了一杯。两人没有再说话，喝茶下棋，倒是极有默契。

没过多久，管家便推了一辆板车过来，上面放着一个硕大的锦盒，听着轮子在青石板上滚过的声音来判断，这个锦盒里的东西应该特别沉重。

管家把板车停在两人旁边，轻手轻脚地把锦盒打开。在黑色的丝绒布上，静静地躺着一个造型奇怪的物事，类似于汉字里的“干”。这件物事整体居然能有一米多长，而且通体全都是用纯金打造的，之上又有很多坑坑洼洼的凹处，像是被利器钝器所击打过。

“这个到底是做什么用的？应该是个摆设吧？但都是纯金打造的也太土豪了，不过看起来年头挺久远的。我当时收下来，也是觉得对方要熔掉做金条太可惜了。”大师的收藏有很多，但他只专精于古物修复，不可能每一样东西都知道来龙去脉。当时的杂志访谈就谈起了这件事，这个奇怪的古物也是他当初拿出来举例用的。

老板伸手摩挲着那古物，眼中闪过一丝笑意。

在许久许久之前，他好像也曾问过这个问题。

☆☆☆

公元前228年

“大公子，此物乃何用？”才十二岁的绿袍少年还未到束发的年纪，长长的头发披散在耳后，就像是只有八九岁的模样。只是那充满稚气的面容上，却一直挂着严肃的表情，让人忍不住想要逗弄他。

真想去捏捏对方面无表情的脸，扶苏按下蠢蠢欲动的手，看了一眼少年所指的物事，淡笑道：“这些都是纯金打造的一套兵器模型。”

他们现在站着的地方，是练武所用的半步堂。

《国语·周语下》曰：“古以六尺为步，半步为武。夫目之察度也，不过步武尺寸之间。”武本是和步一样的量词，但在扶苏看来，半步之内便是一个人的禁区，就是可以拔剑相向的距离，这才有了半步为武的含义。

半步堂便以此命名，是一间宽敞的练武堂。不同于礼、乐、书、数等课程是单独有夫子给扶苏授课，御和射都是很多人一起上课。

扶苏有二十三个弟弟，除了才刚学会走路的那几个以外，所有人的练武课都是一起上的。再加上各个将军大臣家的公子们，几十个人吵吵嚷嚷乱成一团。所以一堂武课，总是让喜静的扶苏烦躁无比，推脱不了才会偶尔过来上一次。但对于别人来说，武课恐怕反而会更受欢迎，因为这是少有的可以接触其他人，并且拉帮结派的机会。

看他那些自以为聪明的弟弟们，在几堂武课下来之后，果然都各自呼朋唤友，形成了一个个小圈子。

身为大公子的他，反而不能这样，因为他的一举一动，都有无数双眼睛盯着。扶苏环视一圈，发现能理直气壮站在他身边的人，竟然也就只有这十二岁的甘上卿了。

“大公子，臣是问此物。”少年并未在意扶苏敷衍的回答，而是固执地指着那面墙说道。

半步堂的一面墙上，挂着一排用纯金打造的武器模型，一来是彰显秦朝的富强，二来也是暗喻着一切财富都是源于强大的武力。扶苏顺着少年纤细的手指看去，知道他所指的是最前面的那一个，勾唇一笑道：“那后面的武器，甘上卿可知否？”

少年眯了眯那双还未长开的凤眸，明显有些不爽扶苏的态度。但沉默片刻后，还是轻启双唇，一个个清脆的字如冰珠一般蹦了出来："戈、弓、矢、刀、剑、矛、弩、戟、斧、钺、锤……"

"认识的蛮多的嘛！为什么不说那第一个？"一个嚣张的声音从旁边插嘴，毫不客气地打断了少年的话语。

扶苏往旁边一看，发现是个和他差不多高的少年，年纪大概也和他相似，十四五岁左右，相貌粗犷，眉眼已经初见精悍的武将雏形。他身穿一身宝蓝色的窄袖胡服，这种衣短袖窄的胡服自从赵武灵王亲自带头推广以来，就受到了武者的欢迎。就连扶苏他们上武课，也都会换上一身窄袖胡服。只是他身份尊贵，穿一身玄黑色的胡服，而他的那些弟弟们也都穿着差一级别的深色胡服。

而这位嚣张到可以直接跑到他身边来插话的，果然是摸不清楚状况的生面孔，指不定是被哪个心眼多的弟弟拿着当枪使了。

还没等扶苏开口问对方的身份，他身旁的少年就已经平静地开口道："此乃王离，十四岁，王翦将军之嫡长孙。"

哦，对了，扶苏恍然，想起之前内侍顾存曾经跟他说过，和这位甘上卿一起，秦国上将军王翦的嫡长孙也同时入宫侍读。只是他之前一直都是夫子私人授课，武课也是逃了几次，这回没什么借口才过来上的课，所以这还是他第一次见到小王少爷。

王离显然不相信自己进宫这么长时间了，大公子居然还不认识他。他瞪了一眼那位介绍他身份的绿袍少年，认为是他刻意多嘴扫他的面子，口中嗤笑道："甘上卿博学多才，区区十二岁就封了上卿，怎么连'大动干戈'之'干'都不认识呢？"

绿袍少年倒是没有在意王离口中的讽刺之意，对他来说，求知才是最关键的。只听他喃喃自语道："《诗》中有云，戴戢干戈，载櫜弓矢。原来，此乃干的模样。"

在上古时代，干乃是树干状的防具，戈便是攻击的武器，是以用干戈二字，来作为兵器的通称。绿袍少年一直只是读过书中文字，戈倒是一直知道军队在用，但干却早就在战争中进化为盾，所以今次倒是第一次看见实物。

其实这半步堂中也不止绿袍少年一人不识此物，只是只有他一人敢于直截了当地问出口罢了。那王离出身于武将世家，得知这物事的名称，倒也不足为奇。但显然这两人之间的对话，引起了他人的不满。

“此物在秦国称之为‘盾’，其余六国称之为‘干’，上卿不知者不怪也。”扶苏瞥了王离一眼，开口回护道。开什么玩笑？就算他也觉得这才十二岁的小甘上卿太年轻了，但好歹也算是他的人，别人哪有什么权利讥讽？还是当着他的面！

王离被扶苏这句话堵得满脸通红，刚想说盾和干哪里一样，却赫然发现这面墙上居然没有盾的模型。

扶苏在心中暗暗发笑，之前就听说父王抱着小弟胡亥来半步堂玩的时候，那才刚会走的小孩子一眼就看中那面金光闪闪的盾牌模型，父王当场就让人把那面金盾拿下来给小弟带回房玩去了。这才两三天的工夫，根本来不及重新打造一个新的金盾模型。更有可能是在等小弟什么时候玩厌了，再送回来。

他们这边的谈话，也成功地让半步堂内的众人都安静了下来，实在是大公子扶苏的那句话虽然听上去普普通通，但细琢磨却是大有深意。这也是因为王氏家族祖祖辈辈都是大秦国的子民，根正苗红，否则这句话落下来，王离不断根骨头肯定也要掉层皮。

扶苏也是看准了这一点才说的，倒也没人说他言语刻薄，知道的只会赞他一句学识渊博。当下略微自得地弯了弯唇角，又重新恢复了一脸淡然。

不一会儿，授课的将士便到场了，众人也没再说什么，便分年龄层次列队开始上课。

绿袍少年在站队的时候，只觉得如芒在背，回头一看，发现隔壁方阵中的王离正一脸怒意地盯着他，便面无表情地扭过头。

他的大公子永远都是那么任性，永远都不知道他轻飘飘说的一句话，会造成怎样的后果。

☆☆☆

有了心理准备，所以在回到在宫里所居住的鹿鸣居，发现本属于自己的房间被弄得乱七八糟之后，绿袍少年只是站在门口端详了半晌，像是要把这个画面牢牢地记在脑海中一般，随后转身敲响了隔壁的房门。

有节奏的敲门声响了好一阵，房间里才传出一个微弱的回应声，房门“嘎吱”一声，只开了一条小缝。

门内黑洞洞的，根本没有点灯。片刻之后，才有人期期艾艾地回答：

“不……不是我做的……”

“我知道。”绿袍少年深吸一口气，尽量做出平易近人的亲近模样，只是不善此举的他笑得有些僵硬勉强，“可否借住一夜？”

门内的少年一听对方并不是来追究责任的，顿时松了口气，把门缝又拉开得大了一些。

月光照了进来，可以看得到门内的少年比起绿袍少年还要高上一些，只是瘦削得厉害，身上穿着的绛紫色袍子明显都已经不合身，要短了许多。仔细看那上面还有些不起眼的补丁，颜色洗得也有些泛白，一看就是穿了很长时间都没换过了。而这怯懦的少年也一直低着头，侧身让了让，示意绿袍少年进屋。

待绿袍少年走进屋内，就更加木然了。触目所及，除了生活必需的桌椅和床铺上面的一层薄被之外，整个房间空空荡荡的，竟连照明的油灯都没有一盏。绿袍少年沉默了片刻，转身而出。

怯懦少年的头低得更深了，单薄的唇抿成了一条直线。这样的陋室，也怪不得对方嫌弃。

只是还未等他关上门，脚步声又再次响起，绿袍少年抱着坐垫、油灯等东西走了进来，面无表情地说道：“我那边还有些可以用的东西，不如都搬过来吧。”

怯懦少年一怔，抬起了头，他的脸色更是面黄肌瘦，眼眶下陷，像极了逃荒的贫民，真是少有在宫中还能受到这种待遇的人。

这怯懦少年名婴，是当今秦王的侄子。他的父亲成蟜是当今秦王唯一在世的弟弟，当年也曾有希望继承王位。只是在婴刚刚出生的那一年，成蟜叛秦降赵，并没有带走还在襁褓中的他。根据《释名·释长幼》中所说：“人始生曰婴”，随侍的人随意地给他用“婴”命名。

这么轻贱的名字，正暗喻了婴在秦国的身份尴尬，虽然拥有高贵的血统，却在宫中宛如隐形人一般存在。

绿袍少年一直都知道有婴这个人，也知道就住在他隔壁，只是两人都没有什么交集，若非亲眼所见，根本不知道对方过的是一种什么样的日子。

婴不擅于拒绝人，当然绿袍少年心忖他八成是不敢拒绝，只能一个命令一个动作地把他房间里可以用的东西都拿了过来。当然，在看到血污遍地的房间时，婴显然被吓得浑身颤抖，被告知应该只是鸡血时才重新恢复正常呼吸。

其实绿袍少年也有些佩服那王离，他们一起下的课，他也不过是送扶苏出了咸阳宫之后就折转回来，这么短的时间内还能破坏得这么彻底，能说他真不愧是家传渊源吗？

“还是在我房里睡吧，他们不敢惹到我。”婴难得地同仇敌忾起来，他说的倒是真话，虽然他在吃穿用度上被内侍克扣，但最起码他的身份摆在那里，谁也不敢真正欺负到他头上。

绿袍少年难得地勾了勾嘴角，月光正好洒落在他的面容之上，更衬得他面如冠玉，看得婴一呆，手中拾起的竹简差点都重新掉回地上。

这么好看的少年都欺负！那些将军的少爷们真是恃强凌弱！很久都不曾生气的婴头一次感觉到什么叫怒发冲冠。哦，虽然他还远远没到及冠的年纪。

被鸡血浸透的被子已经不能再用，被特意劈成两截的案几也成了废品，屋中堆着的竹简也被扯断了线绳，变得零零碎碎不成卷牍。还好油灯是铜制的没有被摔碎，添上柜子里备用的灯油还可以再用。两人收拾了一会儿，把还能用的东西都搬到婴的屋子里，倒是把他家徒四壁的房间给填满了一些。待点上油灯之后，整个屋子跳动着温暖昏黄的光芒，竟让婴生出些鼻酸的感动。

原来，还有人愿意为他点一盏灯……

“那小王少爷太过分了，明明是他讽刺在先。”下午的事情，其实婴也在场，他一贯躲在角落里，却没有落下事件的一分一毫。

“无妨。”绿袍少年倒不以为意，只是这点毛毛雨，他还以为要挨顿打呢。这股气出了就好，怕的就是对方隐忍下来，那以后下的绊子可就多了。

想到这里，绿袍少年也忍不住轻叹了口气，这些天之骄子们他可伺候不起。不过他为了振兴家族，就必须要学而优则仕。没想到秦王还是看他年纪小，虽然封了他为上卿，但实际上还是没委托他做实事，直接把他派到大公子身边当侍读。

婴握了握单薄的小拳头，不忿对方漠然的语气，但也不爽地知道光凭他自己也没法替对方出气。

“作为交换，我教你习字吧。”绿袍少年拿起一旁婴殷勤地搬到这屋子里的零碎书简，淡淡地开口道。

婴忙不迭地点头，心里却想着，这么好的一个机会，他可不能放过了。

这种租金，就是住他的房间一辈子也甘愿啊！

☆☆☆

“小娃子，你这样躲着也不行啊？都让人欺负成这样了，居然不还手？”

“嘲风，你想得太简单了。”

“有什么简单的？都是别人打我一拳我回敬人家十拳的，鸱鹰你就舍得这臭小子被人欺负？”

“当然舍不得，可小娃子不动声色，自然有他的用意。”

“有什么用意啊！他才十二岁好不好？不要把他想得那么有心机！”

仰躺在咸阳宫正殿的屋脊上，绿袍少年小小的身躯正好嵌在屋脊瓦片的凹陷阴影处，除非是从更高的地方向下俯视，否则根本没有人能发现他的身影。而且此处也吹不到寒风，正适合发呆。少年细致的双眉微微皱起，显然并不是因为欺负事件的升级，而是身旁的两只脊兽实在是太吵了点。

嘲风、鸱鹰、螭吻这三只脊兽，据说是从商朝传下来的古物，只要安放在房檐之上，就可保平安。绿袍少年刚认识它们的时候，都是悄悄绕着咸阳宫主殿走的，就怕吵得他头疼。只是现在这里虽然耳根子不得清静，但至少可以避开他人的目光，犯一会儿懒。

也许是因为发觉这位甘上卿在那晚之后并没有告状，或许是大公子扶苏没有替他出头，所以鹿鸣居内的欺负事件越发出格。绿袍少年经常会发现衣领里被人塞了虫子、头上被撒了沙子、要用的东西被摔坏、衣服被别人故意撕破、走路时不时会遇到被残忍杀死的小动物……其实都是些无关痛痒的小事情，可是却烦人得很，更别说还经常有人在附近古怪地嬉笑，用各种或隐晦或明白的词语讽刺他和他的家族。

这些事情，并不是王离亲自做的，而是想要巴结他的一些勋爵子弟，甚至是想要笼络他的公子们做的。

再者，这位甘上卿简直就是“别人家的孩子”的代表，他初进宫以来，是顶着大公子侍读的帽子，戴着十二岁就封上卿的光环，很多人都不敢一见面就给他难堪。而王离与他有矛盾这件事则成了导火索。大家积压的羡慕嫉妒恨，在这一刻之后就愤而爆发了。

就连收留他的婴都受到了波及，好在那些少年们到底不敢做得太过分，婴虽然受到了前所未有的关注，但对于一直是隐形人的他来说，虽然只是恶意的关注，也让他十分激动。更别说这些欺负的事件更像是在跟他闹着玩，之前那么多年的隐形人经历，让他反而觉得有些兴致勃勃。更何况有这位天才之称的甘上卿跟他一起住，有人教他习字念书，有人拿来新鲜的饭菜一起吃，就连有人跟他分享了那一床薄被，都让他觉得冰冷的夜晚温暖了许多。

所以这些天下来，本来面黄肌瘦的婴反而脸色红润了许多，就连个子都往上蹿了少许。

绿袍少年倒是因为生活质量下降疲惫了许多，本来稍有些婴儿肥的脸颊都瘦了下去。

“小娃子，再这样下去可不行啊！你看看你，都瘦成什么样了？”嘲风心疼得直嚷嚷。

“好吵……”绿袍少年不爽地嘟囔着。他只想晒着太阳睡一会儿，婴的睡相可不怎么好，可能是天生没安全感的缘故，又或者是屋里的炭火不足，每天晚上他睡觉都喜欢像蔓藤一样手脚并用地缠上来，经常让绿袍少年从睡梦中被勒醒，这实在不是一个很美好的经历。

要不然今晚就换回自己的房间睡吧……绿袍少年每次都是这样想的，只是晚上要就寝的时候，看着婴期待的目光，总会难以拒绝。罢了，反正两个人一起睡，在寒冬的夜晚也能稍稍温暖一些。

“居然还敢嫌我们吵！臭小子！”嘲风嚷嚷得更大声了，简直像要迎风怒吼。头顶上成天晒太阳睡觉的螭吻都从来不嫌他们吵呢！

绿袍少年掏了掏耳朵，丝毫没有贵族气质地撇了撇嘴，撑起上半身打算离开。反正这样的环境也没法继续休息了，还不如回去教婴习字念书。

“其实你不想与那帮公子正面冲突，可以求助于大公子啊。你是他的侍读，他肯定要罩着你的啊。”鸥鹰苦口婆心地劝着，不善言辞的它倒是很难得一口气说这么多话，因为能听得到它们声音的人实在是太少太少了，它不想这个少年在咸阳宫里待不下去。天知道它们才认识不到一个月啊！要是这少年出了宫，它们就再也见不到了！

“不要。”绿袍少年很快地回答，语气是无比的倔强。

凭什么要求那个家伙为他出头？本来也是因为那个不知民间疾苦的大公子随口的一句话才惹来的事端。而且虽然他没有去告状，但他不相信那个大公子对他这些天的遭遇一丁点儿都不知道。

所以，这分明就是袖手旁观。

就像第一次见面时，特意把他晾在外面的寒风中站了一个多时辰一样。

这样的辅佐对象，他确实要再好好考虑考虑，反正良禽择木而栖，他又不是非要在这棵树干上吊死。

那个大公子，不过就是比他大两岁的少年，投胎投得比较好而已。

“那也不能这样大动干戈啊！”鸮鹰觉得有些棘手，可惜它们只能干坐在房檐上，什么都做不了。

“啧，这事倒真是祸起干戈啊。”绿袍少年自嘲地勾了勾唇角，“身份不同立场不同，只要与人相处就难免会有干戈，无法避免。”

其实他和王离还有那些起哄的公子哥们之间，倒也不是有什么不可调和的干戈，但他就是不愿这样简单地去解决。

又不是打定主意就是一辈子跟定那个大公子了，干什么这样拼命?

而且那些小伎俩，在他看来简直就是毛毛雨，没经历过贫穷困苦和真正艰难的公子哥们，以为这些就能逼得一个人低头吗?

实在是太天真了。

绿袍少年回想起之前出使赵国时，那暗藏的刀光剑影，再看看自己现在的处境，只觉得是云泥之别，不禁长叹一声。

既然秦王想让他陪着这些公子哥们读书，那他也就只能如此了。

至于那些挑衅，好吧，就当日子过得太简单了，多些调剂吧。

此时夕阳已经西下，差不多时间该回去了，再晚婴就要担心了。绿袍少年不顾两只脊兽的挽留，轻手轻脚地从房檐上跳了下来，拍了拍绿袍上沾到的灰尘后，淡定地离开。

只是他没有留意到，在他走后，树荫的阴影处，一名男子盯着他的背影，又抬头看了看咸阳宫主殿的房檐。

在黑暗中，那人的面容并不清晰，只能看到一双藏着近乎妖邪魅力的眸子，只消看一眼，就会让人以为是遇到了妖魔。

“好像……找到了有趣的东西呢……”

☆☆☆

空无一人的半步堂中，王离正持着一柄月牙戟在挥汗如雨地操练着。

虽然被召入宫中侍读，但王离依旧按照从小到大的习惯，每日都要有至少四个时辰的练武时间。只是白天一般都有课，所以他便只能把练武的时间安排在清晨和晚上。

其实这倒是一个很好的借口，那些要拉拢他的公子哥们，一个个都弱不禁风，想要跟着他练武，结果连半个时辰都坚持不下来，几天下来就都识趣地不再靠近，倒是让他得了个清静。

钩、啄、刺、割……王离专心致志地一下一下地舞着手中的月牙戟，通过手掌心中戟杆的颤动，体会着这些招数自己做得有没有到位。他手中的这月牙戟属于军队的标配，他年纪还小，身量虽然在同龄人来说已属高壮，可握力还不及成年人，更高级的戟还无法灵活使用。

真想要一柄青龙画戟，父亲那柄被称之为金钱豹尾子的青龙画戟简直帅毙了！

王离想象着自己手中握着的是那柄青龙画戟，在战场上所向披靡无人能敌，一时间动作大开大合，舞得虎虎生风。

太阳渐渐西斜，本来透过窗棂射入的夕阳也随之拉长了光影，最终缓缓湮灭，半步堂中也因为没有掌灯而变得晦暗不明起来，只是其中的兵器划破空气的呼啸声却并没有因此而减小。

“哐当！”半步堂中发出了一声兵器的金铁交击声，随后又有了一声兵器砸在青石砖上的闷响。

王离单膝跪在地上，“呼哧呼哧”地喘着气，大滴大滴的汗珠从他的脸颊和身上滑落。他把满是汗水的手掌在身上擦了擦，但效果也并不好，因为他身上的胡服也被汗水浸湿了。

王离边皱眉边站起身，心想这新制的月牙戟倒是不错。若是木杆的话，会容易出现像戈那样戈头在战场上卡住而脱离的情况。这柄月牙戟是一体铸成的，却因为戟杆是铁质的，戟身太沉，而且也容易出现这种由于出汗而脱手的情况。

静静地站在黑暗中沉思了半晌，回忆了一下祖父和父亲的教导，王离判断应该还是他自己锻炼得不够，握力不足。而且若是他的掌心也如同祖父和父亲一般，有足够厚的茧子，戟就无论如何都不会脱手。

决心再把锻炼的时间延长半个时辰，王离便缓步走到墙边，把脱手的月牙戟给捡了起来。

地上不仅仅只有月牙戟，还躺着两件兵器，一件金干一件金戈，竟是被月牙戟从墙上砸落的。因为金质的兵器太沉，地面的青石砖上都有几处被砸出来的白点。

王离嗤笑了一声，他这里这么大的动静，都没人过来看一下，可见他被孤立到了什么程度。

更别提有内侍会主动帮他掌灯了。

他是进宫做侍读的，根本不可能带侍从进宫，好在他从小是在军营长大的，也不在乎这些。只是他在半步堂找了一下，发现平日里放在柜子里的灯油和燧石都不见了，只好晦气地对着空气挥了挥拳。

算了，不能点灯的话，就只能去靶场了，好歹那边空旷，就算没有灯也可以借着月光练武。就是周围没有屏障，冷了点，不过他也是不怕的。

至于掉在地上的金干戈，王离也没想办法捡起来重新挂在墙上。一是本来挂着它们的地方过高，若是有灯点着，还能挂起来，可现在黑灯瞎火的，他可没心情那么做。再者反正明天早上会有内侍过来打扫，何必浪费时间，给那些小人们减轻工作量?

王离推开半步堂的大门，抬头看了一眼天边皎洁的月亮，满意地持着月牙戟大步离去。

☆☆☆

当月亮缓步爬上树梢的时候，大秦帝国最年轻的上卿大人，正在和平日一样教婴习字。他身上还穿着那件绿袍，尽管那上面被人恶作剧般地用利器划破了多处，但都已费尽心思地尽量用线补好了。

因为竹简太过珍贵，绿袍少年就用浅盘装了一层沙子，让婴在上面用木棍当笔来练习写字。而所教导的内容则是《论语》。

婴实际上比绿袍少年还要大一岁，《论语》里的道理也是可以听懂的，借此来习字倒是事半功倍。绿袍少年也不是按照顺序来教的，因为竹简都是散乱的，他随手翻到哪里就讲到哪里，这一晚正好讲到《论语·季氏》里的一段。

“丘也闻有国有家者，不患寡而患不均，不患贫而患不安。盖均无贫，和无寡，安无倾。夫如是，故远人不服，则修文德以来之。既来之，则安之。今由与求也，相夫子，远人不服，而不能来也。邦分崩离析，而不能守也。而谋动干戈于邦内。吾恐季孙之忧，不在颛臾，而在萧墙之内也。”

婴着迷地听着甘上卿抑扬顿挫的声音在屋中回响着，断句和起伏都是恰到好处，嗓音又是压抑的低沉，意外的好听。婴虽然识字不多，但也不是什么都不懂的稚子。论语就是多读多诵就会有所感悟的字句，婴下意识地跟着绿袍少年朗诵，听着他解释着一些文字的意思，很快也就懂了这段话的意思。

“不患寡而患不均，不患贫而患不安。”婴喃喃自语着，已经初步可以称得上隽秀的面容上挂着痴狂的表情，“此言甚赞。”

绿袍少年忍不住弯了弯唇角，这些天下来，婴在他的教导下，不管认字认得如何，这说话倒是开始文绉绉起来。而且一言一行的气度也都在下意识地模仿他，不看他身上那件满是补丁的绛紫色衣袍，倒是真有了点秦国贵族的小模样。

把孔子说这段话的背景也简单地介绍了一下，还有几个比较难写的字单拎出来仔细教婴写了几遍，绿袍少年就起身把有些变暗的灯添了些灯油。

“已经足够亮了。”婴抬起头，有些可惜地看着被绿袍少年又加满的油灯。

“对眼睛不好。”绿袍少年淡淡地说道。他小的时候因为家里穷，借着月光习字看书，结果把眼睛都给看坏了，看东西很模糊。后来还是师父给他扎了几针，吃了几服药才治好。这也就是他那个很有能耐的师父才能做到，而且现在还有些后遗症，晚上没有光的时候都会看不清东西。据说那些有名的大儒，也都多多少少有些眼睛方面的问题，而且是终身难以恢复。

婴对绿袍少年的说法表示怀疑，但后者算起来也是他的师长，尊师重道的他还是压下心中的牢骚，按照这位甘上卿的要求，挺直腰板，坐姿标准地看书写字。

绿袍少年却不再看竹简，不说那些竹简他都早已经倒背如流，他对于自己的眼睛还是颇为看重的。他打算闭目养神一阵，顺便想想自己未来的走向问题。

只是他的眼睛刚闭上，就听到“哐当”一声响，和婴的惊叫声。

他立刻站起身，发现是一枚石子从外面扔了进来，打破了牖窗的薄木片，差点还砸翻了桌子上的油灯。

窗户这么一坏，冷风就“呼啦啦”地吹了进来。婴十分不能忍，竟一改之前的怯懦，握着拳头咬着牙冲了出去。

绿袍少年倒是不担心他的安危，而是弯腰捡起那枚石子，发现外面包了一层白色的帛布，隐隐还透着墨迹。

他皱了皱眉，拆开一看，那枚石子竟是上好的黑色玉石，而帛布也是上佳的丝帛，丝帛之上也有十数个字。

“化干戈为玉帛，可敢半步堂一会？”

绿袍少年挑了挑眉，化干戈为玉帛，这寓意说得倒好，可最后那语气，怎么看怎么觉得像是一份战书。

听着婴一无所获地气愤而归的脚步声，绿袍少年悄悄把这玉石和丝帛都放进怀里。

出了这事，婴也无意再习字，认定对方是嫉妒他屋子里的油灯过亮，索性吹熄了油灯，用布条把牖窗坏掉的地方塞住，便上床躺着小声背诵着今天所学的论语。

绿袍少年也和衣而卧，只是并没有睡，等婴背诵的话语声渐渐低落，确定他酣睡之后，才静静起身。

“谋动干戈于邦内……萧墙之内……祸起萧墙……”

绿袍少年接着婴没背完的断落继续低诵了几句，随后面无表情地推开门，走入了黑暗之中。

☆☆☆

半步堂离鹿鸣居还有段距离，绿袍少年一路都避着侍卫，没惊动一人地往半步堂而去。

对方既然这样偷偷摸摸地行动，自然是不想有围观者。

不多时，绿袍少年就走到了半步堂附近，看着杳无光亮的殿堂，毫不迟疑地推门走了进去。

没有了月光的照耀，绿袍少年的视线便因为黑暗而开始模糊不清。不过半步堂他也来过几次，按照记忆想要沿着墙边走到窗边，结果却在走了几步之后，差点被地上的东西给绊了一跤。

绿袍少年弯下腰，摸索了一下，发现竟是从墙上掉落的金干。

事情有些不对劲。

绿袍少年正想起身赶紧离开的时候，心中警兆忽现，就感到背后一股大力袭来，后脑被狠狠地砸了一下，直接狼狈地摔倒在地上。正好砸在那柄金干之上，又硌得他胸前剧痛，呼救的声音卡在了喉咙里，差点连气都喘不上来。

感觉到有人蹲在他身边查看了半晌，绿袍少年想要伸手拽住对方的衣角，可身体就像是失去了控制一般，只能颤抖着抬起手，却什么都没有抓到。

温热的液体沿着他的后颈缓缓流下，尖锐的疼痛让他的大脑无法再继续运转，意识也开始涣散。

他拼命睁着双眼，想要看清楚究竟是谁下的毒手，可视线却依旧模糊不清。

听着那人丢掉了手中行凶的金戈，毫不留情地转身离开，他最终只能心有不甘地垂下了手臂。

毫无办法地任凭黑暗把他慢慢吞噬……

第三章·玄玉帛

已是过了子时的深夜，扶苏却怎么也睡不着。

高泉宫的寝殿之中燃了足足五个火盆，也许是太过于干燥，扶苏的胸中总是有一股难以忽视的烦闷，令人辗转反侧。

寝殿的前后牖窗都已经打开了一道小小的缝隙，过堂风吹得屋中点燃的苏合香的味道淡了许多，但也带来了冬夜清冷的寒气。扶苏正想索性起来再看几卷书时，就听到门外传来压低的谈话声。

反正也睡不着，扶苏披着衣服起身，走近半掩的门扉时，就听到内侍顾存略带不悦的声音响起。

“此等玩笑之事也值当惊扰大公子？”

“何事？”扶苏听得好奇，便推门而出，正好看到顾存把一块小竹片藏入袍袖之中，“且拿来观之。”

顾存犹豫了一下，但见扶苏态度坚决，便也没再遮掩，边把那竹片递了过去，边解释道：“也不知是谁递过来的消息，这孩子便当回事了，非要报到您这里。”

面前的小宫女名叫采薇，也才十一二岁，是在殿外伺候的，扶苏也是有些眼熟。此时见她急得一脑门子汗，对于顾存的话不敢也没有资格分辩，但面上的焦急之色可不是假装的，当下对这竹片上的信息又认真了几分。

他只扫了一眼，脸色就变了。

【半步堂上卿有难】

竹片上只写了七个字，像是刻意隐藏了字迹，写得极为潦草，却透着一股随意。根本不像是求救而显出的焦急，而是爱去不去的轻狂，也怪不得顾存一眼就认定是玩笑。因为顾存也是自小跟着他识字的，颇有才学。

顾存并不是采薇这样不知轻重的小宫女，他这么多年收过多少或真或假的消息，遇到过无数大大小小的明争暗斗，怎么可能为了这点语焉不详的消息，就惊扰自家大公子？

不过他倒是暗赞这个传递消息的人会抓重点，知道扯上那个甘上卿，只要自家大公子看到了，于情于理也不能装作视而不见。

果然，扶苏只沉吟了片刻，就出声道："更衣，去半步堂。"

"何至劳烦大公子，臣去一趟即可。"顾存更存着一份谨慎，对方也不过是传递个不知真假的消息而已，也没有指名说是让扶苏亲至。

"无妨。"扶苏正好睡不着，想要四处走走。

那采薇见扶苏肯管这事，激动得浑身颤抖，此时见对方回身找衣服，便极有眼色地转身冲进殿内，给扶苏捧出一件深紫色的常服外袍，再伺候着扶苏穿好。

扶苏见她如此，便不经意地笑问道："看你这样，对那甘上卿还是挺上心的。"

采薇长得眉清目秀，闻言整张脸都红了起来。当然，在宫中贵人们身前服侍的人，至少不会长得太伤眼，都是中上之姿。看采薇这女孩满脸通红的模样，扶苏都想要再出声逗逗她，结果走到回廊之后，被昏黄的宫灯一映，他才看清楚这采薇压根就不是害羞，而是气愤得憋得整张脸都红透了。

"为何如此？"扶苏停下脚步，声音也变得冰冷起来。

采薇"咚"地一声跪在了冰冷的青石砖上，咬着唇垂着头一言不发。

扶苏看着她垂在身侧紧握成拳的双手眯了眯双眼，别有意味地瞥了一眼跟在身后的顾存。

顾存本是想置身事外的，但自家大公子的那一眼，虽然只学到了他父王的十分之一，但也实在是压迫性气势十足。于是只好低下头，斟酌着字句缓缓道："大公子，许是误会……"

"才不是！"采薇激动地打断了顾存的话，也顾不得自己是以下犯上，把内心里憋了多少日的愤怒都一股脑地倾泻而出。

☆☆☆

回廊中响起了急促慌乱的脚步声和衣袂翻飞摩擦的声音，扶苏已经把自己十四年来学到的宫廷礼仪抛之脑后，耳畔仿佛还回想着之前采薇义愤填膺的话语声，尽可能大步流星地往半步堂而去。

在他没有看到的地方，那少年究竟都遭遇到了什么？

那少年上卿总是很骄傲自持地出现在他面前，整个人都散发着令人无法忽视的天然光环。扶苏承认，有时他都会觉得那种无法言喻的骄傲让人有些刺眼，所以他才会甚少把视线投注在对方身上，以至于连少年身上绿袍的补丁都没有发现。

为什么没有来跟他说明这一切？又或者，为什么没有人来跟他说？

扶苏用眼角的余光瞥了一眼默不作声跟在他身后的顾存，呵斥的话涌到嘴边，又被他默默地咽了下去。

他已经十四岁了，不是什么都不懂的稚子，知道在这个世上，即使是最忠实的仆人也会有自己的想法。顾存大抵以为自己这是给那甘上卿的考验，就如同初见的时候让对方在烈日下站了一个多时辰一样。

他还是太大意了。

自出生的那一刻就为天之骄子的他，从未直面感受过别人的恶意与排斥，也就不曾想到那位甘上卿居然会在自己的眼皮子底下遭遇这一切。

扶苏一边在心底反省自己，一边不由得加快脚步，在拐过回廊看到半步堂飞檐的那一刻，他终于撩起袍角奔跑了起来。

顾存也忙跟随在自家大公子身后，他竟不知这位整日习字阅卷的大公子跑起来的速度竟是如此之快，他竭尽所能也落后了几息的时间才到达半步堂。

黑洞洞的半步堂中，鸦雀无声，顾存敏感地闻到了一股浓郁的血腥味，暗叫一声不好，赶紧从袍袖中掏出随身携带的燧石，点燃了旁边的青铜油灯。

昏黄的灯火渲染了空幽的半步堂，顾存也看清了自家大公子正抱着一人面色阴沉地朝他走来，身上已沾满了触目惊心的鲜血。

呼吸一紧，顾存迟一步确认自家大公子身上的血迹是来自于他怀抱着的那人的，不由得心下一松，但也知道自己今晚算是办错事了。赶紧侧开身子，让出门口的道路，同时伸出手打算帮自家大公子分忧。

“不用。”扶苏避开了顾存伸过来的手，把怀中的少年抱得更紧了些，单薄衣料下的身躯削瘦得令人心惊，抱在怀里都有些硌手。寒冬的夜晚，半步堂的青石砖冰冷刺骨，这少年也不知道在这里躺了多久，整个身体都已经变得冰冷僵硬，若不是胸口还有一股气在，扶苏几乎都要以为对方早已故去。看着面前的顾存，想到这人也是拖延救援的一分子，扶苏更是气不打一处来，冷冷地丢下四个字，“宣太医令。”

“诺。”顾存赶紧低下头应道，他还未听过自家大公子用如此冷硬凌厉的语气说话。

“查。”这个字更是掷地有声，让顾存的头更低了下去。

“诺。”顾存依旧用他沉稳的声音应诺。即使大公子不说，他也会查到底的。虽然他不太看得惯这面无表情的甘上卿，但到底是大公子的人，旁人怎可欺辱？

一笔笔的账，他都记得清清楚楚。顾存扫了一眼半步堂中央被鲜血浸染的金干和金戈，神色冷肃。

扶苏不再耽搁，抱着受伤昏迷的绿袍少年大步离去。

点点滴滴的鲜血在他的脚下蜿蜒流下，砸在青石砖上一点点溅开，就像是一朵朵凄美绽放的血色梅花。

☆☆☆

采薇在房中守着红泥小炉上熬了又熬的药汤，用袖子擦了擦脸上被火炭熏出的热汗，时不时回头看一眼昏睡在榻上的少年上卿。

因着半步堂发生的事情，扶苏一改往日的温和文雅，像是被触碰了逆鳞一般的蛟龙，雷霆震怒地处罚了许多当夜应该值守在半步堂附近的侍卫和内侍宫女，毫不留情。

就连日理万机的秦王闻知此事，也特意下旨关怀。只是此时正是伐赵的关键时刻，也抽不出身来管理宫内之事，便交由大公子扶苏全权处理。

在凶手未知之时，扶苏觉得这宫中没有几个可以信任之人，况且甘上卿也有官职在身，不好调用后宫的婢女，便安排采薇贴身伺候，连熬药也不敢让旁人沾手。

采薇的父亲是一名士兵，自她出生以来，母亲就一直盼着她父亲归来，就连她的名字也都取自《采薇》那首诗，倾注了眷恋之情。可她的父亲还是永远地留在了秦国对赵国的战场上。她的母亲无奈只好改嫁，她又不想拖累母亲，便求着有门路的亲戚保荐她进宫做了前庭伺候的小宫女。她和甘上卿没有任何交集，只是默默地在远处崇拜着这个十二岁就能出使赵国，并且只凭口舌之利就夺取赵国十几座城池的少年上卿。

因为时时关注，就把对方这些天所受的遭遇全都收在眼底。采薇知道自己只是个小小的宫女，对于那些天潢贵胄来说不过就是一只微不足道的蚂蚁，把这些事情报给顾存侍官，对方却只让她继续看着。她只能咬着牙继续看着，把每件事都尽可能地记在心里。昨夜捡到那块竹片时，她便直觉是和上卿有关，不识字的她特意求宫中识字的老内侍前辈解释了，立刻心急如焚，也不顾失礼，直接去闯大公子的寝殿，丝毫没想到自己会有因此被问罪的可能。

幸好，大公子没睡。

也幸好，大公子管了。

采薇越想越后怕，见药汤平稳地在火上小声地吐着泡泡，便忍不住放下调羹，走到榻前查看少年上卿的情况。

这个比自己才大上一岁的少年，身量却比她还要小一圈，脑袋上被白色的棉布包扎得严严实实，更显得无比脆弱。因为伤在后脑只能侧卧，长发散落在榻间自然垂下，半边都埋在软枕中沉睡的小脸有着失血过多的惨白，眼底下也有青黑的阴影，显然是多日都没休息好。

窗外的太阳已然西斜，自从深夜扶苏把太医令召来后，也已经过了整整一天了，而少年上卿却一次都未睁开过眼睛。采薇压下心中的忧虑，用温水洗了帕子，小心翼翼地擦拭着少年的脸颊。

院外隐隐传来吵嚷声，肯定又是那个婴吵着要进来。那人笨手笨脚还要别人服侍呢，又怎么可能会照顾人？再说大公子已经下了严令，除了太医令外，其他人等不准随意进入。采薇把手中的帕子一扔，气势汹汹地冲了出去。

少年上卿就是在这样的吵闹声中醒转过来的，后脑的疼痛让他有好半晌都没办法集中注意力，好一会儿才打量起这充满药香的静室。半撑起身摸了摸头，发现自己已经被好好地包扎过了，再回忆起半步堂的遭遇，少年的神情里闪过一丝羞怒。

真是大意了，他既然知道自己夜晚看不清楚东西，就应该好好点一盏油灯拿在手上的。

至于做出这事的人，不用想也知道不会是王离，那个人肯定不屑于这种背后袭人的暗手。

当扶苏喝止了吵闹的婴，走进静室的时候，正好看到少年上卿略微斜靠着软榻，低垂着脸，锁眉沉思。他立刻快走几步，拿起茶几上准备好的水杯，感觉温度正适宜，赶紧递了过去。

少年略略抬眼，对大公子忽然的殷勤也没有丝毫动容，面不改色地接过水杯，即使口渴不已，也用优雅的姿势一小口一小口地喝着。

扶苏只觉得无比尴尬，他想象了许多种少年醒来时的反应，愤怒的、委屈的、哭泣的、冷漠的，也想了许多对应的方法，却完全没想到少年醒来之后竟是一副若无其事的表情。若是生气的话，也不会接他递过去的水杯吧？

少年平静地喝完一杯水，大大方方地把水杯递还回去，之后便掀被而起，只是站起身的那一刹那还有些不稳地晃了一下。

扶苏连忙扶住他的手臂，皱眉道："你还伤着，且躺着。"

"无碍。"少年推开他的手，站得笔直，垂头看了看身上换的新衣。宽袖长袍，上等的明纬料子，是他所喜欢的淡雅的深绿色。少年眉间松了松，弹了弹这新衣，淡淡道："多谢。"

扶苏闻言面红耳赤，他已经多少查明了这些天的状况，知道这少年上卿在他不知道的情况下，扛住了多大的压力和羞辱。一时也分不清楚这两个字究竟是真心的道谢，还是别有深意的嘲讽。当下见少年执意要离去，竟然被其气势所迫，连阻拦的话都说不出来，只能眼睁睁地看着他施了一礼之后离去。

扶苏看着少年挺直的背影，头一次意识到，不管发生什么事都不可能把他骄傲的脊梁压弯。

扶苏无声地叹了口气，挥了挥手，吩咐采薇跟去伺候。

采薇喜滋滋地跟了上去，当然，还不忘拿着帕子从火上端下药盅。

☆☆☆

"小娃子，你的伤好了吗？居然还敢乱跑？"嘲风一见绿袍少年翻上屋顶，便迫不及待地嚷嚷了起来。不过它略一停顿，便八卦地打趣道，"哟！换新衣服啦！这料子可真好，你穿着这新衣服乱爬，也不怕弄脏了！"

绿袍少年不在意地找到熟悉的地方躺下，反正脏了破了可以随便换新的，现在的他可是被大公子看重的人，不光有人伺候着，备用的衣服成堆，每天穿一件换一件都可以。

师父给他过一瓶起骨丸，这伤药取名自《国语·吴语》的"起死人而肉白骨”，名字这么嚣张，自然疗效也很夸张。他只吃了一颗，后脑的伤就好得差不多了。

只是这伤药的制作极为繁琐，所需的药材也非常珍贵，少年并不想为自己招来不必要的麻烦，所以头上的棉布便依旧包扎着，仍是一副重伤未愈的模样。

“说吧，那晚到底是谁干的？”少年仰望着天边缓慢漂浮的白云，悠然地问道。脊兽居高临下，鸱鹰可以蹲踞在屋檐之上，便望遍天下之事，而嘲风比较八卦，只喜欢看咸阳宫中的大小事务。所以他受伤的事情，嘲风肯定都看在眼里。

“咦？是要我告诉你吗？少年，按照正常事件的发展，不应该是你大发神威，运用智慧，一一排查，然后推断凶手是谁吗？”嘲风见少年如往常一般气定神闲，不由得各种奇怪。

“我蠢吗？”少年瞥了嘲风一眼，有这么好的作弊器不用，他费那个脑筋作甚!

“你就一点都不怀疑是王离暗算的你吗？”嘲风还想看场好戏，闲极无聊的它唯恐天下不乱。

“那家伙还没愚蠢到这种程度。”少年撇了撇嘴，不过即使所有人心里都知道是这么一回事，那股关于王离的流言也没有任何遏制的迹象。扶苏明显知道是有人在挑拨离间，却也没有插手控制。以至于现在不光有人非议王离，连他领兵在外伐赵的祖父也有人开始非议了。

将心不稳，乃兵家大忌，难道扶苏不知道吗?

啧，简直就是傻透了的继承人，他真的要辅佐这种人成为大秦帝国的王吗?

“话说，现在宫里的人都在说王翦的离间计除掉李牧是小人之举，很多人跳出来反而为李牧抱不平呢！”果然，宫中的风吹草动怎么可能瞒得过嘲风，忍不住又开始八卦起来。

“武安君一代将才，赵王迁自毁长城，自取灭亡。”鸱鹰一直关注着天下局势，自然也看得到李牧的悲惨结局，也是唏嘘不已。

绿袍少年也沉默不语。

武安君李牧的威名，最初是在对抗匈奴的战场上声名鹊起的。他驻守雁门郡时，养精蓄锐多年，最后竟用步兵全歼骑兵，大败匈奴，杀死对方十多万人马。灭了襜褴，打败了东胡，收降了林胡，单于逃跑，真可谓是一战成名。此后十多年，匈奴都不敢接近雁门郡。

而后廉颇叛逃魏国，赵奢和蔺相如相继去世，李牧便成为赵国的顶梁柱。到秦国步步紧逼之时，李牧便成为秦国向外扩张之路上最强大的一块绊脚石。秦王嬴政换了多少将帅，连续六年都没有攻破他所把守的国门，而李牧也被尊称为军神，成为战场上的不败神话。

直到去年王翦领兵伐赵的时候，决定不正面对决，而是从被人构陷而愤而叛逃魏国的廉颇身上取得灵感，派人潜入赵国用重金收买赵王迁的宠臣郭开，造谣李牧早有反心。愚蠢的赵王迁果然相信了，居然设计抓捕李牧，一代军神就此陨落。

绿袍少年没有亲眼见过事件的发展，但从官方的说法和民间的流传，也能拼凑出来一个大概。再加之进宫以后，“李牧之死”这个故事是嘲风最喜欢缠着鹞鹰讲述的段子，他被迫也都听过三四回了。在民风彪悍的秦国，自是敬重军功卓越者，李牧也是秦人敬重的对手。王翦虽然立了大功，可因着李牧惨死的缘故，民间的风评却不太好。

平心而论，易位而处，若是换了他处在王翦这个位置，也愿意花钱摆平一切，而不用士兵的血肉去填。不费一兵一卒就让赵国自断其臂，简直是再划算不过的生意了。可是作为臣子，他却为李牧所悲哀，而且他也知道以后还会出现不止一个李牧。

君臣相疑，可要比君臣相得简单得多。

“小娃子，你听了这么多遍，到底什么感想啊？”嘲风见绿袍少年一脸的若有所思，好奇地询问着。往常都习惯和鹞鹰交流了，这点不好，要多多和新朋友聊天才对。

“化干戈为玉帛。”绿袍少年沉默了片刻，吐出了这六个字。

“哈？”嘲风几乎以为自己幻听了，“你是说秦赵两国能有邦交？就像是秦晋之好那样？”

“化干戈为玉帛是指大禹时期，禹拆掉了前首领鲧所建的城墙，毁掉武器，把财产都分给所有人，以德服人。而后引来四方拜服，献上玉帛作为贡品。”鹞鹰从字面上解释绿袍少年的话，不赞同地继续道，“那是远古时代，现在秦朝若是学禹那样，肯定会被六国啃得渣都不剩。哦，现在韩国已被秦所灭，只剩其他五国了。”

“啧，都是死脑筋。”绿袍少年撇了撇嘴，“王翦所做的，不就是化干戈为玉帛吗？面对干戈，不一定要以干戈为战。用玉帛来离间，某种程度上来说，这也是化干戈为玉帛了。”

房檐上一片寂静，两个本来聒噪的脊兽都被绿袍少年的歪理所震惊，一时都找不回自己的声音。

少年却想起自己貌似就这么被带歪了话题，不客气地抬起脚往嘲风身上踹了踹：“快说，那晚到底是谁暗算的我？”

“你你你！快把脚拿下去！”嘲风气得在风中凌乱，恨不得跳起来反踹这臭小子一脚。

“你不也让那些小鸟们站在你身上了吗？它们可以，我就不可以吗？”若是换了以前，绿袍少年可从不会这样无理取闹。但最近的他仿佛被人惯坏了，心情不好自然是要发泄出来。也许只有在脊兽面前，才能不用担心任性会带来什么难以控制的后果吧。

“好吧好吧，我说。”嘲风认输，嘟囔了两声，不甘心地揭开谜底，“是四公子将闾做的。”

绿袍少年眯了眯双目，掩去了眸中的精光。

“看来你并不吃惊嘛！是不是早就猜到了？只是最后来找我求证一下的？”嘲风冷哼。

绿袍少年没有应声。

四公子将闾和大公子扶苏的年纪只相差了几个月，二公子和三公子都低调做人，而四公子将闾却自启蒙之后就处处与扶苏针锋相对，毫不掩饰自己对王位的渴望。

因为战国时期，礼崩乐坏，嫡长子继承制度多不能施行。况且秦王并未立王后，所以严格算来，大公子扶苏也未必就是最后王位的继承人。

绿袍少年遗憾地吐出一口气，他进宫之后冷眼旁观，还想着是否可以另择明主，结果众公子之中除扶苏之外最有希望的将闾居然使了这么一个阴招，他就算再饥不择食也不会选择一个背后敲他闷棍的君主。

不过那个将闾，恐怕心底还在暗自得意自己的睿智呢。

这一举动可以栽赃给王离，让扶苏和王离之间疏远，又可以挑拨他这个上卿与扶苏之间的关系。运气好一点的话，还可以借此机会渔翁得利，赢得他或者王离的友情，甚至于忠心。

真是一箭数雕的好计谋。

当然，前提是不被人发现他就是始作俑者。

“那份求救竹简，到底是谁写的？”绿袍少年冷不丁问出这句话。实际上，这才是他今晚想要知道答案的问题。听采薇提起后，他第一时间以为是哪个胆小怕事的内侍或者宫女做的，想着让嘲风认出来，偷偷地给对方一些回报。毕竟他若是受了伤躺在半步堂一晚上，就算还能活着也会去了半条命。

结果从扶苏那里要来竹简一看，他就知道自己的推断不对。会写字识字的内侍在宫中并不少，但能写出这样一手好字的内侍，根本不可能会胆小怕事。

那么问题来了，对方为何不直接去找顾存说明原因呢？又或者为什么不直接去救他呢？甚至他的伤只要帮他止住流血，也就没什么大碍了，又何必特意去惊动扶苏大公子呢？对方算准了一切，肯定也能算出来采薇的性格。采薇玲珑心思，生怕自己去了也没有用，便先坚持把消息送到大公子那里。

聪明人经常会想得太多，绿袍少年在须臾之间，就开始怀疑送信之人就是凶手将闾了，也许是没想把他打得那么狠，生怕出人命什么的。

“呃……”出乎绿袍少年的意料，面对着这个很好回答的问题，嘲风居然迟疑了。

“到底是谁？别想瞒我。”绿袍少年坐直了身体，绷紧了小脸，严肃地盯着嘲风。

“唉，不是想瞒你，而是我真没注意到是谁写的那竹简。分明我都盯着的……”嘲风的声音越来越小，难道是它年纪大眼花了？不能啊！嘲风自己也很郁闷。

绿袍少年疑惑地眯起了双眼，心中暗暗记了下来。这事若不是嘲风走神了，就是那个写竹简的人是修道之人，用什么障眼法遮住了嘲风的窥探。

看来这宫中，当真是卧虎藏龙啊！

“喂！小娃子，你决定怎么办啊？要怎么报复将闾？要怎么应付扶苏？”嘲风速度转移话题，不想和这少年继续探讨上面那个问题。

“君子报仇十年不晚。”少年面无表情淡淡地说道，却有种令人胆战心惊的危险，“至于大公子……”

少年没有说出口，这些天他所遭遇的一切，即使扶苏一无所知，但顾存肯定都知道得很清楚。估计并不是真的无动于衷，恐怕只是想找机会一次性地帮忙报复回去，这大概就是他们经常喜欢玩的施恩手段吧。

这和打了一棒子之后，再给一颗糖安抚小孩子又有什么不同？虽然棒子不是对方打的，但基本没差别。

哼，帝王心术。

☆☆☆

扶苏面前的棋盘上摆着一场残局，白子本来一条首尾相连的长龙被黑子拦腰截断，棋局虽然只到了中局，却已经看得出来白棋的颓势。

这是一局扶苏和他的夫子淳于越的对局，棋下到一半的时候，淳于越被秦王召走议事去了，扶苏却一直端坐在棋盘旁，没有移动半步。

他借由着端详棋盘，实际上是在用眼角余光观察他的小侍读。

这位少年上卿还是同往日一般，坐在窗边的案几旁，透过窗棂而下的阳光照在他的身上，整张小脸都泛着莹白，连发丝都透着一层神圣的光晕。

扶苏不了解自己从前为什么都没有留意到对方。也许是觉得这少年太小了，根本没办法帮他的忙，所以下意识地就忽略了他的存在。可是却也忘记了，在这座充满诡谲旋涡的咸阳宫中，放手不管，也是一种残酷。

更令他无地自容的，是这少年上卿的态度。对方在伤后第二天就和往日一样来侍读了，和之前一样坦然平静，也没有要求他查出凶手是谁，或者为自己争取过一分一毫的赔偿。

要知道虽然父王封他上卿的官位是荣誉大于实权，但谋害重臣可是要论罪的，如果他坚持，即使王离只有嫌疑，也足以抓其下狱。王翦将军之孙又如何？身世再显赫，王离自己也不过是一介白身。

当然，如果发展到这种地步的话，扶苏自问也会觉得很棘手。但事情如他所期望般地进行，他却不受控制地觉得少年的善解人意，是那么让他难受。

想要从其他地方补偿，对方却都原封不动地退回那些珍稀药材和金银珠宝，只留下应得的炭炉、衣服和被褥等日常用品。就连他塞过去的那个小宫女采薇，对方也没有真正把她当下人对待，而是在教授婴习字的课程时，默许了采薇的旁听，更收买得那个采薇感激涕零，越发忠心。

究竟他该如何是好？

也许是扶苏投注的视线越来越灼热，少年上卿也没办法再视而不见，只好放下手中的书简，起身走到这位大公子身边，毫不客气地坐在之前淳于越坐过的垫子上。

“大公子，可有话与臣言？”少年上卿端坐得笔直，虽然身形瘦小，但却有着古老世家的一种贵气。这种气度是常人难以模仿的，都是自出生以来就被教导的一举手一投足，成年累月养成的习惯。

扶苏见过无数贵族，却很少有人如这少年上卿一般，一抬眼一扬眉都做得赏心悦目。呆怔了片刻，他才指了指面前的棋局：“此局可有救？”

绿袍少年瞄了一眼棋局，便知这大公子并不止单单问这一盘棋，而是借着这盘棋在打机锋，暗喻最近发生的一系列事。

微微扯了扯嘴角，绿袍少年瞥了一眼坐在对面，掩不住眉眼间略带焦躁不安的大公子，轻轻地叹了口气。

相对于运气占主要成分的博棋，他更喜欢排兵布阵为主的弈棋。黑白两种棋子，就像是两军对阵，在方寸之间的棋盘中，用尽计谋互相拼杀。再没有比这种弈棋更适合探查一个人的性情、谋略和气度了。

虽然来到这个大公子身边没多久，也没有真正跟他对弈一局，但绿袍少年早就在旁观的几局弈棋之中认识到了此人的性格弱点。毕竟是在取舍之间，很明显就能看得出来这大公子优柔寡断。

这并不是他期待中的明主。

只是，对方不用帝王心术，反而认认真真地询问于他，这种诚意……

绿袍少年沉吟了片刻之后，抬手从扶苏手边的棋盒里拈起一枚白色的棋子。这些棋子都是从很远的西方开采出来的玉石磨制而成，色泽莹润，入手温凉。绿袍少年把棋子在手中摩挲了两下，轻轻地放在了棋局的一处。

扶苏双目一亮，因为这手棋看似平淡无奇，却隐隐透着一股杀意，若是后续几手跟得上，应是可以从这黑子的万军包围之中杀出一条活路的。

“在棋局真正结束前，下错了一手棋，甚至几手棋也都无妨。”绿袍少年淡淡地道，“且走好接下去的每一步即可。”言罢，便起身告退。

扶苏盯着面前的棋局许久，最终释然一笑。

看来，他这是被教导了呢。

不能一步错，步步错了。

☆☆☆

乌云遮月，半步堂之内的一面墙前点足了整整二十四盏油灯，映照得这面墙上的金质武器金光灿灿，光彩夺目。

王离独自一人站在那面墙之前，低头端详着脚下的地面。

光滑的青石砖上，除了那晚金干戈掉在地上时所磕出的白点之外，还有缝隙中擦不掉的褐色血迹。

他当然知道那晚他走了之后都发生了些什么。那名少年上卿居然被人以他的名义叫了出来，并且在此处被人暗算，差点就永远躺在这里，再也醒不过来。

王离虽然没有亲眼所见，但仅靠想象，也都觉得那样的画面令人揪心。

他对那名少年上卿没有任何偏见，之前的口角也是由于他想不出来如何搭讪而弄巧成拙。相对于那些无法攻下赵国寸土之地的将军们，他实在是佩服这位少年上卿居然能在言谈之间就让赵国的十几座城池易了主。

更何况那晚出了事之后，虽然没有查明凶手是谁，但那少年上卿也并没有追究他的责任，否则他怎么可能还完好无损地站在这里。

而在今日，宫中的人也都被下了禁言令，不许有人再谈及此事，甚至连他的祖父使离间计一事，也有廷尉李斯上书，秦王陛下首肯，为此事彻底正名。

此令一下，再无人敢在他身后嚼舌根，而大公子身边最得力的内侍顾存，却特意跟他说明，这是那位少年上卿陪大公子下了一盘棋，所为他求来的恩典。

这种回报，比对于当日他在对方受人排挤欺凌时不知所措的旁观，简直无地自容。

所以在晚上回屋之后，当他发现桌上有人放了一块玉帛包裹的玄玉时，没有丝毫犹豫地来到半步堂。

这玉帛之上写着十数个字，“化干戈为玉帛，可敢半步堂一会”，与他所听闻的那样，少年上卿上当的那晚，也是同样的手段。

王离一手摸着怀中已经被焐热的玉石，一手却紧握着掌中的月牙戟。对方既然敢约他来见，他自然不会退缩。

他一定会让对方偿还那人所受的苦痛！成倍奉还！

☆☆☆

当绿袍少年拉开半步堂的门时，看到的就是王离一脸杀气的样子，不禁怔了怔。

没想到，这王离居然这么看不惯他?

那他是不是要修改一下原来的计划?

还没等绿袍少年说什么，王离就黑着一张脸，把怀中的玄玉帛掏了出来，语气生硬地问道："这是你给我的？"

绿袍少年理所当然地点了点头。他比较懒，又不想留别人的东西，就直接把那晚收到的玄玉帛让采薇转送到王离那边去了。正好上面的讯息可以二次利用，省事又省笔墨。不过看着王离哭笑不得的样子，很快就想到这是一场误会了。

王离把玄玉帛仔细收好，虽然从这两样东西上无法查出凶手是谁，玄玉和丝帛也是最普通不过的东西，但这也算是从少年上卿手中送出来的，王离于是放得更小心了。

只是放好东西之后，两人默默相对，都一时无话，气氛尴尬无比。

王离轻咳了一声，微扬下颌，语气古怪地问道："你约我来此，是想如何化干戈为玉帛？"王离自小就在军营长大，他爹怕把他娇惯成霸道的性格，所以就喜欢阴阳怪气地跟他说话，这直接导致王离性格古怪，说话更是口无遮拦，长大后压根就没有朋友喜欢跟他玩，因为谁也受不了他这脾气。

若是换了别人，早就觉得他是在刻意挑衅了，绿袍少年却像是没听出他言语中的奚落，指了指他手中的月牙戟，淡淡地道："很简单，我们打一场。我赢，你负我三件事；我输，我就当整件事没有发生过，我们扯平。"

王离差点没被自己的口水呛到，这少年上卿说什么？看着对方削瘦的身材，王离怀疑自己稍微一使力，就能把他掀翻在地，更遑论要打一架了。不过这样的便宜，不占才是傻瓜。王离扬了扬嘴角，已经确信对方是在找个借口与他说和："你确定？"

"确定。"绿袍少年微微点头，莹白的面容在四周摇曳的灯光下熠熠生辉。王离此时才发现，对方的长发拢在了脑后，露出了光洁的额头。穿的也并不是平日里惯常穿的长袍，而是一件绿色的戎装，收窄的袖口与贴身的剪裁更显得他身形细瘦，显然什么武器都没有佩带。

"那你拿什么与我打？"王离思考了一下，觉得若是赤手空拳打架，恐怕会不好，万一打伤了哪里又是一场麻烦事。用武器的话还能点到为止，只要把对方的武器打飞就算赢了。

少年上卿环顾了一下，半步堂的四周放了许多武器架，上面放了各式各样的武器，在灯光的映照下，锋芒四射，透着一股肃杀之气。但少年却直接走向了金光灿烂的那一面墙，伸手轻松地摘下了最打头的那柄金干。

“此事既然源起于此物，那就用此物来完结。”少年如此说道。

王离的眼睛差点没凸出来，那柄金干通体都用黄金所打造，纯粹就是一个作为装饰的礼器，而且重量是同等体积的铁制品的大约三倍！他那晚没有把掉下来的金干戈挂回墙上，也是因为他一个人举起来太累。而这少年居然举重若轻，他几乎都要怀疑墙上的这柄金干是仿造品了！

不过是不是仿造品，打上一场就知道了。

王离好战的性子被完全激起来了，对方选的是一个防具，他则用军中最新研制的利器月牙戟。这场比斗从一开始就不平等，但王离却不管那么多，反正都是对方主动要求的，求仁得仁，他只是负责满足对方。不过王离也知道自己占了偌大的便宜，暗下决心，只用右手应战，倒是没必要说出来罢了。

见对方已经摆好了迎战的架势，王离当下便执起月牙戟，气势十足地刺向对方。

“当！”真正的金铁交击声响彻整个半步堂，居然隐隐还有回声传来。

月牙戟在金干之上留下了一个不浅的凹痕，验证了这金干是真正的纯金铸造而成。王离的瞳孔缩了缩，但神情越发坚定了起来，被卡在金干上的月牙戟顺势朝绿袍少年颈间一割。

戟就是在戈的基础上发展出来的，这一点从汉字的字形上就能看得出来，就像是盾和干同样也是如此。戟既有直刃又有横刃，王离的这柄月牙戟呈十字形，可有钩、啄、刺、割等攻击手法。而且和刀枪不同，戟因为太过沉重，根本不需要舞出刀影或者花枪，一直刺一横割都毫无花哨，一剁一勾都是实打实的攻击。

所以在由战车向骑军转变的战国后期，戟就是马背战的最佳利器。王离因为在宫中无法练习马背用戟的战法，但平地用戟已经练得十分纯熟，虽然不到炉火纯青的地步，但他自觉应对面前这个弱不禁风的少年上卿已是足够了。当然，他还留了手的，不会当真割伤对方。

只是他想得极好，可是这一割之下，连对方的衣角都没有碰到。少年就像是幽灵一般，无声无息地瞬间闪躲开来。月牙戟这一割带起的风却吹灭了四盏油灯，其他油灯的火苗也随之剧烈地摇曳起来。整个半步堂的光线忽明忽暗，拉得两人的身影忽长忽短，更添几分紧张的气氛。

王离连续两击不中，倒没有什么挫败的情绪，反而双目一亮，激起了好胜之心，右手执戟继续欺身而上。

他进宫之后都是自己练武，没找到人陪他对打，早就闲得浑身发痒了。当下好不容易有个人能陪他走几招，王离甚至祈祷这少年上卿能多撑一阵子，好让他过过瘾。不过几招之后，他也明白了对方为何会选了金干这个防具。也不知道这少年是从哪里学来的一套轻身功夫，总会比他的攻击快上那么一点点，恰好把金干拦在他的必攻之处。

“当当”的金铁交击声不绝于耳，王离从一开始小心翼翼的试探，到最后大开大合畅快淋漓的攻击，早就忘了最初的约束，没一会儿单手执戟就变成了双手执戟，一套戟法从头到尾演练到极致，冲剁、直刺、平钩、回啄、横割、下砍、挑击、截劈……

两人并没有在半步堂内游走，而是只在这一小圈点燃油灯的区域攻防，而且从始至终都是王离掌控主动攻击，绿袍少年持着金干防守。王离打得一时兴起，也顾不得收手，油灯在月牙戟激起的呼啸声中逐一熄灭，半步堂中的光线也越来越暗。等他回过神的时候，才发觉仅有一盏最边缘的油灯还在坚强地摇曳着灯火。

浑身上下都淌满了汗水，王离一招挑击招式用老，刚想转为回啄，却感到手心一滑，暗叫一声“不好”，因为出汗而湿滑的手掌再也握不住月牙戟，直直地脱手朝少年上卿砸去。

因为事出突然，月牙戟来势汹汹，就连金干可能都未必能挡得住，少年上卿立刻侧身躲避。戟刃在他的脸颊上划过一道伤痕，最后狠狠地砸在了墙壁上。

王离正看得目瞪口呆，就感到脚下被横扫了一下，站立不住地单膝跪地。沉重的金干压在了他的颈侧，差点压得他整个人都直不起腰来。

这少年究竟是什么来历？居然持着这么沉重的金干陪他打了这么久？

王离挣扎着抬起头，正好看到少年的嘴角扬起一抹清淡的笑，脸侧那道伤痕缓缓地滴下血来，正好滑到他的嘴角，染红了那两片本来颜色极淡的唇。

“嘶啦——”最后一盏油灯因为月牙戟扬起的风，终于坚持不住地熄灭了。

半步堂陷入一片黑暗之中，王离的视线却定格在了少年那抹令他惊艳到战栗的微笑上，一时怔然。

“我赢了。”黑暗中，少年的嗓音嘶哑，透着一股说不出的疲惫，显然刚刚的比试他也尽了全力。

“一言既出，驷马难追。”王离一字一顿地缓缓道，他的气息也不稳，但答应得却是心甘情愿，“我负你三件事。”

“甚佳。”少年满意地把金干从王离的身上收回。

少了压制，王离便站起身，打算去拿回自己的月牙戟。等冷静下来，他脑子里就有无数个疑问，这少年上卿的身手如此轻盈，又怎么可能躲不开那一夜的暗算？阴谋论了的王离又开始各种狐疑，他不会是被算计了吧？

“哐当！砰！”

半步堂中响起被绊了一跤的声音，王离歪着头扫了一眼，忽然觉得他好像找到了少年上卿的弱点。

黑暗中不能视物什么的……

“需不需要我扶你起来啊？”王离心情颇好地捡起墙角的月牙戟，“这也算是为你做了一件事了嘛！”

“无须。”少年冷哼一声，把金干随意放在墙边，摸索着，跌跌撞撞地离开了。

王离把怀中的玄玉帛掏出来，在手中摩挲了两下，英俊的脸上爬满了笑容。

父亲，他这也算是，交到朋友了吧？

第四章 · 方天觚

咸阳宫的暖阁之中，一扫平日的肃穆寂静，竟然远远还听得到秦王粗犷的笑声穿透了牖窗的阻隔。站在回廊外等候的内侍宫女们，互相悄悄对视一眼，交换了一下眼神，心中都轻松了下来。

前一阵子因为前线战事紧张，再加之宫中出了许多大大小小的事情，导致人人自危，生怕殃及池鱼。还好今天清晨回来的战报，让那令人窒息的气氛烟消云散。

应该能轻松好一阵了吧，看秦王在议事的时候，都叫人把胡亥小公子抱过来了呢！

且不管回廊上的内侍宫女们如何窃喜，暖阁内坐着的几个人都心思各异。

扶苏面带微笑地看着窝在父王怀中，正抱着一团绢布“咯咯”笑着的小弟胡亥。胡亥的母妃是胡人，生下的胡亥更是遗传了她白皙的皮肤与深邃的五官，虽然才刚刚两岁，却已初见美貌的雏形。秦王对他更是爱不释手，这次更是破例抱着他议事。

坐在他身边的将闾重重地放下手中的书简，但力道还算是在控制中，所发出的声响并未引起秦王等人的注意。

扶苏用眼角的余光淡淡地瞥了一眼自己这个愚蠢的四弟，即使他够格出入这间议事的暖阁，但显然心智尚未成熟，连嫉恨羡慕的情绪都无法掩饰。

不过，这也说不定是父王期望看到的。

扶苏并没有把将闾放在眼中，也许过几年会成为一个不大不小的绊脚石，但拿着磨刀也是不错的。至于小弟胡亥……扶苏弯了弯唇角，一个胡姬生下的混血儿，还被命名为亥，也就是小猪的意思。很显然就是在拿着当宠物养，也值当将闾把他当成眼中钉肉中刺那样看待?

也许是因为儿子太多了，秦王在前几个儿子出世的时候，还都认真地考虑了他们的名字。他的山有扶苏，将闾的意思也是要门内互相扶持，希望将闾可以辅佐他的意思。等他的弟弟一个接一个地出生，父王取的名字也就越来越敷衍，连胡亥这种名字都想得出来。

扶苏万分庆幸自己的名字很好听，也万分同情小弟，长大之后拥有这样的名字，可怎么抬头做人啊？喏，不过这包得像肉团子一样的衣服，看上去倒真像是圆滚滚的小猪。

自胡亥出生那一年，父王开启了征伐六国的战局，并且灭了韩国，开局一片顺利，所以胡亥也深受父王的宠爱，破了许多惯例。

也有可能，是因为胡亥也许会是他最后一个孩子了。

扶苏已经注意到，自从父王把精力转向统一大业之后，就甚少临幸后宫了，经常彻夜议事，许久不曾踏足后宫一步。

这也有好处，他的弟弟足够多了，已经有二十三个了，更不要说连他都数不清楚的妹妹们，根本不需要更多的后来者了。而且后宫那些妃子们的影响力也在急速下降，虽然之前也并不高，现在几乎直接等于没有了。

这样很好，也就减少了许多变数。

也许是扶苏思考的目光太过专注了，秦王注意到自家大儿子一直盯着他用来逗小儿子的绢布，还以为他也想要，便笑了笑，从胡亥的手指头里抠出那团绢布，随手扔了过去。

扶苏下意识地抱住那团绢布，但因为走神没有拿住，只来得及抓住了其中一端，而另一端卷好的绢布就直接掉了下去，一直滚了好远都没停下。

因为在别人面前都是自诩稳重，扶苏倒是少有这样尴尬的时刻，一下子怔住都不知该如何反应了。

在他怀里的胡亥双目一亮，像是知道了一种新的玩法，伸手朝案几上抓去。在案几上堆放着数十个这样卷好的绢布团，胡亥就直接拿手一个个抖开，玩得“咯咯”直笑。

秦王也没有斥他胡闹，反而纵容地哈哈大笑起来。

被胡亥这样一打岔，倒是没人再注意扶苏的窘相，反而平日里整洁的暖阁，很快就变成一条条绢布飞舞的地方，倒是多了几分欢乐的气氛。

绢布上面都是些密密麻麻的字，扶苏扫了一眼，便看到许多誊写的条目。

这些都是王翦将军灭了赵国之后，派人整理的赵王宫之中的战利品。王翦将军先送来了明细，真正的宝物也将会陆陆续续地送回咸阳。

也许是对方昔日的珍宝，现在只会变成稚儿手中的玩物，秦王的心情越发欢畅，当下便许下诺言，拿出五成的战利品赏赐诸公子和王公大臣们。

“吾儿既然拿着那卷不放，那且就都赐予汝罢。”秦王大方地朝扶苏笑道。

感到身侧将闾羡慕嫉恨的目光从胡亥身上转到了自己身上，扶苏恭敬诚恳地谢了恩，施施然地把手中的绢布重新卷好，放到袖筒之中。

这卷绢布上是不会引起父王警戒的刀剑盾戟，也不是价值连城可以变卖的金器，而是珍贵的青铜器，很多都是商周时期的古董。象征意义远远大于实际意义，这也是秦王能随手大方的原因。

喏，自家侍读应该会很喜欢吧……

☆☆☆

因为和自家侍读有个糟糕的相处开端，害得后者被其他人欺负甚至差点在没人知道的情况下死去，扶苏后悔莫及，想尽办法期盼可以讨好对方。

只是自家侍读也并不是真正的十二岁孩童，扶苏也不知道从何处入手。正好前几日看到自家侍读用炭条在木片上描画青铜器的器型，八成是为了婴那小子，方便其辨认，才想到若是有实物，恐怕会更方便。

正想着找机会请父王打开私库转转，就凭空得了这么多古董青铜器，扶苏的心情一直都不错，连笑容中都多了几分真心。有许多人注意到了他的异常，也都没多想，毕竟很难啃动的硬骨头赵国终于被秦国收入囊中，上到秦王，下到贩夫走卒，都难以抑制心中的喜悦之情。

在这举国上下都一片欢腾之际，有人整日愁眉苦脸，便异常引人注目。

绿袍少年身边就有这样一个人。

自从赵国首都邯郸被攻陷的消息传来后，婴就已经闷闷不乐许久了。因为他尚未谋面的父亲成蟜叛了秦国，正是降了赵国。而现今赵国被灭，秦王政也绝对不可能放着世上唯一一个足以威胁他王位的弟弟存在。成蟜的性命，其实自从他争王位输给秦王政之后，就已经被注定了。

婴也能想明白这一点，可想明白并不代表可以接受。

“莫要多想了。”少年上卿放下手中的竹简，这已是婴这小子今晚第五次走神了。就算是情有可原，少年上卿也觉得有些烦躁。若是婴无心听课，那还给他讲什么？倒不如自己利用这个时间多看几卷书。

在一旁伺候顺便蹭课听的采薇连忙上前端茶倒水，他们现在虽然还住在鹿鸣居，但摆设都已经焕然一新，不仅油灯点足了八盏，亮如白昼，火盆也燃了两个，甚至连清和香都点了起来，屋中弥漫着一股令人心绪安宁的芳香。

“阿罗，你莫生气。”婴也察觉出来小伙伴烦躁的心情，直接没脸没皮地贴了上去，像是小兽一样在绿袍少年的背后讨好地蹭了蹭。大公子送来了好多种绿色的长袍，今天少年穿的是一件青翠色的明纬深衣，领口和衣袖都用金线绣着云纹，令布料有种厚重的垂坠感。当然，手感也很好，婴忍不住用脸多蹭了两下。蹭完之后还不忘抬手摸了摸绿袍少年的脸颊，光滑的，没有任何伤疤。天知道那天晚上看到受了伤回来的阿罗，他有多愤怒。还好没有留疤。究竟是谁那么可恶！

“今晚就到此为止吧。”即使有再多的气，也没法对小伙伴发火。绿袍少年不肯承认自己心软，而是轻叹一声，开始整理手中的书卷。一旁的采薇见状也忙放下茶壶，擦净了双手帮忙。

“阿罗，前几日教我的那些青铜器型，我已会背了！”婴见势不妙，连忙表功。他的母妃在他还未满周岁就抛下还在襁褓中的他改嫁了。他从小就一个人孤零零地长大，好不容易交了一个朋友，就像是他一片黑暗的人生中终于燃起了一盏灯，他是绝对不可能放手的。

绿袍少年回头看了婴一眼，反手拍了拍他的额头，淡淡地道：“好，明日就考你。”

婴心中“咯噔”一下，心忖晚上还是再临时抱一下佛脚，再多看两遍的好。

绿袍少年注视着他乖乖地翻开那些木片。据鹞鹰说，运送赵国战利品的车马明日就能进城。而秦王政在前些日子就已经亲至邯郸，一是为了亲自到阵前犒劳王翦的大军，再有大约是要报复当年他在赵国为人质时得罪他的人。咸阳城现在是由大公子扶苏主事，无人管辖，自然无所顾忌，怕是明天就能摆出来显摆。

果然，翌日，赵国战利品便高调地在城中百姓们的欢声雷动之中，摆在了咸阳宫门前的大广场上示众。当然，属于扶苏的那部分青铜器古董，已经被他派人亲自送到了鹿鸣居，在花园的空地上整整齐齐地摆了一大片，这还是选器型不一样的摆出来的，重复的早就送进了库中存放。

新冶炼出来的铜器都是黄金般璀璨的颜色，只有埋在地下，因为土壤的侵蚀才会一点点地变成青绿色，故被称之为青铜器。而且不管是用范铸法、失蜡法还是浑铸法制成的青铜器，都因为模具陶范用过一次就必须摔碎才能出形，所以每一件青铜器都是独一无二的。

在他们面前摆放的这些青铜器，每一件都在阳光下熠熠生辉，散发着难以言喻的庄重大气，不管大小器型各异，那其上的幽幽铜绿，都代表着千百年来沉淀的历史，让人一眼看去就肃然起敬。

住在鹿鸣居的各位公子和王公子弟，还有等候呈上去的条陈反馈的大臣们，也都纷纷站在旁边围观。毕竟这么多种青铜器，除了祭典之外都难得一观。更何况许多商周时期的器型流传到现在，一些被淘汰，一些都有了改进，甚至还有几个青铜器很多人都认不出来用途，都三五成群地聚在一起讨论。

绿袍少年也带着婴在这些青铜器之间转悠着，不仅仅是要考察婴对于青铜器的认识，还要一一核对绢布之上的条目。

扶苏坐在鹿鸣居的大厅里，他还要处理许多政事，他父王甩袖子一走，整个咸阳城的大小事务都要他来处理。虽说还有三公九卿等人辅佐，但扶苏尚且是第一次亲自执政，自然想事事做到最好。

偶尔从书简中抬起头，看到自家小侍读游刃有余地清点青铜器，便暗赞了一声。

世称有传承的贵族都为钟鼎之家，之前的意义是因为大贵族之家都是击钟列鼎而食，但现在钟鼎之家的意思，却是只有真正有传承的贵族之家，才能在库房之中存放这些贵重的青铜器，让子弟们辨认、碰触，甚至是偶尔使用。所以扶苏这次把所得到的青铜器拿出来晒太阳，也是为了让他的那些弟弟们多些认识，这是一门必修课。

只是没想到自家小侍读也博闻强识，甘家早就自甘茂一代没落，居然还能培养出这样的人才。

这少年上卿今天穿着一袭孔雀绿的绢衣，因为今天的场合还算正式，所以他还在外面罩了一层蟹壳青的袍服，腰间也挂着象征他官职的佩绶和组玉佩，脚下踏着素圆履。尽管扶苏第一次见他的时候，对方就穿得这样隆重，可最近却是很少一见，乍然看去，倒是比起半年前更稳重了些。

因为手中的政事并不是多紧急重要，扶苏时不时走神抬起头往外看，也没费多长时间就差不多做完了。让顾存把批阅好的条陈按类别分发下去，扶苏拿起几卷一直都犹豫不决的条陈，起身走出鹿鸣居的大厅。正午的阳光当头而照，虽然室外的空气冰寒，却也驱散了在屋中时的阴冷。看着这空地上乌压压一片人，扶苏深深地吐出一口气，觉得双肩的担子无比沉重。

父王头也不回地离开了秦地，一是为了整治以前的仇人，二也是要锻炼他治国的能力。只是，秦国这大好的河山，他真能接得稳吗？

看着一卷卷由他批阅的条陈被分发执行下去，一条条命令也随之有效率地分配下去，扶苏从未有一刻像此时这样，深切地体会到他所拥有的权力。

或者应该说，他以后会拥有的权力。

若是其他人，也许就会陶醉眩晕于权力所酿造的美酒之中，可扶苏这一刻却无比警醒。

随着权力一起而来的，就是责任。

欲戴皇冠，必承其重。

他要肩负秦国上上下下所有臣民的期望，每批复一卷条陈，都要绞尽脑汁去思考自己的决定会不会造成预计不到的后果。

也许父王就是看透了这一点，才刻意短暂地离去，让他有足够的时间去感受去适应这一切。

听到轻巧的脚步声，扶苏把眺望远方的目光收了回来，正好看到少年上卿卷好手中的绢布，神情淡漠地走了过来。

“已经清点完毕，无一缺漏。”少年清冷的声音如同隆冬屋檐上，那些偶尔被寒风吹落的冰珠砸在青石砖上的脆响，令人听上去就感到心神安宁。

扶苏小心地观察着少年眉宇间的弧度，从细微的差别中辨认出对方今天看到这么多珍贵的青铜古器，心情正是颇佳之际。便大着胆子，把手中悬而未决的条陈展开了一条，用自己最温柔的语气，询问起来。

少年的眉挑得更高了，却并未说多余的话，也没有转头走开，而是侧着脸，仔仔细细从头听到尾。略一沉吟后，徐徐地说出自己的意见。

不同于丞相或者廷尉引经据典有倾向性的建议，少年直接从接受政令的民众角度来阐述。他并没有任何主观的判断，而是言简意赅地归纳了几条优缺点，然后就留给扶苏自己决策。

扶苏却觉得豁然开朗，像是被打开了新世界的大门，发现原来还可以这样处理政事。每次旁听父王廷议的时候，遇到悬而不决的事情时，都会听到支持和反对的双方不停地争论，而不断出列的臣子就像是加在天平两端的砝码，直到一边彻底压过了另一边，才能决出胜者。

当然，这些需要臣子决议的事情，也都是一些非关键性的决策。父王铁血手腕，在大方向上绝对容不得半点含糊，但换了他扶苏来处理，就远没有父王的英明神武，所以才导致他在这些小事上都拿不定主意。

但自家小侍读这样一解释，扶苏就算是傻子也明白该怎样批复了，而且还有种微妙的上位者的感觉，毕竟最后决策的还是他本人。

一旁的采薇识趣地从大厅中拿来笔和朱砂，扶苏便直接在条陈上写下批复，写完就直接由顾存发下去，很快就把几日来都悬而未决的条陈都解决一空。

扶苏把笔交给采薇，用她递过来的帕子净了净手，浑身轻松地吐出一口气，终于有心思想其他事情了。因为刚刚自家小侍读实在是解决了困扰自己几日的难题，所以扶苏的态度也就更为亲近，随口跟他商量起来。

原来最近一段日子陆续都会有从赵国缴获的战利品抵达咸阳，除去父王一开始就许诺的那些赏赐外，还要按照惯例从地位的高到低给大家分配。往常这些事情奉常大人和宗正大人都会安排得妥妥当当的，可如今是扶苏自己暂时当家了，又得了这么多青铜器，自然也想把这些青铜器分一分。

少年上卿没想到自家大公子居然想得这么细致，不过扫了一眼那些在场公子们艳羡的目光，也知道这既然都摆出来展览了，显然也不可能只让他们看看而不沾光。看来这大公子也不是他想象中的那样迂腐。少年上卿垂下眼帘，挡住眼中的精芒，淡淡地道："可让他们现在自去选用，以此也可观其性情。"

扶苏闻言，眼中闪过一丝赞赏，这里林林总总各式各样的青铜器，从食器、酒器、乐器、水器到武器，往深了说，都代表着不同的意义。他的这些已经启了蒙的弟弟们都不是傻子，当然，如果是傻子也就不足为惧了。

"我也有吗？"一直跟在少年上卿后面像个影子似的婴忽然凑过来问道。因为最近一些时日他过得甚是不错，有他的阿罗给他撑腰，所以胆子也大了不少。他从头到尾都听着扶苏和少年上卿说话，前面讲的都是政事，他想插嘴也插不上。现在讲到分东西了，婴对这个十分感兴趣！从小都缺衣少食的他，现在最在意的就是收罗好东西了。

"有的有的，你和上卿都有，随便挑。"扶苏倒是很大方，不过他沉吟片刻后又继续道，“且不忙，先挑一件给太后送去。”他的母妃在他很小的时候就已经故去，唯一的叔父成蟜又早就叛逃赵国，显然也活不过这个冬天了。所以除了幽居雍宫的太后和秦王政以外，扶苏也没有什么需要孝敬的正经长辈了。而这些青铜器都是父王赏的，他也就不必多此一举再挑一件给他送回去，而摆明了是家礼，所以也不用考虑朝廷上的重臣，否则自家多疑的父王恐怕又会多想他是不是在贿赂朝臣了。倒是在场的这些王公子弟们可以顺便送一点，就当收买人心了。

这种问题显然也难不倒少年上卿，他的视线朝地上的青铜器扫了一圈，便微扬下颌，指着一件青铜器道：“那件方天觚不错，是商代的珍品，且是难得的老器型。”

扶苏挑了挑眉，听出了少年刻意强调的最后一句，送这件方天觚并不是随意而为。略想了想，扶苏便勾唇一笑，道：“子曰：觚不觚。”

少年上卿点了点头，两人对视一眼，在心中均有种少有的知己之感。

很少有人可以在自己说上句话的时候，就立刻能理解他下句想说什么。若两人不是长年累月培养起来的默契，那就只能说是两人天生气场很合，许多想法和观点，还有学识也都不相上下。

扶苏瞬间有些明白，为什么父王会把这位少年上卿派到他的身边给他当侍读。以父王的眼光，应该也看清楚了这一点。

两人各怀心思时，一旁的婴却满腹狐疑地追问道：“菇？哪个蘑菇？那里有蘑菇吗？”

一句话就暴露了这货的文盲底细，看来方才的考校还不够全面。少年上卿撇了撇嘴，指着那件方天觚缓缓道：“左角右瓜的觚，是那大开口细长颈，四角自口至足有扉棱，颈饰蕉叶纹和蛇纹，器上还有铭文的那件。和爵一样，两者经常配套使用，都是酒器。”

“那大公子说的觚不觚又是什么意思？是孔子说过的话吗？”婴已经完全养成了不懂就要问的习惯，丝毫不觉得自己会被人嘲笑，因为他知道以前的自己根本连这样的发问机会都没有。

“嗯，那是《论语·雍也》篇中的，你还没学到。”少年上卿温声解释。也许是他少年时的学习几乎都是自学，虽然后来有师父教导，但他也知道无人可问全靠自己摸索是有多么痛苦，所以才会对婴格外耐心。

扶苏也并不觉得因此而耽误了他的时间，微笑着站在寒冬的阳光下，听着少年上卿娓娓道来。

觚在商代最初制造出来的时候，是口部和底部都是喇叭口、有棱角的四方形。觚非一般饮器，曾有云“不能操觚自为”，便指觚的多寡与饮者的身份地位、人品、酒量相关，只有高品位的人方可用此器，方能拥有此器。这一点倒是符合太后的身份。只是商朝人嗜好饮酒，到了周朝时，百姓便少有饮酒，所以酒器在西周中期便不复流行。而觚的器型也随之变化，棱角渐渐变得圆滑，甚至到了后期所制作的觚，都是圆腹圈足。

觚不觚一句，实际上是孔子哀叹觚都不像是觚了，那还算是觚吗？以此来借喻春秋战国时期礼乐崩坏的风气。在他老人家看来，周礼是尽善尽美的，而诸侯乱战，已经把这一切都破坏了，造成了“君不君，臣不臣，父不父，子不子”的混乱局面。

而太后的事迹，虽然并没有在明面上流传，但私下里大家也都有所耳闻。在秦庄襄王去世之后，太后和吕丞相有了私情不说，之后还养了一个面首嫪毐，和对方鬼混，居然还为秦王生下了两个弟弟。这还不够知足，那嫪毐居然还想毒害秦王篡位。秦王知晓后，杀到两人所居的雍宫，车裂了嫪毐，摔死了他的那两个便宜弟弟，把太后圈禁了起来。

太后做的这些事情，扶苏也不好评价长辈，但也难免心中鄙夷。若是对那嫪毐是真爱，就拼着命舍去太后的名头，真正嫁给对方不就得了吗？又不是夏姬那种“杀三夫一君一子，亡一国两卿”祸国殃民的妖姬，何必贪恋着荣华富贵，又纵容情夫去谋求权力，都不把自己儿子的感受和安危放在眼里。虎毒尚且不食子，太后这种情况，用“觚”来影射，倒真是贴切。

甚至连这句话出自的《雍也》一篇，正好也切合了太后幽居雍宫的“雍”字。扶苏越听越觉得自家小侍读真是心思缜密，再加之方才轻描淡写地处理了条陈，假以时日绝对是栋梁之材。不禁暗自懊悔自己为什么在最初把关系弄得那么僵，这下好感度什么时候才能有所增进啊？

“光这一件觚够吗？”少年上卿应付完了好奇少年婴，便回过头来问还在发愣的扶苏。

扶苏回过神，点了点头道：“一件足矣。”给那个幽居圈禁的女人送东西送多了反而会引起父王的不满。但什么都不送又说不过去。自从他十岁开始接手自己的私库之后，每年过年节的时候，也都会给太后送点东西，所以这次也是惯例。

安排顾存把那尊方天觚包好派人送去雍宫，扶苏也一挥手，让看了半天的弟弟们和王公子弟们去挑选自己喜欢的青铜器，选完再到顾存这里来登记所选物品。众人一阵欢呼，都毫不客气地一拥而上。有看中同一件东西的人，有互相谦让的，也有互相约战的，鹿鸣居一时间倒是热闹非凡。

“阿罗！你要哪件？”婴第一时间就抱了一个大盘子回来，他一个人还抱不动，采薇在一旁帮他。

少年上卿瞧了一眼，倒也知道这货为什么会选这个了。因为这盘子上面铭刻了密密麻麻的铭文，这小子八成是想多认几个字。但……他们房间哪里放得下……

按了按微痛的太阳穴，少年上卿觉得当夫子的任务颇重，下次得再多弄一些书卷回来，省得婴这小子再给他搬回来一件更大的青铜器。

随意让婴去给自己拿那件最高的青铜树枝状的灯器，屋里还真是需要一个高一点的灯器，这样晚间看书还能保护一下眼睛。

因为关注着婴，少年上卿也同时注意到，一直站在外围的王离，明显对武器更感兴趣，选了一柄保存不太完好的青铜钺。两人自半步堂那一晚争斗之后，就没再说过话。偶尔有眼神接触，也是王离先转移视线。

喏，就像现在这样。

微微一笑，少年上卿也移开了目光，正好看到将闾拨开几个弟弟，毫不客气地选了一件最硕大、最精美的青铜鼎。

少年上卿下意识地看了一眼身边的扶苏，后者果然也看到了这一幕，如墨般的眼神也越发深邃晦暗起来。

☆☆☆

雍宫

位于咸阳西北二十里处，在密林之中，有一座修建得奢华大气的宫殿。昔日丝竹之声不绝于耳的宫室，现今已悄无声息，幽静得像一座巨大而荒芜的陵墓。

隆冬时节的夜晚，连鸟鸣虫唱都已绝迹，地上还燃着几个火盆。炭火燃得很旺，却依旧烘不热这殿内令人心中发寒的孤寂感。

赵姬穿着一件浅黄色的聚罗衫，肩上披着缃色银泥飞云帔，下身穿着五色花罗裙，脚下踏着凤头履，头上梳着凌云髻，戴着一顶金芙蓉冠子。以她的尊贵身份，也自是可以穿与秦王一样颜色和制式的冕服绶带，只是她自少时起就喜欢颜色鲜亮的服饰。秦国以黑为尊，她之前也是如此，除了出席比较庄重的场合外，私下都是怎么艳丽怎么打扮的。

红妆翠眉，面上敷了几层粉才遮住了眼角的纹路，两鬓少许银白的发丝也尽量用发饰掩住了。大殿之内点了零星几个灯盏，并不是灯油不足，而是在这样的光线下，别人才不会看清她脸上的皱纹。身为一个国家地位最尊崇的女人，尽管已经落到最狼狈的地步，赵姬也尽可能地保持着自己的尊严。

幸好她的儿子虽然把她囚禁在这里，但所需的一切事物绝不苛待。只是身边伺候的人全都换成了宫女，平日里禁止男人进入雍宫。

想到这里，赵姬瞥了一眼自从进了殿之后，就一直藏在阴影中的男人，不知道对方究竟是怎么混进雍宫的。

大殿之中，摆了许多琳琅满目的礼品，大部分都是她该分到的新制春季衣袍和配饰，还有些就是赵国的战利品。赵姬出身赵国，一生中最好的时光就是在赵国度过的，所以也许是为了迎合她的喜好，这些战利品都是经过层层挑选的珍品，甚至还有赵国王室代代相传给王后的一对龙凤紫蚌笄。

那是用一对稀有紫色蚌壳做成的发笄，经过打磨之后颜色还随着光线的变化而变幻莫测。而且蚌壳都是有弧度的，这对发笄却是笔直的，从长度足可以推断出那个蚌壳有多庞大，更不用说那上面雕刻的龙凤都纤毫毕现栩栩如生了。赵姬曾经不止一次从信中听赵王太后说过此物，一见之下便立刻拿在手中细细端详。

想当年赵王后也不过是一介娼姬，两人还曾在赵国的宴会上见过数次，当年谁曾想到两个小小的舞女，一个会成为赵国的王太后，而另一个则会成为秦国的王太后。

聪明漂亮的女人往往都会互相攀比，赵姬觉得她还是胜了，毕竟这对龙凤紫蚌笄现在是在她的手上。而赵王太后是死是活，她却没有兴趣去了解。

把玩着这对龙凤紫蚌笄，赵姬从一堆珍奇异宝中款款而行，特意描画过的眼梢随意地一扫而过，最终落在大殿角落里站着的那人身上。

虽然殿内燃着的灯盏并照不到对方的容颜，但足以勾勒出对方栗色胡服之下强壮的体魄，每个线条都是那么完美。

赵姬舔了舔微微发干的唇瓣，她已经被囚禁在这里足有十年了。嫪毐长什么模样，她早已忘得一干二净。她只知道，这个男人既然能悄无声息地潜入雍宫一次，那么他就可以来这里第二次、第三次……

“说罢，尔想要何物？”赵姬挥了挥袖子，已经无法忍受这样的沉默。往日早已习惯这大殿中的死寂，可现在却让她有股令人喘不过气的黏腻感。

“臣向往夫人已久。”那人开口了。声音低沉之中有些尖细，再加之其刻意拿捏，保持着不高不低的一个声调，让人听起来非常不舒服。

可赵姬却是一颤，连呼吸都顿住了。这句话正是嫪毐初见她的时候，说的第一句话。

也许是被勾起了往日的记忆，也许是对方暗含暧昧的称呼，更也许是因为对方暗示自己同嫪毐一样的谋求，让赵姬本来紧绷的面容也放松了少许，朝着那个黑暗的角落又向前走了两步，柔声笑道：“尽可言之。”

“夫人幽居此地，实在是令臣心痛不已。臣经营数年，终有一日得见夫人真容，实在三生有幸。”那人再次开口，却是又换了一种口音。

赵姬却一下子怔住了。因为这人是一口赵国的口音。

赵姬这一辈子，最快乐的并不是当王后或者太后的日子，反而是在赵国当歌姬的岁月。

虽然没有贵重的衣裙、珍奇的饰品，但可以享受众多男人追求仰慕的眼神。

赵姬脸上的笑容更深了一些，她从不怀疑自己的魅力，即使被幽禁此处十年，容颜也日渐老去，可有时揽镜自照，她还是会觉得自己美艳不可方物。那些年轻的女孩，又怎么会有她这样成熟诱人的风韵和身姿。

这样想着，赵姬又忍不住往那人的方向走了两步。

“臣不忍夫人被困此地，遂想了一个法子，定令夫人脱离牢笼。”

赵姬轻呼了一声，反而定住了脚步。她本以为此人潜入雍宫，只为跟她春风一度，又或春风数度。结果却没想到他竟是想要把她救出此地！牢笼，他形容得没错，这个偌大的宫殿，就是困住她的牢笼。

呼吸变得急促起来，赵姬倏然睁大了双目，紧盯着从黑暗中缓步走出来的男人。

那人有着一双藏着近乎妖邪魅力的双目，只消看一眼，就让人深陷其中。

殿中的火盆好像点得太旺了些，赵姬觉得浑身上下有股说不出的燥热。

那人在赵姬的面前停下，伸手抽出了对方手中那对龙凤紫蚌笄。

赵姬毫无抵抗，任其轻轻松松就抽出了那对价值连城的紫蚌笄，呼吸又急促了几分。

她缓缓低下了头，因为她知道自己这个角度，露出光洁细嫩的脖颈和弱不胜衣的姿态，是最令男人把持不住的。

那人温柔无比地把手中的其中一支紫蚌笄插在了赵姬的发髻之上，动作轻柔得就像是对待人生中最珍贵的物事一般。

赵姬已经想不起来自己究竟有多久没有被人如此珍视对待了，心跳如擂鼓般，那靠近的阳刚之气笼罩了她全身，几乎令她感到眩晕。

“臣此处有种假死药，服之可令人有中毒迹象，半月之后逐渐好转，对身体却是无害。”把那支凤形的紫蚌笄插好之后，那人也顺势低下了头，在赵姬耳边轻柔地说道。

赵姬虽然被其所迷，但也只不过是一刹那，很快便明悟了对方话语中的含义，顿时抬起头，双目一亮。

她是个聪明的女人，但最初被幽居的几年，都在怨恨儿子居然狠心杀了她的情人和孩子，所以低不下头求和，而后几年却是越憎恶越失去了冷静。其实只看她在雍宫所用之物一应俱全，逢年过节礼物无比周到，便知她儿子依然对她放不下。

她一直都把政儿当孩子看待，却完全忘了他也是个男人，她先低头又有何不可?

装病却不好糊弄过去，若是被识破反而会令政儿越发厌弃于她。真把自己弄病，她又觉得有些危险，万一太医令医术差劲，那她岂不是得不偿失?而此人提供的方法，倒是最稳妥不过了。

最少，还可以再见政儿一面。只要见到政儿，就有希望。

她受够了这样的生活，简直一刻都无法再忍耐!

那人并没有把另一支龙形的紫蚌笄插在赵姬的发髻上，而是拿在手中反复把玩，像是在暗示着什么。

赵姬却浮想联翩，口干舌燥。

“秦王明日即将返回咸阳，夫人速下决断吧。”那人走到离他们最近的那个案几旁，拿起一坛桂酒，拍开上面的封泥，把醇香的酒液注入旁边的一尊方天觚里。

赵姬微笑注视着对方的举动，并未出声制止。

这尊方天觚，她已从宫女那里知道是她的好孙儿扶苏送过来的。用这尊方天觚喝“毒酒”，若是事发，牵扯可就越发大了。可她却明白，越是牵扯得大，政儿的想法和顾虑就会越多，她就越可以趁乱从雍宫回到咸阳。所以她只是遗憾地笑道：“真是给大公子添麻烦了。”

“啧，夫人当那大公子送来这觚是纯粹的好心不成？”那人嗤笑了一声，不屑地道，“子曰：觚不觚，觚哉！觚哉！”

赵姬的脸色立刻就变了。她年少的时候见的都是自诩博学多才的王公贵族，后来跟了异人，为了两人之间有更多的相处时间，也曾央求对方教她经史子集。觚不觚这句暗喻什么，她自然被人一提点就想了起来。

像是当众被人扒下了遮羞布一样，赵姬的脸颊立刻就赤红一片。她自是知道自己在嫪毐一事上做得有些太过了，但比起之前鼎鼎大名的秦宣太后还差得远呢！而且她再怎么荒淫无度，也轮不到一个小辈来指责！

盯着方天觚中足以倒映她美貌容姿的清澈酒液，赵姬一时气愤，来不及思考就想直接一饮而尽。

可那人却把方天觚往回一收，缓缓抬手，深深注视着赵姬，自己先饮了一口。

赵姬被那暗沉的双眸看得心神俱颤，同时也懂了对方是怕她不信药物的效用，直接以身试药。

这种深情直接让久旷的赵姬感觉整个人都要化了，在对方喝下一口酒把方天觚递过来的时候，赵姬双手接过，特意转过觚身，把红唇慢慢地印在对方刚才喝过的地方。

清冽的酒液在唇舌间略一打转，便沿着喉咙直入腹中，就像是有股邪火一直烧了下去。

“哐当！”方天觚砸在了地上，沉重的觚身骨碌碌地滚动了几圈，最终停了下来。

赵姬身体一软，直接昏倒在地，嘴边缓缓地溢出深黑的鲜血。

“蠢女人。”

那人优雅地掏出一块手帕，吐出口中含着的毒酒，又吃了一颗丹药，抚了抚衣袖上并不存在的灰尘。他本想弯下腰从赵姬头上摘下那支凤形紫蚌笄的，却听到了婢女因为方才的响动而过来察看的脚步声，只好皱了皱眉，把身形隐入黑暗中。

☆☆☆

在同一片夜幕之下，咸阳宫正殿的屋脊上，一个身穿绿袍的少年正襟危坐，眺望着西北方向的星空。隆冬的寒风刺骨，但他的背脊依旧挺拔，像是完全不受这种寒冷的影响一般。

一阵突如其来的寒风吹得他的衣袖在风中猎猎作响，少年动了动耳朵，怕这点声音被听力敏锐的侍卫察觉到，便把长长的袖子在手臂上缠绕了几圈。

他做得极为缓慢细致，像是在等着什么。

过了半晌，他身边的鹞鹰才遗憾地叹道："看不到那人，我一直盯着雍宫周围的密林，却没人从那里面走出来。"

"太后薨了，绝对是有人动的手。"绿袍少年卷好自己左手的袖子，单手用细绳绑好袖口。他一边说，一边思考着整件事情的来龙去脉。

因为天冷，他和婴还是睡在一起。今夜本来他刚躺下，就听到了嘲风破锣般的叫声。他竟然在这一刻懊恼整座咸阳宫为何就只有他能听到嘲风的声音。不过不爽归不爽，他也知道嘲风不是个不知轻重的家伙，这么晚喊他过去一定是有事。所以等婴睡熟之后，他便瞒过在隔壁守夜的采薇，躲过宫内值守的侍卫，径直翻上了咸阳宫正殿的屋脊，才知道确实出了大事。

一直安安分分幽居的太后，居然暴毙了！

若说这里面没有什么隐情，傻子都不会信。

自杀？可笑，赵姬要是早有勇气去死，早在十年前就死了，何必受这十年的幽禁之苦？

而这一晚所发生的事情，鹞鹰虽然没有看到，却也能从残留的现场推断出寝殿只有赵姬一个人，她遣散了宫女，独自欣赏着呈上来的赵国战利品。可不知为什么，也许是看到了故乡的佳酿，一时兴起，随手用旁边的方天觚饮了一觚，居然就中毒暴毙了！

绝对是有人在其中做了什么，可鹞鹰盯了雍宫周围大半夜，却连个鬼影子都没看到，这让绿袍少年想到了那封帮他求救的竹简。同样也是嘲风无法看清楚的人做的，尽管两者之间看起来没有什么关联，但连脊兽都看不到的人，也足以引起警示了。

“你们还是太年轻了，选什么觚送过去啊？自以为可以下太后的面子，却不想想那可是秦王的母亲。打她的脸，不就相当于打秦王的脸？”怕干扰鷂鹰的注意力，嘲风已经憋了一晚上了，这会儿终于忍不住开始唠叨。

“我是故意的。”绿袍少年淡淡地道。

“哈？”嘲风和鷂鹰二重奏，都觉得少年的脑袋一定是坏掉了。

“大公子明晃晃地送了个觚给太后，这件事早晚会被人嘴碎地告到秦王那里去。我就说是我选的，这样被扶苏厌弃，秦王也会觉得我的才智被用在这等后宅繁琐的事情上大材小用委屈了我，还不如给我派到合适的地方去。”少年开始卷右手的袖子，因为不惯用左手做事，所以动作更慢了。

两只脊兽都无言以对，少年确实是打定了主意想要离开扶苏，借着这个机会，正好把事情办得利利索索的，却没想到那赵姬居然就这样死了，事情反而棘手了！

“这下可如何是好？虽然秦王政这回从赵国得到了传说中的和氏璧，但心情再好，也不能忍受自己母后枉死。”嘲风烦躁起来，秦王明天就回来了，而且照着秦王多疑、经常改变行程防止别人刺杀的习惯，说不定今晚就进咸阳城了。再想如何掩饰此事，那雍宫都在咸阳城外二十里处，怎么都来不及了。说不定这也是布局这一切的那人故意抓的时机，“在酒中也无法做文章，那酒是秦王派人送过去的，怎么也不可能说是秦王要害自己母后吧。”

“此事因我而起，自是由我一力承担。”少年左手怎么都绑不住衣袖，索性也就不再烦恼，而是干脆把右边绑好的袖子也给解了下来，直接翻身跳下屋脊，对于身后两只脊兽的呼喊置若罔闻。

☆☆☆

果然天还未亮，就有内侍来鹿鸣居请少年上卿去暖阁。

轻手轻脚地把还没睡醒的婴从自己身上扒下来，一夜未睡的绿袍少年迅速起身，略微检查一番身上的仪容，便跟那内侍去了。

路上正好遇到了一脸茫然的扶苏，后者住的高泉宫虽然比鹿鸣居离暖阁要远，但通行都有车马接送，往日会更快一些。只是扶苏临时被叫起来恐怕也浪费了一些时间，所以两人正巧在外面遇到了。接收到扶苏迷惑的目光，绿袍少年脸上的神情更加严肃了，而扶苏却浑身一震，还带着瞌睡的眼瞳立刻变得清明起来。虽然不知道发生了什么事情，但见自家小侍读如此神色，肯定不是小事。

两人一前一后地走进暖阁，顿时感觉如坠冰窖。此处弥漫的空气竟是比外面隆冬晨间的雾气还要寒冷。这里就像是被暴风横扫过一般，地面上到处都是被人摔碎的书简，或是各种已经变成碎片的陶器。

秦王面无表情地端坐在条案之后，他的面前摆放着一个甚为眼熟的方天觚。

扶苏一怔，之后便脸色一白，这时才意识到自己又是哪里来的权力，可以去扇自家祖母的脸。定是这些时日手握大权，站在高处的风景太过美好，以至于失了理智。

正想抢先认错，就听到角落里一名看不清面目的侍从毫无起伏地冷声道："昨夜太后用此物喝了御赐的桂酒，便中了毒，救治不及，薨了。"

这句话如同闷雷一般，在扶苏的头顶炸响，直接把他轰得大脑一片空白。他下意识地想要辩解，可对方说得极有技巧，那是御赐的毒酒，又怎么可能有问题？

那么，有问题的就只有他送过去的方天觚了。

这是明晃晃的陷害。

扶苏不信英明神武的父王看不出来这一点，但看不看得出来现在又有什么意义呢？

不管是不是他下的手，太后都已经薨了。

在父王身边这么多年，扶苏自然知道父王这种不言不语的状态，肯定是气到了极点，不管是非曲直都是要先发泄一番的。

所以肯定要有人出来顶罪。

而父王只召来了他和甘上卿两人。

在瞬息之间，扶苏的脑海中闪过无数条权衡利弊的抉择，脑门上渗出了密密麻麻的细汗。

绿袍少年站在他的身后半步，垂着头看着扶苏颤抖的身体。

其实扶苏也没有大他太多，只有十四岁而已。遇到这样的滔天大祸，还能强撑着站在这里不失态就已经算是不错了。

他们相遇一场，虽然没有相知相得，但多少也是主仆一场，他替扶苏担下这份罪责，也算是两清了。

秦王虽是雷霆之怒，却还是有几分理智的，不可能把家丑外扬，最起码是在第一时间私下召他们觐见。最坏的结果，估计就是他身上的官职会被削去，打回白身，回家闭门反省个几年，等此事淡了或者什么时候秦王自己不介意了才会重新启用。

这也是对于他任意妄为的惩罚。

惩罚他的自大，以为自己可以翻手为云覆手为雨。

这是绿袍少年想了一晚上的决定，所以只是略一迟疑，便打算跪地认罪。

只是在他刚略弯下腰的时候，扶苏就像是背后长了眼睛似的，直接伸手准确地钳住了他的手腕，坚持不许他跪。

绿袍少年讶异地抬起了头，正好看到他面前只大他两岁的大公子殿下，直挺挺地跪了下去。

他的膝盖结结实实地磕在了青石砖上，发出一声闷响。

他的气息都有些因为恐惧而产生的急促的喘息，可是却依旧坚定地开了口。

“父王，都是儿臣的错，与旁人无关。”

——《哑舍·零》试读本完。单行本9月全国上市